山歌

SHAN GE

清水漫了花园地，牡丹的叶子是紫的；
白日晚上心牵的你，睡梦里没忘下的你。

王忠禄 著

敦煌文艺出版社

图书在版编目（C I P）数据

山歌 / 王忠禄著. -- 兰州 ：敦煌文艺出版社，2018.11（2022.1重印）
ISBN 978-7-5468-1639-5

Ⅰ. ①山… Ⅱ. ①王… Ⅲ. ①长篇小说－中国－当代 Ⅳ. ①I247.5

中国版本图书馆CIP数据核字（2018）第256304号

山　歌
王忠禄　著

责任编辑：李　佳
装帧设计：贾成吉

敦煌文艺出版社出版、发行
地址：(730030)兰州市城关区读者大道 568 号
邮箱：dunhuangwenyi1958@163.com
0931-8152351(编辑部)
0931-8773112　0931-8120135(发行部)

三河市嵩川印刷有限公司印刷
开本 710 毫米×1000 毫米　1/16　印张 17.5　插页 1　字数 323 千
2018 年 11 月第 1 版　2022 年 1 月第 2 次印刷
印数：1 001~3 000

ISBN 978-7-5468-1639-5
定价：49.80 元

六顺爷说，他这辈子最想不通的事儿有两件，一件是山山和小花这俩孩子没有走到一起，另一件是在杨家山的山坡上，再也听不到嘹亮的山歌声了。

——题记

一、山山的一位客人

山山进入县中学上高中的这年秋天，红梅也进了中学。不过，她进的不是县中学，而是牛山中学。那些考不上县中学、县二中，也考不上西营中学的七里川学校的学生，大多进了这所学校。全陇山县总共十所完全高中，牛山中学排名第十。尽管红梅对县中学心仪已久，但无奈自己的成绩远远低于这所学校的录取线，所以只能上牛山了。

红梅在牛山中学只读了一个学期，第二学期一开学，就转到了县二中。县二中距离县中学，虽说不远，但也不近。这两个学校，一个在县城西边，一个在县城东边。陇山县本来是个小县，县城也是个小县城。所以，从县城西头的县二中步行到县城东头的县中学，不过半个多小时。走路快一些的，二十几分钟就到了。红梅到县二中上学已经好几天了，她一直想找山山，但是却一直没有去。一来，她才到二中，许多方面还不熟悉；二来，她怕她去了，山山还会像以前一样，对她冷冷的。山山这位她心中的白马王子，不仅学习好，长得也帅气。早在七里川的时候，她曾不止一次地向他传递过爱慕的眼神，但他总是表现出一副高不可攀的神态，这让她心里很是失望。

这周周末，红梅终于下决心去找山山。她想，如果去了，山山还像以前一样，对自己冷冷的，那就当自己游了一趟县中学。反正，自己来县城已经好几天了，县中学还没有去过呢。自己虽没能力考到这所全陇山县最好的中学，也是自己当年最向往的学校，但到里面游一游也是值得的。

这天晚上，吃完晚饭后，红梅对姐姐谎称自己要到学校里去取一本书，便从姐姐家里出来了。一出姐姐家，红梅便朝着县中学的方向走去。红梅快到县中学的时候，她忽然想，这是周末，许多人回家了，山山说不定也回家了。如果这样的话，自己这么急匆匆地跑去找他，也是白找。但是，她转念又想，自己已经到这儿了，还不如进去打问打问。山山在的话，当然再好不过了，自己不仅可以见见他，而且如果他愿意的话，还可以跟他聊一聊；山山要是回家了的话，也没有关系，她这次来先熟悉熟悉地方，下次找时也好找。

红梅一进大门，迎面就看见一座很高很大的教学楼。整个教学楼前一片寂静。看样子，这里晚上没有学生。红梅拾步上了台阶，到了楼门跟前，只见楼门的两个把手用一条铁链子紧紧从外面锁着。红梅透过门玻璃往里瞧，见里面黑黢黢的。红梅便转过身，往楼后面走去。她想看看，楼后面是什么。一拐过楼角，就看见好几排平房在那儿。红梅说道："哦，后面原来还有这么多的房子。"红梅继续往前走，走到最前面的一座跟前，一看，原来这儿也是教室，因为她看见门顶上钉着的一个木板子上面写着"高三（1）班"。透过窗玻璃往里一看，里面稀稀拉拉坐着几个看书做作业的同学。她再往前看，看见另外几个教室的门牌上，都挂着一样的木板子，到跟前一看，上面都写着年级的编号。她这才知道后面这些平房，全是高三年级的教室。她想，山山是高一学生，他一定不会在这些教室里的。这一晚上，红梅无功而返，心里很是惆怅。

红梅第二次来找山山，是在两天后的一个晚上。晚饭后，她又谎称自己去学校取本书，从姐姐家里出来了。那时候，天还没有完全黑，红梅拐出那个小巷口，径直去了县中学。她走进县中学的大门时，就见教学楼里一片亮光。看样子，大家正在上自习。红梅口里不禁赞道："噢，好一个县中学。"她心里想，县中学到底跟自己上的那学校不一样，不仅教学楼气派，而且学习氛围也好。教学楼门大开着，她看见有一两个学生在进出。这时候，正有一个学生要进楼，红梅便跟着走了进去。楼道里窄窄的，因为没有灯光，所以显得暗暗的，只有从教室门的玻璃窗里射出来细细的一束灯光。红梅借着这光，一个教室一个教室地去找高一年级。整个一楼找遍了，都没有，她便上了二楼。在二楼，她首先从楼梯口那个教室开始找。这个教室的门半闭着，她从门缝里透出来的那一点儿光线，看见这间教室的牌子上写着“高一（1）班”。红梅高兴道：“终于找到高一年级的教室了。”当时红梅因为高兴，心也激动得怦怦直跳。她心想：我终于可以见到山山了，山山也许就在这个教室里。

红梅透过门缝往里面看，但是，因门缝窄，里面什么也看不见。她踮起脚尖，想从门顶上的那块玻璃往里看，可那玻璃高，她又够不着。正在这时，听到有脚步声从下面上来了，她心里想：这下有人来了，我可以打问打问。果然，有一个学生从一楼上来了，但是，他并没有来这边，而是直接往另一边走了。她正要赶过去问他，那人一闪身，就进了教室，而且，一进去就将门又闭上了。因而，红梅没有打问到。之后，好一阵子，楼道里看不见一个学生，教室里也没有一个人出来。红梅想推开门往里张望，但是，她又没敢推。她想，里面的学生都在认真地学习，她这么一打扰，会影响人家的。可是，总不能一直等啊。

就在这时候，右手第二间教室的门开了，从里面走出来一个同学，怀里抱着一摞本子。红梅看见后，忙追了过去，轻声问道：“喂，同学。”那同学听到有人叫他，便站住了脚。红梅问道：“麻烦问一下，你们班有没有一个叫杨山山的同学？”那同学摇头说：“没有。”红梅又问：“那你知道不知道他在哪个班？”“不知道。”他还说，“高一年级有六个班，每个班有五六十人，不是自己班里的同学，一般不认识。”他说着，用手指着旁边的教室说：“你问问其他班吧。”说完，便转身下楼了。

红梅看他走了，心里惘惘地站在那儿思忖：山山会在哪个班呢？这时，从另一边最里面的教室里出来了一个学生，没等他走过来，她便几步走过去问他。那同学一听她找的是杨山山，便咕哝着说：“杨山山？好像是哪个班的学习委员吧。”说完，他手摸着脑袋，想了想，然后说：“噢，记起来了。”他一面说着，一面用手指着前面第二间教室说：“你到六班看看去。”红梅听了，很高兴，连声向他道谢。

那同学说对了，山山就在这个班。当红梅到高一（6）班的教室门口时，门半开着，她侧身往里一看，一眼就看到了山山，山山在中间的第二排。红梅看见他没有戴帽子，头也理成了平头，穿的衣服看起来也新新的。这时候的山山，完全不是七里川学校那个戴着半旧的黄帽子、穿着一件旧旧的蓝色上衣的山山。红梅心想：想不到，山山在城里也变得时髦了。那会儿，山山正趴在桌子上，一手拿着三角尺，一手拿着笔，两眼盯着面前摊开的作业本做作业。她想喊他，但是，教室里人坐得满满的，他们也都正忙着写作业。她怕影响别人，所以没有喊叫。她往后退了退，退到阴暗处，朝里面轻轻叫了声“杨山山”。也许，她声音太小了，山山没有听见。不过，她这一叫，倒是把靠门口那张桌子上的那位同学给叫出来了，他问她：“你找谁?”红梅忙笑着说：“麻烦帮我叫一下杨山山。”那同学进去了。随后，山山出来了。

红梅这次找山山，给山山留下了很深的印象。此后好多年，他都清晰地记得。因为在此之前，他跟红梅的关系，与他跟七里川学校同一个班里的其他五个女生的关系并没什么两样，也就是很平常的那种同学关系。但是从这一次开始，他跟红梅之间的关系，却比谁都近了。也许因为山山是在七里川之外的地方见到了红梅，所以他还是有些高兴，他笑问道：“于红梅?”

红梅从他这口气里也感觉到，他对于自己的突然到来颇感意外。不过，他略带高兴的笑容，让红梅还是感到很意外。她原想，山山也许不会理她。就像以前，在七里川学校，在杨家山，或者于家庄的山坡上的他一样，冷冷的。山山所在的杨家山和自己所在的于家庄是两个相邻的村子，两个村子中间只隔了一条小河。小河那边的半山上是山山家，小河这边的半山上是自己家。杨家山人看见对面村子里升起的袅袅的炊烟时，就知道于家庄人开始做饭了；于家庄人喊叫牛羊的声音，小河另一边的杨家山人也能听得真真切切。他们这两个村子的耕地，也是你中有我，我中有你。沿着河道的那些沙子地，上河道里的几溜子杨家山人耕种，下河道里的几溜子于家庄人耕种。因而，他们这两个村子里的孩子，自小就常常在一块儿放牛放羊放骡马。他们相互是很熟悉的，熟悉得就像是一个村子里面的孩子一样。这个晚上，红梅忽然来了。毕竟，这是在距离村子四十里之外的地方，因而，山山见了红梅，除了同学情之外，还有一种他乡遇故人之感。

红梅看见山山一副欣然的样子，当然更高兴了。她笑着说：“是我。”她这一回答，虽然是简简单单的两个字，但是语气里带着某种欣喜甚至嗔怪的意味，而且声音还很高。不过她马上意识到，这是教学区，声音不能太高，因而又压低了声音，带着半开玩笑的口气问他：“想不到吧?”山山忙说：“真想不到。”山山一面说，一面拿眼看她。因山山知道，红梅当时考的是牛山，不是县城的中学。所以他心里比较疑惑，接着又问她：“你是什么时候来的?”红梅说：“好长时间了。”山山问：“是不是？我怎么不知道呢?”山山口里问着，心里嘀咕：她怎么来这儿了？难道她不上学了？红梅似乎看出了他的疑惑，故意说：“你是县中学的高才生。县中学的学生，怎么能知道我们这些学习很差的无名小辈呢。”

红梅这么一说，山山更摸不着头脑了，他想：这到底是怎么回事儿呢？因而问她：“你不是去了牛山吗？”红梅说：“是啊，去了牛山。你们这高等学府，我考不上。考不上了，就只有去牛山。”山山说：“哪里的话！那是你当时没有好好发挥。考试这东西，你也知道，学得好并不一定考得好。”红梅说：“看你说的，你不也考得很好嘛！”山山说：“那都是碰运气碰的。”

红梅听了，笑了笑，然后低声说：“你真会安慰人。”山山自己也笑了。山山想，红梅今晚忽然来这儿，一定有什么事儿吧。他问：“你来这儿有什么事儿吧？”红梅没有正面回答，反而问道：“没什么事儿，就不能来了？”山山原以为，红梅一定是无事不登三宝殿。没什么事儿，她一定不会来这儿。听她这么一说，他也觉得自己说话有些造次，便忙说：“来当然可以来。”

其实，当时山山急着去做作业，他想弄明白红梅的意图之后，把事情尽快解决了，然后把她打发走。可是，红梅并没有那么想，因为她是专门来看山山的。红梅不仅没有走的意思，而且还探了探身子，向教室里面张望。只见教室里面满满一教室的人，几乎没人说话，大家都在忙着看书、写作业。她心里不禁想道：县中学的学生到底跟自己以前上过的牛山的学生不一样，也跟现在所上的二中的学生不一样。她们的教室里，要是没有老师的话，总会吵吵嚷嚷的。想到这儿，她便对山山上的这所学校，更加仰慕了。她心里想，山山真上了一所好学校。她还想，山山在七里川的时候，就是好学生。那环境和条件，比这儿差远了。他在这样的环境里学习，想必会更优秀的。她笑问：“你是不是还是班里的第一？”山山说：“哪儿能是第一，这班里的学生，哪个学得都比我好。”红梅笑着说：“你总是谦虚。”

山山看她唠唠叨叨说个没完，心里有些急了。他还有好几道物理题和数学题没有做，听她这么说下去，到什么时候了，而且，站在这亮晃晃的楼道里，跟一个女孩子说话，万一班里哪个同学出来看见了，也不大好。他便说：“一直坐在教室里，有点儿闷，我们下去走走，也许会好一些。”红梅说：“好的。”

二、一 本 书

山山领着红梅下楼了。楼上射下来的灯光照得整个楼前面的院子都很亮。这时候，一阵风吹过，脸上凉飕飕的。山山仰头看了看天，没话找话地说：“风起来了，难道天要变了？”红梅说：“没有呀！你看天晴着。”红梅说着，还拿手指着天上的星星叫他看。实际山山刚才是有意没话找话才这么随口说的，他心里想的还是老师今日布置的作业。他想，红梅还不走的话，自己的作业到时候就完不成了。他想叫她走，但又不好意思撵她，因此在楼下面又跟她客套起来，客套了几句后，他终于问：“红梅，你今晚来有什么事儿吧？”红梅说：“没什么事儿，我来看看你。”还说：“你们县中学真好，跟牛山完全不一样。”山山随口说：“是不是？”又说：“哪儿的学校都一样。”红梅笑着说：“那怎么能一样呢？这儿有教学楼，牛山就没有，二中也没有。”红梅这一句说得山山笑起来。实际山山刚才也不过是随便说说。山山说：“有教学楼又怎么样，坐在平房里，照样可以搞好学习。”

他们说着走着，不觉已到了大门口。再一走，就出大门了。红梅看山山脸上有些不耐烦的样子，她想：山山是不是急了，我这一来，是不是耽误了他的时间？他在学习上抓得总是很紧的。她便故意问：“我今晚来，没什么别的事儿，就是过来看看你，你不会介意吧？”山山当然是介意的。何止介意，他甚至曾经讨厌过她呢。但他还是笑着说：“高兴都来不及呢，哪里还敢介意？”没等山山再说，红梅接着又说了自己的情况，她说：“我现在在二中上学。我是这一学期转来的。本来，我姐夫要把我往一中转，我说一中的学生水平高，我进去了跟不上，所以就转到二中了。”山山道：“你姐夫真能干。”红梅笑了笑，说：“这有什么能干的。”山山说：“二中也很好啊。”红梅说：“好是好，但就是比不上一中。不过，那儿离我姐姐家里近，我来去也方便。”山山问：“你姐姐家就在二中那儿吗？”红梅说：“不在那儿，但是离那儿近，步行不到十分钟。”山山说：“那很近啊，你晚上不去学校上自习吗？”红梅说：“我们老师不要求，所以我不去学校。不过，我姐姐家里的学习条件倒是不错，我姐姐专门给我腾了一间房子，让我在里面学习。”红梅还邀请山山说：“你有时间了，可以过来玩。我姐姐你也认识。”山山应承着说：“好的好的。”不过，他心里想：你姐姐家，我怎么敢去呢？红梅说：“那就不打扰你了。我这就回去了，我们以后再见。”山山当然巴不得她马上就走，不过，他还是很有礼貌地说：“再见。”

送走了红梅，山山一下子轻松了许多。不过，山山心里还是感到很疑惑。红梅说没事儿，是来看自己的，可他总觉得，她这话有点儿假，她怎么会没事儿来看自己呢？从七里川学校毕业后，差不多有半年时间没有见她了。他对这位同学也渐渐地淡忘了。实际他本来就没有记她。不过，山山转念一想，她专门来看自己也是有可能的。他知道，这位同乡兼同学的女孩子，对自己总是有那么一点情意的。这一点，在七里川的时候，他就从她的眼神里看出来了。只不过一心只读圣贤书的山山，对她这一点是视而不见的，以至于，她渐渐死了这条心。那时候的山山，学习那么好，加上长得又那么帅气，班里的女同学，没一个不喜欢他的。想想这些，他觉得好笑，坐在座位上好长时间，心情都平静不下来。过了好大一会儿，他才渐渐地进入到自己的习题世界里。

此后，好几天时间，他再没有见红梅。因此，有关红梅来访的事儿，也渐渐地淡出了山山的记忆。

又过了大约两个礼拜，也是在晚自习时间，山山正坐在教室里做作业，有同学进来悄声给山山说：“杨山山，外面有人找你。”山山听到后，第一个想到的就是红梅。因为在这远离老家的县城里，除了红梅之外，他再没有一个熟识的人了。他口里自语道：“不会又是红梅吧？”自从那一次红梅来找他之后，他心里总有一种感觉：红梅还会来的。说实话，他一点儿都不想见她。像那个晚上，她一来就唠唠叨叨说个不停，他实在有些受不了。再说，以前在七里川的时候，他也给过她不少“脸色”。这些“脸色”已经告诉她，自己不喜欢她。

他万万没有想到，她竟然又来找自己了。上一次她来，自己对她表面上应付，实际并不热情。他想，这女孩子要是跟她的姐姐一样的话，那也是不好对付的。她姐姐当年差一点把小孩生在娘家了。这件事，杨家山周围十里八村的人，谁人不知道。但是，不论是谁，既然有人来找了，还得出去看看。他出门一看，果然又是红梅。她站在教室侧面，正等着他出来。山山一看见是红梅，心里不觉咯噔一下。

山山故作很有礼貌地向她招呼："红梅?"那口气里分明带着"找我有什么事儿"的询问的意味。红梅说："是我。"又笑问："又来了，想不到吧?"山山当然不好意思说"想不到"的话，只是说："没有啊。"实际他真有些想不到她竟然这么难缠。虽然他说了"没有啊"，但他觉得还是有些心虚，似乎有此地无银三百两的意味。这一次，他有经验了，他又怕她无事闲唠叨，便直接问她："你这时候来，想必是有什么事儿吧?"红梅似乎也看出了他的心思，忙说："今晚来，真还有点儿事。"接着又说："我想向你借一本书。"山山不解地道："借书?"他心里想，这县城里有的是新华书店，自己缺什么书，书店里有的是，不到书店里去买，向人张口借，值得吗？红梅说："就是，借书。"红梅接着解释说："你知道，牛山中学用的还是两年制的那种英语教材，而县上的中学都用三年制的。我们班同学都有，就我这样从乡下转来的学生没有。我来看看你能不能帮我这个忙。"

山山以为她要买别的什么书，还想着指点她，去南街那儿的新华书店里买，原来是教材，因而他听了后，一时不知所措。自己只有一本英语课本，而这一本，自己正在用。那怎么办？借她吧，肯定不行，自己上课不可能连书都没有。再说，英语这门课，又不像政治、地理或者历史之类，上课坐在教室里随便听听就行了，那可是要一个单词一个单词地过的课啊。想到这儿，他只得实话实说道："我们的老师现在也正在上这些内容。"

红梅听了之后，说："这个我也知道，你的课本你不可能一直借给别人。但是，我的意思是，你不用的时候借给我，我动手把它抄下来。老师上到哪儿，我抄到哪儿。抄完之后，就还给你。"山山听了之后，说："噢，是这样。"但他还是没有说可以不可以的话。这时，红梅又来了一句："我随借随还，保证不耽误你的学习。反正我们学校离这儿也不远。"山山听她这么说了，也只得说："那行吧。"

山山的英语课本是那天晚上就被红梅拿去的。红梅回去之后，就在灯下抄呀写呀，忙了半晚上，抄完了一课。到第二天早上大课间的时候，她就把书还来了。山山看她这么及时地送来了，还有些不自然起来，他说："你真快。我说了，我们今天没有英语课，你不用这么快就送来。"红梅说："就算今天没有课，但你也要复习。"山山说："话虽这么说，可你既然借去了，也得抄完啊。"红梅说：

“我昨晚上开夜车，抄完了一篇课文。有这一篇，这一周老师上的就够了，下一周的到下一周了再抄。再说，总不能耽误你的事儿。”山山说：“也没有那么紧。那好，以后你需要的话，你再来取。”

接下来的几周，红梅每上一篇课文，都向山山来借书，书借去了就手抄，抄完了就还。山山的书被借去，红梅总是很及时地还来了，因而，山山并没有因为她借书而影响自己的学习和复习。因为有了山山的书，加上那段时间，红梅在英语上花的时间也多，所以红梅的英语进步很大。有一次小考，她竟然得了60分，那可是她以前从来没有考过的成绩。她回去告诉了她姐姐，她姐姐很高兴，还把这个消息告诉给了她姐夫。她姐夫连声夸赞红梅：“好样的。”

红梅模样长得俊，可在学习上一直是个“丑小鸭”。因为得到了姐夫和姐姐的表扬，她学习英语的劲头儿就更足了。她对山山，在爱慕之外，又多了一层感谢。因为在向山山借书之前，她已经向班里的好几个人借过了。但是，她借了几回后，再去借时，他们都说自己要用。有的脸上明显地表现出不愿意的神情。但是，山山却没有这样。每一次她借她还，他都显得很自然。因而，那段时间，她一直想向山山表示表示自己的心意。但是，她又不知道如何表示。

这一天，她放学回到姐姐家里的时候，见姐姐正在厨房里炸油饼。姐姐一见她回来了，一面指着案板上脸盆里的油饼，一面问她：“饿了吧？这是刚炸的，你尝尝。”红梅笑着说：“饿倒不饿。只是这味道太好闻了，一进门就能闻见。”红梅说着，放下书包，洗了手，顺手抓了一个吃起来。姐姐说：“你尝尝我的手艺。你姐夫抱怨说，好长时间没吃油饼了。恰好，我今天有空儿，就炸了些。你不知道，炸油饼太呛人，我不喜欢炸。”红梅咬了一口，果然好吃，忙说：“好吃好吃。”

红梅坐在离姐姐不远的那张饭桌跟前，一面应承着一面吃。这时，她忽然想起，上一次，她到山山跟前借书的时候，见山山手里拿着一个刚从学校食堂里打来的馒头，那馒头硬邦邦、黑乎乎的，当时她还笑问：“这馒头怎么这颜色？”山山说：“学校食堂里的馍馍就这样。我们给他们交的是家里最好的白面粉，兑来的却是这种白面不是白面、黑面不是黑面做的馍馍。”红梅问他：“吃起来怎样？”山山说：“能好嘛！”好事的红梅，当时还要着尝了一口，味道真不咋样，还有些苦味，也许是苏打放得太多了。红梅当时心里想：住校学生真苦。因而更庆幸自己的姐姐在城里，自己住在姐姐这儿，多方便啊。天天吃的馍馍和饭都是现成的不说，而且都比学校食堂里的好吃。她想把这刚炸出来的油饼给山山送一些，既可以还自己因借书而欠下的人情，又可以给山山解解馋。因而，晚饭之后，她瞒着姐姐，悄悄装了几个油饼出门了。

红梅到县中学的时候，山山正在教室里上晚自习。她在门口招了招手，将山山从教室里面叫出来，然后把装了油饼的花布袋子递给了山山，说："这是几个油饼，你吃去。"山山问："哪儿来的？"红梅说："我姐姐做的。"山山说："你姐姐做的你们吃去，怎么给我拿来了？"红梅笑着说："就是给你的。"她怕山山不要，还说："这是我姐姐的意思，我姐姐叫我给你拿来。"山山本不想要，一听红梅说是她姐姐有意叫她拿来的，因而，更不好意思了，忙说："这就更不敢要了。"红梅说："为什么？我姐姐你又不是不认识。"山山说："你姐姐我认识，但我怎么好意思要她给我送的馍馍呢。"红梅说："你不要，你自己送回去，我可不管了。"说着，转过身，噔噔噔向楼下跑去了。

三、飘着麦香味的馍馍

本来，那天下午，山山放学回去后，因做饭用的煤油炉子里没了煤油而没有做饭，随便吃了点儿早上从食堂里买来的馍馍，就来学校上自习了。此刻，红梅拿来的油饼对他来说，实在是再好不过了。当他接过袋子时，感觉里面热热的。山山见红梅已经下楼了，自己也便下了楼。他们来到楼后面一棵大柳树下。山山打开布袋子一看，里面还套着一个塑料袋子，塑料袋子里面，结结实实装了一袋子金黄色的油饼。那油饼不仅颜色很好看，而且有一股胡麻油的清香扑面而来。他晚饭吃得本不饱，这喷喷的清油香，更激发了他的食欲。山山二话不说，伸手从里面掏出来一个，在那儿吃起来。油津津、香喷喷的油饼，一口咬下去，满口里都是香。不知那天是他饿了，还是红梅拿来的油饼本来就好吃，总之，他觉得那天他吃的油饼，是他吃过的最香、最好吃的油饼。一个油饼下肚了，山山还想吃。“多可口啊!”山山自语道。他又掏出了一个，站在那儿吃起来。他不知道，为什么那一天的麦面和清油是那么可口，那么令人难忘。

周末又到了，红梅又去山山那儿了。因为她上一次去的时候，山山已经说了，周末他要集中精力，阅读那几本刚买来的资料书，所以红梅想趁这时候，把书借去抄写。这对山山来说，也更为合适。她去的时候，还是瞒着姐姐，给山山带了些馍馍。这次，红梅带的是姐姐早上蒸的馒头。但是，当红梅把一花布袋子馒头递给山山时，山山怎么也不要。他说：“我已经吃了不少了，怎么能这样呢?”红梅说：“我姐姐做得多。”山山说：“再多，也是你姐姐家里的。再说，你是在你姐姐家里，而不是在你自己家里。”红梅说：“反正我姐姐做得多，带来了你就吃了。”她还开玩笑说：“如今我们虽说穷，但也不在几个馍馍上。”因红梅再三劝说，山山只得收下了。

那时候的山山，学习很用功。有时候两三个礼拜都不回家，连周末都坐在教室里学习和写作业。他每次从家里回来，也带些馍馍。但是因为条件限制，他带的也不多，至多带一个礼拜够吃的。带得太多了，干了不好吃不说，有时候馍馍还会发霉。从家里带来的馍馍，只几天时间就吃完了，而他连续两周甚至三周不回去，剩下的这些时间，就只有去兑换学校食堂里的馍馍了。但是，这只限于自己从家里背来的面粉多的时候。面粉少了，他想兑换也没有。遇到这种情况的话，他早上只有饿着肚子上课去了。这些，红梅当然也知道。所以，她每次来借书或者还书时，手里总要提一花布袋子馍馍来。

这一次，红梅提来馍馍后，还当场打开布袋子，取出一个叫山山吃。山山看见这新蒸出来的散发着浓浓麦香的白生生、软蓬蓬的馒头，心里还是有些不好意思。红梅带来的馍馍，他收的实在太多了！当他看着站在一边的红梅，不知如何是好。是收下呢，还是不收？他心里一时不知该怎么办。因而，站在一边只是笑。他的脸上也流露出一种难以言说的尴尬和为难。红梅似乎也看出了这一点，她赶紧道："是因为姐姐做得太多了，一时吃不完，怕馊掉了，才给你带来的。我姐姐要是做得少的话，我们自己就吃了，哪里还会送你？这么一截子路，你不要，难不成叫我又提回去？"山山看她一脸真诚的样子，也就收下了。不过，他心里也觉得红梅这样做不好，自己这么做也不对。自己只是帮了她这么小的一点儿忙，难道就要得到她这么多的好处？可是，红梅既然提来了，要她拿回去，显然也不大好。再说，她也是背着她姐姐拿来的。山山只好说："那好吧，这一回你就放下，下一回再提来了，我可真不要了。"红梅笑着说："下一回不提了，总该行了吧。"红梅放下了馍馍，将山山的英语书拿走了。

红梅还是像以前一样，每过几天要到山山那儿取书，取来了抄写，抄写完了又送去。红梅有时候到学校里去取，有时候到山山住的客店里去取。因为山山的作息时间她都掌握，所以什么时候去取，去哪儿取，她心里都是知道的。这一次，因为是周日，而且是早上，红梅便径直去了山山住的客店。山山见红梅来了，便叫她坐下，因为其他几个同学都出去了，也不怕他们取笑他们两个。红梅口里说不坐，红梅知道，万一跟山山一块儿住的那几个同学突然回来了，她坐在这儿不大好，他们会笑话山山的。因而，她想把书借了就回去。但是，山山说："今天是星期天，急什么？"山山知道，他们几个在的话，红梅总是不自然。山山似乎也感觉到红梅的意思，他便指着炕上的被子、枕头对红梅说："这会儿，他们几个都不在。两个回家了，另外一个上街了，刚出去。"红梅听了之后，这才坐在地下放着的那把小板凳上，说："是星期天，但是你也有你的事儿。"山山说："坐一会儿了，我们一块儿走。我去教室。”

这时，山山一面拾掇着他那口木箱里的书籍和杂物，一面说：“几天没有整理，很乱了。”红梅向那儿探了探头，笑着说：“也不乱啊。”山山说：“不乱，也不整齐。我要找一本书，但就是找不着。”红梅一看，箱子里层层叠叠，堆着好多书，笑着说：“你买了这么多书？”山山说：“没什么好书，许多都是练习材料。”红梅问道：“你怎么买了这么多？”山山口里说：“随便买了几本，翻一翻。”红梅问道：“你都看完了？”山山说：“看了一些，有些还没有看。”红梅叹道：“我连课本都没有看完。难怪你成绩那么好。”山山说：“那也不见得。你知道，成绩好不好，有时候并不在于你学得怎么样。有的人，他就适合考试。”

平时，山山的时间总是很珍贵的。可那一天，他并不怎么匆忙。因为是星期天，再加上红梅来了，他也想稍稍放松一下自己。因而，他便一面磨蹭地找着书，一面跟红梅说话。他们说了好一阵子。自从和红梅打交道以来，他们两个在一块儿时，他还没有说过这么多的话。当然，一方面是他真的时间紧张，但是还有一个原因，就是他知道红梅喜欢自己，而他对她并没有那个意思，他总是有意躲着她。他还记得在七里川的时候，在教室里，或在校园里，他偶尔碰到她，他总会看到红梅投来的那股灼热、爱慕的目光。十四五岁的男孩子，虽说没有十四五岁的女孩子那么成熟，但是，当他看见她那种眼神时，心里还是知道它意味着什么。起初，山山会对红梅致以微微的一笑。山山这么做，是表示对她的回敬和感谢，感谢她对于自己的喜欢，并没有别的意思。但是，红梅却以为山山这也是有意于自己，因而，更加频繁地向他投来那种眼神。当山山发现这一点之后，他以后再看见红梅的那种眼神时，便很断然地转过脸去，装作没看见。这样好多次之后，红梅也就不再以那种眼神看他了。她也知道，自己是配不上山山的，自己在许多方面，都比不上山山。不过，红梅心里还是很喜欢山山。她觉得，山山实在是太让她难以放下了。这一天，在山山住的店里，他们俩在一块儿说话的时候，她不由得又用当年那种眼神去看他。这是当她偶然抬头，看见对面墙上贴着的一幅美女画而对他开玩笑的时候，无意间又流露出来的。那是一幅女明星照，女明星正用她那摄人心魄的眼睛，面带微笑地注视着人。红梅笑着说：“哎，你们墙上这幅画真好。”

红梅那口气，显然有些取笑山山的意思。当时，山山还忙着在箱子里翻找东西，一听到红梅这么说，他知道红梅说的就是那美女。很多来过这房子的人，都要对这位美女评论一番，尤其是那些男孩子。山山原以为，只有男孩子看见美女了，要大加评论一番，想不到，女孩子也这样。他便转过来笑着对红梅说："你们女孩子看见长得好看的女孩子，也这么说?"红梅笑着说："你以为就你们男孩子这么说?"山山说："是啊。"山山说完，像给自己洗脱罪名似的，赶紧说："不过，那可不是我贴的。"他一面说，一面指着炕上靠墙的那床被子道："那是张强贴的。他就爱这样的画。"红梅笑问道："难道你不爱?"山山听了，红了脸，又说道："这不是我贴的。"红梅见他脸红了，知道他害羞，也就不问了。不过，她给他投去的那眼神，倒是有些暧昧的，连她自己都感觉到了。她好长时间没有给山山投过这种眼神了。不过，这一次，山山看见后，并没有像以前一样躲躲闪闪、不好意思，相反的，他倒是回望了她一眼，还笑了笑。

山山终于把箱子整理好了。山山关上箱子后，又走过去，走到炕头跟前，顺手拿起他那个帆布书包，将一支笔和几本书装了进去。他平时去学校时，就装这些东西。红梅看见后，知道山山要去学校了，便站了起来，说道："你收拾好了吗? 收拾好了就动身。"那时候，山山只是装了笔和本子，并没有动身的意思。可是，红梅看见后，已经站起来了。山山看她站了起来，便说："我是装好了，但我并没有急着走。周日了，放松放松，聊一聊。"红梅以为山山在说客套话，就说："收拾好了就走。"红梅口里说着，心里还想，山山同宿舍的哪一个要是回来了，见她在这儿，一定要笑山山的。况且，这样的话她以前就从山山口里听说过。山山从红梅的脸上，看出了这一点。山山看她已经站起来了，也就没有再留她，便和红梅一块儿出来了。

山山去学校，和红梅要同走一段儿路，到了十字路口后才分手。分手后，山山转弯往南去了，而红梅还得继续往前走。他们出了巷口，很快就到了十字路口，山山便站住了，说："我走了，你慢慢走。"红梅说："好的。"红梅说完，向山山挥了挥手，然后继续往前走。山山看红梅走了，自己也转身走了。不过，他心里还想着刚才在客店里，红梅看他的那样子。想到这儿，山山不觉又停了下来，转身向十字路口看去。红梅告别山山后，往前走了。她一面走，一面想着今日山山看自己时那难得的眼神。所以，走了没几步，她不由得也转身往后看。她这一看，恰巧看见山山也在看自己。她赶紧转过身，一个劲儿朝前边走了。红梅在看了山山之后，很快掉转脸走了，而山山倒是没有走，仍站在十字路口，看着红梅一路往前走。他忽然觉得，红梅那两个胳膊，随着她的步子的迈动，很有节奏地前后摆动的样子，是那么好看；她那微丰的身材，再配上那件淡红色的碎花罩衣，又是那么有风韵。

山山在那儿站着看红梅往前走，直看到红梅到了这条街道的尽头，身影消失在另一条街后，才转身往学校走了。山山第一次感觉到，红梅那身影是那么好看，那件淡红色的碎花罩衣，也是如此迷人。她转过身时，露出的那张脸，也是那么清纯、那么让人喜欢。不知怎么，那一天的山山一直感觉心里热乎乎、甜滋滋的。

与红梅这一次分别后，山山心里忐忑了好几天。他不时地想起在十字路口看到的那一幕。想起她那很有节奏地摆动着的两只胳膊，想起她那淡红色的碎花罩衣，也想起她微丰的、有风韵的身材，和那张清纯的、令人心醉的脸。一心扑在学习上的山山，就在那时候，忽然对女孩子产生了跟以前任何时候完全不一样的想法。也许，男孩子到了一定的年龄，对女孩子就会产生这种想法。

尽管红梅给山山不时地送馍馍，说是借了山山的书，给他送书或者还书的时候，顺手拿几个叫他吃的。但是，山山还是感到，这不仅仅是因为借了一本书的原因。当然，他也知道，红梅这样做，无论对自己还是对红梅都不好。同学之间借本书是很正常的事儿，再说，她借去之后又及时还了，对自己的学习一点儿没有影响。倒是她三天两头儿来他这里，给他心里造成极大的不安。他越来越觉得自己喜欢上了这位姑娘。而这一点，他是一点儿都不希望发生的。他深知自己还是一个学生，自己有自己的理想，有自己的追求。因而，他一再地警告自己：杨山山啊，杨山山，你不能这么早就爱上一个姑娘，这对你是多么危险的事。那时候，他唯一的想法是极力控制自己，以后少跟红梅来往，少要她带来的馍馍。

当时山山是这么想的，但是，没过多久，他又改变了自己的主意。他觉得自己跟红梅这样的女孩子断绝来往，也不是唯一正确的做法。历史上那些名人，也不都是不食人间烟火的人，关键在于自己跟红梅如何交往。所以，尽管红梅刚走，他还是渴望再次见到她。而且，那种渴望像火一样烧着他，烧得他头脑发烫，心跳加快。山山真真切切地感到，爱情像一个面目狰狞的幽灵，正在向他一步步靠近。或者说，是再次向他走来。而它，早在七里川学校的时候，就曾向自己发起过进攻。那时候，他是那么坚决、果断地予以回击，现在，它再次向自己袭来，叫他如何是好？想到这里，山山猛然觉得，事情很严重，因此便严厉地警告自己：不能这样，坚决不能这样。他再一次对自己说：杨山山啊，你还是一个学生，你正在上学阶段，你要读书，要考大学。

那几天，山山心里极为矛盾，极为不安。他坐在教室里，心里总是安静不下来。眼盯着书本，心却想着红梅。想着她那淡红色的碎花罩衣，和那张清纯的、令人喜欢的脸。他还想起那天她转身走的样子，和她沿着街道边上的小路一路往前走，走到街道的尽头、往南边拐弯的时候，回过头来往后面看的样子，以及远远地招手说“再见”的声音。那身影，那声音，是多么好看，又是多么好听啊。想到这儿，他又是多么希望红梅再来呀。

这一天，红梅又来了。当红梅再次来到他跟前时，他不仅没有拒绝她，反而带着期待、感激，甚至讨好她的口吻，一口一个“你真费心了”。他说着，不待红梅将她手里提着的那个花布袋子递过来，自己便伸手从红梅手里接过了它，还说：“上次你拿来的馍馍，我刚吃完。”那意思，好像他正在等着红梅再次给自己送馍馍来。红梅说：“我想你应该快吃完了。”山山笑问道：“你怎么知道的？”红梅说：“我自己想的。”红梅一面说着，一面还当着山山的面，打开了那个花布袋子。花布袋子里面，装着满满一塑料袋白面馍馍。一打开袋子，一股浓浓的麦香味扑鼻而来。红梅还说了一句：“这是今天早上才蒸的，你吃一个吧。”

山山看见这馍馍，忽然想起自己在煤油炉子上，烟熏火燎地做的饭。那有盐没醋、生一顿熟一顿的饭，他实在不想再吃了，因而，一见到这香喷喷的馍馍，哪有不想吃之理。那时候，红梅已经伸手从里面取了一个递过来。山山想从红梅手里接过来就在那儿吃，但是，他又怕自己当着红梅的面，在那儿大口嚼吃，像一九五九年挨过饿的人似的，太不文雅了，因而没有吃，只是说：“这么香的馍馍，肯定好吃。”他撑开袋子的口儿，让红梅把馍馍放进布袋里。隔着那层布，他感觉到自己手里提的那个花布袋子，还热热的。他知道，这是袋子里面的馍馍的余温。山山提着这袋留有余温的馍馍，心里禁不住再次涌起一股强烈的难以说清的感情。他心里感叹：多好的姑娘啊！

因为是星期六晚上，山山不急着去学校。他把红梅拿来的馍馍放好之后，还叫红梅坐坐。红梅说：“我得早一点儿回去，我姐姐要是发现我不在房子里写作业的话，就要骂我了。”红梅一面说着，一面站起来就要走。山山道：“是不是？你姐姐把你抓得那么紧？”红梅说：“紧也不是很紧，但是她要是看见了，总会说的。”山山看她非要走，便很不情愿地说：“那好吧，你早一点儿回去。”山山说着，也跟着红梅出来了。他想亲自送送红梅。

两个人相跟着出了那小巷子，并排走在县城的街道上，一路说话一路往前走。

快到十字路口时，红梅说：“你就不来了，你写作业去。我回去了也要写作业，还要抄英语。”山山问：“现在还有几课没有抄？”红梅说：“课文再有一课就完了，但是，里面的练习大多还没有抄，有些练习里面的小文章也很好，我也想抄一抄。”山山说：“这样也好。抄一遍，再读几遍，更便于记忆。”他口里说着学习英语的事儿，实际心里想的是与学习没什么关系的事儿，即他以前极为反感的有关红梅和自己的那些事儿。红梅说：“就是。所以我想把那些以前没抄的小文章全抄下来。”山山站在那儿，本想再跟她说几句话，但是，她已经转身走了。他站在那儿，看着红梅走远了，心里却后悔没有留她一块儿再坐坐，再好好说说话。

四、清凉山上的风景真好

山山想见红梅，但是，接下来的几天，红梅一直没有来。他渴望再次见到她的身影，听到她的声音。他一天一天掐指算着她来的日期。这一天，按照红梅以前说的，她晚上要来取书。所以，这一整天，他像失了魂一样，心里恍恍惚惚的，干什么都没有心情。他虽然坐在教室里，但是老师说了什么，他一点儿都没有听进去；周围发生了什么，他也不知道。老师在讲台上津津有味地讲解，而他在下面神情恍惚地走神。课堂上老师布置了什么作业，他也不知道。下课的时候，当老师喊了“下课”，大家都站起来时，他还坐在座位上没有起来，以至于老师误以为他是有意跟自己作对，而指着他问：“杨山山，你怎么不站起来？”

那几天，山山上课时常常走神，下课后，也是一副心不在焉的样子。他心里总想着红梅。山山的学习劲头也没有以前那么大了。最近这一次测验考试，他的成绩远远比不上以前了。他明知道这其中的原因，但是，他还是控制不住自己，一静下心来就想红梅。平时上课时间，因为班主任老师点名点得紧，所以他旷课比较少。而晚自习，因老师没怎么要求，所以，他上得也渐渐少了。在那段时间里，他心里唯一想的就是红梅。他最盼望的，就是和红梅一起，肩并肩走路，亲亲热热说话。

转眼到这一学期期末了。考试结束后，山山照例得回家去。正当山山告别了红梅，收拾好简单的行李准备回家的时候，红梅又来了。当时山山推着车子，已经走到巷口那儿了，他笑着问她：“你怎么来了？”红梅说：“我看你走了没有。”山山说：“我正要走呢。”山山说着，眼睛早看见她手里提的那个花布袋子，他想那布袋子里面装的一定又是好吃的馍馍。但是，我要回家了，这许多馍馍，又吃不完，拿它做什么。

山山这么想着，便指着那花布袋子问红梅：“你又拿馍馍了？”红梅说：“就是。”山山说：“我今日就要回家了。”山山的意思是，回到家里就有馍馍吃了，你何必又送来？红梅说：“就算你回家，馍馍总是要吃的。这长天老日的，你在路上得走好几个小时。”红梅说着，便把她手上提的那花布袋子往山山的车把子上挂，还说：“拿着，路上吃去。”山山说：“路上能吃多少。回去了家里就有。”但是，红梅还是说：“家里有是家里的，顶不了路上的，你还是拿着。”山山看红梅一定要自己带上，便没有再推辞。红梅还问：“我不是说过，把你的被子给我，我拿回去抽时间给你拆洗吗？我是过来取被子的。”山山说：“那是那时候说的，我早都忘了。你还记着？”红梅说：“你的记性真不好。”山山说：“我因急着要回家，把什么都捆起来了。算啦，以后再说。”红梅说：“你看，你就是爱凑合。开学了，你就要用的，还要等到什么时候去洗？走，现在就去取。”山山听红梅说得有理，再看看她那执意要帮忙的样子便掉转车子，领着红梅往店里走。

店家的大门半开着，山山领着红梅一块儿进去了。他们到了院里，山山把车子停稳，刚进到屋里，便听见店家女人从屋里说着话儿出来了。隔着开着的房门，店家女人看见了屋子里的山山和红梅。那女人对她家里住的这些学生向来不大关心，除了到时候收房租以外，很少跟他们说话。但是，那一天，看见山山领来的红梅后，她忽然感兴趣地问道：“这是你妹妹？”

店家女人这一句话，说得山山和站在门背后的红梅的脸都红了。山山笑着说：“是我妹妹。”那女人眼快，看见山山挂在车把子上的花布袋子，便说：“哟，杨山山，你这个花布袋子上的花儿真好看，里面装了什么好东西？”山山说：“馍馍，我妹妹给我送来的馍馍。”红梅在门背后抿着嘴，一面朝他使眼色，一面笑。店家女人早知道他在说假话，笑着说：“不要哄我了，一看就是你的女朋友。来过多少回了，我还看不出来？”又问山山：“是不是，杨山山？”山山笑道：“不是女朋友，是我妹妹。”店家女人不跟他说了，只对着这屋子的房门说：“姑娘，你说我说得对不对？”屋子里面的红梅隔着门说：“我是他妹妹。”店家女人说：“还骗我。”她接着对红梅说：“姑娘，你看人看对了，山山是个很用功的学生，将来一定能考上大学。你们结婚的时候，别忘了给我喜糖吃。”她这一句话，说得山山和红梅都笑了起来。

这时候，店家女人提了桶子，到外面提水去了。山山看见她出去了，笑着对红梅低声说：“这个女人，嘴还长得很。”红梅说：“有的女人就爱打听这些事儿。”山山说：“也许是这样。”

因红梅执意要帮山山拆洗被褥床单，山山便将捆好的铺盖卷儿打开，两个人便在那儿拆线。等这些都收拾好时，太阳已经很高了。山山说：“我得赶紧回去，都这时候了。”红梅说：“太阳都这么高了，还回什么？明天再回。”山山说：“回去了干活儿，说不定我家的麦子都黄了。”红梅说：“还没有。我哥昨天来时，说距离收割麦子还得好几天。”山山问：“是不是？”红梅说：“就是。我家的没有黄，你家的肯定也没有黄。你明早赶早回去，路上也凉快。”红梅这么一说，山山也觉得有理，他想：明日回去也行，给家里干活儿，也不在这一天。再说，这一堆要洗的床单被褥，也不能叫红梅自已拿去。于是，他便说：“好吧，我先帮你把这些东西拿回去。”

山山一面说着，一面把刚才拆下来的、红梅已经包好了的那个包袱抱出去，架到车子后面的货架上。山山一面用绳子把那包袱往车子上绑，一面想，既然不回去，还不如和红梅一块儿到城里走走。到县城这么长时间了，他们还没有一块儿逛过。因而问红梅：“你今日干什么去？”红梅说：“我姐姐叫我写作业。但我姐夫说，刚考完试，休息休息再写。所以，我也闲着。”山山说：“那我们把这个包袱送过去后，一块儿到别处走走，行不行？”红梅笑着说：“当然可以呀。”又问：“到哪里去？”山山说：“出去了再看。”

于是，山山锁了房门，推着车子，领着红梅出了大门。他一面走，一面问：“清凉山你去过没有，我们到那儿走走怎么样？”红梅说：“山下面曾经走过，山上倒还没有去过。”山山说：“那正好，我们到山上看看。山上还是很好的。去年考完试的时候，李老师还带我们去过一回。”红梅点头说：“可以。”

他们两个到红梅姐家的大门口时，大门锁着。红梅上前去一面开门，一面叫山山把包袱抱进来。山山把包袱抱过去后，便对她说：“你进去，我就不去了。”红梅说：“进去坐坐嘛。”还说：“你从来没来过。”但山山还是坚持说：“不进去。”他想，他要是进去了，她姐姐或者姐夫突然来了，就不好了。因说：“你抱进去，我看车子。”红梅见他执意不进去，也不便强求，自已将包袱抱了进去。山山在外面等着。不多时候，红梅出来了。山山骑上车子，红梅坐在后面的车架上。

两个人一面说话，一面往山下面走去。穿过两个巷子，过了南河桥，往西一折身，便到了清凉山的山脚下。山山先下了车子，红梅也从后座上跳了下来。两个人站在那儿，远远就看见了玉皇庙。红梅指着它给山山说：“那一年，我到姐姐家里时，我姐姐还带我到这儿看过戏。”山山说：“这儿好像每年都唱戏，不过，我倒是没有看过。”红梅说：“那年，我和我姐姐来时，这儿正唱戏。不过看戏的人倒不多，我看还没有我们张家寺戏场里看戏的人多呢。”山山说：“也许，城里爱看戏的人少，就一些老年人。那些年轻人宁可看场电影，也不爱来这儿看大戏。”

山山将车子推进去，推进庙里，给庙倌老汉安顿了之后，两个人便沿着小路，一路往上走。他们沿着盘旋的山路，转了两个弯子后，才到半山腰。清凉山山势较高，又远离城区，一般很少有人来，所以这里很清静。也许是上午的原因，他们俩走了半天，都没有碰上一个游逛的人。尽管往山上去的路已经修过了，但是有些地方还是很陡。红梅因为穿着高跟鞋，所以走起路来不大得劲儿，在一个转弯的地方，她被脚下的一颗石子一滑，差点儿摔倒了，幸亏山山在一边一把拉住了她，她才没有跌倒。山山笑着问：“你怎么走的，我们杨家山那一带的山那么高，那么陡，你都能走，今儿这山算什么，差点儿都把你摔倒了？”红梅一手抓着山山，说：“都是这该死的高跟鞋，下一回出来，再不穿它了。”红梅平时穿的是买来的那种平绒平底布鞋，今天，因为要送山山，所以特意穿了一双高跟鞋。山山看了看她的鞋，笑着说：“这么高的鞋跟儿，就是平地上走，我看也走不稳，再不要说走山路了。”红梅说：“就是，刚才回去时，就忘了换了。”山山说：“要不，这儿歇一会吧。”红梅说：“歇一会就歇一会。”

他们说着，来到路旁边的一棵大柳树下面。山山铺开了手里拿着的一张旧报纸，手指着报纸对红梅说：“你坐在这上面。”红梅说：“你坐吧，我不累。”山山说：“我也不累。我是看你这鞋子走路不得劲儿，让你歇一下。”红梅看他不坐，便说：“我歇就我歇。我的脚有点儿疼，我要看看它这会子是什么样儿。”红梅说着，自己先在一边一屁股坐下了，然后指着旁边对山山说：“你也坐坐，你看，这儿还可以坐。”

这是一张《中学生学习报》，山山跟同宿舍的几个同学合订的。山山刚才出门的时候，顺手拿了一张，就是准备在半路上坐的。报纸本不大，一个人坐还可以，两个人坐下来得挤一挤了。要不然，一个人的屁股就会落到报纸外面。因山山知道这一点，所以他没有坐。红梅看见他不坐，知道他是嫌地方小，因而便往边上挪了挪，好让山山有地方坐。山山看见了，对红梅说：“你往里坐，我不坐，你看，你都快坐到地上了。”红梅回头看了看，说：“可以，我刚好。”山山看她执意要让自己坐，也只得在一边坐下来，说：“这报纸看起来不大，实际也不小。”红梅说：“就是。”红梅说着，又往边上挪了挪，以免挤着山山。山山看她往那边挪了一下，探过身子去看，见她恰好在报纸边儿坐着，笑着说："你真会坐。"山山虽然口里说着，但他心里倒是有点儿喜欢。那时候，他身上也感觉热热的。因为他挨着红梅了。自己第一回与红梅坐得如此近，让他心里不由得感觉怪怪的。红梅当然也有那种感觉，但她故作习以为常。十七八岁的姑娘了，什么事儿不懂？

因为山山比红梅早半年来县城，对这里比红梅熟悉一些。所以，他便手指着山下的县城，给红梅讲一些他知道的有关县城的故事。红梅一面听着，一面应承着。但是，山山说的县城里，这是哪儿，那是哪儿，她一时看不大清楚。她只看见脚底下远远近近、高高低低的房子，重重叠叠占满了大半个县城。远处，还有几栋高高的楼房，鹤立鸡群般矗立在那儿。红梅说："这县城真大。"因为姐夫、姐姐一家子在县城，所以她对于县城，总有一种亲切感。山山说："是啊。"他一面说，一面还一个一个地指着那些建筑叫红梅看。说哪儿是他的学校，哪儿是她姐夫的单位，哪儿是她姐姐的单位，哪儿是市场，哪儿是车站。红梅顺着他手指的方向，一一看着，口里哼哼哈哈不住地应着。山山又指着脚下那条小河，对红梅说："你看，这条河就是从我们那儿流下来的。"红梅听了之后，惊问道："是不是？"红梅压根儿没有想到，原来从自己家门前流过的那条小河，竟然流到这里来了。山山说："是呀。你以为它会流到哪儿去？"红梅说："这我以前真还不知道。"

红梅说着，又放眼看去。只见这条河从西边的山脚下一路蜿蜒流来，又从这座山的山脚下流过。小河在山脚下的这一段，看起来很美。水波在阳光下闪着灿烂的光芒。整个河看起来好像一条金色的带子。山山又指着横穿县城东西的那条绿色的"带子"问红梅道："你看见从西面山下一直横穿过来的那条绿绿的'带子'吗？"红梅说："看见了。咋了？"山山问："你知道那是什么？"红梅说："庄稼田。"山山说："不对。哪儿有那么长的庄稼田？"红梅想了想，也是，便又问："是不是路？"山山点头说："说对了，那是公路。咱们从北山上下来时，走的就是这条路。"红梅"啊"了一声说："想不到这路这么绿。"山山说："那绿色，正是道路两边的树。"

山山坐在树下，像导游一样，给她讲着他所听过的有关这座县城的故事，还给她介绍着山下大大小小的建筑、河流、公路等。不知不觉，太阳已经很高了，阳光透过树缝儿洒下来。山山一转眼，看见斑斑点点的光正洒在红梅的脸上，红扑扑、亮闪闪的很好看。他看见，她的额头上还沁着几滴汗水，亮晶晶地趴在那儿。他心里想，这汗珠儿多么像落在苹果上的露水。它在太阳光的照射下，一闪一闪的，那么晶莹。他眼里看着，心里禁不住又产生了这样一种感觉：红梅真好看。那一刻，山山好像以前从来没有见过她似的，眼盯着她看。红梅也感觉到了他在看自己，因而微笑着向他转过脸来。红梅转过脸去看山山，见山山正在看她，她便有些不好意思起来，低下了头。山山见她低下了头，那亮晶晶的汗珠子还在额头上趴着，问道："这会儿天热了，是不是？"红梅说："我倒是感觉不到。"山山说："你感觉不到，但是，你看你脸上有汗珠。"他说着，伸手向她脸上摸去。当他把手伸过去摸她的脸时，她并没有躲。他的指头往那汗珠上一摸，她那汗珠子便沾到了他的手指头上，湿湿的。他便将湿湿的手指头伸过去给她看，还说："你不信，你看。"红梅凑过来看时，他的指头上果然湿湿的。

红梅说："哎，真有。"她说着，便看他的脸，而他的脸上却是干干的。她说："你的脸上怎么没有汗珠子呢？"山山说："我很少出汗，多热的天都不出。"他还说："有的人就爱出汗。"他说着，又去看她。他那双灼人的眼睛，看得红梅有些不好意思了，她忙将头转过去。但是，她那娇羞又温柔的一瞬，山山真真切切看在眼里，并使他终于忍不住将手伸过去，一把将红梅的手拉住了，声音很低地对红梅说："红梅，我感谢你。"红梅听那口气，何止是感谢？她便转过脸，故意道："有什么感谢的？"他说："你给我给了那么多好吃的馍馍。"红梅说："你说的是哪里的话？我又不是无缘无故给你的。再说，你把书都借给我了。"山山说："借书算什么？况且，你借了又还给我了。"他说话时，还紧紧地握着她的手。红梅说："你真客气，馍馍没了，你可以回家去取。那书你不借我的话，我在别处却很难找着。"山山说："几个馍馍虽然算不了什么，但是，日子长了，也还是很多的。"红梅笑着说："感谢了就好，那样，总比见了不认识的好。"山山说："我永远都不会忘记你的。"红梅笑着说："心里记着就行了，还说什么永远不永远的话。"山山说："真的，我永远都不会忘记的。"红梅笑说："只怕你将来高升了，就不认我了。"山山说："只怕你高升了不认我呢。你知道，我家里很穷。"

说到这儿，山山又向红梅脸上打量了一下，然后一本正经地说："红梅，我最近老想你，白天黑夜都想你。说真的，我很喜欢你。"红梅说："别说这话了。"没等山山回答，她又说："你好好念书。"山山说："真的。我想念你，一天连课也不想上，作业也不想做，我心里只想你。"红梅说："不行。这样下去，会影响你的学业的。”山山说：“可是，我真的很喜欢你。”红梅听山山那声音，几乎是带着哀求的腔调，赶紧说：“不行，你不能这样，我不能影响你。”但是山山还是带着哀求的声音说：“我心里知道，我这样做对我的学习是有影响的。但是，我也没有办法。”他说着，用渴求的目光盯着她看。那眼神就像一个久渴的人，见了一杯可以救命的水一样。

红梅从他饥渴的眼神里，看出了什么。把自己的手尽力往回抽，以免他失去理智。但是，山山硬是抓着不放，他要吻红梅的手。红梅一面笑着说“不行”，一面尽力躲着不让他吻。两个人，一个抓着要吻，一个躲着不让吻。红梅柔声细语但又极为真诚地说：“你这样做是不行的，对你不好。”但是山山心里早把好与不好的事儿抛到爪哇国去了，他只希望吻她一下。他将所有的激情，和对红梅的爱，都表现在那张毫无表情的脸上。尽管红梅是一个极会算计的女孩子，但是，那一天，当她看见山山那张苍白无力的脸后，心里还是不免踌躇起来。山山焦渴、灼热的眼神，终于融化了她。最后，她同意了。红梅任凭山山抚摸她的手，抚摸她的脸。她一动不动，像一只羔羊一样，惬意地接受着老绵羊一口又一口爱的舔舐。红梅第一次感受到自己心仪的男孩子的爱抚，不用说，心里是多么愉悦。她自己也仿佛失去了知觉，感觉世间的一切在那一刻都不存在了。

五、天没亮就下地干活儿

山山是第二天早上动身回家的。到家时，已经快中午了。家里只有弟弟山牛和妹妹山桃，他们也是今天才放学的。山山进门的时候，见山牛正拿着一块馍馍吃，山桃在案板边收拾着准备做饭。山山问："爸、妈和哥哥呢?"山桃说："还在地里呢，都还没有回家。"山山问："割苜蓿去了?"山桃说："割苜蓿去了。"山桃还说："我也刚来。我从学校回来得早，回来后，已经帮着割了一会儿了，妈叫我回来做饭，我这就回来了。"山山又问："剩下的多不多了?"山桃说："不多了。"在一边吃馍馍的山牛插嘴说："你知道个啥，大湾嘴上还有一坨子没有割呢。"山桃说："你才不知道呢。妈说那个要留苜蓿籽，不割了。"

他们正说时，母亲回来了。一看见山山回来了，母亲说："你不是说学校里要补课，回来得迟，怎么今儿就回来了?"山山说："我怕家里的田禾收割不完，就来了。"又说："补课都是自愿的，想补了就补，不想补了就不补。我不想补，就回来了。"母亲说："补补肯定是有好处的，你要是想补的话你就去，家里的活儿，我们慢慢做。"山山说："不补了。平时好好学，假期就不去了。再说，补课也是要交钱的。"母亲听了之后，问道："交钱？要交多少钱?"山山说："交也交不了多少，但我觉得划不来。"母亲说："你上次来的时候没有说啊，你要是说了的话，就算家里没有，也要去借一些，课还是要补的。"山山说："哪儿借去?再说，也不能老借人家的。"母亲说："没了也还得借啊。"对于山山的学习，母亲总是很关心，也总是很支持。山山说："还是算了。开学了好好赶赶，也就赶上了。"母亲听山山坚持说不去，也就拉倒了。

今年山山家里总共两垧苜蓿，割了两天，才割了不到一半，除了那块留籽的不割外，还有一大半没有割。这两天地里虽有三个人，但是，能割的就母亲和哥哥两个人。父亲胃上不舒服，拿起镰刀来使不上劲儿，每割一会儿，就要歇一下，不歇一下，他就坚持不住。现在，山山、山牛和山桃都放学了，他们当然都去地里帮着割。这样，父亲就会少割些，也就少在地里受罪。下午，一家人都去地里了。母亲说，大家都去也好，争取在收割豌豆之前，把剩下的那些割完。山山、山牛和山桃拿了镰刀去了，但他们三个起的作用并不大。因山牛还要看顾大小三头牛吃草，所以，他只有抽空儿割一割。山桃虽然手里麻利，但有时候，遇上很粗的那种苜蓿秆子，得一根一根割。所以，山桃也是割不了多少的。山山虽然有劲儿，但他一直在学校里读书，地里的活儿干得一少，他割一会儿，就得直起腰来歇一歇，所以，割得也不是很快。但是，不论怎么说，多一个人总比少一个人的要好。因为有了山山他们几个人的帮忙，所以只用了一天半时间，剩下的苜蓿被全部割完了。一割完苜蓿，紧接着开始收割扁豆和豌豆。不过，那一年，他家种的扁豆和豌豆都不太多，主要的庄稼还是冬麦、洋麦和莜麦。所以，当冬麦、洋麦和莜麦开镰的时候，一家人起早贪黑，中午连家也顾不上回。山桃回去把午饭做好，送到地头上。大家顶着日头吃，吃完了，又继续收割。太阳下去了，他们在黑夜里还要摸黑收割半晚上。那时候，只有山桃一个人回去搞后勤——做饭、烧水、喂猪喂鸡喂狗。山牛还是操心三头牛的吃草饮水，当然，他也抽空儿帮着束束捆子，摞摞垛子。

那一年，山山家里的夏庄稼，除了半垧豌豆和两溜子扁豆长势不大好之外，其余像冬麦、洋麦、莜麦等主要庄稼，长势都比较好。尤其是种在山畔上的那两块地里的冬麦，秆子长得差不多跟洋麦一样高。杨家山人都说，这多少年来很少见这么长的冬麦秆子。杨老大当然很高兴，心想，也许这正是天遂人愿吧。今年要给山兔娶媳妇，连庄稼长得也好了。有这么好的两垧冬麦，打了装到栓子（用草辫和绳子围起的用于储存粮食的地方）里，娶儿媳妇待客总不犯愁了。

不知道是庄稼长势好，心劲儿大，还是喝了六顺爷从哪儿搞来的一个偏方药，正当冬麦开镰，进入大忙的那几天，杨老大的胃，倒是感觉比以前好多了。因而，他在地里，帮老婆孩子收割田禾、摞垛子的时候，没有先前那么喘了，胃也没有先前那么疼了。胃疼这种病，有时候让人感觉像是没有病一样，什么都好好的；有时候，因为一两口饭吃得不对劲儿，它一下子像是睡醒了的小孩子似的，又是哭又是闹，搅扰得你坐卧不宁。

因为好几天胃口都好好的，杨老大便放松了对它的警惕。那一天，山桃送饭时，顺便带来了半书包刚从树上摘下来的杏子，两把新拔的葱秧，叫大家下饭吃。山桃摘的杏子，是门前那棵大板杏树上的。这棵树上的杏子，看起来个儿大大的，颜色黄黄的也好看，但是吃起来酸酸的。杨妈知道男人胃口不好，叫他别吃，但杨老大看见大家都在吃，自己也忍不住吃了一颗。这颗杏子刚一下肚，他马上觉得胃里不舒服了。过了一会儿，感觉越来越不行。到晌午的时候，他疼得一声一声直叫唤。山桃赶紧跑回家里，拿来了一小包他常吃的那药片。杨老大当下在地头上，仰起脖子，吃了好几片，又喝了半碗温开水，这才渐渐地止住了疼。

杨老大的胃因那颗杏子又疼起来了。那几天，他每天吃药，但是，病还是没有完全好，活儿还是照样干。在地头上，杨妈和几个孩子看到他病恹恹地拿着镰刀割田禾，都劝他回到家里歇息去，可是他不回去。女人孩子们说得多了，他就来一句："麦黄六月的，歇息什么？过去在这种虎口夺食的大忙季节，连阁楼上的小姐都要下楼来干活儿。我一个大男人，怎么能闲待在家里呢?"杨妈和孩子们知道劝说没有用，也只得由他去了。

大忙时节，大家每天早上都起得很早，晚上睡得也很迟。每天起来时，星星还在天上亮晶晶的。有病的杨老大还是跟大家一样，很早就起来了，拿了镰刀，跟着大家一块儿下地干活儿。晚上睡的时候，也是星星满天。不过，晚上睡觉的时候，父亲却比别人早。因为胃疼，父亲的晚饭，常常是药片和温开水。山桃把喝药的水端到炕沿头，父亲便从枕头跟前的那几个药瓶里倒出药来，放进嘴里，再喝几口温开水，脖子一仰，将药片带开水一股脑儿咽下肚里去。

这天晚上，父亲的胃似乎比平时疼得更厉害。整个夜里，睡在对面房子里的山山，好几次听见父亲哼哼唧唧呻吟的声音。当鸡叫二遍的时候，山山再一次被父亲的呻吟声吵醒。山山白日里，又是拿镰刀收割，又是结绳捆束子，因劳动了一天，夜里睡得像是死猪一样，可是，父亲那叫唤的声音太大了，因而，他还是被吵醒了。山山想下去看看，但是，他知道他去了，也还是什么问题也解决不了。他说请医生，父亲总会说"请什么医生，以后少吃些，就好了"，他说你再喝些药，父亲总会说"刚喝了药"。父亲的理由，永远比自己的多。所以，山山便躺在炕上，什么也没有做。

这时候，外面又传来公鸡喔喔喔啼叫的声音来。山山扒开窗子往外面看，但见喇嘛山的山头上，已经出现了鱼肚白。山山知道，天快亮了。渐渐地，父亲叫唤的声音小了。他想，昨晚上父亲一声不停地叫唤了一晚上，这会儿可能睡着了。父亲这会儿才睡着，今早一定起不来了。山山便给一边睡着的哥哥山兔和弟弟山牛悄悄做了交代，要他们起来后，说话轻声些，走路时脚步放轻些，让父亲好好睡一会儿。

当鸡叫三遍的时候，山山便听见母亲在院子里走动的脚步声了。山山听见之后，也起来了。他一面穿衣服，一面推了推旁边睡得很熟的哥哥和弟弟。山山的意思是叫他们快点儿起来，因为昨晚上父亲哼叫了一晚上，今日一定起不来了。而那时候，他们家的冬麦全熟了，得早一点儿去收割。这几天，天总是响着雷。昨日，还听说西营那边下了冰雹。鸡蛋一样大的冰雹，砸坏了不少熟了的麦子。因而，他们也得抓紧。要不然冰雹下下来，这些庄稼就全完了。

山山和母亲、哥哥、弟弟、妹妹几个，没顾上吃一口馍馍，喝口水，就拿了镰刀，悄悄地出发了。他们刚走到村前的沙石坡的时候，走在后面的山桃便说："妈，我爸也来了。"大家听了，都转过脸去看。果然看见父亲手拿着镰刀，从柳树那儿下来了。杨妈和几个孩子看见后，都没有说什么，他们知道，说了也不顶用，还不如不说的好。

那一年的夏收，在许多个紧张的白天黑夜之后，终于接近尾声了。到秋季开学的时候，山山家里夏庄稼的收割，基本上做完了，剩下的只有胡麻、甜荞、苦荞以及洋芋这些秋庄稼了。不过，这些庄稼的成熟，也是三三两两的，没有熟到一块儿。因为是熟一块收一块，所以收割得并不怎么紧张。其余像打碾、平地、上缴公购粮的事儿，急迫是急迫，但是到底没有虎口夺食的夏庄稼的收割那么急迫了。

夏收基本搞完了，但是，父亲带病收割的情景，像烙铁烙过一样，在山山的心里留下了极为深刻的印迹。每每想到那情景，山山的心里禁不住会涌起一阵潮水般的哀伤。而且，那潮水像山洪一样，汹涌澎湃，久久难以宁静。山山尤其难受的是，他上学期在学校里的那些表现，即他和红梅之间交往的那些事儿。山山想，自己是以七里川乃至整个西营乡最好的成绩，考入县中学学习深造的。后来，糊里糊涂就跟红梅来往起来，而且，糊里糊涂交往得又那么深了。看看家里这么忙，父亲有病，晚上连觉也睡不着，第二天仍不能休息。而自己在县城里，不仅没有好好学习，反而和女孩子一起上山，一起看风景，还手拉手地说一些亲热话。自己这行为，能对得住谁？他越想越后悔，越想越惭愧。那一夜，山山好久都没有睡着。想想父亲这么含辛茹苦，把自己送到县上最好的学校里去，为的是什么？为的不就是让自己不再像他一样目不识丁，不再像他一样，生活得那么艰难，那么辛苦吗？自己在这么好的环境里，不仅没有好好学习，反而谈起对象来了，能对得住这么辛苦劳动的父亲吗？想到这儿，他不禁浑身沁出了汗。他认为自己必须得改正以前不正确的做法，好好学习，断然与红梅断绝关系。对，必须这么做。这样，方能对得起带病劳动的父亲，也能对得起对自己充满期望的母亲。

八月二十五号，县上所有的学校都开学了。山山因为家里忙，是第二天回到县城的。红梅以为他前一天就回来了，因而，她前一天已经找过一趟了。这一天，她又来找山山了。她拿着山山的英语书和那些复习资料来了。当红梅到山山住的店里时，见山山正躺在店家的炕头上，跟另外一个刚回来的舍友，聊收割庄稼的事儿。一看见红梅来了，他们俩都坐了起来。那舍友一看是经常找山山的那个女生来了，便很知趣地出去了。一个假期的劳动生活，使山山变得像是另外一个人。原本白白净净的脸变得红红的，有些地方还斑斑点点的，像怀孕女人的妊娠斑一样。先前细嫩的手，皮子脱了一层又一层。红梅看了看他的脸，笑着说："你这是怎么了？"

在假期的那一天晚上，他因亲眼看见带病劳动的父亲而产生了后悔、内疚之情，山山便不想和红梅再有更进一步的关系了。当时，山山还想，以后见了红梅，随便应付她几句就行了，尽量尽快把她打发走。可是，当红梅真正到了自己跟前时，他又不好意思这么做。转眼不认人的事儿，他杨山山是做不出来的。再说，红梅对他也是很好的。当时，山山听了之后，当然知道她说的就是自己的脸和手，因此笑着说："怎么样？看起来很怪吗？"红梅用手在自己的额头上和脸上比画着说："就这儿。"山山说："我知道的。我天天都很忙。到昨天晚上，才把最后一垛子莜麦挑回家。"山山还问红梅："假期里忙，一直没有见你。你什么时候回来的？"红梅说："我回来得早。回来都半个多月了。"山山说："怪不得不见你。"又问："你怎么来得这么早？"红梅不想说她姐姐叫她补习功课的事儿，只是说："我姐姐忙，我外甥一个人在家里。我帮她看我外甥。"山山说："噢。你幸福啊，我在家里忙得跟什么似的，你只看个孩子。"红梅点头说："我姐姐让我看的。"

那一天，红梅见了山山，心里比以前踏实了许多。也许，是放学那一天，山山在清凉山上和自己发生了那一幕的原因吧。那一天的那一幕，她一直记着，她一直感觉自己很幸福。因为她感觉自己真正被这个学习好，长得又帅气的小伙子爱上了。她一直想念他，开学前的那几天，她几乎每天掐指算着山山到来的日子。山山一到，就可以把书还给他。当然，还书的时候，是可以见到山山的，这一点，让她心里很高兴。

六、山兔的婚事

杨老大万万没想到，他这一次托媒人给大儿子山兔说的这门亲事又黄了。那一天，当媒人孙老罐把拿去的所有的彩礼，原封不动地背回来时，杨老大心里一下子变得沉重起来。山兔已经二十六了。二十六岁的小伙子，虽说不是很大，但在杨家山这地方，已经不算小了。可以毫不夸张地说，是大龄青年了。孙老罐这次说的这门亲，是杨老大托媒人给山兔说的第三门亲事了。前两门亲事黄了之后，杨老大两口子都没怎么在意。他们两口子也知道，自己的家底儿，跟那样的人家成亲，本就是门不当户不对的，黄了就黄了，天底下的姑娘不止那两个。而孙老罐这次说的这门亲，杨老大一家子都很有把握，都觉得，无论是两家子的家庭背景，还是两个孩子的长相，都很般配。婚姻这事儿，这一点很重要。谁知，到临近办事儿的时候，忽然间又没戏了。当杨老大听到孙老罐说亲事不成了的话之后，正拿着木柴棍儿、准备生炉子的他，眼睛顿时瞪得大大的，手也抖起来了。手中拿着的那根木柴棍儿，差点儿掉到地上了。

媒人孙老罐也觉得可惜，可是那也是没有办法的事儿。孙老罐做媒做了大半辈子，骗吃骗喝也骗了不少人。但是因为杨老大为人实在，他在山兔的这一桩婚事上，实际是很用心的，但结果还是弄了个一塌糊涂，他实在是于心不忍。所以，孙老罐又四处打听，很快替山兔又说了一门亲事。这是十里之外的一个叫李家庄的一户人家。女子个子不高，长着一张瓜子脸，脸上白净，样子也不难看。但这女子有一个特点，就是一点儿不爱笑。那天，孙老罐还领来看了一次杨老大的家。让杨老大一家人高兴的是，这女子没有嫌弃杨家山这地方不好，没有嫌山兔家里不富有，也没有嫌弃山兔年龄大。定亲的那一天，杨老大照例请了山兔的几个舅舅和叔叔去了李家。李家也请了女孩子的舅舅和几个远房爷爷、叔叔。茶饭之后，便开始喝酒。李家亲家打开了自己准备好的一瓶酒，又把杨老大家提来的那两瓶拴了红线的酒也都打开了。酒才喝过两轮，媒人孙老罐便发话了。他一手端着杯子，眼看着杯里的酒，当着酒桌对大家说："我最喜欢这个。"

孙老罐一句话，使沉闷得发慌的酒席气氛一下子有了生气。大家也都跟着说："这东西不错。"孙老罐接着说："我想我们先办正事儿。这么好的酒，再喝几杯，我就醉了。我一醉，什么都记不起来了。"孙老罐这话一出，大家便知道他要说什么了。李家掌柜的听了后，往媒人孙老罐脸上看了看，又向亲家杨老大脸上看了看，口里吱吱呜呜地说："这样也好。"孙老罐给李家亲家说："你就说说吧。"孙老罐这么一说，一屋子的人都侧着耳朵听李家亲家到底要多少彩礼。可李家亲家并没有说出来他要多少，而是拐弯抹角地道："不知咱们那边情况怎么样，反正我们这边这几年就这样——"

到底是"怎样"，他还是支支吾吾没有说出口来，因为他老婆还没有进来。他是个长着脑袋，但什么事儿又做不了主的男人。他转眼向门口望时，没人进来，就故意重重地咳嗽了一声，然后，又慢吞吞开口了。因为刚才已经说了"这样"，一句话不说出来，炕上坐着这么多的人，也不好意思。所以，他又开始说了。他刚要说"车子一辆"时，他老婆从门外进来了。孙老罐早听说这家人是女人当家，所以，一看见掌柜的女人进来了，他便忙笑着说："这不是亲家掌柜的吗，你来得正好，女儿是你养的，你就说说。"

这掌柜的女人没有一句开场白，站在地上就开口了，她说道："让我说我就说。"她刚进来的时候，孙老罐看她那样子，脸上还算端正，他以为这人心地也好。听了她说话的口气，再看了看她的脸，孙老罐心里便有了几分想法了。他从她那张似笑非笑的脸看出，这女人是不好对付的那种人。只听她说："先说彩礼。正礼三千。"一句话说得满炕上的人都怔住了，大家都瞪大了眼，往杨老大脸上看。杨老大心想：这边怎么这么贵！没等亲家杨老大开口，亲家女人接着又说："另外，车子一个，机子（缝纫机）一个。"她把车子、机子都说成了"个"，还说："车子是给老汉的，机子是给我的。"坐在一边的媒人孙老罐一下子蒙了，心里想：好家伙，一口气要了这么多。他看了看杨老大，又看了看炕上的其他亲戚。只见大家都低着头，不说话。

其实大家都被李家亲家女人这一张口给吓住了。女儿是人家的女儿，要多要少，是人家的事儿。但是，要得太多了，别人的心里都有些过意不去。大家都觉得，李家亲家女人这一要，远远超出了他们的预期。光这三千彩礼，在李家庄周围十里八村，是没听说过的。再不要说，还要了车子和机子。杨老大心里当然更清楚：李家亲家要得太多了，多得超出他的想象。别的不说，就这三千正礼，足够他卖掉三个桃桃了。自己的女儿定亲时要了一千，他就觉得多，女儿过门一年了，他心里还有些过意不去。人家一开口就是三千。但是，儿子山兔已经大了，再不抓住这个机会，下一个说不定要得更高。当时，他怕孙老罐说贵，也怕别的亲戚嫌贵而黄掉了亲事，因而，便一口答应下来了。他说："也行也行。"还说："一个女孩子，从生下来到长大，嚼馍馍喂饭不容易，要几个钱也是应当的。"

媒人孙老罐听了亲家女人要的彩礼和东西后，早吓得不敢吱声了。作为媒人，在这关键时候，应该有所作为，尤其是双方在彩礼上有争议的时候，平衡一下双方的态度，更是十分必要的。那种情况，一般的表现是，女方要得多，男方出得少，于是产生了争执。可是，今日这事跟一般的情况不一样。女方要了之后，男方不仅不嫌多，而且很爽快地一口答应了，这让他大出所料。孙老罐给人做媒做了半辈子，像今天这样的事儿真还少见。但是，孙老罐毕竟是做媒的老手，他对自己的这一行了如指掌。东家行，我一个做媒人的，有什么不行的呢？因而，他听杨老大这么一说，便在一边顺水推舟、哼哼哈哈应承起来，他说："女儿找婆家，总是要图点儿什么的。"他怕掌柜的女人还胡要，便盯着站在一边、口像被木塞子塞住了似的掌柜的，问道："掌柜的，你想要什么？尽管开口。"孙老罐这么问，一方面是告诉亲家女人，你不能再要了，不能那么心狠了；另一方面是照顾亲家男人的面子。

孙老罐这一句话，本来是抬举亲家女人的。谁知这女人，不仅不知好歹，还变本加厉起来，她说："哟，还有一件，就是手表。我们乔乔老早就说爱一块手表。"这让孙老罐着实有些生气了。他想：我见过的女人多，还没见过这样的女人。给你脸，你都不要脸。他瞟了杨老大一眼，便自作主张地替杨老大说话了，他说："他姨娘，你刚才要车子，我同意。西营逢集了，掌柜的骑上赶个集，也是很方便的；要缝纫机，我也赞成。缝纫机这东西本来很实用，如今很多人家里都有。我们庄稼人，种地收割总是忙，顾不上缝补。有了这个，破衫子破裤子，往机子下面一压，当当当几下子就缝补好了。可是，你要一块手表，我觉得没必要。我们种地人，太阳出来了就下地干活儿，太阳下去了就回家。你要那个干什么？没有一点儿用的。"他一面说着，一面看着亲家女人，那眼神里，充满了逼人的目光。不料，那女人却有自己的观点，她振振有词地说："种地人也是人，时间也是要看的。现在哪个女孩子定亲不要一块手表？"孙老罐看她一分钱也不少，一样东西也不少，也就没了办法，愣在一边，像泄了气的皮球一样。但是杨老大心里有底儿，他知道过了这个村，极有可能就没了这个店。因而，亲家女人要下的，他全都接受了。杨老大心里粗粗算了一下，不说正礼，就后面要的这三样，就得六七百元。也就是说，再有二三百元，就又是一千元。而这些，自己的女儿桃桃定亲的时候，一样都没有要。桃桃出嫁才一年，彩礼的行情变化就这么大！对此，说了半辈子媒的孙老罐，实在有些不忍心。不用说，这在杨家山周围十里八村闻所未闻，而且，在他所走过的十里八村之外的地方，也很少听。等掌柜的女人出去后，孙老罐便向掌柜的又做了一次努力，他说："他姨父，你再减减，这价钱太高了。"他差点儿说出了"你也养了儿子，你儿子将来也要找媳妇"这一句话。孙老罐这么一说，其他几个亲戚，包括李家这边的亲戚也都替杨老大说起话来，都说"减减"，"差不多就行了"。但是，李家亲家还是一分钱没有减。其实了解情况的人都知道，他就是想减也不敢减。

山兔找的媳妇价钱之大，让周围许多人都感到惊奇。这消息不知怎么，像瘟疫一样传开了，甚至十里开外的人也都知道了。但是杨老大还是很高兴，因为已经给山兔说过好几个了，人家不是嫌杨家山这地方不好，就是嫌自己家里太穷，总之，说一个黄一个。这一个是贵了些，但是，人家好歹有个"愿"字，这已经叫他谢天谢地了。杨老大回家后，两口子就兴高采烈地筹划起山兔结婚的事儿来。都说越快越好，只要有好日子。当晚，杨老大就去老曹跟前卜吉祥日子。老曹问了山兔的生辰，又问了女方的生辰后，掐指一算，说腊月十八最好。杨老大听了，也觉得腊月十八不错。因为那时候是农闲时候，活儿不多。再一个，从现在开始就准备，时间也宽裕。

那一夜，杨老大高兴得几乎一夜都没合眼。第二天一早，他又跑去找媒人孙老罐了。他想叫孙老罐陪自己再去一趟李家庄，一方面，把结婚的日子告诉给李家；另外，把自己手上现有的、女儿桃桃婆家拿来的彩礼钱，如数拿去交给李家。李家两口子，对于结婚日子的远近，都无所谓，听了以后当然都同意。他们甚至想，只要钱清了，车子机子手表都到了，就是今天娶走也可以。不过，亲家女人是一个心计比较多的女人，她怕这话说出去，有些不大体面，就故意说："女儿还小，等过一年了再说。"杨老大是个实在人，他没有那么多心计，他怕夜长梦多，万一过个一年半载，中间又发生什么变故，就不好了。二十五六的大后生，不能再耽搁了。他只得向亲家女人叫苦，说了好多腊月结婚的好处。最后，亲家终于同意了，但是，前提是再加一百元。"一百块就一百块。"杨老大听了之后，十分果断地说。

七、婚前的准备

日子定好了，亲家也同意了，杨老大两口子心里都很高兴。今天已经是五月的最后一天了，过了这一天，就进入六月了。虽说距离腊月十八还有大半年时间，但是，时间这东西有时候很怪，人等时间的时候，怎么等都等不住，可时间等人的时候，一眨眼，就溜过去一大截子。自从日子定下来之后，杨老大为了上彩礼，一直东奔西走去筹钱。他到亲戚家，到朋友家，到所有认识的人跟前都去了。可是，借到的钱并不多。杨老大这些亲戚朋友，境况跟杨老大差不多，这几年也是要吃有吃，要喝有喝，唯独没有钱。

到八月初的时候，彩礼上了一半还不到。剩下的车子、机子再加上手表，差不多还得两千块。两千块啊，对杨老大来说，不是一个小数字。它从哪儿来呢？杨老大能上的门都已经上了，能张的口都已经张了。眼看儿子结婚的日子在一天一天接近，但还缺那么多钱，他心里像着了火一样。这可怎么办呢？杨老大日里想，夜里也想。短短十几天时间，人瘦了一大截子。女人看在眼里，急在心里。她知道，男人有病，是不能过分操劳的。所以，在山兔、山山等几个孩子面前，她没有吭声。她怕他们知道了，也要加重他们的心理负担。再说，山兔这几年一直在外面挣钱，也是很辛苦的。山山、山牛、山桃都在上学，不能因此影响孩子们的学习。因而，等几个孩子不在跟前的时候，她便对男人说："你不用那么愁钱的事儿，我们慢慢想办法，事情总会解决的。"

杨妈口里这么安慰男人，其实她自己心里也知道，这事儿不好解决。"慢慢借""会解决"，说起来容易，听来也合理，但是，到底什么时候能借来？什么时候能解决呢？儿子山兔已经二十六七了！在杨家山，这样年龄的男孩子，除了那几个打光棍的之外，就剩下自己的儿子山兔了。

对于这件事，山兔当然也看在眼里。今年山兔像往年一样，年初就出去打工了。当孙老罐说下李家这女子后，他五月份就回来定亲了。自从回来之后，就一直没有出去。一方面，那时候夏收马上开始了，他就是出去打工挣钱，也干不了几天就得回来，因为父亲身体不好，山山他们几个干活儿又不得力，家里那么多的庄稼，就母亲一个人，显然是收割不完的。当然，还有一个原因就是后半年要结婚，许多应该做的事儿都还没有做。别的不说，现在连个结婚用的房子也没有啊。包产到户这几年，一家人只忙着种地。为了种好地，多打粮食，杨老大把所有的精力都放在这十几垧土地上。其他的事儿，包括搞建修盖房子的事儿，一直就没考虑。这几年，因为他们一家子起早贪黑，没日没夜地干，粮食是打了一些。先前，土崖下那眼大窑空荡荡的，后来，终于拴起了一个大栓子。前年一年下来，那眼大窑已经不够用了，就在住人的上房里也拴了一个栓子。去年，在山兔、山山、山牛他们兄弟几个住的那个小房子里，地下也拴了一个栓子。杨家山包产到户这几年，单从打粮食来说，打得最多的就是杨老大家，但是连一间房子都没有盖。为此，给山兔说下的前几门亲事都黄了。每一次，当媒人领来说下的女子和女子她妈来看时，都嫌弃他家里没有新房子，还给媒人偷偷撂下一句话，说："那家子人家，除了几个粮食栓子之外，什么也没有。"不要说杨老大听了之后，气得哭笑不得，整个杨家山人听了，也气得哭也不是，笑也不是。有几个年老些的愤愤地说："天老爷，话也不能这么说！一个萝卜一个媳妇的年代，也不是没有啊。皇帝大老爷也要拿五谷来养活，你不能这么欺负人。"

但是实际上那几年，那些有女子的人家，就是这么欺负杨家山人的。杨家山人由此也长了心眼儿。他们宁可少打粮食，也要想办法把房子修建得漂漂亮亮的，尤其那些准备给儿子说媳妇的人家更是这样。杨老大因山兔的前两门亲事，也认识到新房子的重要性。因而，当李家姑娘同意嫁给儿子山兔的那一天，他当即决定，山兔今年不出去了，留在家里修房子。地点就选在上房和土崖下的大窑之间的那个空隙里。房子必须得赶紧修盖，因为腊月就要用房子，如果修盖迟了，后半年天冷了，房子也不好干。再一个，后半年盖的房子，因为天气的原因，本身就不大结实。所以，从那时候起，杨老大和山兔除了干地里的活儿之外，就是盖房子。砍檩子，刮椽子，打墼子，一天从早忙到晚。终于，在七月底，把新房子盖成了。

山兔结婚用的新房子有了，但是，给李家上的彩礼还差很多。杨老大还是四处奔走，他的脚磨起了泡，鞋也磨破了两双，但是，借到手的钱还是不多。这一回，这位饱经半世风霜的汉子，确确实实感觉到肩上的担子比什么时候都重。

一九五九年的大饥饿，他也经历过。虽然，他差点儿饿死了，但是，他倒是没怎么怕；改洮河的时候，他差一点死在半路上，但是，一块儿去的人多，不是他杨老大一个人，要死都死了，他没必要自己一个人害怕。而这一次，担子就压在他一个人的肩上。杨老大被疾病折磨得没有一点儿血色的脸，这时候，显得更惨白了。许多杨家山人看见杨老大那蔫萝卜一样的脸，都暗自吃惊：这杨老大咋了？那天，当山兔看到父亲满脸愁容的样子，他终于忍不住说："爸，我还是出去挣钱去。"

杨老大当然知道儿子的意思，但是，这位坚强的父亲却说："都到这时候了，你挣什么去？再说，你现在去了，也干不了几天活儿，工地上就要停工了。"杨老大虽不出门挣钱，但是，工地上的事儿，他大体还是了解的。开春时候开工，年底了收工。所有的建筑工地，基本都一样。而山兔则说："是快要停工了，但怎么也到十月了，我去了还能干一个多月两个月，能挣多少就多少，这样，还是可以帮补帮补的。再说，我这一去，也可以把前半年那些没有领到手的钱领到手。"杨老大听他这么一说，也只得说："那就看你吧。"

第二天一早，山兔步行去了县城，在县城搭上了去省城的班车。在省城的客运站，又搭上了去那家工地的公交车。山兔到工地时，见工地上的那个大铁门紧闭着。山兔用手推门，门从里面关着。山兔透过门缝往里看，里面没有人。那个建了一半的楼，周围垂着一片一片撕破了的绿色帷幕。那个高高的塔吊，只剩下一副铁架子直立在那儿。山兔使劲儿去敲门，没人应。他站在门口，大声喊叫看门的张师傅，连喊了几声，也没人答应。他正转身往后走时，听见里面有脚步声。山兔又转过身往里张望，见从铁门旁边那个简易房里走出来一个三四十岁的女人，山兔认识那是张师傅的女人。那女人还在铁门后面迟疑地往外张望，山兔隔着门叫了一声"阿姨"，那女人便打开了大铁门上面隔开的那扇小铁门，将门开了一道小缝儿，她一手扶着门框，将半个身子探出来问："你找谁？"

山兔认识这女人，但这女人并不认识山兔。因为山兔是她到这儿之后的第二天就回家的。山兔自我介绍说："我是陇山的小杨。"他怕那女人不清楚，又加上一句解释："就前半年在这儿干活的小杨。"那女人听山兔这么一说，也觉得好像见过。于是，她便应承道："噢，噢。"她想，一定又是来讨账的，因为这一向来这儿的，都是讨账来的。因而，她便说："老板不在。"

自从老板逃跑后，整个建筑工地都停了，只留下他们两口子看大门。刚停工的时候，有许多人等工钱，等了好多天，等不住后便都走了。但是，此后，工地上还是三天两头有来讨工钱的人。每当这些人来的时候，他们两口子便隔着门，应付几句。怕他们因要不到钱，而趁机进来抢东西，他们总是把门关得紧紧的。今日这女人因为听山兔叫了声“阿姨”，觉得这人跟那一帮把门砸得震山响的讨账人不一样，因而，将门开了半扇，探出身来跟他说话。

当然，山兔不知道这些。他想，楼还没有盖起来，老板一定不会走远的。所以，山兔说了声：“楼房还没有盖好呢?”那女人听了说：“不知道。”这女人给来这儿的每一个人都说同样的三个字：不知道。其实她心里很清楚，这老板是携款而逃。山兔一面听，一面看她说话时脸上很诡异的样子，便立马想道：老板一定是逃跑了。心想这下坏了，自己干了差不多一年半的工钱，才拿了一半还不到，这可如何是好？到哪儿去要？他极失望但又故作镇定地问道：“不知老板什么时候回来呢?”那女人冷冰冰地说：“不知道。”那女人怕自己的男人不在，这个自称陇山的小杨，也会像其他那些前来讨要工钱的人一样，冲进来大闹大抢，于是趁山兔不注意，将身子往后一退，咔嚓一声，把铁门从里面锁上了。山兔在外面还问有关工地和老板的事儿时，那女人早一溜烟地钻进了那个简易房子里。山兔再问时，里面什么声音也没有了。

离开那家工地，山兔又去附近几家工地上找活儿。可是，那几家工地，也快到完工的时候了。而且，这时候每个工地上也不缺人。其中一个工地的老板说：“我们这儿暂时不缺人，你想要来的话，明年开春早一点儿来。”另一个工地的老板说：“我们六七月最需要人，你六七月怎么不来?”在最后一家工地上，山兔被老板接纳了。山兔在这儿已经干了两天了，那天晚上，一个好心的工友偷偷告诉山兔：“我们几个两年的工钱都没有拿到，你来得这么迟，恐怕今年也是白干。”山兔听了之后，怕自己又上当，便于第二天一早离开了。

山兔找了几家工地打工，都没有打成。现在怎么办？回去吧？可是自己已经来了，这么远的路，上下一趟，光路费也要花好多钱呢。再说，到家里去了，地里是刨不出多少钱的。虽然农活儿有的是，可是，即使干上三个月的农活儿，也比不上随便在哪儿打一个月工赚的钱多。自己年底就要娶媳妇，家里现在最需要的是钱。也就是说，无论如何，都不能回家。随便在哪儿打个工，也比坐在家里要好。这时，他忽然想起，妹夫年初的时候，叫他去大涧沟煤矿下矿的事儿。妹夫说：“你在建筑工地上打工，时间又长，挣钱又少。”当时他没有去。因为他害怕煤矿里面黑咕隆咚的样子。虽然地面上的活辛苦，钱也少，但是地面上可以见到太阳，人感觉也是清醒的。钻到矿井下面，感觉像是在睡梦中一样，胸闷气喘，糊里糊涂的。当时他说了之后，妹夫则说："那是你没有干惯的原因，干惯了，倒觉得轻松。一个班，就那么几个小时。这几个小时之内，你就用力干，干完了，你就走人。睡觉由你，转大街也由你，谁人也管不了你。而且，钱比建筑工地上的要多许多。"山兔这么一想，也觉得煤矿上不错。一来，妹夫在那儿，起码自己刚去的时候，有吃有住；二来，钱也多。还有一个，就是不打白条不欠账。这几年那个矿上几乎没有欠过妹夫的钱。想到这儿，山兔当即去了车站。

八、奔走

八月十五中秋节就要到了。

中秋节不是一个大节日，但也不是一个小节日。这几年杨家山这一带兴起了一股追节的风气。追节的主要内容就是，未婚夫家里要给未婚妻送钱送礼送东西。钱的多少，没有具体规定。送三五十的有，送七八十的也有。多一些的，甚至一百的也有。但这只有公干人家，或者当老板挣了大钱的那些人，一般老百姓人家是送不起这么多的。至于礼物，大小也不限。衣服、鞋袜可以送，手帕、毛巾也可以送，只要是姑娘们喜欢的，什么都可以。因李乔乔还没有娶过来，杨老大今年一定是要追节的。这一点，杨老大两口子心里早有准备。实际未到八月的时候，杨老大两口子就已经准备追节的事儿了。八月初的一天，杨妈在麦场上将新打的豌豆，用筛子又细细地过了一遍，将每一粒石子、每一粒麻萌子捡尽剔除，晒干之后装起来。杨老大当下过了秤，足足有两百斤。杨老大兴冲冲叫来宋八两，宋八两用低于市场价将近一毛钱的价格，将满满三塑料袋子豌豆，连驮带背运走了。杨老大将宋八两给的一百二十二块六毛一分钱，一分不少地交给了女人。另外，还从宋八两跟前预支了二十七块三毛九，也交给了女人。第二天，杨妈拿着这些钱去赶集。在七里川集上，杨妈花了整整半天工夫，一家商店一家商店地去挑选。最后，在马老五的商店里，挑了一件大红涤纶上衣，还买了一条淡红色围巾。就这，她还嫌少，还想另外买双袜子。但是，身上带来的钱已经花得差不多了，因而，她只好把已经拿在手上的那双橘黄色袜子忍痛放下了。

八月十五那天，杨老大拿了女人买下的衣服、围巾，另外又拿了十块钱，喜滋滋去了亲家家里。他刚坐到炕上，亲家女人就进来了。杨老大把带去的那些东西从包里掏出来，像献宝似的一样一样拿出来献给亲家女人。他满以为亲家女人这回一定是很高兴的。记得那一年的八月十五，实实父亲给自己的女儿桃桃追节时，给了一双袜子，另外给了两块钱。就这，把桃桃乐得什么似的，他们一家子也都很高兴。隔了一年多，自己给儿媳妇追节，竟然阔气了不知多少倍。谁料，亲家女人并不满意。她一手提着那件大红涤纶上衣，当着杨老大的面，连耍笑带老实地说："裤子呢？怎么没有裤子？"杨老大听了，知道她嫌自己没有买裤子。他万万没有想到，这女人要求这么高。因为听老婆说，这件衣服差不多值一百块钱呢。一百块，他杨老大所有的衣服加起来，也不值这个钱。但是，他当时没有说什么，只是在一边赔笑。等亲家女人说第三遍的时候，杨老大终于也连耍笑带老实地说："你女婿外面挣去了，挣来了就买。再说，这年轻娃娃的衣服，我那老婆子也不会买。万一老婆子买来了，孩子穿着不大合身，也不好。"

显然，杨老大将没有买裤子的原因归结于自己的老婆不会买。而亲家女人似乎不吃他这一套，她黑着脸说："钱多的东西就好。你不会买了，只捡钱多的买，不就行了？"杨老大听了，还是赔笑说："好的好的，下一回就只捡钱多的买。"好在那一天，乔乔并没有给他给脸色。因而，杨老大心里还是很高兴。

杨老大回来之后，一切还是按照自己已经想好的步骤走。新房子已经盖好了，所以，有关房子的事儿，他不用操心了。可是，房子里面一件像样的家具都没有。到时候，新娘子总不能接在连一件家具也没有的房子里。他叫人帮忙砍了一棵不大也不小的白杨树，他想趁天气好，请木匠来做几样家具。首先要给乔乔做一个装嫁妆的箱子。另外，再做一张桌子、两把椅子。他想有了这些木头，做家具就不成问题了。现在，关键是彩礼钱还差很多。

要说彩礼，这可是让杨老大最头疼的事情。这些天，杨老大为这事儿，路也没少跑，但是，效果并不大。现在已经是农历十一月底了。十一月底，这是什么样的一个概念呢？只有杨老大心里最清楚。也就是说，再有不到二十天，就要给山兔娶媳妇了。可是，彩礼还差那么多。亲家女人已经再三说了，彩礼是一样不能少，礼金也是一分不能欠的。在不到二十天的时间里，要凑够两千块钱，这是何等难啊。杨老大心里道：你让我上刀山、下火海也可以。独有凑够两千块钱，我是办不到的。

杨老大心里很焦急，他像热锅上的蚂蚁一样，急得团团转。再有几天十一月就过去了，转眼就到腊月了。而腊月过得更快。俗话说：紧腊月，慢正月，不紧不慢的十一月。腊月一到，一转眼就是腊八了。腊八粥一喝，日子就过得更快了。大家都准备年货，今日这里一趟，明日那里一趟地赶集。这么赶着赶着，就到腊月三十了。

腊月过得果然快。一眨眼到了十六了。这天晚上，夜已经很深了。杨老大还像往常一样，奔走在借钱的路上。到底是腊月的天气，天很冷，北风呼呼吹着。凛冽的寒风吹打在脸上，像刀子割一样疼。杨老大到了三岔河口那儿，准备过河的时候，又刮起了一阵大风。大风裹着雪花，扑打在脸上，吹得杨老大的眼睛都睁不开了。团团的雪花到处乱飞，一时之间，他连回家的路也找不着了。杨老大迫不得已在大风中站住了脚。他想等等，等大风过了再走。终于，那一阵大风过去了，杨老大睁开眼睛，定睛向周围看，这才看见通往杨家山的路。所有的雪都被大风吹到了路边的土埂子下面。杨老大迈出了步子，一脚踏在一堆雪上面。杨老大以为这雪堆下面仍然是路，将脚迈出去。但是，谁会想到，那下面竟然是一块石头。高高凸出来的是石头的楞子。杨老大顿时脚底下一滑，重重地摔倒在冰面上。那一带的冰面又是前低后高地倾斜着。斜坡本是冰，冰上面又铺了一层薄雪，脚踩在上面，就会打滑。杨老大摔倒后，还顺着斜坡，一直刺溜往下面滑。等滑到下面的河沿上，他才停下了。瘦骨嶙峋的他，重重地磕碰在硬硬的冰面上，浑身都感到生疼。当时，杨老大的腿疼得动不了，胳膊肘子还发麻。他半躺在冰上面，想爬起来，但又起不来。他折腾了好半天，最后伸手摸索着抓住了路旁边的一块石头，倚着那石头，一用劲儿，才爬了起来。

杨老大起来后，一瘸一拐地往山上走，到了半山腰的时候，气喘得厉害，嗓子眼里很干，干得好像在冒烟。脚底下也软软的，像踩在棉花上面。腿生疼生疼的，像是折了一样。一只胳膊也疼得厉害。杨老大便停住了，倚着路边一棵树的树桩站住了脚去歇。他在那儿歇了一会儿，喘了几口气，接着又慢慢往上走。再往上走，就是杨家山。他这大半辈子不知走了多少回杨家山，但从来没有这一晚上这样费劲。往山顶上走，还有一截子路，而且都是上坡路。他抬头望去，觉得这段路很远很远，像是有几千里似的。平时，他上杨家山，走到这里时，觉得剩下的路就那么一点点儿，走不了一会儿就上山了。翻过山，再走下去，就到自己家了。可是，这一晚上，他觉得家也是很远很远的。

杨老大一面慢慢走，一面还想着钱的事儿。再有两千块，给李家的彩礼就上齐了。这两千块从哪儿来呢？他能借的亲戚都借遍了，没有借的那几家，他知道他们的境况都不如自己，就是向他们张口也是白张。家里能变卖的，也都变卖了，最值钱的那头牛早卖了，能粜的粮食也粜了。现在剩下的那两头牛，一头老牛太老了，不值钱，就是牵出去卖，也卖不了多少钱。还有一头小牛，那可是他的农本啊。他还要靠它务农种庄稼，一家人的十几垧地得靠它种，也得靠它犁。现在剩下的粮食，就大窑里的那一栓子麦子了，那是一家人的口粮啊。

这一天，杨老大出去借钱，一无所获不说，还摔伤了一条腿和一只胳膊。没有借到钱，本来让他失望，而冰面上那重重的一跤，使他还多了一份疼痛。现在怎么办呢？就在这时，他忽然想起来，儿子山兔还没有回来。山兔刚去的时候，来信说他在那边的情况还好，说一个月能挣一百多。这都三个多月了，差不多也能挣四五百块。这么一来，给李家上彩礼时又能增添不少。

那几天，杨老大巴望着山兔回家。可谁知道，山兔回来时，身上只带着二十块三毛钱。这二十几块钱，还是他省吃俭用节约下来的。因为到走的时候，工钱一分都没有发。杨老大惊问道："你这几个月就挣了这么一点儿钱?"山兔给父亲解释说："账还没有结，老板说了，等账结了他就会汇来的。"杨老大一听，又是"账没结，结了之后往来汇"的话，差点儿晕倒了。自己眼巴巴望着儿子回来，谁知结果又是这样。

这一晚上，杨老大愁得一眼儿也没有合。他伏在枕头上翻来覆去，怎么也睡不着。是的，所有能想的办法也都想了。认识的人就这么多，能借到的钱就这么多，而且，有的已经借过两次了。怎么办？难道真到山穷水尽之时了？这时候，杨老大忽然想出了一个办法：高利贷。"对，高利贷。"杨老大自言自语道。如今，车已经拉到半山腰了。宁可叫拉车的牛挣死，也不能让车子翻过。过了这个村，就再没有这个店了。在这关键时刻，就是让他上刀山、下火海，他也敢。杨老大想到这儿，高兴得差点儿叫出声来。于是，便坐起身来，点着了灯，拿起烟锅和旱烟袋，装了一锅烟吧嗒吧嗒抽起来。他心中的喜悦随着一缕一缕吐出来的烟雾，在屋子里升腾起来。

第二天一早，杨老大茶也没有喝，饭也没有吃，就跑到张家寺找张黑脸去了。张黑脸干这一行是当地有名的。当杨老大到了他家里时，他还蒙头睡着。一听说杨老大要用钱，他心里乐道："又一笔生意来了。"他衣服也没穿，就从被窝里抽出了胳膊，伸手从炕柜的一个抽屉里，摸出了一个黑包，顺手又拿出了一个大本子，然后把身子缩进被窝里，打开那个黑包，取了一沓子五十元的钞票，一张一张数给了杨老大。随后，他又取了印盒，指着本子上杨老大的名字和数目，叫杨老大在上面盖手印。

九、看 社 火

腊月十八那天，是山兔娶媳妇的喜庆日子。因为彩礼已经清了，所以山兔娶媳妇办喜事儿，是按照既定的时间进行的。那一天，天虽然阴着，但是并不很冷。来的亲戚朋友也多，村里人几乎都来了，大家热热闹闹了一天。到天黑时候，所有的客人都打发走了。不过，此时山兔家里比先前更热闹了。村里一帮年轻人，早聚集在新媳妇的房子里闹洞房。有要新媳妇点烟的，有要新媳妇摸手的，有要新媳妇亲自己的脸的。一个半大不小的房子里，炕上、地下都挤满了人。欢笑声、吵闹声叫成一片。杨老大心里当然很高兴，但是，他再高兴，他的腿还是不听使唤了。这一天，他从天未亮就起来，立前站后整整一天。因为高兴、紧张和忙碌，加上管事儿的六顺爷不住地找他问这个问那个，因而，这一天他一口饭都没有吃，一口水也没有喝。不过，这时候，他倒是没有感觉到饿，唯一的感觉就是困。实际当杨老大送走最后一位客人时，他几乎都站不住了。他挣扎着进了上屋，用手攀着炕沿，吃力地爬到炕上。炕上因为安过席桌，被子和枕头还高高地架在炕柜上，这时候，他连站起来走到炕柜前，从炕柜上取一床被子和一个枕头的力气都没有了。他像青蛙一样趴在炕上，长长地出了一口气。

正在这时候，杨妈进来了，她看见炕上有个人，耷拉着头，在那儿趴着，四肢摊开，像一只青蛙似的。她以为谁喝醉了，躺在那儿，忙上前问他："要不要喝水？"不料，回答自己的竟是自己的男人。只听杨老大说："我有点儿困，我想歇一会儿。"这时候的杨老大，除了那盘热炕和一个枕头之外，他什么都不想要。女人看他这样子，心里紧张了，忙问他："你怎么了？"

她知道，男人胃口不好，不知今日是不是吃了什么东西，胃里又难受了。杨老大语气缓慢地说："没什么，只是有点儿困。"女人问他："你想吃点儿什么？今日剩下很多丸子和糟肉，大米饭也还有几碗。"她知道，这些都是男人喜欢吃的。但是，杨老大头也没抬，对着土炕说："我什么也不想吃，我只想歇一会儿，你帮我把炕柜上的被子和枕头取下来。”杨妈当下取了被子和枕头，帮男人铺好了。随后，又跑去给他端来了吃的、喝的。但是，杨老大并没有吃，也没有喝。

接下来的几天里，杨老大还是不想吃也不想喝，只想美美地睡觉。自从山兔的这个媳妇说成之后，他就没有睡过一个透夜觉。现在，儿媳妇终于娶进门了，他可以放心地睡了。躺在那个热热乎乎、暖暖和和的炕上，按理来说是很舒服的。但是，杨老大睡在上面，身上感觉并不怎么舒服。也许，累极了的人，就有这种感觉。人虽躺在炕上，但困得睡不着。不过，他心里还是高兴，因为自己在这一年里，做了一件他一生中很大、很重要的事情。

山兔婚事办完没几天，就到了小年，小年一过，一眨眼又到了过大年的时候了。那一年的春节，是杨老大过得最高兴的一个春节。他这几年为山兔的事儿，真是操尽了心。现在回想起来，都有些怕，他不知道自己是怎么扛过来的。如今儿媳妇顺顺利利娶进门了，岂有不高兴之理。现在，这些都成了过去。他从那一晚上攀着炕沿上炕之后，一直睡着没起来。连大年初一，他都在炕上睡着，没有起来。饭吃得不多，一看见端上来的饭，不仅没有一点儿食欲，反而还有些恶心。茶也不想喝。杨妈、山兔、山山等都说他病了，要叫医生看一看，可是，杨老大拒绝了，杨老大说：“都是那几天累的。”

那一向，杨老大是有些累。他东一趟西一趟，到处跑着找钱，又一趟一趟陪媒人跑路商量上礼的事情。木匠来的时候，还帮木匠拉锯切木头，收拾新房子。这些都是劳神费劲的事情。那天晚上，他在冰面上还摔了一跤，至今腿和胳膊肘子还感觉疼。到正月初九晚上，大家都去张家寺看社火的时候，他还在炕上没有下来。杨妈说：“办完事情时间也长了，那一向你是劳累了，现在也该好些了。今晚上，你就下炕来，到张家寺看看社火，散散心。大正月的，总不能老躺在炕上。”

杨老大说：“我也想去看看社火，散散心，可是我浑身疲乏，一起来头就晕。”这一次，杨妈终于忍不住了。她偷偷叫来山兔和山山、山牛几个，嘱咐他们说：“你们几个拿上香表，去张家寺庙里问问，看到底有没有神灵方面的事儿。”山山说：“吃些药了再说，我看，我爸一直没有好好吃药。前天从冯先生那儿买下的药，还没有吃完。”杨妈说：“药是没有吃完，可是，你爸这一向一直吃药，到现在都一点儿没有见效。是不是有庙里的事儿？”山兔、山牛在一边说：“问问也好。有病了，多方面下手治疗会更好。”

兄弟几个到庙里，烧了香、磕了头之后，便搬起香桌问神灵。山兔、山牛一面将香桌在那个石杵上转，一面问。山山在一边，将哥弟俩没有问到的地方不时做些补充。神灵指示的结果是没什么大的事儿，还个愿就可以了。第二天，山兔兄弟几个请来老曹，捉了只大红公鸡，又一同来到庙里。老曹先在神灵跟前念经，念完经，发了一通文书。文书发完后，便将捉来的大红公鸡，用水浇洗了一遍，然后让神灵领了。老曹还当场献了毛血。

搞完了迷信，又请医生看。张先生看过了，没一点效果，又去请冯先生。但是，大过年的，冯先生他们又请不动。山山只得去托红梅。红梅让她父亲去请，这才请来了冯先生。冯先生把脉看视后，开了个单子，有西药也有中药。冯先生看在红梅父亲的面子上，还给杨老大挂了几天针。

这一回，不知道是山兔兄弟几个的诚意打动了神灵，还是山山托红梅父亲请来的冯先生医术高明，总之，杨老大的病比以前好多了。渐渐地，他感到没那么疲乏了，不仅能下炕了，而且一顿能吃一碗饭。那一天，杨老大还忍不住干起活儿来。他看见圈里的牛在叫，便拿了背篼去给牛添草。添完草，看见圈里很湿，又拿起了铁锨去铲圈。从那天起，杨老大又开始干起活儿来。

那一年，张家寺的社火仍然很多。最后一夜社火，是在正月二十晚上耍的。因为这是这一年的最后一夜社火了，所以，大家都说要看完。山兔兄弟几个也都去了，山兔的新媳妇当然也去了。他们一直看到张家寺人打着鼓，敲着锣，将社火扛到下河道里点火烧的时候，才恋恋不舍地回家来。山兔他们到家的时候，太阳已经从喇嘛山的山头上，冒出了闪闪光芒。孩子们看了一夜的社火，一个一个瞌睡得眼也睁不开了，一进门，饭也顾不上吃，就钻进房里倒头睡下了。

因为看见自己男人的身体比前几天好了，这一晚上，杨妈也去了张家寺，看了半夜的社火。这是杨妈这一年看的第一场社火。那一晚上，她本不想去，但杨老大说："今年的社火，你还一次都没有看。平时没看不要紧，可最后一晚上，你得去一去，再说，今晚上是大扫除。"杨老大说的"大扫除"，指的就是耍社火的人，打着鼓，顶着狮子，喷着用麦麸炒成的火药，驱逐瘟疫的一种仪式。就因为这一项，就是再不想看社火的人，也得去一去，以求来年的吉利。杨老大叫杨妈去了，自己却没有去。张家寺距离杨家山，路程也不远，要翻一座不大的山，过一条不宽的河。要是山牛他们走起来，不过一顿饭的工夫。但是，毕竟要翻山，要过河。那山虽然不算大，但杨老大怕自己去了，万一累着了，病又复发了不说，这几天的药又白吃了。另外，还得连累女人和孩子们。所以，就待在家里没有去。这天早上，当他起来后，看见他们因为看了社火还在睡觉，就把家里喂牛喂猪喂鸡狗的活儿全包了。

十、干劲十足

那一年的春节终于过完了。春节虽然过完了，但是，杨家山上的土地还是冻着的。一镢头挖下去，直冒火星儿。杨家河里的河水，也还是结着冰。所以，地里还没有活儿可干。因没有活儿干，许多人整天到处溜达。自我感觉身体恢复了的杨老大，却一点儿闲不住。农活儿就是这样，你不想干了就没有，你想干了，随便哪儿都是活儿。大到拾粪积肥，小到喂牛喂猪，杨老大一天从早忙到晚，也还有活儿干。尽管女人怕他干活儿累着了，叫他放着不要动，可是，干惯了活儿的杨老大，只要身子能动弹，总是闲不住的。

这时候，他不仅干活儿，而且也思考事情。那萦绕在心里面的最大的事儿就是借下的钱。儿媳妇是娶进门了，可是，钱是借的。借的钱，总归是要还的。怎么还？想到这儿，杨老大不觉又愁起来了。要是回到十年前，或者五年前也可以，他杨老大多少会想些办法。别的不说，那会儿自己身体好，就是挽起袖子，给人打土块背石头也行。可如今，身体不饶人啊，去远处挣钱，显然是不行的。远处去不了，那就只有从近处想办法了。

但是，怎么想办法？这让杨老大犯难了。他苦思冥想，不得其解。这一天，杨老大拿着铁锨，在牛圈里铲牛粪的时候，忽然想道：开荒挖地种庄稼。对，多种庄稼。他想，庄稼人就得从地里找出路。况且，杨家山周围的山坡上有的是荒地。虽然这几年，许多荒地已经被村里人开挖了，但是，还有许多没有开挖的地方。只不过，现在剩下的那些，地势比较陡峭，开挖起来比较难，挖开了去耕种也不容易。但是，多一垧总比少一垧要好。要是多施些化肥，再多加些农家肥，无论种什么，总会有些收成的。现在要是能挖开一块，赶在立夏前，种上胡麻，今年这块地的收成就有指望了。

这天晚上，趁着几个孩子不在上房，杨老大对女人说："我的身体现在也恢复得好多了，我看，我们把石头滩的那块荒地全挖开。前年我们挖的那一块，去年种的洋芋，也收了不少呢。”杨妈听他说得有道理。前年开挖的时候，石头滩那儿剩了一大块还没有开挖。原来准备日后有时间再去开挖的，谁知道，这两年接二连三的事情，搞得他们两口子再没有顾上这事儿。可是，如今男人的身体才见转好，而开挖荒地又是那么吃力的活儿。于是，她便说：“你还是好好养你的病。医生说了，你这病是不能劳累的。你干活用劲儿，一劳累，又是麻烦，又要吃药又要打针的。”杨老大说：“我现在不是好了嘛。一顿都吃两碗饭，还有什么病？我想把剩下的这几包药吃完了，再不吃了，就好好干活儿。”他女人说：“你就是犟。依我看，那是药物的作用，药一停，谁知道会怎么样？”杨老大说：“我也想歇着不干活儿，可是，借的钱是要还的，并且那钱是一天天往上涨的。”

两口子一递一声正说着，山兔走进来了。其实，山兔早在外面屋檐下，父母亲说的话，山兔早都听见了。山兔说：“爸，你还是好好养病。病养好了再干活儿。”杨老大看他们母子俩都这么说，也没有再犟，只是说：“我现在身体好好的，总不能老坐在家里。”山兔说：“你的身体虽说好了，但是也得小心啊。”杨老大说：“我的身体我知道，可是……”他正要说高利贷的事儿，但是，又没有说出来。他想，儿子才结婚，不能马上逼他去外面挣钱。不过，山兔早知道父亲的心思，他没等父亲说出来，便打断父亲的话，说：“我也正要向你说呢。实实刚才捎来了话，说他就这一两天走。他还问我去不去，要是想去的话，一块儿去。我还想把去年挣的钱拿回来，再说，那儿的工钱到底比建筑工地上的多。”

杨老大一听是上煤矿，心里不大愿意，说：“你就到你去年干过的那个建筑工地上再看看。一来，你今年再去，看能不能把以前挣的要上；二来，建筑工地上明明亮亮的也安全。你到井下去，那井下像地窨子一样，暗无天日的很危险。”山兔说：“可是，我去年前半年去过的那工地的老板跑了，工地上除了看门的之外，一个人影都没有，我去也是白去。”杨老大说：“他去年跑了，今年说不定就来了。来了，不就开工了吗？他的工程一开，你的钱不就给了吗？”杨妈在一边听了，也说：“你爸说得有理，你还是到那儿看看。那老板万一来了，你以前的给了不说，你今年还可以在那儿干。”山兔说：“你们想得美。人都跑了，还哪里要钱去。你以为那老板跟你们一样，欠了人家的钱，一天到晚都想着。”杨老大、杨妈看儿子这么一说，也只得作罢。

山兔还是去了煤矿。山兔走了以后，山兔媳妇在家里，还是像以前一样勤快。小到做饭洗锅，喂猪喂鸡喂狗等家务活儿，大到送粪挖土等重活儿她都干。她脾气也不坏，到公公婆婆跟前，爸一声妈一声地叫。杨家山的人都说杨老大有福气，找了个好儿媳妇。山兔的命好，找了个好媳妇。

这一天午后，杨妈给牛添完草，从牛圈那边过来，经过儿媳妇的房门时，隔着窗子看见乔乔正靠着窗子纳鞋底。杨妈想，这孩子一个人坐在屋子里，也不心急，而且手里总是闲不住，跟村子里那几个搬弄是非，多嘴的女人、媳妇不一样，因而心里更为高兴。于是，她便隔着窗子对乔乔说："乔乔，你心急了，可以到村子里的别家走走，跟她们说说话，聊聊天，老坐在家里是很无聊的。"只听乔乔笑着说："我不想出去。"杨妈说："你是才来，不敢跟她们说话，是不是?"乔乔又笑了一下，说："说也敢说，但是我不想去。"

杨妈听了后，便笑着说："以后你慢慢就熟了，熟了你就可以跟她们说一说聊一聊。"杨妈说完，也没等儿媳妇回答，就从儿媳妇的新房那儿走开了。她进到上屋里，给男人说："山兔媳妇，这多少天了，也不跟村里这一帮子女人说话。她闲了总是一个人待在她那屋子里。"男人说："有的女孩子就爱一个人待在家里。再说，少出去也好，你知道，我们村里总有几个嘴长女人，跟她们在一块儿时间长了也不好。"女人说："这个我知道，但是总不能老一个人待在屋子里。"

男人问："山兔已经走了这么长时间了。从山兔走了之后，儿媳妇一直没有回娘家，她是不是想娘家了?"男人这么一说，她也想起了，乔乔这些日子真没有回娘家。她看这女子不大爱说话，也许，她想娘家了，口里不敢说。男人说："你问一下，如果她想回娘家的话，就回去转一转。女孩子刚来，总是想娘家的。"女人答应着说："那也好。如果她一个人不想去的话，星期天了，叫山桃给她做个伴儿。"

等星期天到了，山桃问她回不回娘家时，她说："回也行，不回也行。"又说："你要是嫌远不想去的话，就算了。我想回去了，自己一个人去。"山桃看她并不怎么想娘家，也就作罢了。实际上，乔乔这女子，跟娘家爹妈的关系，并没有杨老大两口子想得那么好。她也知道，自己的父母把钱看得比自己更重要。而她心里倒是更思念山兔。不过，这一点，她说不出口。

杨老大看到自己娶回来的儿媳妇不仅脾气好，而且听话，因而，他的心劲儿就更大了。虽说他是一个有病的人，但是，人逢喜事精神爽，月到中秋分外明。杨老大干什么都很有精神，丝毫没感到自己曾经是一个有病的人，或者说，是一个连炕上也上不去、上去了又下不来的病号。到三月底四月初，他家所有的土地都耕种完了之后，他便想实施他思谋已久的那个计划：开荒。而实施这个计划的第一步，就是说通女人，再就是对子女们保密。

这一天，他再次向女人提到开挖荒地的想法。女人说："你的病刚好，就闲不住。真是天生的下苦的命。"杨老大道："我已经好了啊。一个健健康康的农民，怎么能闲待在家里呢?"女人说："那是因为你没有做什么重活儿，所以才好些了。现在，你要去开挖荒地，那可是很累的活儿。你万一累着了，又不得了了。就这，山山这次回来的时候，一再叮嘱我，要我千万看着你，不要干重活儿。"杨老大没有说，只是笑了笑，心里想：说得好听，叫我不要干重活儿。可是，欠的钱怎么还啊。

杨妈看男人没有说话，知道他一定又在想张黑脸的钱，宽慰他说："山兔不是挣去了吗，挣来了还了就行了，你尽想什么?"虽然杨老大想的就是这事儿，但是他没有直说，而是拐了个弯，说："不是。"他不想让女人知道，自己在想这事儿。他知道，女人最担心的，也还是这事儿。他只说自己的病好了，开挖荒地只是自己闲着没事儿的时候，找的一个事儿。其实这几天他早都想说，但又怕女人不同意，因而就没有提。因为此前他已经说了几回了，但是每一次，都遭到女人和孩子们一迭声儿地反对。今日可好，几个孩子都不在，他便将自己的想法又说出来了，最后还说："我们每天少挖一点儿，不就行了吗？再说，人的病也不都是干活儿累出来的。活儿不累人，累人的是人自己，只要自己把自己小心着就是了。"

女人想想也是。村子里的杏树湾老伯老两口就是一个很好的例子。老两口这么大岁数了，走起路来像年轻人一样，一天从早到晚干活儿，一年连个感冒也不得。因而说："人只要身体好，干点活儿是可以的。但是，你干起活儿来，连歇都不歇一下。你想，谁人能受得了。"男人听女人的口气有些松动，便接着说："就是。我想，石头滩那儿，前年开挖的那块荒地旁边，还有那么一点儿没有开挖，我们慢慢把它挖开，整个一块地面积增加了不说，而且还好种了。"女人说："好种是好种了，可是，你的身体刚刚好，就不能累着。要挖还是我一个人去挖。"男人说："你挖也行。一天少挖一点儿。"

杨妈看这一块地不开挖，男人的一块心病就去不掉。因而想着自己去把它开挖出来。那样，男人就没说的了。于是，她当天就带了镢头和耙子，一个人去了石头滩。

四月的杨家山山坡上，到处是葱绿的嫩草。刚下过雨的山坡是湿湿的，杨妈举起镢头，一镢头挖下去，就是一大块。她感觉挖起来也不吃力。到晚上回家时，她已经挖了不小的一块。杨妈一进门，男人就问她：“今日怎么样，挖得还多吧?”女人说：“山坡上湿，挖起来还好。所以，我挖开了不少。不过，还一疙瘩都没有砸呢。我想挖开了再砸，要不然，过几天山坡上干了，就不好挖了。”男人想：等过几天晒干了，也不好砸了。不过，他口里没有这么说，只是应道：“那样也行。”

十一、旧病复发

第二天，杨妈一早就出发了。她到山里挖了没有多少镢头，便见男人也来了。男人扛着耙子从上河道下来时，口里还哼着山歌。杨妈看见后，惊问道："你怎么来了？"只听杨老大说："我坐在家里也是闲着，到地头上给你做个伴儿。"杨妈知道，他一定是来干活儿的，因而说："你的病才好，医生说了，你不能干重活儿。"杨老大笑着说："活儿我不干，我就给你做个伴儿。"杨妈沉了脸说："我又不是孩子，难不成还怕山上有狼吃了我。"男人赔笑说："哪儿有狼。现在要是有这玩意儿，我们都发了。听说狼皮是很贵的。"女人听了，便不说话了。

男人一面跟她开玩笑，一面两脚迈进了她挖开的地里。一只脚踩在才挖起来的一疙瘩土块上，用脚稍微一踏，那土疙瘩便碎了。男人故意说："你看看，就这么容易碎，你还说有多吃力。我说我帮你砸砸，你都不让。"女人说："砸土疙瘩虽说不是重活儿，但也不轻。"男人说："那我少砸几疙瘩。能砸多少就多少。不想砸了，我就回家。"杨老大说着，拿起耙子就砸起来。他一面砸，一面还说："喔，这么软软的土疙瘩，砸起来跟拌熟面一样轻，还要什么力气。"女人说："土疙瘩倒不是很重，只怕砸多了也很累人。"男人说："那好，我砸几疙瘩就歇了。"女人听他说得有理，况且，刚下过雨的山坡，挖起来的土疙瘩砸起来真也不吃力，于是，就让他砸去了。

杨老大砸了不多一会，就故意掏出了烟袋和烟锅子去抽烟。实际那时候，他并不感到累，但是，为了表示他对于女人的建议很在意，因而就这么做出样子让她看。他抽了一锅子烟，等于就是歇了一会儿，然后磕了烟灰，装起烟袋和烟锅子，又拾起了耙子去砸土疙瘩。那天中午到回家的时候，杨老大总共抽了三次烟，也就是歇了三次。到家里时，他并不感到累，而且，他从这半天的干活儿上，知道自己身体远没有女人和孩子们所说的那么疲乏无力，相反倒觉得还很硬朗。因而那天下午，当女人又扛起镢头往石头滩走的时候，他也跟上了。女人虽然心里不愿意，但看他身体一时实在没什么大碍，便同意了。只是在干活儿的时候，不时提醒他："你该歇歇了。"杨老大听女人这么一提醒，也就听从了。他放下耙子，拿出烟袋和烟锅子去抽烟歇息。

这几天，一直是杨妈用镢头挖，杨老大用耙子砸她挖起来的土疙瘩。因为有了男人的砸打，所以，杨妈挖起来的土疙瘩，基本没有攒下来的。也就是说，她挖多少，男人砸多少。这样开挖出来的荒地，不用说是很松软的。等所有的荒地开挖出来后，再架起牛来犁一遍，就直接可以下籽耕种了。因杨老大觉得身体没什么大碍，他每次砸的时候，持续的时间渐渐多了，休息的时间渐渐少了。

这一天，到了歇干粮的时候，杨妈掏出了干粮馍馍，这才发现，自己没有带水。她猛然记起来了，今早走的时候匆忙，忘记了带水。因为女人带吃喝带惯了，杨老大走的时候，什么也没有带。杨老大因为胃疼的缘故，他吃馍馍时总是要喝水的。这样，胃里觉得舒服。这一天，到吃馍馍的时候却没有水。杨妈当下说：你先别吃了，我回去取。"杨老大说："取什么！我现在好好的，用不着那么小心。再说，一顿半顿也不会有什么影响。"杨妈说："你刚好，还是得小心。"男人说："没事儿。我慢慢吃就行了。"

杨老大说着，将已经拿到手上的一块馍馍送到嘴边。杨妈说："你还是别吃。你知道，你是不能吃干东西的。过一会儿，等咱们把这一点儿挖完回去了你再吃也不迟。"男人说："没事儿，我现在好了。"杨老大说着，便咬了一口馍馍，吭哧吭哧吃起来。

杨老大这些日子，不知是因为吃了药打了针，还是因为搞了迷信敬了神，总之这一向，他平平安安的，胃里也不难受，每顿饭也吃得多了。但是，自从那一天在山里吃了干馍馍之后，他的胃里又难受起来。那天晚上，他就一点儿东西都没有吃，只喝了半碗汤，喝完后，就像以前病重时候一样，趴在炕上不动了。山桃进来取碗时，见她爸趴在炕上动也不动，吓得几乎叫出声来。不过，她又怕自己这一叫惊着了她妈她哥哥，便忙沉住气，低声问她爸："爸，你感觉胃里难受吗？"

杨老大头也没抬地说："有点儿。"不过，他怕孩子担心，忙又说："不要紧的。今日有一点儿着凉。"他这一句话，实际是为自己开脱。他明知道自己的胃疼与着凉没一点儿关系。他这样说主要是为了让女儿放心。山桃说："那你赶紧喝点儿药。"山桃说着，急忙拉开了抽屉，从里面找了些感冒药要他服下去。杨老大答应着说：“好，你先放这儿，我过一会儿服。我刚喝了汤。”

女儿将药放在她爸的枕头边，便出去了。一出门，就碰上正在添炕的母亲。她便低声问：“妈，我爸今日咋了，怎么这会子又趴在炕上，头也不抬？”杨妈说：“咋了？我也不知道。”她心里隐隐觉得，男人又趴在炕上连头也不抬，一定与今日吃了干馍馍有关系，他是吃不得干馍馍的。她忙放下耙子，进屋来到炕沿前问：“你怎么了？”杨老大说：“没什么，我这么趴一会儿。说不定是今日感冒了，过一会儿喝点儿药就好了。”杨妈想：感冒也不至于就这么趴在炕上。他一定是干活儿干多了，或者是吃得不对劲儿，胃里又难受了。但是，因女儿在一边，她不好说出来。实际这一向，男人帮自己干活儿，她也是瞒着山牛和山桃的。要是他们俩知道了，一定会抱怨自己的，而且，回头还会说给山兔和山山。山兔和山山两个知道了，也一定会抱怨她。

杨老大吃了药以后，一直到后半夜才渐渐感觉胃里好受了，不久便入睡了。第二天早上他一醒来，天早都大亮了。女人听他说胃里好受了，特意给他烧了汤，汤里面打了大大的两个鸡蛋。说他前一晚上没有吃饭，要将这两个鸡蛋全吃了。可是，杨老大闻见那腥气哄哄的鸡蛋就恶心。他一个鸡蛋也没有吃，倒是喝了一碗汤，还吃了些馍馍。杨妈看着他吃喝完了，便说：“你今日好好待在家里歇着，就那么一点儿了，我去就行了，至于土疙瘩，我抽时间慢慢砸。”杨老大说：“我好好的，待在家里干什么？”女人说：“看你昨晚上那样子，我都害怕了。我想，你是不是又累着了。虽说这点活儿不算太重，可是那也不是轻活儿。”男人说：“我是干一会儿歇一会儿的，没有持续干，怎么会累着呢？”因而这天早上，杨老大还是跟着老婆继续去砸土疙瘩了。

不知是早上吃得多，还是胃里刚难受过，总之，那天中午，杨老大回来后，还是没有吃饭，只喝了碗汤。中午歇起来，女人扛了镢走的时候，他照样也去山里了。晚上回来，也没有吃饭，只是喝了汤，而且，喝得比中午的还少。本来不满的一碗汤，喝了几口，就搁在了枕头边，然后头耷拉在枕头上，趴在那儿睡了。杨妈急了。她想去请冯先生，可是，这时候天也黑了。白天请他，都不一定能请来。这时候去请，他一定是不会来的。张先生能请来，但是他来了也看不出什么。她把男人这一向喝的药，都拿出来摆在男人跟前，还悄悄嘱咐他多喝些。第二天天未亮，杨妈就出发请冯先生去了。可是，冯先生到底不是一般人能请得动的。他没有来，只是根据杨妈的口述，给抓了几包西药片，另外还有两瓶液体药。杨妈当下烧水叫杨老大把药喝了。过了一会儿，杨老大感觉胃里舒服了些。杨妈做了饭，盛了一大碗，端来放到他的枕头边。他只吃了几口，就不吃了。

那一天早上，杨老大只喝了半碗汤，中午晚上什么都没有吃。整个一天一直半趴半睡在炕上。这一天，正是周六。傍晚时分，山山从学校里回来了。山山来的时候见他爸正趴在炕上，头耷拉在枕头上。山山看见他这样，心里急了，忙放下书包，又跑去请冯先生，冯先生当然还是没有来。山山又想到了红梅父亲。他知道，在杨家山和于家庄这两个地方，能请动冯先生的，就只有红梅父亲了。可是，他怎么好意思去麻烦她父亲呢？人家是大人，他毕竟还是孩子。

"不过，"山山自语道，"到这时候了，还能管得了那么多？先去看看，看他肯不肯帮这个忙。"因为从红梅口里知道，她父亲对于自己和他女儿之间的交往也是很支持的。而且，他还在好几个场合亲眼见过红梅父亲对于自己的态度。从红梅父亲见了自己后，顿时变得笑容可掬的脸上，他明显感觉到，自己在他的心目当中是怎样一个位子。山山这么想着，便转身往红梅家里走去。

那时候，天已经麻麻黑了，于家庄许多人家炊烟袅袅。村口只能看见几只饮完水往家里赶的牲口和几个赶牲口的人。他想，也许红梅家里的牲口还没有饮水呢。说来也巧，他往她家的那个小道子里走的时候，迎面碰上了红梅父亲。山山看见他正提着一个鞭子，从场边上往过来走。天虽然黑了，他还戴着一顶草帽，所以，看得不大清楚。不过，山山还是一眼认出了他。他立刻赶上去，很有礼貌地叫了一声"于家爸"。

红梅父亲听见有问候声，便站住了脚，回头一看，是山山。他笑着说："这是河那边的山山吗？你半夜在这儿干什么？"山山便说明了自己的来意，红梅父亲听后，忙说："我倒是可以帮你，但不知他听不听我的话。"说到这儿，他又放低了声音给山山说："你知道，他晚上是不出诊的。"山山当然知道这一点。山山心里想：他何止是晚上不出诊，就是大白天，我们这样的人家去了，也都请不动。

他们来到冯先生家大门口时，那只黑白相杂的大花狗就发现了他们。它一听见是外人的脚步声，便"汪汪汪"地叫起来。也许是因为一个村里的缘故，它认识红梅父亲。红梅父亲"嗷嗷"地唤了两声，它便不叫了，还摆起尾巴来。红梅父亲带着山山，来到大门口，见大门紧闭着。红梅父亲一面用手"砰砰砰"敲门，一面"勇勇""勇勇"地叫起来。勇勇是冯先生的孩子。红梅父亲这么叫了两声，还不见有人来开门，也听不见有人说话的声音。红梅父亲知道这一家人的特点，一听见狗叫，就知道有人来请先生了，所以静悄悄的，都不作声了。红梅父亲便又“勇勇”“勇勇”地叫了两声，还说：“是我，爱红爸。”

不知里面的人听见了敲门的声音，还是听到“爱红爸”的答应声，总之，门从里面开了，一个不大的女孩子从开了半扇的门里探出头来，一见真是爱红爸，她便笑着说：“噢，于家爸，进来。”红梅父亲进去了，山山也跟着进去了。就像山山所想的那样，红梅父亲到底不同于一般人。冯先生一听红梅父亲的话后，再也没有说什么，从桌子上拿起那个药箱子，回头又从木柜那儿取过来他那个磨得明光光的木杖，两脚走出门。

这时候，天完全黑了。那是一个没有月亮的晚上，因而，外面显得特别黑。几个人摸着黑，一路从冯先生家的那个小坡上下来。到了村口，红梅父亲便站住对冯先生说了声：“麻烦你了，冯先生。”冯先生说：“说的哪里的话。都是看在你这个老佛爷的面上。”山山当然也明白，这么黑天半夜的，叫人家冯先生去自己家，要不是红梅父亲的话，自己是想也不敢想的。

冯先生到山山家里时，见杨老大在炕上趴着，头耷拉在枕头边。胃疼的人就这样，感觉趴着比睡着舒服。一家人大大小小都站在当地。再看看那边炕上，中间是一张炕桌，炕桌上搁着几碗连气儿都不冒的饭。看样子，一家人看见杨老大病成这样，连饭都没有吃。尽管杨家母子再三请冯先生炕上坐，但是冯先生到底没有上炕，而是将脚搭在炕沿上，对杨老大说：“转过来，我看看脸。”杨老大哼了一声，吃力地去转身。山山看那吃力的样子，忙脱了鞋，上了炕，扶着他爸的肩膀帮他转了身。冯先生在昏暗的油灯下一看，差点儿叫出声来。他心里想：杨老大怎么这么一副脸色，简直跟死人的脸没什么区别。他又说：“把手伸过来。”杨老大用力去抽胳膊时，在一边的山山，替他把手从被窝里取出来。冯先生伸手去摸，摸了半天，摸不到一点儿脉息。这也让他感到惊奇。他心里道：这人看样子时间不长了。冯先生看完之后，没有说什么，只是拿出笔和纸，又从山山这儿要了本书垫在自己的大腿上，唰唰唰写了个药方子，叫按方子抓些药去吃。山山和山牛当晚跟冯先生去了一趟他家里，取了药，回来叫父亲喝了。

十二、进 医 院

那一晚上，不知是药起了作用，还是病本来不太重，杨老大再没怎么叫唤，睡得比前两晚上都好。第二天一早，他照样喝了药，还说身体感觉舒服多了。山山看父亲的身体好多了，下午，他便去了学校。山山临走的时候，父亲还下了炕，拄着拐棍走出院子，送了送山山。父亲站在大门外的那个矮墙跟前，一直看着山山拐过了那个弯，才又拄着棍，一步一步回去了。山山每次离家去学校，父亲都没有送过他，他走的时候都是说一声“爸，我走了”，或者“妈，我走了”。他爸他妈听见后，便答应一声“哦”，至多说一声“路上小心些”，也就干自己手中的活儿去了，父亲更是从来没有专门送过他。而这一次，父亲竟然出来送他来了，这让山山有一种说不出的、极为难受的感觉。那感觉说是难受，倒不如说是不吉利。虽然，山山是一个很唯物的人，但是这一次，他确确实实有了这种感觉。父子、母子或者至亲的亲人之间的某种感情，也许存在于冥冥之中，是唯物主义理论难以解释清楚的。

山山去了学校，他坐在教室里面，但是心里对于父亲的身体还是放心不下。有时候，他正在听老师讲解，会忽然想起父亲。他平时很少做梦，但是那几天，他常常做梦，梦见父亲穿着破破烂烂的衣服，胡子长得像一团蓬草一样。见了自己，一句话也不说，像是不认识似的，慢慢从自己身边走过。这时候，山山便会从梦里惊醒。他听人说，梦见一个人穿着破烂，是很不好的征兆。因而，山山心里更为不安了。他这样想着父亲，一直醒着，直到天亮。

山山因为不时地想着父亲，这周周末又回来了。当山山回到家里时，一进门就听见父亲在炕上哼叫。他心里想：坏了。他从父亲那低低的、缓缓的，听起来十分难受的哼叫声中知道，父亲的病一定又重了。山山把书包扔到一边，忙跑到炕沿跟前问：“爸，你怎么了?”杨老大以为是山牛，头也没有抬，说：“你妈叫你回来了把扁担给她，你给了吗?”山山说：“什么时候说的?”杨老大一听，觉得不像是山牛，抬了头看见是山山，便问："你怎么又来了？"山山没说因为他这几天心里发慌，在学校里待不住才回来了，而是撒谎说："我前一周走时，把一本书忘在家里了，我来取。"杨老大听儿子说是有关书的事儿，便不言语了。

因为山山来了，他想挣扎着坐起来，但是，他的胃疼得厉害，他最终没有坐起来，而是又趴下了，头抵着枕头耷拉着。过了好一会儿，才说："去到厨房里看看，你妈早上烙的馍馍还有没有，吃些去。"山山看他说话时很吃力的样子，忙用手止住了他，说："我不饿。"杨老大说："几十里路都走过来了，怎么能不饿呢？去，看看去。你妈去河畔上的那块地里散粪了，山桃也去了。"山山一听，知道弟弟、妹妹早到地里去了。杨老大说完，把头又搭到枕头上了。山山看父亲这样子，知道他胃疼得厉害。但是，他前一周回来时，父亲还不是这样啊。山山见父亲再没有说什么，口里只是哼叫，声音低低的、缓缓的，知道这不是一般的疼痛。父亲是个硬气人，这多少年，很少见他如此呻唤过。山山还看见，豆大的汗珠从父亲的两鬓往下流，鬓间那花白的头发也是湿湿的。山山在炕沿前站着，只听父亲又说："出去找着吃点儿去。"山山口里答应着，怕自己站着不动，父亲又要说了，因而便悄悄退出房门。

他一时不知道怎么办，心想：去请冯先生吗？上一周，父亲这样疼的时候，他去请了冯先生。但是那是托红梅父亲，才请来了冯先生，要是自己去的话，一定请不到。况且，上一次他看了，也没有见效。那么去请张先生？他知道张先生架子不大，能请来，但是，他的医术不如冯先生。因而，像父亲这病，即使请来了，他也是没有办法的。

山山站在院子里，不知道怎么办。那时候，母亲和山牛、山桃都还没有回来。马上要种洋芋了，前天又下了一场雨，母亲趁山牛、山桃放假赶紧散粪。散开了，抓紧时间抢墒种洋芋。这时候，山山听见父亲呻吟的声音，他便想：我还是去一趟医生家里吧，看看他怎么说，即使治不了，抓些止疼药也可以。因而山山跑到张先生那儿。张先生说："你爸那病我知道，我就是去了，也没有办法。"山山说："可是，他疼得在炕上直叫唤。"

山山原以为，他因治不了不来了，可是张先生还是来了。张先生看了之后，觉得很惊奇。他心里道：才一个月时间，他就瘦得皮包骨头，不成样子了。张先生又伸手摸了摸杨老大的脉，脉息也很微弱。张先生医术不高，但是，脉息的强弱、病情的好坏，他还是可以看出一点儿的。他心里道：这样子，就是天天吃人参，也不管用了。这时，只听见杨老大在炕上不住地呻吟。他想，既然来了，就帮他止止疼，好让他晚上睡安稳些。于是，便取出针头针管，打了一针止疼药，还给杨妈和山山说："眼看病成这样子了，我看你们送到医院里看一看。"杨妈和山山都点头说是。

也许是张先生打了针的缘故，到半夜里，杨老大渐渐不疼了，还向女人要水喝。女人披了衣服，下去倒了一杯水递给他。女人一面看他喝水，一面给他说："这一周，恰好山山来了。明日叫他把你带到县上的医院里看一看，乡里的大夫不顶用。"

对于去县上的医院里看病，杨老大心里老早就想过。他也知道，县里的大夫肯定比乡里的好。可是，拿什么去县里看病？那是要很多钱的。给山兔娶媳妇已经欠了这么多，要债的人三天两头儿上门来。张黑脸的那笔款也马上到期了，那可是一笔利滚利的钱啊！别人的还可以等一等，可张黑脸那人，谁也不认。他的钱一到期，他一天也不会等。你要是说没有，他有的是办法，说揭瓦就揭瓦，说拆房就拆房，没有一点儿含糊。因此杨老大说："医院里看什么？家里歇一歇，喝几副中药就好了。"女人说："可是，害了病了，总得到大夫跟前看一看啊。乡里的这几个赤脚医生，会看什么？"杨老大头也没抬，只是说："你瞎说什么，人家敲门打窗给人看病，怎么能说不会看呢？"实际上，杨老大心里比谁都清楚，女人说的是实话。

第二天早上，母亲把山山叫到厨房里，小声对山山说："你爸这病也吃了不少药，眼看不大见效，连张先生都这么说。依我看，你这次走的时候，把他带到县上的医院里看看。"山山说："我看我爸的脸色那么难看，这病一定不轻。我早就这么说，但我爸就是不去。这一回，不知道他去不去。"杨妈说："不去也得去。我知道他是怕花钱才不去。一个人的命总比钱要紧。"山牛、山桃也在一边说："就是。"于是，山山娘儿几个到上房里去劝说杨老大，叫他到县上去看病。他听了之后，连忙摇头说："看什么去！昨晚上，张先生打了一针，感觉好多了。今日叫山牛再到张先生跟前要一针。人人都说冯先生医术高，依我看，张先生比他水平高得多。"山山明知道，张先生那是一针止疼药，但是，他不敢直说，他说："虽然张先生打了一针，你的病有些好转，但那到底不能解决问题。县上的医院是大医院，里面也有好大夫，叫人家看看，该打针就打针，该吃药就吃药，这样，你的病就会真正好的。"女人和孩子都劝说他，但是，杨老大头摇得像拨浪鼓似的，一概不听。一家人只得作罢。

晚上，六顺爷过来了。六顺爷本是想瞧瞧杨老大这两天吃了药之后怎么样了。一进门，就听见杨妈在咕哝着说话，山牛、山桃两个也在一边帮腔。他听了两句，心里就明白是为杨老大去县上看病的事儿。他知道杨老大有时候很倔强，他便进去插话道："他大哥，我知道你新近娶了个儿媳妇，手里也紧张，可是，"说到这儿，他把目光投向在一边的杨妈、山牛和山桃几个人身上，然后说，"你看看，你的女人累得像个疯婆似的，你这两个孩子也还小，山山虽说大了，但也没有成家。你肩上的担子还重着呢。俗话说，留得青山在，不怕没柴烧。"杨妈听六顺爷这么一说，觉得有靠山了，在一边忙说："就是，你还罩得很。"俩孩子也齐声儿说："现在再不能耽搁了。"

杨老大心里本是十分反对的，可是，听他们大家齐打伙儿对付自己，便松口说："我觉得没啥。叫张先生再来看看，抓几副药吃吃就行了。"六顺爷说："那怎么行。你也知道，张先生是以前生产队里给牛和驴打预防针的人，连个兽医也算不上，就凭着记了他爷爷手上的几个旧药方，在这儿敲门打窗地行医，这样的人你也信?"

十三、住院治疗

第二天，杨老大被发财几个送进了县医院。因为山牛和山桃都小，靠不住事儿，杨妈也跟了去。到了县里后，发财还打发四娃去学校里叫来了山山。大夫看了之后，把山山叫到旁边的一个办公室里说："你父亲这病，耽搁的时间太长了。你们应当早一点儿看。"山山从大夫的口气里知道，一定是凶多吉少。他心里十分难受，但是，那也是没有办法的事儿。一方面，怪自己家里穷，没有钱到医院里及时看治；另一方面，也怪父亲脾气倔强。去年后半年，父亲就说胃疼。记得当时他还劝父亲到医院里看一看，结果，还挨了父亲一顿臭骂。一耽搁两耽搁，发展到今天这样子。他只得对大夫说："你就好好看，能看到什么程度就看到什么程度。"

杨老大住进了医院，又是吃药，又是输液。吃药吃得很杂，有片剂还有汤药；输液也输得很多，每天都输四五大瓶子。因为家里离不开人，母亲等父亲住院后，就跟他们几个回去了，此后，山山只好一面上课，一面抽时间照顾父亲。半个月之后，杨老大又做了一次检查。检查结果出来了，大小单子堆了一桌子。医生看完之后，对山山说："你爸这病恢复得很慢，根据单子和片子上显示的情况来看，跟刚拉来的时候没什么两样。也就是说，他的病已经不适合药物治疗了。依我看，你们还是拉回家里去，叫他在家里好好歇歇。"末了，医生还低声嘱咐道："你爸爱吃什么，你们就买着叫吃去。另外，把后事儿也考虑着准备。"

在一边站着的山山，一听到这些话，差点儿站不住了。他的腿像抽了筋似的一下子软了，手也哆嗦起来，眼前一片黑暗。他忙把自己的手伸过去扶到桌子上，用两个胳膊肘子拄着桌面，这才没有跌倒。因为是在医生的办公室里，所以，他挣扎着站在那儿，努力去听医生的吩咐。可是，后来医生说了些什么，他一点儿没听见，只是用十二分惊异的目光看着大夫。那眼神，分明在说："医生，你不会是在开玩笑吧？"

医生好像还在说着什么，但是，他一句也没有听清。不过，他心里想，医生说的话一定都是有道理的话，一定不是骗自己的话。因为这一次，给父亲看病的医生是通过红梅姐姐的公公找的县医院里最好的大夫。当时，山山想，张副县长找的大夫，医术肯定最好。父亲有这么好的大夫治疗，用不了多长时间就可以痊愈回家了。没想到，父亲的病竟然已经发展到这一步了！这让他心里实在受不了。当时，山山像是被一块几千斤重的石头，忽然压到肩上一样，差点儿被压垮了。他感觉头晕眼花，一阵恶心。

等山山缓过神来时，大夫已经出去了。偌大的办公室里，就他一个人。他心里道：大夫这不是给父亲判死刑了吗？因为办公室里就山山一个人，他的眼泪终于忍不住像泉水一样哗哗哗涌出来。山山赶紧撩起了衣襟，捂住了眼和鼻子，一路小跑，跑到了厕所。在厕所里，他擦掉了眼泪，又用水龙头，放水冲了一把脸，方才大大方方出来，到父亲的病房里去了。

杨老大当夜被拉回到家里。山山也跟着回家了。杨老大出院的时候，在山山的请求下，医生又开了好多药，有大小几瓶吃的片剂，有十包熬的中药，还有几盒打的针药。杨老大在家里继续吃药打针。同时，还请来了阴阳先生，请神还愿发文书。三个穿着黑色长袍的阴阳先生，戴着礼帽，摇着铃铛，在神灵的牌位前，丁丁咣咣两天两夜。但是，父亲的病并没有好转。阴阳先生走后，杨老大就只吃药。以前，每当他疼得厉害的时候，一服这些药马上就管用。但是，后来遇到这种情况时，同样的剂量就不大起作用了。杨妈就给他更多的药，剂量一加大，似乎也有效果。但是药性一过，就又疼起来了，额头上又沁满了汗珠。

那几天，因为父亲病重，山山没有去学校。他想留下来伺候几天。这天已经是父亲出院第五天了，山山还待在家里。不过，父亲又奇迹般的好些了。那天，他不仅能下炕，还出去到外面走了走。一出大门，他听见牛圈里的牛在“哞哞”地叫，于是揽了一背篼草，背到牛圈里，给牛添到槽里了。他从外面进来的时候，见几只鸡在院子里“咕咕”地叫，他又走到大窑里，挖了一马勺杂颗，撒到院子里叫它们吃。一家人见他这样子，都很高兴。村里人见了也觉得高兴。那天，六顺爷赶羊出圈时，在场门口见了他。六顺爷见他脸色也好多了，于是又问了他今早吃饭的情况。六顺爷一听说他今早还喝了一碗鸡蛋汤时，便笑着说：“这就好。”六顺爷说完，没等他开口，他又半开玩笑地说：“我们这些人，命大得很。我们大饥饿没饿死，开挖洮河没冻死，可见，我们的命不是小命。你这点儿小病，怎么会把人缠住呢。你就好好养病，家里的活儿叫女人去做，你不用管了。等你好了，再做也不迟。再说，几个孩子都争气。山兔把媳妇娶上了，山山的学习又那么好，山牛和山桃也很努力。你就放心好好养病。等病好了，再好好干，一切都会好起来的。”杨老大听了后，不住地向他点头道谢。

虽说父亲可以下炕了，也可以帮着给牛添添草，给鸡喂喂食了。可是，在山山心里，那不过是暂时的，也许还是药物的作用。也许是日暮前的一丝阳光。因为父亲病得那么重，连县里的大夫都说了那样的话，所以，他还是不大放心，想再伺候几天父亲了回学校。他想，自己还年轻，学习的机会多的是，而伺候父亲的时间不可能一直那么多。可是，杨老大看见后，不愿意地说：“山山，你回学校上学去。”山山说：“我想再待两天。”杨老大说：“这都好几天了。”山山说：“没几天。”杨老大听了，看他还没有走的意思，就沉下脸对山山说：“你这几天已经耽搁了很多功课了，还不赶紧回学校。我现在不是好了嘛。”山山听那口气，感觉父亲是生气了，而且，父亲这一次生气似乎生得很厉害，所以，他一句话也没有说。

杨老大看儿子不再坚持了，便放缓了语气，说：“我不过是胃疼，有什么呢？是那一天在地里喝浆水时胃里受凉了，喝点儿温和一些的药暖暖胃就好了。五九年挨饿的时候，我和你六爷在要饭的路上，三天三夜没吃一口饭，也没有死。你放心，我不会死的。病总是要用药来治的，药吃够了，自然就好了。你还是好好念你的书去，整天待在家里干什么？”山山想：再不去，父亲会更生气的，这样对他的身体更不好。

那一天，山山回学校去了。

这一次，杨老大从医院里回来，在家里又打针又吃药，还求神问鬼搞迷信。这几样不知是哪一样起了作用，还是都起了作用，总之，杨老大的身体又好了起来。一顿饭也能吃一碗，有时候，还能吃一碗半。他精神也比此前好些了，看人的时候，眼睛里有光了，走路的时候，还能丢下拐棍。杨老大这人就这样，感觉身体稍微好一些，就坐不住了，又想干活儿去。他除了在家里给牛添草饮水和喂猪喂鸡喂狗之外，其他活儿他见了也干。眼见他的身体慢慢恢复，一家人很高兴。但是，就在这时候，一个突如其来的坏消息，像一颗炸雷一样在杨老大的天空里响起来，以至于终于将他炸倒在地。杨老大从此再也没有翻过身来。

十四、山兔受伤

那是四月上旬的一天早上。杨家山的女人们都忙着搅凉粉、煮甜醅，兴兴头头准备迎接张家寺一年一度的社戏。去七里川赶集的发财，在集市上从送信的小孙手里接过来一个电报。那电报是从大涧沟煤矿发来的，电文是简简单单的四个字：有事速来。经历过许多事儿的发财，一看这电报的来路和电文，知道一定是凶多吉少。因为这电报的接收人是杨山兔家，所以他想，这电报一定与山兔有关。那一年，杨家山只有山兔一个人在大涧沟煤矿干活儿。发财手里拿着这一份电报，第一时间想到的是杨老大的身体。杨老大出院不久，经过医院的治疗和家里搞迷信，他的病比以前好多了。现在，忽然收到这样一份令人心里不安的东西，这简直就是要他的命。发财怕杨老大知道这电报后一时受不了，便拿着电报径直去了杏树湾老伯家。

杏树湾老伯虽然年事已高，但是，杨家山人每遇到这种让他们六神无主的大事儿的时候，总会去找他。杏树湾老伯一听，心里一下子被震住了，他也知道这事儿非同一般，第一时间想到的，也还是杨老大的病。他对发财说："天大的事儿，要是遇上了，也还得对付啊。可是，山兔他爸那身体……他脸上刚刚有了肉色啊。"发财点头说："是啊。我就是怕这一点。"杏树湾老伯说："你没看山兔他妈这一向的脸色，死灰一样。"发财也点头说："是。"杏树湾老伯又说："现在的问题，不仅仅是男人一个人的问题，还有他那女人。"发财说："看这电报，一定不是小事，是大事。可是，这么大的事儿，不跟他们说清楚也是不行的。再说，电报是发给他们的，我们不可能留着不让他们知道。"杏树湾老伯说："那当然。现在关键是如何让他们知道。"发财说："男人到底是男人。杨老大那人，经过的事儿也多。可那女人，虽说她平时肚量也不算小，可是她若知道这事儿，不知会怎么样呢。如今是塌房子遇到连夜雨了，说不准会发生什么事儿。"杏树湾老伯说："最好还是不要让山兔妈知道。"发财说："万一村里那几个多嘴的女人知道了，就不好说了。”

杏树湾老伯想了想，又说：“不过，这样也不大好。这消息最终是不会瞒过她的，还不如一面想办法叫她知道，一面叫人看着些，不要出什么事儿。”杏树湾老伯说了之后，发财也表示同意。但如何操作，叫谁给男人说，谁给女人说，需具体想办法安排。杏树湾老伯想，村子里遇到这样的事儿，须得整个村子的人行动起来，一方面叫大家不要到处乱说，另一方面又要帮忙劝说那两口子。当杏树湾老伯把这个想法说给发财时，发财说：“这样也好。”杏树湾老伯便让发财当即去叫黑虎、六顺爷两个。另外，给大骡子也说一说，这人跑路也快。

发财到黑虎家里时，黑虎刚从洋芋地里回来，正坐在上房屋檐下喝水。一听到发财说了这事儿之后，黑虎本来很黑的脸一下子变得更黑了。两只圆眼睛睁得几乎要从眼眶里蹦出来了。他知道，这对于杨老大两口子来说，无疑是雪上加霜的事儿，但是当时他没有说话，过了好一会儿后，才问了一句：“杏树湾老伯那儿你去过了吗？他是怎么说的?”发财说：“去过了，我就是从那儿来的。”发财说完，接着把杏树湾老伯的意思，又给黑虎简述了一下。黑虎听了，把水缸子往地上一搁，顺手拿起了屋檐台子上的那顶旧草帽就往外走。

出了大门，黑虎径直往杏树湾老伯家里去了，发财转身去了六顺爷的羊圈里。刚从山里回来的六顺奶正给小孙子喂奶。发财问六顺奶说：“六妈，我六爸去哪儿放羊了?”没等六顺奶说是哪儿，他又说了一句：“你赶紧先放下奶瓶子，叫婷儿慢慢喂，麻烦你到山畔上喊一下，叫他到杏树湾我老伯那儿来一趟。我们有急事儿要商量。”发财刚进门的时候，六顺奶只顾给孙子喂奶，连他脸上看都没有看，以为他是没事儿串门子，还问了声：“你这会子有空儿了?”听他这么一说，忙回过头来看，见他脸色沉沉的有些不对，又听他叫自己赶紧去喊自己的老汉去一趟杏树湾老伯那儿时，她这才知道，一定是出什么事儿了。

发财到杏树湾老伯家里不多时候，六顺爷也到了。大骡子和黑虎是一前一后到的。杏树湾老伯见他们都来了，便说：“如今煤矿那边到底发生了什么事儿，我们也不知道，但是就这一份电报而言，那边一定是有大事儿了。”发财插话说：“这事儿肯定不小，要不，怎么会来这个？一般的事儿，来个信也就可以了。”其他几个也说：“就是。”杏树湾老伯对发财说：“还好。这电报恰好落在了你手里。要是哪一个不懂事的娃娃拿上交给杨老大，就更不好了。”黑虎、六顺爷和在一边的大骡子也说：“既然落在了我们手里，我们得设法儿。不然，杨老大两口子一下子受不了。”发财说：“就是得想个办法，但是，到底想什么办法也难。这要是别的事儿，我们先瞒住不要说，可是，目前这事儿不说也不行，煤矿那边要求马上来人。”黑虎皱眉道：“这样吧，先把事儿说得轻些，不要说是来电报，就说有人来捎话，让打发一个人去就行了。”六顺爷说：“最好不要让山兔妈知道，女人家总是受不了的。”其他几个也说：“这样也好。”杏树湾老伯对发财说：“发财，你先去村子里找几个人来。要是有人问起了，你都给说一声，叫他们这几天说话务必小心些，尤其在山兔一家人跟前不要乱说。”黑虎、发财答应着要出门，杏树湾老伯又嘱咐他说：“把在家的人都叫来，尤其叫几个稳当些的女人来，当我们给杨老大说话的时候，叫她们注意着山兔妈的动静。”

十五、得到消息

他们几个商量完后，六顺爷先出去了。过了不多时候，黑虎也去了，大骡子和发财一前一后也出去了，最后出去的是杏树湾老伯。杏树湾老伯到杨老大家里时，见六顺爷、黑虎、大骡子和发财几个，早已经在杨老大家里的炕头上坐着。他们几个一面抽烟，一面说着刚刚下过的一场雨。黑虎说："这场雨来得也好，但就是下得不透。昨晚上，我在场边上顺手挖了一铁锨，我看连半铁锨深都没有。"六顺爷说："这虽是一场调雨，但下得不均匀。我们与马家嘴只隔了一条河，一座山，但据那边今早过来放羊的马三娃说，他们那儿下得还可以。"大骡子说："我们这儿经常这样。东南风吹过来，到了段家峡是一个样儿，到了马家嘴这一带又是一个样儿。"

杏树湾老伯看他们几个说下雨的事儿，也就没有说什么，点了一锅烟，在一边抽着。那时候，杨老大还在院子里喂鸡。他们几个口里虽说着闲话，心里却想着这个最最棘手的问题：怎么向杨老大交代。就在这时候，听见外面夹道里的几只狗叫得很厉害。听那声音，一定是有外村人进村来了。发财想道：是什么人来了，狗叫得这么厉害？他顺口道："这村里这几只狗太凶了，只要来了陌生人，就像要吃了他一样扑过去。要是大人还好，要是小孩子，那还了得。万一给咬了，也不好交代。"他口里说着，便跑出去看。

发财一出门，老远看见桃桃的女婿尤实实，手里正拿着棍，满头大汗地赶打那几只狗。发财从杨老大的大门前顺手拿了把铁锨，赶忙跑过去，将狗连喊带骂喝住了，然后对尤实实道："幸亏你手里拿了棍儿，不然这几只狗可不好对付。"尤实实说："就是。不过我早有准备。"尤实实说着，还转眼向后面的那几只狗张望。那几只狗见是发财，也一只只夹了尾巴退去了。发财说："没事儿，你往前走。"他一面说话，一面把尤实实让到前面走。

他们上了杨老大家门前的那个土台子，发财忽然想起来，山兔今年是跟了杨老大这女婿到煤矿上去挣钱的。因为过年时候，他媳妇还说过这事儿。他媳妇说：“桃桃那女婿，今日我见了。”发财当时还问：“他不是前几天来过吗?”他媳妇说：“前几天来过，今日又来了。听说明后天就要走，是专门来叫山兔一块儿挣钱去的。”发财想到这儿，便思忖道：也许，这事儿尤实实是知道的。于是，他便从后襟上一把扯住尤实实，拉回到大门外靠牛圈那儿的一堵土墙跟前。尤实实因心里有事儿，本来慌里慌张走不稳，被发财这一拉，他更趺趺撞撞了。那张火急火燎的脸上，表现出一副难以名状的惊恐。发财一看他那样子，更加确认了自己的猜想是对的。尽管发财从尤实实的脸上已经看出他是干什么来的，但是他没有说出来，而是故意问他：“小尤，你今日来有什么事儿，这么急急忙忙的?”

发财这一问，着实叫他犯难。心里的那事儿，怎么向他开口？是自己叫山兔去煤矿挣钱的。现在，自己平平安安回来了，倒让山兔在那儿受罪。目前，他的情况到底如何，还难以说清。自己正愁回去了跟丈人、丈母娘没办法开口，倒是发财已经开口问这事儿了。这也好，跟他说了，讨个主意，回去好向丈人、丈母娘交代。于是，他便蹲下身，将自己所知的这次矿难的前前后后，一五一十给发财说了。尤实实起初怕丈人、丈母娘或者家里哪个出来听见了，压低声音慢慢地说，说到后来，他的声音渐渐哽咽起来。当说到他听到消息，跑到山兔跟前，看见山兔浑身的黑煤灰和满脸的血迹后，这个壮实得能把一个几百斤的大碌碡举起来的二十几岁的小伙子，一把鼻涕一把泪，差点儿说不出话来了。发财听了，知道这不是小事儿，但是根据尤实实的描述，人似乎还是活着的。

发财心里道：这就好，千说万说，只要人活着，什么也好说。发财一面想，一面赶紧对尤实实说：“小尤，别难过了。事情已经出了，谁人也没办法，况且人还在，这比什么都好。再说，这也不是你造成的。”尤实实听了，心里虽说比刚才轻松了些，但还是忍不住哽咽着说：“不是我造成的，可那是我叫他去的。当时，要不是我多事儿，也许就没有这事儿。”发财说：“那也说不定。俗话说，死生有命，富贵在天。就算你不叫他，有时候，要发生的事儿谁人也拦不住，不发生的事儿，谁人也放不到他头上去，你说是不是？况且，你叫他去也是为了他好。你也是看在你丈人、丈母娘的面上，看他刚刚娶了媳妇，家里紧张，才把他叫上去的。这没有什么错。至于去了之后发生事情，那是天意，是造化，任何人也没有办法。”尤实实听了发财这一番话后，心里也好受了些，在一边不住地点头称是。

发财看见尤实实心里的激动与悲伤较先前减轻了，便将自己如何收到电报，如何和村里那几位年长者商议这事儿的情况，向尤实实简要做了叙述。然后说："你来得正好，你来了，我们向你丈人、丈母娘就更好交代这事儿了。"说到这儿，发财又低声给尤实实耳语道："你不知道，这种事儿很难办的。要是当事人心理承受能力好一些，那还好；要是心理承受能力差一些，那可不得了。你说，我们正在这儿给他（她）交代，他（她）心里一时转不过来，突然晕倒了，叫我们怎么办?"尤实实说："你说的正是我所想的。那怎么办才好?"发财便在他的耳边说："你还是在这牛圈里蹲着，我进去一下，过一会就出来了。"

发财说完之后，便用手示意尤实实原地坐着不要动，自己轻手轻脚进了大门。到院子里面，他有意侧耳去听，听见上屋里那几个人还在说一些庄稼上的话儿。不过，说话的声音倒不大。实际他们几个正在焦急地等着发财进来。因为发财今日上集了，他赶集时一定见过一些大小事儿，他们正要拿这些话题开口说事儿。发财在当院干咳了一声，然后进了上屋。坐在桌子跟前的椅子上的大骡子见他进来了，故意问："刚才外面狗叫得那么厉害，是谁来了，不会又是干部吧?"干部这几天一直催张儿媳妇结扎，而张儿两口子一直逃避结扎。干部天天找，他们两口子天天不在家。发财嘴里支吾了一句，然后给大骡子说："大爸，你出来一下。"

大骡子听后，便出来了。发财将大骡子领到大门外的牛圈里，指着牛槽跟前坐着的尤实实说："你看，他来了。"大骡子一看是桃桃女婿，惊问道："你怎么来了?"发财在一边解释说："这孩子今年年初是跟山兔一块儿出去的。"大骡子听后，心里便知道多半了。他口里"哟"了一声，说："这我还不知道。"发财没等尤实实说话，便给大骡子说："尤实实今日专门为这事儿来的。当时矿上的那场面，他也知道。"说到这儿，他又压低了声音说："不过，据他说，山兔仅仅是受了些伤。"大骡子满脸的阴云也一下子褪去了不少，他道："只要人在，什么都好说。"发财说："就是，这就好办多了。可是，当下，我们怎样把这话儿说给杨老大两口子呢?"大骡子转身又向尤实实详细询问了有关受伤的过程，然后对发财说："我听出来了，情况就这样。现在我们暂时瞒着山兔他妈，山兔爸就不必瞒了。"发财道："这样也好。这么大的事儿，是不能瞒着杨老大的。"大骡子又对尤实实说："实实，现在我们一块儿进，进去了你给你丈人说，我们俩在后面帮你补充。你先说你是回家来看戏来的。说完之后，你再转个弯，说你走的时候，山兔身上有点儿不舒服，待在医院里。现在，跟他一块干活儿的一个老乡，正在看着他，家里人大可不必操心。这样，你丈人也好接受。”尤实实点头说：“行。”

这一次，是大骡子先进的门，随后是发财领着尤实实进去了。大骡子一进上屋门，就粗声大气地说：“我们几个只顾了说话，把亲戚放在大门外，要不是发财看见拦住，他差点儿还叫狗给咬了。”正在说庄稼事儿的杏树湾老伯等人，一看进来的是杨老大的女婿，便问：“这娃娃什么时候来的？”发财撒谎说：“刚来。我出去给驴饮水时，见他来了。”

那时候，杨老大正在给大家张罗着生炉子，一见女婿来了，满脸惊疑地问：“你啥时候来的？”女婿说：“昨天晚上。”杨老大问：“你怎么这时候来了。你哥呢？”杨老大说的“你哥”，指的就是儿子山兔。尤实实说：“我哥在那儿。他没有来。”他刚要问“你们都好吗”，大骡子在一边说：“你看你这丈人当的，四月十五我们都要看戏，你女婿就不知道看戏的？”他说着，回头又问尤实实：“你说是不是，实实？”坐在炕上的杏树湾老伯几个，看见杨老大的女婿来了，又听他是跟山兔一块儿干活儿的，想必这事儿他是知道的，正满心狐疑，不知道他来干啥，又看大骡子的脸上有些喜色，再联系刚才发财把他叫出去了，想这中间一定有些蹊跷，因而便附和着说：“就是，一年三百六十五天，就是再忙，戏也是要看的。”

因大家你一言我一语地说着看戏的话儿，刚才凝重得要冻住的气氛，一下子变得轻松了。大骡子故意问：“这女婿娃就是来看戏的？”尤实实说：“就是，来看戏的。”他说着，一面向大家脸上看了看，一面又向老丈人脸上瞧了瞧，然后说：“还有点儿事情。”杨老大这一回感觉到，女婿在向自己说话，他忙问：“是什么事儿？”女婿说：“我哥别的什么都好，就是前天受了点儿伤。不过，不太要紧。”

杨老大一听女婿说儿子受了伤，心里咯噔一下，紧张起来。他知道，在煤矿上干活儿跟在别的地方不一样。待在矿井下面就像待在另一个世界里一样。而且，说不定哪天头顶上那些房子一样大的石头块子会掉下来。它们若掉下来，不要说是一个人，就是跟它一样大的一块石头也会被压扁。本来杨老大的病还没有好，乍一听见女婿的话，心跳一下子加快了，脸色也不对了。不过，听女婿又说了一句“不太要紧”，他心里便轻松了一些。但是，不管怎么说，儿子到底还是受伤了，杨老大便忙问：“是什么样的伤？”女婿说：“就干活儿的时候，不小心受了点儿伤。”

没等杨老大再问，发财和大骡子在一边说：“工地上干活儿，蹭点儿皮也是常有的事儿。不要说在大矿上，就是在我们杨家山的山坡上也一样。”听到这儿，杏树湾老伯、六顺爷和黑虎几个在一边也忙跟着发财和大骡子的口气说话，杏树湾老伯说：“那一年天下着冰溜子，我在大石头滩下面的河边放羊，滑倒后差点儿掉进马家嘴人凿开的饮牛饮驴的冰窟窿里，两只手被河边的酸刺扎得血直往出来流。”黑虎转身对六顺爷说：“他六爸你记得吗？那一年六月，我俩在月亮峡的峡谷里放牛，就为了摘几个娃娃杏子，爬上那个大石头后，怎么也下不来了。最后，你说跳下去，我们就跳了下来，你跳得好，踩着了一丛老鲜麻，我差点儿落在那块石头上。要是落到那上面，保准就成了肉饼了。就那，腿疼了好几个月。”

大骡子说：“就是，到哪儿都得小心。”他转身又问尤实实：“你哥的伤不是很要紧吗？”尤实实说：“不是很要紧。大夫说，打打针，再吃点儿药就会好的。”杏树湾老伯他们几个都说：“那就好。”六顺爷还说：“现在的大夫，比谁都能干。多大的病，一打针一吃药，就什么事儿也没有了。”发财说：“就是。去年，我妻弟病了，我还看去了。我去的时候，他正在重症监护室里。我叫他，他不答应，我摸他的手，冰冰的一点儿热气都没有。当时我心里想，这样的人还治他干什么。没想到，过了几天，他竟然开口说话了。现在，他简直跟没害过病的人一样。”

大家七嘴八舌地说着医生的高明和医术的无所不能，杨老大刚一听大家的分析，也认为一点儿工伤是没什么的，只要认真治疗，精心调养，是没有治不了的。但是，随即他又想，恐怕没这么简单吧。他心里想着，脸上还是表现出惶恐与不安来。但是因屋子里人多，他一时没有再问什么。细心的发财早看出来了，他随口说：“这样吧，现在农活儿也不太忙，要不打发个人去看看孩子也好。这样我们心里也踏实。”杏树湾老伯几个听了之后，也都说，要是想看一看的话，我们这边去一个也好。六顺爷说：“就是，看一看也好。”他又对杨老大说：“你身体刚恢复健康，就不必去了。山山不在家里，山牛又小。还是村里派一个年纪轻、跑得快的比较好。”六顺爷这么一说，大家都把目光投向发财和大骡子。发财当然愿意，但是，他觉得自己在许多方面，没有大骡子的经验丰富。因而，他便把目光投向大骡子，意思是他跑一趟可能会更好。大骡子从他的眼神里也知道了他的意思。平时大骡子遇到事儿，也是推推让让，能不沾手的就不沾手。但是那一天，他倒是很爽快地答应了。

十六、杨妈也知道了

大家一走，屋子里只剩下女婿和他丈人。那时候，杨妈还没有从地里回来。这天早上杨妈去得早，她想趁早上凉快的时候，把半山坡那块地里的杂草锄一锄。中午过后，天热了就待在家里，洗些凉粉，另外，再煮些甜醅子。杨老大对女婿说："实实，你到厨房里去看看，把你姨娘烙的馍馍取点儿来，这茶炉子还没有灭，你喝盅儿茶，等过会儿你姨娘来了再做饭。"尤实实说："我这会儿不想喝，我早上喝过了才来的。"杨老大问："你爸你妈都好吗？现在正忙什么?"尤实实说："也都好。"尤实实坐在一边，听丈人问话。丈人问一句他答一句，多余的话他一句都不敢说。女婿丈人这么一问一答，说了一会儿，实实便坐不住了。他怕丈人问到山兔的时候，自己不小心说漏了嘴，或者因为激动，一时控制不住情绪，使丈人发现了。于是，他便赶紧说："我姨娘去哪儿干活儿了，我去帮帮她?"杨老大说："就在山对面半山腰的那块地里。你坐着，她锄会儿草就回来了。"但是尤实实还是坐不住。如果丈人再次问起山兔来，自己怎么回答他？他想，事情已经说了，丈人也知道了，趁着丈母娘还没有回来，赶紧溜回去，免得生意外。但是自己才来，这么急匆匆地走也不好。于是，他便拿起笤帚，在一边清理起火炉上的炉灰来。尤实实先是一笤帚一笤帚扫，扫完之后，又找来簸箕将炉灰扫进簸箕里端出去倒。杨老大则在一边抽烟。不知怎么，杨老大那会儿一句话也不想说，只是看女婿扫地倒灰。尤实实又端了一簸箕炉灰出去了，好大一会儿没有进来。杨老大还是在炕角那儿抽烟。杨老大自从出院以后，烟抽得比以前少多了。但是那一天，他又装了一锅抽起来。杨老大一口接一口地抽着，那本来干渴的嘴唇，现在看起来，似乎又多了许许多多裂开的小口子。也许是因为烟抽多了的缘故。

杨老大一个人待在炕角，连续点了三次，但是还没有抽完那锅烟。看样子，这锅烟又得点一次了。他一面干抽着本来没有一丝儿火星的烟，一面寻思着刚才这一拨人的到来。他想：这四月天气，正是锄田的大忙季节，怎么这么多人都来到了自己家里？对于这个，他一时摸不着头脑。难道是来看望自己的？自己刚出院的时候，他们都来看过了，而且出院已经好多天了，他又想：难道是为了社戏的事儿？但他又很快地否定了，他自己对自己说道："也不对。社戏的事儿早与自己无关了，没什么商量的。这几年，都是六顺爷和发财操心这事儿。一个人该收多少面粉、多少钱，六顺爷早知道，到时候挨家挨户收就行了。"这活儿，以前都是他做的。他挨家挨户收完了，背了面粉，拿了钱，如数交到寺里张总管手里就行了。后来，因为他身体的原因，这活儿由六顺爷干了。六顺爷将钱和面收好后，由山兔帮他送到张家寺。这两年，山兔出门打工，是发财帮他背。因而若为了这个，大家是用不着到自己家里来的。那么，他们为啥来了呢？就在同时，他也想到女婿的到来。杨老大越想越觉得不对，越来越感到女婿的到来和杏树湾老伯他们的到来是一定有事儿，而且与自己有很大的关系。但是，到底是什么关系？难道儿子山兔真出什么事儿了？对，一定是山兔。实实不是已经说他受伤了吗。难不成是很重的伤？一般的轻伤，他会跑来告诉我吗？一定是重伤。

想到这儿，他便"实实""实实"地叫起来。杨老大连喊了几声，都没有女婿的回答声。"这孩子，到哪儿去了？"杨老大口里念道："难不成回去了？"因为喊了几声都没人答应，杨老大便不喊了。他抬头看看外面，日头已经到了当院了，女人说不定就要回来了。这事儿自己心里知道就行了。难道儿子也像马家嘴的马老七的儿子那样，砸死在煤矿下面了？但他又想，这不可能。如果那样的话，女婿是会说的。他知道，女婿是个实在人。但是，不论轻重，都不能让她知道。这个可怜的女人，又要去田里劳动，又要操心家务，起鸡叫睡半夜的，够辛苦了，让她的心歇一会儿吧。

大骡子是第二天天麻麻亮就从家里起身的。他在黑风山的山头搭上了去县城的班车，又在县城搭乘了去大涧沟煤矿的班车。到下午五点时分，班车到达了大涧沟煤矿。说是大涧沟煤矿，实际上山兔是在山后面的一个小煤窑里干活儿的。真正的大涧沟大煤矿有正式工人，他们这些打工仔是搭不上茬儿的。接待他的是一个满脸长有肥肉的黑胖子，别人叫他钱老板。钱老板简单地向他交代了一下这次矿难的经过，然后十分得意地说："你们的杨山兔太幸运了，一块儿下去了二十二个，死了二十一个，就他一个人活着。你说幸运不幸运，他只折了一条腿，嘿，那运气简直好极了。你想，其他人连个骨头渣子都没有了。"

钱老板像是汇报战功一样，给大骡子汇报着这次矿难。大骡子听着，心里不住地打战，他不知道说什么好。当钱老板眉飞色舞地汇报完之后，还向大骡子请功似的说："杨山兔真是幸运。"大骡子可是经历过一些事儿的人，别人说一万个好，他心里有个老底儿——眼见为真。于是，他提出到医院里看一看山兔，但钱老板却不同意，他说："人家大夫不让看。没事儿，你放心，大夫说了，过不了几天就好了。"他当下还拍着胸脯说："你尽管放心好了，过两天杨山兔就出院了，他出院了在这儿干也行，不想干了回家也行。"但是，大骡子坚持说："我大老远地来，总得见见人，回去好向家属交代。你不让我看，我这就走。"大骡子阴沉着脸，站起身来就往外走。钱老板看这人满脸横肉的也不大顺眼，方觉得这人不好对付，他只得赔笑说："那好吧。你先吃饭，吃完饭了再去看。"

大骡子早上在家里喝了茶，吃了点儿馍馍，从出门到这时候近十个小时了，他什么也没吃，肚里真有些饿了。他当下点头说："行"。钱老板掏出手机，打电话叫来一个个子不高、但是脸却白净的女子，对她说："小李，你把这位家属领出去吃饭。"那女子说："到哪儿?"钱老板说："到万豪。"那女子会意，万豪是这儿最好的饭店。他们把最重要的客人，或者像刚才碰见的这种脸上长着横肉，一时不好对付的客人，都安排到那儿去招待。当大骡子走出去之后，钱老板又从后面扯住了小李，在小李跟前耳语了几句。

大骡子在大涧沟煤矿总共待了四天。虽然大骡子强硬的态度使这位老板在许多方面将他和别的家属区别对待，但钱老板还是以杨山兔人还活着为由，只付了山兔三千元。不过，杨山兔这一回，总算挣够了娶媳妇时借的那些钱。

山兔在大涧沟煤矿受伤的消息，在杨老大家里只有杨老大一个人知道。当大骡子从大间沟煤矿回来并把他这一次行程的前前后后，一五一十地告诉杨老大的时候，这位前半世经历过无数生活磨难的硬汉子，终于忍不住泣不成声了。他哽咽着说："我对不住我的孩子，是我没本事给他娶媳妇，让他钻进那不见天日的地井中，差点儿回不来了。"

杨老大正哽咽地向大骡子哭诉的时候，听见大门"吱"的一声响了。杨老大一听，知道是女人从山里回来了。他便赶紧停住哭诉，撩起那破成了几片的衣袖，擦了擦泪眼，趁着女人还没有进屋来，在大骡子耳边再一次嘱咐他："你在山兔妈跟前千万不要提这事儿，你也给你老婆叮嘱一下，叫她对任何人都不要说这事儿。你知道山兔媳妇娶进门不到半年时间，万一她娘家那边人听到了就更不好了。"

尽管大骡子和杨老大都在严格保密着山兔在大涧沟煤矿受伤的消息，但是这消息还是像长了翅膀一样，飞过高山，飞过河流，飞到了山兔丈人的那个村子里。可以说几乎是一夜之间，亲家村里的人都知道了。而且传得有鼻子有眼儿，有的说山兔从矿井里救出来时血肉模糊，有的说山兔的两个胳膊没了，有的说山兔的整个下半身都没了，还有的竟然说山兔已经死了。乔乔父母亲当然也都听到了。亲家男人还为女婿的受难露出一丝忧伤，而亲家女人则没有，她口里骂老天爷不长眼，玩了她女儿，还跺着脚说："我女儿过门才半年，就出了这事儿。这可如何是好?"

这时候，亲家女人更后悔的是，昨天把女儿乔乔打发走了。乔乔这一次回娘家，已经待了差不多一个月了。实际在这之前，她被母亲叫来帮她干活儿干过好几回，她也是十天半月在娘家。上一回，她去杨家山，待了不到三天，她母亲就打发她最小的妹妹来叫她。她到娘家后，正是她母亲忙着锄草的时候，于是便帮母亲锄草。她锄了几天就想走，但是因为地里的杂草还没有锄完，她妈叫她再锄几天，所以她把所有的杂草锄完后才回去。谁知，她一回去就传来这样的消息。这让乔乔妈非常后悔，她骂道："这个没出息的女儿，怎么昨天就走了。"

乔乔妈当时说这话可不是没有道理的。事实上，她把女儿嫁给比女儿大七岁的山兔，就因为杨老大肯出钱。附近村子的人都知道，她是个认钱不认人的女人，因而，都不敢娶她的女儿。而乔乔爸又是个爱听女人话的人，只要是乔乔妈说的，就是对的。不过话说回来，他就是不爱听也由不得他自己。乔乔妈永远有的是对付他的办法。这个爱听女人话的男人，心肠倒跟他的女人不一样，有时候也会表现出爱惜、可怜甚至同情别人的神情来。因而这一次，当他听到自己的女人说出了这样的话之后，还责怪她说："你怎么能说这样的话呢?"不料，气急败坏的女人当面将他怼回去，她说："我怎么不能说这样的话呢？难不成就叫我的女儿一辈子守着一个连那个东西都没有的男人过日子吗?"李家掌柜的听女人这一说，也无话可说了。

李家掌柜的本想第二天去山兔家里，打探打探有关山兔的消息。但因为女人这一说，他便不敢去了。女人说："人把你叫男人，你不去，你看看我敢不敢去。"第二天天一亮，女人便拿了根打狗的棍子出发了。

自从去年女儿过门后，李家两口子一直没有来过杨家山。就是杨老大从医院回来后，他们也没有来过。虽然李家掌柜的从女儿口里知道，亲家杨老大的病很严重。出院的时候，他本想来看看，也曾在女人跟前念叨过，但是，女人一直没有吭声，因而他也不敢来。他不敢来，女人不屑来，女人还说：“我一个女儿给他了，还叫我上他的门，我倒成了上门亲了。”

当时杨老大家里，就杨老大一个人知道山兔在矿上受伤的事儿，其他人还不知道。杨老大看见亲家女人进门时，脸上阴沉沉的样子，心里有些害怕了。他想，难道她已经知道儿子受伤的消息了？她进门就问了一句：“乔乔呢?”还好，那时候杨妈在地里干活儿还没有回家，山牛和山桃也都去学校了。因他们都不在，杨老大心里的紧张多少还是减轻了一些，他便说：“乔乔跟她妈到地里去了。”他还故作什么都不知道的样子，忙生炉子，还舀来喝茶水，把茶碗洗了两遍，放到一边，招呼她喝茶。杨老大又跑到六顺爷家里叫六顺奶，央她赶紧给亲家女人做饭。当杨老大和六顺奶从外面进来时，见火炉子里的火已经灭了，亲家女人并没有喝茶，而是板着脸，愣坐在桌边的椅子上。看样子，她是一心等女儿回来。

过了一会儿，六顺奶把热气腾腾的饭端上来，不过亲家女人并没有吃。自始至终，杨老大装作很高兴的样子，跟她说这个说那个，他甚至表现得比平时任何时候都健谈。亲家女人见杨老大这样子，以为他还不知道山兔的事儿，忍不住要问他，但是她又留了一个心眼儿，因而没有问。她想，何必多此一举呢，还不如趁他不知道，等女儿一进门，把事情给女儿悄悄说清楚，让女儿跟自己走就行了。

十七、山兔媳妇走了

快到中午的时候，乔乔回来了，但是杨妈没有来。因为那时候天已经很热了，杨妈叫儿媳妇先回去准备做饭，自己再锄一会儿。乔乔回家后，见母亲来了，她刚要问：“我昨日来的，你怎么今日就来了？”可是她妈比她更利索，她妈说：“乔乔，你爷爷病得很厉害，我是来叫你过去看看他的。”老实的乔乔听后，在一边念道：“我来的时候我爷爷好好的，怎么一夜之间就病了？不知是什么病，没叫先生看看吗?”乔乔她妈说：“叫先生看了，先生说这病很要紧，说不定就要回老家了。因而，我过来叫你回去，你趁你爷爷活的时候看看他。”

因为是母亲亲自来叫自己，而且爷爷又病得那么重，所以乔乔只得跟着母亲回娘家去。乔乔走的时候，婆婆杨妈恰好也回来了。杨妈起初听了，也有些不大愿意，因为乔乔才来就要走。但是她又想：“既然她爷爷病得厉害，做孙子的去看看，那也是天经地义的事儿。”杨妈当下说好，还把自己前天卖鸡得来的几块钱全部塞给了儿媳妇，要她经过七里川的时候，到商店里给她爷爷买个像样的吃的，叫老人家吃一吃。

乔乔是个很听话的姑娘。在娘家，父亲叫她干什么，她就干什么；母亲叫她干什么，她也干什么。但她也是一个比较固执的孩子，而且有时候是非不分。比如父母亲同时叫她干一样活儿，但两口子说得又不一样的时候，她更是如此。她明知道父亲的对，母亲的不对，但是，她还是不得不按照母亲说的去做。在这个家庭里，母亲是绝对的权威，父亲也一定要听她的，父亲要是不听她的话，她便会拿起菜刀往自己的脖子上抹，或者取根绳子往厨房的檩子上挂。对于她这些示威的办法，父亲要是还不理不睬的话，她便会又哭又喊，像饿狼一样扑过来，一头撞进男人的怀里，叫男人把自己杀了，或者把自己掐死。男人为了少惹事儿，尽量依着她。这多少年的“调教”，使这个男人现在只剩下一个男人的架子，而没有男人的骨头了。这一次见女人把女儿从婆家叫来，男人明知道她做得不对，也还是不敢吱声。

乔乔一回到娘家，就被母亲留下了。而杨妈一家人还在家里等乔乔早点儿回家。乔乔已经去了半个月了，还不见回来。她走的时候，杨妈还说等她回来了，叫她看着家，自己亲自去亲家家里，看望看望亲家爷爷。所以，乔乔刚走那两天，杨妈一直惦记着亲家爷爷的病。等杨妈偶然从旁人嘴里得知山兔在矿上出事儿的时候，她便忽然想，情况一定不大好，因为她早知道亲家女人的为人。这时候，她更想亲自去看看亲家爷爷，顺便把乔乔叫回来。可惜当时家里脱不开身。男人杨老大当然没本事去。因为杨妈发现，男人的身体现在远不如以前了，而且这几天，他吃饭比以前少了许多，脸色惨白惨白的，脸上的肉差不多掉完了。乍一看，他竟有些吓人。山牛和山桃都是孩子，也是靠不住的。

乔乔去了好几天还没有回来，杨老大心里七上八下的。但他想，乔乔已经是过了门的媳妇了，亲家那边再不仁不义，也不至于就留下不让回来吧！何况，自己的儿子还在世呢。等到第二十八天，还不见儿媳妇来，杨老大心里嘀咕起来：不会是不来了吧？晚上等女人从田里回来后，他不安地问女人："山兔媳妇怎么还不见回来?"虽然杨妈心里也感到一定是亲家女人把女儿留下了，但是她怕男人为这事儿操心，对他的身体不好，只是随口说："说不定，她们家里又有什么活儿了。你知道她家里有什么活儿，她妈自己不做，总要叫乔乔做。"杨老大应承着说："有可能吧。"可是他心里想，恐怕没有这么简单。

儿媳妇没有来，杨老大心里放心不下，但是儿子山兔的身体更让他操心。他不知儿子现在恢复得怎么样了，他想亲自去一趟大涧沟煤矿看看儿子，看看他到底怎么样了。但是拿什么理由去呢？他要是动身去的话，女人一定要问。可是，山兔受伤的消息，他还瞒着她。女婿实实回去后，也一直没有回信。实实当然不敢回信，实实来的时候，他一再嘱咐他，这事儿对他姨娘要绝对保密。

十八、山兔回来了

山兔是农历五月下旬的一天回来的。说得具体点儿，也就是大凉山的社戏唱完之后的第二天。因为社戏已经完了，所以杨家山人都跑到自家的地里锄二遍胡麻去了。就在这一天，山兔回来了。山兔是在黑风山的山头上下班车的。下车后，他便背着他的那个帆布背包，一瘸一拐往回走。山兔在路上整整走了两个半小时，才走到杨家山。当他进门的时候，父亲杨老大正在院子里用草绳编织着那只破了的牛笼嘴，母亲到地里去锄二遍胡麻了。自从知道儿子山兔受伤以后，杨老大就再也没有服过药。他心里想，自己这半辈子起鸡叫睡半夜的辛劳，就为了几个孩子。现在，儿子山兔都那样了，自己活着还有什么意思。因而，取来的那些药还好好地放在桌子上，他一片都没有吃。只有当女人和孩子们见了，催他吃时，他才拿起瓶子，假装从里面取药服用。

但奇怪的是，他的身体倒是比前好些了。也许有些事儿，你不在乎它的时候，它也不在乎你。因为感觉身体好些了，有好几次他要到地里帮女人锄田去。但是女人不让他去，要他在家里好好歇着，等身体彻底好了再去。杨老大整天待在家里闷得慌，总想找些事儿做。因为夏收要开始了，夏田地马上就要开犁了，而牛轭、木犁等农具也都得拿出来修理修理了。这几天，他就在家里修理农具。他已经修理好了几件农具，就剩下一只破了一个大洞的牛笼嘴，还需要好好编编。这一天，他从房檐的椽花间取出来一疙瘩草绳，坐在檐下的阴凉里穿过来穿过去地编制起来。杨老大正在那儿低着头仔细编着，忽然，听到有人叫了一声“爸”，他一抬头，看见一个人正一瘸一拐地从大门口进来了。

“这不是儿子山兔吗?”杨老大心里道。他不相信自己的眼睛，又往那人脸上看了看。几秒钟之后，他心里才十分肯定地道：是的，这是儿子山兔。杨老大差点儿喊出声来了，他终于见到自己的儿子了。他激动不已，他简直不敢相信这是真的。想想刚听到儿子在矿上被砸伤的那一刻，他觉得他这一辈子再也见不到儿子了。这不，儿子竟然回来了！那一瞬间，他就像失去了知觉的人一样，什么感觉也没有了。他想站起来跑到山兔跟前看看，看看山兔的伤到底怎么样了。但是无奈自己浑身乏力，没有站起来。杨老大两眼看着他一瘸一拐地走过来，走到了当院，最后一瘸一拐地走到他跟前，听到了一声："爸，你好些了吗？"

这一声"你好些了吗"，是这些日子别人问候他的最为普遍的一句话。难不成儿子也知道自己生病住院了？虽然住院那时候，他一再叮嘱山山，不要把自己生病的消息给山兔说。但是，山山在信里面还是给他说了。那一刻的杨老大不敢相信自己的儿子竟然会这么安安全全地回来。怔住了的杨老大，像打量一个怪物一样打量着儿子，过了好一会儿，才终于喃喃道："我的儿。"

简简单单的三个字在杨老大的嗓子眼儿里，似乎走得很艰难。他的喉咙似乎被什么东西给堵住了。那三个字被极其吃力地挤了出来。因为挤得艰难，所以杨老大的声音随之也有些颤抖。因他的声音的颤抖，杨老大整个身子也跟着抖动着。他攥在手里的那根草绳从手上滑落下来，那个刚编到一半的牛笼嘴也落到了地上。

山兔看见父亲的两只手在瑟瑟发抖，那样子，仿佛一个衣着单薄的人，站在冬天凛冽的北风中一样。父亲粗糙的指头跟他旁边的草绳没什么两样，也是粗粗的，麻乎乎的。父亲的手背上还裂着一道一道口子。山兔听见父亲颤抖的、哽咽的声音，一时也慌了手脚。记忆当中的父亲，是个什么也动摇不了的硬汉子，说话时话语里总带着钢音，父亲从来没有跟自己这么说过话。唉，父亲竟然流泪了！豆大的泪珠从眼角那儿滚出，顺着那苍老的、瘦得皮包骨头的惨白的脸颊流了下来。

对于面前发生的这一幕，山兔一时怔住了，他弄不清楚父亲这是怎么了，因为他从来没有见过父亲流泪。他心里道：父亲一定是为了我吧！不过，他又想，我不是回来了吗，而且我下车后，是自己一路走回来的。不就受伤了嘛，别的人都还死了呢。

那一刻的杨老大，真的流泪了，他是因儿子受伤而落泪。儿子出门这几年都好好的，想不到今年就受伤了，而且伤得那么严重，他也是因见到儿子而落泪。还好，他回来了。

杨老大看见儿子回来了，不用说心里有多么高兴。等他反应过来后，便撩起衣襟擦了擦自己的脸，然后极为镇定地说："呀，我的眼睛不行了。就做了这么一点儿活计。"他一面重新拾起草绳和那个编到半拉子的牛笼嘴，一面问儿子："饿了吗?”

山兔看见父亲说话流利了，而且脸上也有了笑意，心里放松了许多，便说：“不饿。我早上走的时候吃了。”杨老大抬头看了看天，又看了看地上的阴凉，说：“你早上吃的，都到这时候了，能不饿？去，到厨房里看看去。”山兔说：“不饿。”他还是坐在一边没有动。杨老大看儿子没有动，自己便放下了手中的草绳和牛笼嘴，挣扎着要起来。山兔一看，忙说：“你坐着，我自己去。”

山兔进了厨房，从倒扣在案板上的脸盆下面摸出了一块馍馍。他还没有吃，一股香喷喷的麦香就扑过来。终于吃到母亲烙的馍馍了，山兔想。山兔拿着馍馍从厨房里出来时，见父亲已经到上屋里了，他也跟着到了上屋。只看见父亲站在茶炉跟前，拿着一根木柴棍往炉子里面塞。见他进来了，父亲说：“你走了这么长的路，一定口渴了，我看这炉子还着呢，续根棍儿，你炖一盅儿茶喝喝。”山兔赶紧伸手从父亲手里取那根木柴棍，说：“我自己来。”但是父亲把手往后一缩，并没有给。山兔感到很惊讶，一向威严的父亲，在子女跟前都是用命令式的口气跟他们说话。看到他们时，不是喊你的眼睛呢？就是你的手呢？有时候，还来一句：“你为什么自己不做?”而今天，他竟然亲自生炉子，叫自己喝茶。

炉子里的火早灭了。父亲是早上喝的茶，现在都快中午了，炉子里当然不会有火星。山兔见父亲非要自己喝盅儿茶，于是重生起火来。他生炉子的时候，父亲将茶叶罐拿过来，放到火炉子跟前，又将茶盅拿起来，用他的衣服袖子去擦拭。父亲一边擦拭，一边还念叨着说：“茶釉这东西，天天擦天天有。”显然，父亲今日非要把这个茶盅给自己擦干净不可。

父亲一面像伺候客人一样伺候着儿子山兔，一面又问起矿上的事儿来，山兔一一回答着。父亲说：“那地方比不得建筑工地，当时你走的时候，我就不愿意。谁知道就出了这么个事情。”说到这儿，父亲像惊弓之鸟一样，身上还有些战栗。没等山兔说话，父亲又说：“幸亏你妈还不知道，你妈胆子小，她要是知道了一定受不了，到现在我都瞒着她。待会儿你妈来了，你也不要说这事儿。她看见你走路的样子，一定会问你的腿怎么了，你就说走路时不小心碰了一下。”父亲还说了一些家里的事儿，但是，父亲始终没有提他住院的事儿，当然更没有提乔乔的事儿。儿子刚进门，他不便说这些事儿。

十九、母亲见到儿子

父子两个一个说话，一个点头答应的时候，便听见大门外“啯啯啯”的喊叫鸡的声音。山兔一听，是母亲来了。他便从炉子前面的那个木凳子上站起来。这时，一扇大门被“咣当”一声推开了。首先看见的是母亲的那顶发黄的大草帽，接着看见的是蓬松地向四面散开的，像小山一样高的一背篼绿草。因为那背篼草装得太满又太高，他家的那个大门虽说也不算小，但是相比这一大背篼草来说，还是显得太小了。山兔见母亲背上的背篼和那背篼草被两边的门框夹住了，便忙放下手中的茶盅，往母亲跟前跑，准备去帮母亲，但是，母亲往门的另一边一侧身，进来了。

母亲进了大门，将背篼和草哗啦一下扔到院里，然后伸手取下扣在头上的草帽。一抬眼，看见山兔站在自己跟前，她一下子傻眼了。母亲的眼睛好像一下子被扎了好多根麦芒似的，忽然睁不开了。她的口也像哑了一样，一时说不出话来。她自从听到儿子在矿上受伤的消息后，不知流了多少泪。但是那泪都流进她的肚里了，因为她怕自己的男人知道了不好。他是刚刚住过医院的人，他的身体还那么虚弱，一定是受不了这样的打击的。

杨家山有几个人，一向刁钻多事、爱搬弄是非，谣传一些不该谣传的话。但是这一次，他们的表现却出奇的好。自从杏树湾老伯一再叮嘱发财给他们说说，要他们在村子里少说闲话时，大家也都听了，他们连谈论都很少谈论。但是天下没有不透风的墙，没多久，还是让杨妈知道了这事儿。杨妈听了后，赶紧给那人说：“你千万别给他爸说，他那身体受不了。”就这样，杨老大两口子在各自的谎言里生活着。这多少天，杨妈白天在山里流泪，晚上在被窝里流泪。而在自己的男人面前，她则表现出什么事儿都没有的样子。她像男人瞒自己一样，时时刻刻瞒着自己的男人。

但是，这确实是自己的儿子。

当杨妈确认了这一点后，忍不住叫了一声：“山兔。”那叫声像是一个极其胆小的人，见了一个吃人的大怪物之后的惊叫声，那绝对不是一个母亲见到自己心爱的儿子的叫声。那一声惊叫之后，杨妈几乎是带着哭腔又叫了声：“山兔。”

儿子山兔也感觉到母亲见到自己后的高兴与惊讶。但是因为父亲已经嘱咐了，要他在母亲回来后，在母亲面前表现镇静，所以他便岔开了母亲惊异的目光，只是淡淡地说：“妈这会子来了。”那时候，杨妈因儿子回来而高兴、惊异得差点儿忘了自己对男人保守的秘密，但看到山兔这一冷静的举动后，她忽然也变得冷静了。之后，母亲以十分平和的语气问他什么时候来的，中午吃什么饭之类的话，他也很平静地回答了母亲的问话。他还问了几句母亲有关山里锄草的事儿，母亲也一一做了回答。杨老大坐在炕角，看着母子团聚了，高兴得只是傻笑。母子俩一个问一个答，说了一会儿，母亲便说：“你再喝点儿水，我去做饭了。”母亲说着，便去做饭了。

母亲已经回来这么长时间了，但是他一直没有看见媳妇乔乔。她到哪里去了呢？山兔想。山兔从山山的信里知道，媳妇乔乔在家里是很听话的。父母亲说什么她都听，这让他心里感到很高兴。今日刚来的时候，他见媳妇不在，满以为是跟母亲干活儿去了。可是到这时候还不见她来，难不成她还在地里没有来？

不，这不可能，都大中午了还在地里？这又不是麦六月，山兔想。他想问父母亲，但是又不好意思开口。一个大男人在自己的父母亲跟前打问媳妇，那像什么样子？当然这事儿，杨老大两口子也都不好在儿子跟前说。儿子才从那么远的路上回来，而且是受了那么重的伤才回来，怎么能说这事儿呢？即使想说，两口子也不知道怎么说好。自从他去矿上挣钱之后，除了刚开始的那一个月，儿媳妇乔乔基本上就在娘家。最近一次回来，只待了半天，第二天就被她母亲叫走了。这一去，到现在还没有回来。虽然杨老大两口子心里都觉得，这一定与儿子山兔的受伤有关。但是两口子又各自保守着各自的秘密，都没有给对方说。现在，儿子刚来，所以都不好开口。两口子想：儿子来了先歇一歇，过两天，叫他亲自去一趟李家沟把媳妇叫来。因为母亲早已经在山牛和山桃跟前说好了，所以他们俩也没有在哥哥跟前提嫂子乔乔的事儿。

下午，母亲还是去地里锄草了，山兔想去，母亲却说：“你今天才回来，你就歇着去，等歇好了再去。”父亲也叫山兔歇着别去。山兔因父母亲都这样说，他也不好违拗。

这天晚上，母亲回来得比平时早，吃完饭天已经很黑了。父亲在上房里睡下了。山兔也准备去睡。这时，母亲和山桃进来了。山兔怕母亲和山桃看见自己的伤疤，忙用被子捂住了。母亲掩上了门，上前来揭起被子的一角，山兔伤得最厉害的那条腿便露出来了。山兔又忙用手去捂被子，但母亲早已拨开了他的手，说："让我看看。"母亲说着，伸出手在疤痕上面摸了摸，还叫山桃把灯举到跟前，她就着灯光细细地看那受伤的地方。母亲看了之后，又用指头抵着受伤的地方，问山兔疼不疼。山兔说："不疼。"母亲心疼地说："怎么能不疼呢。我们割麦子的时候，不小心用镰刀割一下都疼得很。你在那里面，那么大的石头砸在身上，怎么能不疼呢。"母亲说着，便又问起他受伤的经过。山兔看母亲什么都知道，便没有再瞒母亲，把他受伤的前后经过向母亲一一说了。母亲说："那时候，你爸身体又不好，我都吓得不敢给他说。现在看来，这伤也算好多了。"接着她又祷告似的说："多亏老天爷保佑，我的孩子回来了。"山兔怕母亲伤心，忙说："没什么，一点儿轻伤。"母子又说了些矿上的事儿，山兔想乘机问问媳妇乔乔，但是看母亲难过成这样子，便没有问。

山兔虽然没有问，但是母亲倒是提起来了，母亲没有说乔乔回娘家之后，这么长时间没有回来，而是说："山兔，你歇两天了，到你丈人家看看你丈人丈母娘，回来的时候把乔乔顺便接上。"山兔说："好的。"既然母亲提到了，山兔便问了乔乔在家里的情况，母亲当然没有说实话，而是说："你走后这半年，她在咱们家里也勤快，我叫她干什么她就干什么。你爸说什么，她也听。"山兔一面听着，一面不住地点头。

二十、山兔去了丈人家

第二天，山兔想去丈人家叫媳妇回来。可是昨日走了半天的路，他的腿又疼起来了。今早一下炕，他在地上站着都觉得有些困。走丈人家差不多得十五里路，比他昨日下车时回家的路还要远，他即使走到丈人家里，也是累得站也站不住了。他早从实实口里知道，有关他的伤情，在杨家山和李家沟风言风语传得不像样子。有的说他折了一条腿，有的说他折了两条腿，还有的说他整个下半身都瘫了。他这样一瘸一跛地去丈人家，叫丈人那村里的人看见了，不正印证了流传的那些话吗。山兔这样想着，便打消了这个念头，打算过几天身体好些了再去。

杨妈似乎看出了儿子的心思，她对山兔说："你在家里歇着，下午，叫山桃请个假，去一趟李家沟把乔乔叫来。"山兔听了，也说可以。下午，山桃去请她嫂子。晚上山桃回来了。那时候，杨妈正在麦场上打扫添炕。杨妈一看见女儿山桃一个人回来了，她心里像被冷水浇过一样，感觉冷冷的。山桃跑到母亲跟前，悄悄告诉母亲说："我去的时候，我嫂子不在。"杨妈惊问道："不在？那她到哪里去了？"山桃说："我姨娘说，我嫂子去了亲戚家。她还叫我们不要等了，说我嫂子来了，她就打发她来。"杨妈虽然知道山兔丈母娘的德行，但是既然人家这么说了，也只得等着。

又是六七天过去了，还不见乔乔回来。山兔心里很焦急，结婚才半年的小伙子，想女人当然是可以理解的。杨老大和杨妈两口子心里也很急。杨妈心里纳闷道："乔乔走个亲戚，能走这么长的时间？"

这天是星期天，杨妈又打发山桃去李家沟叫儿媳妇乔乔回来。山桃是早上去的。到中午时候，山桃回来了，带来的还是同样的话。杨妈道："你没有问问，你嫂子到哪个亲戚家去了？她什么时候回来？"山桃说："我问了。开始的时候，我姨娘支支吾吾不想说。问了几遍，她才说是一个远房姑姑家。她还叫我们不用再来了，等她一回来，她就打发她回来。"杨妈心里嘀咕：都是过了门的女儿了，还这么长时间留在她家里。这到底是什么意思？在一边的杨老大，从女儿山桃的口气里，预感到这一定不是好事儿。

山兔回来已经好几天了，他的腿也比以前好多了。这一天早上，喝过早茶以后，他便给父母亲说："爸，妈，今日我想去李家沟，看看我丈人丈母娘。另外再看看我丈人爷，看他好些了没有。"当然，他主要还是想他的媳妇，不过他没有说。杨老大两口子听了也都点头说："去去也好，你都来好多天了。"于是，山兔去了李家沟。

山兔因为腿伤，走起路来还是不方便，他到李家沟时，差不多中午了。他丈人不在家，他丈母娘倒是在。她看见女婿亲自上门来了，心里虽然很不乐意，但是面子上还是表现得十分高兴，她说："山兔这孩子，今日来了？"没等山兔搭话，她又说："我给你姨父说了，我说山兔回来了，你该过去看看孩子。他正准备哪一天去看你呢。"从山兔一进门，她就一直说她们一家子是怎么想山兔的，说了好半天，但是就是一句没有提山兔的受伤情况。好像山兔受伤的事儿，她们一家子根本不知道似的。同时，也没有提乔乔，好像乔乔根本就不是她的女儿。山兔问候了几句家里的情况，又问候了几句庄稼上的事儿，他看丈母娘根本没有提乔乔的意思，他只得开口问道："姨娘，乔乔去哪儿了？"

自从乔乔妈听到山兔在矿上伤得十分严重的消息后，她的心思就再也没有往杨家山这边想了。前两次山桃来叫乔乔，她都是随口胡说了两句，把山桃打发走了。这一回，女婿山兔亲自来了，她还是那个样。先是不提，等女婿提出来后，她便用谎言诓骗他说："乔乔吗？她到外面打工去了。"她怕山兔还要等，立刻说："说是年底才能回来。"山兔听了之后，满肚子恼火。想不到自己日思夜想的媳妇，竟然外出打工去了。不过山兔也知道他这狐狸精丈母娘，是什么话都能说得出的。但是，她既然这么说了，他也不好争辩。因为这是自己从大涧沟煤矿回来后，第一次来丈人家，所以山兔吃过午饭后，便回去了。

山兔兄妹俩去李家沟得到的消息都是乔乔不在家。不过，山桃听到的是乔乔转亲戚去了，而山兔听到的是乔乔出外打工去了。可是，外面其他人传言说，李家因为山兔在矿上伤得很严重，给乔乔又找了婆家。而且，这消息已经纷纷扬扬传了很长时间。杨家山除了山兔一家之外，其他人几乎都知道。这一天，杨三婆也听到了，她一听到这个可怕的消息后，忙放下手中的活儿，急匆匆地跑来告诉了她大嫂子杨妈。杨妈听了后，胳膊肘子像抽了筋似的垂了下来，眼盯着地面，半晌没有言语。实际早在亲家母跑来叫走乔乔的那一天，她心里就隐约感觉到了。过了好一阵子，杨妈才开了口，她用极其低沉的声音说：“你大哥的病还没有好，不要让他知道。”杨三婆点头说：“好。”

等杨三婆走后，杨妈便把山兔叫来，并将厨房门轻轻掩上了。娘儿俩在厨房里，低声商量这事儿该如何处理。那一刻，杨妈心里还是存着一丝希望。她想，亲家女人为人差，也不可能差到如此地步。她说道：“不会吧?”山兔说：“那女人什么事儿都能干得出来。”母亲说：“什么事儿都能做出来，但是这样伤天害理的事儿，她也不至于吧。”山兔说：“她那种人，什么事儿做不出来？再说，她把女儿嫁给我，本来就是为了钱。我们方圆几十里，哪个人家娶的媳妇，像我娶的这么贵？现在她也知道，我在煤矿上砸伤了，什么活儿都不能干了。”杨妈听儿子这么一说，便垂下眼不说话了，半晌才说：“这样吧，你明日再去一趟，问问乔乔到底在哪儿，她打工也有个地方嘛。人说是人说，事实是事实。万一没有嫁出去，我们趁早儿叫几个人去商量商量。”

二十一、自己解决问题

杨妈万万没有想到，自己和山兔说的话，杨老大都听见了。实际上，杨老大看见女人和儿子关起门来说话，就觉察出异常来。母子俩有什么秘密的话儿要关起门来说呢？还不是为了防自己。而他们想说的，不是乔乔这事儿，还会是别的什么事儿呢？这样的结果，他早料到了，但是他又能怎么办？自己家里光景不好，加上自己这半年害病，住医院花了那么多的钱。就这，已经让亲家两口子不高兴了。现在，儿子山兔又成了个残废。这要是遇上一个讲道理的亲家，话还可以说，可是自己如今遇上的这个亲家女人，是那种蛮不讲理的女人。

杨老大心里这么想着，一步一摇地往上房里走。他觉得他的两只脚有一百斤重。杨老大一前一后迈着它，摇晃得差点儿走不到门框跟前了。一到门跟前，他便伸出手紧紧扶住了门框。然后一点一点挪进门，又一点一点蹭到炕沿前。他刚到那儿，就一屁股坐到炕头边的椅子上。杨老大气喘得厉害，浑身酥软。他用尽浑身力气去呼吸，鼻孔张得大大的，但还是有些喘不过气来。女人跟儿子的对话，深深触痛了他的心。他感觉心里有些承受不住了。他自语道："她这不是要了我们父子的命吗？"

为给儿子娶媳妇，他都跑出病了。好容易把儿媳妇娶进门了，现在又遇上这事儿。如今儿子来了，可儿媳妇又走了。这叫我怎么办呢？我要是身体好，还可以想想办法，或者多种些地，或者给人打墼子，哪怕搬石头也行，只要能给孩子帮一点儿忙，我什么都可以干。可是我如今是个废物，除了吃饭，拖累女人和孩子之外，没有一点儿用处，我还活着做什么？

这一天，女人到地里干活儿去了，山兔也拄着拐杖帮他妈干活儿去了。山牛和山桃都去了学校，家里就他一个人。杨老大走到厨房里，从灶台墙上放碗的木板子上取下来一只碗，又到案板上取来电壶，然后轻轻地揭开电壶塞子，提起电壶往碗里倒满开水。之后又到灶台跟前，取来了装着食用碱的那个罐头瓶子，揭开了盖子，伸手抓了两把食用碱，均匀地撒进开水里。食用碱遇到开水，化得很快。但是，也许是因为碗小水少食用碱多，他发现还有一些碱没有均匀化开，而是沉淀在了碗底。杨老大又取来一双竹筷子，然后手拿着竹筷子，在碗里的开水里一圈一圈地搅动起来。

杨老大看着这一碗冒着热气的碱水，犹豫了一会儿。自己这几十年没少吃苦，没少受累，什么艰难都经历过了。谁知道儿子的媳妇竟然这么难找。为了这事儿，把自己累出病来。这还不够，老天爷还非要让自己搭上半个儿子。如今，儿媳妇跑得连影儿也不见了。这叫人怎么活？

那一刻的杨老大感到无望，感到疲乏，感到浑身发软。除了面前这一碗撒了满满两把食用碱的温开水之外，他觉得这个世界上的任何东西，对他都没有意义。他深深觉得自己多活一天，给女人孩子多一天拖累。他现在唯一想的就是减轻女人和孩子的负担。而结束自己，是减轻他们负担的最好办法。

杨老大一面想着，一面很淡然、痛快地端起了碗。碗里的水似乎有些凉了，先前冒着的热气不见了。杨老大端起水碗，就像他在地里背起牛犁犁地、拿起粪斗铺粪一样，自然，淡定。如果说，他在地头上拿起牛犁犁地、背起粪斗铺粪，是为了播下种子，以便秋后收获养家糊口的粮食的话，那他这一次端起撒了食用碱的水碗，就是想用这碗碱水去浇灌、滋润一个新的世界。以前，是为女人孩子，这一次，也还是为了女人孩子，只不过方式和工具跟以前不一样罢了。

那一天，山桃回来得最早。当山桃进到院子里时，见上屋里的灯黑着，她问："爸，你怎么没有点灯？"山桃叫了两声，没人应。山桃以为父亲睡着了，摸索着找着了火柴，点了油灯。灯点着了，但是父亲并没有说话。要是往常的话，父亲总会说："怎么才来？"或者问："来了？"山桃往炕上一看，见父亲直挺挺地躺在炕上。她再看看脸上，父亲的眼睛大睁着，口角留着白沫。她大叫一声："不好了。"然后飞奔出房门。山桃一面跑，一面喊："来人啊，我爸不行了。"

那时候，杨妈和山兔收工回家，已经走到村口了。一听见是山桃怪异的喊叫声，杨妈忙丢下手中拿着的筐子，一路小跑来了。山兔也在母亲后面，一瘸一拐地往来跑。山桃这一叫喊惊动了村子里其他收工回家的人。正在羊圈门口给羊添草的六顺爷，赶忙放下背篼，关了圈门，三步并作两步地跑来了。六顺爷冲进上屋时，母子几个大哭小叫乱作一团。他借着灯光一看，见杨老大眼睛紧闭着，口角边还有白沫。他再往跟前凑了凑，竟见杨老大脸上铁一般的颜色，六顺爷便知道他是寻短见了。

不知什么时候，上屋里已经挤满了人。六顺爷忙拨开众人，跑到羊圈跟前的那眼窑里，取下墙上挂着的那个封满尘土的白布袋子。他两把撕开袋子，从里面取出一把甜草根。这甜草根还是那一年，他的羊生病时，他从尤先生那儿买来的。当时他只用了一小把，另外多半没有用。六顺爷把它拿到杨老大家里，一面叫人用石锤在捣盐的石窝里将它捣碎，一面叫四娃、胜胜、二柱几个年轻人用力掰开杨老大的嘴。他用勺子，一勺子一勺子和着温开水将这些碎末灌进杨老大的嘴里。发财又舀来一碗浆水，六顺爷把这些碎末一灌完，发财便将这碗浆灌了进去。

大家一面小声说着话，一面不住地观察着杨老大的动静。大骡子伸出手，握了握杨老大的手。但是，杨老大的脉息跟刚才一样，还是没一点儿动静。

当杏树湾老伯和黑虎赶来时，六顺爷他们几个早已经把碎末灌完了。杨老大还是跟先前一样。杏树湾老伯一到门口，就粗声大气说："这到底是怎么了？那会儿还好好的。"发财随口说："谁人知道呢。"大骡子也说："就是。这几天都还好好的。"六顺爷说："看那脸色，倒不是病成那样子的。"实际这时候，杨家山的人都在自问自答，他们心里都知道是怎么一回事儿，但是谁也不好说出来。黑虎也说："日子过着就行了，谁还没有个三灾八难的。谁都会经历一些难事儿的，何必这样。"黑虎一面说，一面又给大骡子道："你再给摸摸脉息，看怎么样。"

大骡子又伸手摸了摸杨老大的手，然后把耳朵凑到杨老大的鼻子跟前，屏住了气儿去听。这一回，他面有喜色地说："我感觉他鼻子里好像有气儿了。"大家一听说杨老大有了脉息，鼻子里有气儿了，好像一下子打开了关着的收音机一样，忽然有了说话的声音。杏树湾老伯说："这就好。"他向山兔要了水碗竹筷，转身将它放到桌子上，扑通一声跪在桌子跟前，又是烧香又是磕头，还祷告说："愿老天爷保佑他早日康复。他的孩子没成家的没成家，小的还小，他的事儿还没有成功呢。"杏树湾老伯在那儿祷告了几遍后，起身坐在炕沿前，眼盯着杨老大看。黑虎、六顺爷、大骡子、发财以及村里许多人，也都在一边，一面轻声说话，一面观察着杨老大的动静。直到夜里两点的时候，他们见杨老大的眼睛微微动起来了。过了一会儿，他的眼睛完全睁开了，还说口里渴，向山兔要水喝。看见杨老大睁开了眼睛，一屋子的人脸上露出了笑容。

二十二、山山回家奔丧

山山这次回家，是杨老大寻短见三天以后的事儿。他看见父亲比以前更瘦了，眼睛也陷到眼眶里了，看了让人害怕。他想问父亲怎么了，但是又没有问，他想，这一定与父亲的胃病有关系。这时候，母亲从山里回来了。他便在厨房里问母亲："妈，我爸这是怎么了？你看他的脸色成那样子了？"母亲叹了口气，低声说："唉，怎么了？告诉你，你会吓坏的。"山山一听母亲说这样的话，心里咯噔一下，知道家里一定有事儿了，他便说："有什么吓坏的？"

于是，母亲便把山兔从煤矿上回来之后，这一段时间发生的事儿，一件一件告诉给了山山。母亲还说："乔乔妈不知捣的什么鬼，一会儿说乔乔走亲戚去了，一会儿说外出打工去了。总之，乔乔自你哥在矿上出事那时候走后，就一直没有回来。山桃叫了两趟，没有来；你哥回来后也叫了两趟，也没有回来。你哥的丈母娘还说了许多不中听的话。那天晚上，我和你哥正在厨房里商量怎么应付这事儿，没想到，我们说的话叫你爸全听见了。结果第二天，当我和你哥上地里干活的时候，你爸趁家里没人就寻了短见。我发现后灶台那半罐头瓶子碱灰，差不多都叫他给喝光了。幸亏那天晚上，大家灌得及时，要不然……"

杨妈说到这里，哽咽着说不下去了。于是，她忙撩起衣襟，擦脸去了。山山听了之后，心里十分难过。他真没想到，他哥哥的丈母娘竟是这样的人。但是，这也是没有办法的。家里本就不富有，现在接二连三地又遇上了这许多既花钱又让人烦心的事儿。山山看父亲那深陷下去的眼睛和惨白惨白的脸色，心里像刀子割一样难受。

第二天，山山回到了学校。山山坐在教室里，心里总想着父亲，因而他的心思怎么也用不到学习上去。想起父亲来，他满肚子的难受。父亲这大半辈子几乎没享过一天福。这几年，总算能吃饱肚子了，谁知道他又得了这么一个病。得了这个病还不算，还娶了这么一个儿媳妇，遇上了这么一个亲家女人，真是太苦命了。不过，这也怪父亲，怪父亲太节省，有病不早一点儿看，最后就病成了这样子。记得哥哥的媳妇娶进门之前，父亲有时候就叫胃疼。那时，大家都叫他有病了就去看，可是父亲总是犟着说："没病。不过是胃里受了点儿凉，不舒服罢了，在家里的热炕上暖暖就好了。"不过山山又想，父亲这么说那也是没有办法的办法。父亲要攒钱给哥哥娶媳妇，舍不得花钱给自己看病。哥哥的媳妇娶进门后，父亲又去挖荒开地，干重活儿，加上因为欠了很多钱，人家天天要债，太操心了。结果，就成这样子了。因为惦记父亲的病，山山连续好几天都没有睡好觉。他越想越觉得父亲可怜。

那一天中午，正是学校放学，大家回家吃午饭的时候。山山也随着放学回家的人流，从学校的大门出来了。山山一出大门，老远就看见发财站在学校前面的小铺子前向他招手。山山从人群里挤过去，到了他跟前，问他："大哥，你是什么时候来的?"

发财并没有回答他的问题，而是沉着脸，问他道："你下午还有课吗?"山山说："有啊，咋了?"发财说："那就这样，我在这儿等着，你回去给你的老师说一声，就说家里有事儿，需要回去几天。"山山一听发财说了这样的话，知道一定不是好事儿，便没再问，转身去向班主任魏老师请假去了。

这一天，发财是专门到县城里来给杨老大买棺材的。杨老大生病这些日子，杨妈以为治一治就好了，压根儿就没有往坏处想。所以棺材的事，也就没有考虑过。山兔毕竟是没有经历过事儿的年轻人，也不知道这事儿。当前一晚上，杨老大咽气后，大家才发现棺材还没有着落。但是埋葬的日子已经定了，现在买了木材在家里做，显然已经迟了。借别人的吧？这东西要不是万不得已，一般人是不想借的。别的不说，首先材质的好坏就不一样，更何况那还是有讲究的。那时候，村子里已经做好这东西的，只有大骡子家。大骡子妈去年病得要死要活的时候，大骡子就请来木匠给他妈做好了。大骡子家的这是松木的，他买的那块松木，干得又好，又没有疤，他怕借走了，还来的东西没有这个好，因而，当杏树湾老伯和六顺爷几个说到这事儿的时候，他支支吾吾不大爽快。于是，杏树湾老伯、黑虎、六顺爷和发财几个当下说："干脆，明日到县上买一口去。"

杨老大去世是农历六月初三的凌晨三点钟。第二天一早，全村人都跑来帮忙办丧事。按照杏树湾老伯、黑虎、六顺爷等人的建议，发财第二天天一亮就出发去了县城。他在棺材店里看好了棺材之后，又顺便来到学校门口。因为他出发的时候，杨妈一再要他给山山说一声。

山山就是这时候跟着发财从县里回来的。当山山和发财下了马家嘴子山时，已经是下午时分了。离家越近，山山心里越难受。当山山从杨家山的山头上翻过来，一看见自家大门前高高立起的那面白色的告碑时，眼泪就禁不住簌簌地流下来。自己去学校才三天，家里就出了这事儿。自己走的时候，父亲还在上屋里好好活着。当他背着装了馍馍的袋子到大门口时，父亲还隔着窗子向他说话，父亲说："今日你走得太迟了。路上快点儿走。"

山山听了之后并没有站住脚，他随便答应了一声，就一脚跨出了大门。在大门外，山山还听见父亲在上屋里说："大路上有汽车，你要小心。"山山当时心里想，父亲到底是老了，也这么唠唠叨叨起来。同时，他心里也感到奇怪，从来不大关心自己出走和归来的父亲，近来怎么这么婆婆妈妈起来？到这时候他终于明白了，原来父亲是在向他做最后的告别。世间的事，有时候，就这么不可思议。好端端的一个人，说没就没了。

可是，这是事实。自家门前竖起的那面白色的告碑，说明一切都是真的。那三三两两从自家大门进出的人，更说明家里正在进行着一件非同一般的事儿。当他再次看到这些时，眼睛禁不住又模糊了。大门口，人出出进进；院子里，人熙熙攘攘。母亲戴着白色的孝帽在屋檐下面，一面抹眼泪，一面向杏树湾老伯和六顺爷说着什么。上屋里传来令人心碎的呜咽的哭声。母亲一见山山来了，便向山山走过来，说道："山山，厨房里有饭，你先吃一点儿，吃点儿了再进上屋去。"山山听了，点头说好。他知道母亲怕自己忘了这一点，特意来叮咛他。其实要是母亲不提醒的话，他还真忘了。这是杨家山这一带人的忌讳，说空腹人是不能进丧铺的。他一面答应着，一面往母亲脸上瞧了一眼。只见母亲眼角噙着的几颗泪珠，顺着脸颊簌簌往下滚。他这一看，更增加了自己的悲伤之感。是的，这几年母亲过得太辛苦了，里里外外的活儿，差不多她一个人包揽下来了。母亲明显消瘦了，脸上的皱纹更多了，鬓角又添了许多白头发。母亲不仅仅是身体方面的劳累，还有精神方面、心理方面的劳累。想到这儿，山山为自己不能为母亲分担忧愁而感到惭愧。

在父亲的丧事上，山兔、山山兄弟姐妹都说父亲为了他们，辛辛苦苦一辈子，最后，连自己都搭上了，所以想把丧事办得隆重一些。因而除了请阴阳先生外，还要请礼宾。杨家山人这多少年的葬礼中，是很少请礼宾的。至于给父亲做的纸马、花圈、金银斗、魂幡以及童男童女等，也要最好的。他们说只有这样，他们做儿女的心里才感觉踏实。虽然，他们知道这几天他们所做的一切，在另一个世界里的父亲是一点儿也不知道的。但是，杨妈不同意，她说："你们的心意我理解，可是我们家里的情况就这个样子，随便烧个纸，凑合着埋葬算了。"杏树湾老伯、黑虎、六顺爷和发财几个也说："你们的心意，我们可以理解，但是你妈说的也不是没有道理。"

那一刻的山山，心里更加难受。他心里想，父亲活着的时候，没有替父亲做一点儿事情。父亲走了之后，连一点儿心意也未能表达，自己真是窝囊。但是，考虑到当时的情况，他也只得点头同意。

二十三、高　考

因为父亲的丧事，山山在家里前前后后待了七天。“一七”纸烧过之后，山山便回学校去了。刚从家里回来那周的周六，山山没有回家去。晚饭后，他背了书包照常去了教室。离高考没多少日子了，他准备在这段时间好好突击一下，再做做那些该做但没有做的作业。这半年以来，因为父亲住院，家里事儿多，他在学习上有所分心。这几天为给父亲奔丧，耽搁的就更多了，他想抓紧时间补一补。

当山山在那儿演算数学题的时候，教室门外有人叫他，他听出是红梅的声音。这半年，红梅给予自己的帮助真是太大了：父亲住院时，是红梅托她姐姐找的医生；父亲治病的钱，有一些也是红梅从她姐姐跟前借的，而且父亲住院那几天，红梅还到医院里看望过两回。她第一次来的时候，提了她姐姐做的饭给父亲吃。第二次还从街上买来两包奶粉，叫父亲喝。对此，山山很感激。父亲去世的事儿，红梅也知道了。那是上一周周末，红梅来找山山的时候，听山山宿舍里的学生说的。那时，山山已经回家了。这周周末，红梅是抱着试一试的想法来找山山的。可好，山山已经回来了。山山见红梅来了，便把笔和纸放下，跟红梅一块儿出去了。他们来到操场上，山山把父亲的丧事给红梅简单说了一下，红梅也安慰了一番。因为离考试的时间不多了，红梅跟山山说了不多一会儿，便告别山山回去了。红梅临走的时候给山山说：“我主要是来看看你来了没有。现在，事儿已经过去了，就是再伤心也没有用，你就好好复习，准备考试。”山山一面点头应着，一面送红梅。山山一直把红梅送到大门口，才转身回到了教室，重新又拿起了纸和笔。

那一年的高考开始了。山山晕晕乎乎地进了考场，看了一眼题目，感觉有些似曾相识，但又有一部分不知所云。山山便硬着头皮，糊里糊涂地作答。三天半的考试，他在迷迷糊糊中度过。山山到底答了什么，答得怎么样，他自己也说不清楚。

山山考完试之后就准备回家。他知道这时候，家里正是收割苜蓿的时节，母亲和哥哥一定正在地里忙着收割。他们今年的苜蓿很多，那都是前两年，父亲和母亲一块儿开挖出来的荒地种的。几年了，那些苜蓿苗儿也都长成了。他上一次从家里走的时候，母亲还特意说过那几块苜蓿的生长情况。母亲说今年就属这几垧苜蓿长得好。因而他得赶紧回家，帮母亲和哥哥把它收割掉，因为夏收马上开始了，夏收一开始，这些活儿就顾不上干了。正当他收拾好行李要回家的时候，红梅来了。红梅看见炕上的被子已经捆好，做饭用的煤油炉子和烟熏得黑黑的铝锅，也已经装进塑料笼子里，因而问："你这是要干什么?"山山说："回家啊。"红梅笑着说："刚考完就回家。"山山说："不回家干什么？再说，家里活儿那么多。"红梅问道："你感觉考得怎么样?"山山说道："怎么样，谁人知道呢。"红梅从他的口气里，听出他考得一定不理想。因为山山平时并不是那种明明自己做得好，但又故意哼哼的人。不过，红梅也是能够理解的。她知道，这半年山山家里三天两头儿有事情，他心思没用在学习上。他父亲住院期间，他陪父亲看病，连觉也没有睡好，何谈复习。后来，他父亲又去世了。他父亲的去世，对山山的打击是很大的。那些日子，她见山山瘦了一圈子，寡言少语的，山山以前可是个很活泼的小伙子。

红梅再问时，他苦笑了一下以示回答。红梅看他一脸无助的样子，不知道说什么好。过了好一会儿，她便安慰他说："你有那么好的底子。再说你平时也是很用功的，成绩一定不会差。"山山听了只是点头，并没有说什么。他本想问问红梅的考试情况，但是他又懒得问，心想这些虚虚套套的话，还是不问的好，他只是心里祝她考好，口里还是一句话没有说。这时红梅没话找话说起自己的考试来，她说："我感觉自己还行。"山山说："考好了就好。"

红梅想趁这个时间和山山坐坐、聊聊。因为前一向忙于高考，山山家里发生的事儿，她没详细询问。因此她说："你前一向很忙，家里的事儿也很多，我姐姐一直要我给你说，叫你有时间了过来坐坐。现在考完试了，你不要急着回家，过去坐坐吧。"山山说：家里已经很忙了。"红梅说："咱们老家的活儿总是很多。再说夏收现在还没有开始，你就抽空儿走一趟。我姐姐在我跟前都叫你好几次了。"

山山当然不想去，他哪儿有那个心思，因而推辞说："以后吧。"红梅问："以后？以后什么时间?"山山说："以后有的是时间。随便找一个就行了。你看，我什么都准备好了。"红梅说："已经是下午了，你还回家?"红梅指着外面时阴时晴的天空，说："我听天气预报说这几天还有暴雨，你要是走到半路下雨，那可怎么办?”

山山本已经做好了回家的准备，听她这一说，又联想到昨天午后下过的一场大雨，心里便有些动摇了。昨日那一场雨，下得整个城里都是泥泞，有的地方到现在还有积水。红梅趁机又说：“你刚考完试，不如在城里再待上半天，休息休息，明日一早出发。那时候天也凉快，走路也快。”虽然山山心里也觉得红梅说得有理，不过他还是说：“我要是今天就走的话，晚上就到家了，明天早上还可以帮我妈干一上午的活儿；要是明天早上走的话，回去就中午了，干活儿只有到下午了，这样又得耽搁半天时间。所以，还不如趁现在就走。”山山心里总想着母亲，他想回去好好帮母亲干干活。

红梅说：“是少干半天活儿，可你的志愿还没有填啊。考完试了，志愿总得填啊。”山山说：“志愿的事儿，我已经给张强说好了，叫他帮我填好。”他又说：“再说，我考的我知道，随便填一个，交上去就行了。”红梅听了，笑着说：“你看看，你这就不对了。这么大的事儿怎么能随便交给别人去做呢？你现在说你考得不行，等成绩下来，万一你考好了怎么办？你就这么胡乱一写？再说你一直是个做事儿很认真的人，怎么这事儿就这么草率?”山山听了，也觉得她说得有理，因而将捆好的铺盖卷儿又拆开了。

在红梅的劝说下，山山那天终究没有回家。他又跑到学校，从班主任老师手里要了张填报志愿的报纸，详细看了一下填表说明，然后把自己想要报考的学校和专业一一列了出来，写在纸上，以便正式填表的时候用。至于红梅所说的要他去她姐姐家里的事儿，山山还是没有答应。红梅看山山执意不去，也就没有强求。

不知什么时候，外面下起雨来。红梅笑着说：“那会儿你要走，你看看这天气，说下雨就下起雨来了。”山山也笑了。红梅还说：“听天气预报说，明天还有雨。”山山问：“是不是?”红梅说：“收音机里就是这么说的。”

第二天，山山起得很早，为的就是要听听县广播站在早上广播的天气预报。结果天气预报说有暴雨，还说局部地区有大暴雨。这让他心里很是焦急。今日又不能回家了，怎么办？他坐在地下的板凳上发呆。一同住的三个，昨晚上都没有回来，跟其他同学狂欢去了。这时候，天已经开始下雨。从屋檐上流下来的水，打在店家女人放在屋檐下的铁桶上，丁零当啷作响。山山正不知道去干什么的时候，店家的大门咯吱一声开了。红梅撑着一把红色的大雨伞，穿着雨鞋，踏着泥泞进来了。

她一进门就给山山说："我昨日说话你不信，现在信了吗？"山山笑问："我哪里没有信？"红梅说："我就这么说说。"山山问："这大清早的，你来做什么？"红梅说："我看你走了没有。"山山说："这么大的雨，走哪儿去？"红梅说："就是，天气预报就这样，有时候很准。昨晚上我又听了，说今日有雨。所以今日早上即使不下雨，你也不能走。万一走到半路上又下起雨来，你躲也没地方躲。你也知道我们走的那路，前不着村，后不着店的。"山山点头说是。

因为考完试了，红梅想好好放松一下。可是这两天，她姐姐家里总是来人，都是姐夫单位上的。姐夫对姐姐说："这一向怕影响红梅考试，我吓得没有好好喝酒了，现在她考完了，终于敢喝了。今日又叫了几个来。"红梅看见姐姐打着雨伞，冒雨去市场上买东西了。自己待在家里看人家喝酒，实在感到无聊，因而又跑来找山山了。红梅来找山山，一方面是这个原因，当然还有一个主要的原因，就是红梅喜欢和山山在一起。起初，红梅还怕和山山一块儿住的那几个同学笑她，没想到他们三个竟然都不在。

红梅见山山呆坐在凳子上，笑着说："你说你今日要走，你看，天都变了，下起雨了。这叫懒人不出门，出门天不晴。"山山说："这几天老天爷怎么了，一个劲儿下雨。"红梅说："我不是说了嘛，那是你懒的缘故。"山山笑了笑，没有说话。山山以为红梅又是来叫他到她姐姐家里去的，因而他尽量不提与她姐姐有关的话儿。虽然，他听说她姐姐对娘家那边来的人都很客气。以前他也见过她好多回，但是却从来没有跟她说过话，更不用说打交道了。所以今日即使红梅叫，他还是不去。再说这么空着两手去，也不好意思。当然，他想红梅姐姐一定也不在乎他拿不拿东西上门。

好在红梅也没再提这方面的事儿，而是又说起考试的事儿来。红梅说："不知你们理科的难不难，今年我们文科的题目总体不太难。关键还是数学，许多人都说今年的数学比去年的难了许多。"山山说："我们的到底难不难，我没有什么感觉。"红梅听了，点头表示同意。她知道今年山山家里遇到的事儿，影响了他的学习。要不然，他一定会考得很好的。她还安慰山山说："没关系，凭你那底子考得不会很差。"山山说："底子是底子，但是，最后这两个月的冲刺也是非常重要的。"红梅说："说来也是。"没等山山回答，她又说："学得好不一定考得好，考得好未必就学得好。万一今年不理想，那就再复读一年。"对于红梅所说的复读这事儿，山山以前没想过，但是就目前来看，他觉得复读未必不可取。所以，当下他也点头表示同意。

两个人正说着话，只听见大门外几个孩子朝里面喊："张星灵，张星灵，快出来!"红梅正要问他们在叫谁，山山说："那是外面的孩子在叫房东的儿子，她儿子叫张星灵。估计是叫着去外面玩儿。"红梅哦了一声，把头望向门外，发现外面雨停了。她说："哎，雨什么时候停了?"山山听了，也向外一看，说："真停了。我们只顾了说话，倒是没有注意。"山山高兴地又说："雨停了就好，停了我就可以回家了。"红梅一面往外看，一面说："这会儿停了，但你能不能回家也说不上。俗话说，早雨不多，扫兴一日。早上下雨了，全天就不得安宁。"山山说："依你说，我又走不成了。"红梅说："这个我也说不准，但是老人们都这么说。"山山笑着说："你年纪不大，听过的老人的话还多得很。"红梅说："多倒是不多，不过这一句倒是听过的。"说到这儿，她又提议说："这样吧，我们先出去看看，要是觉得能走你就走，不能走了就不要走。"山山说："也行。"

山山先出了房门，到了院子里。他正仰头看天，房东女人从门里出来了，说："嗨，小杨，你看什么？今儿又要下雨了，你又走不成了。"山山转身笑着说："我看天都不下了。"房东女人说："天气预报上说，还有雨。这会儿不下，过一会儿说不定又下起来了。"山山唉了一声，说："老天爷，到底让不让人回家。"房东女人听了，也笑着说："老天爷一点儿不考虑你要回家，就下雨，真没眼色。那就多待一天呗。"在屋子里坐着的红梅听了，在里面笑房东女人说话幽默。

山山转身又进来了，说："这下雨天，待在屋子里真闷人。"红梅说："就是。那我们到别处走走，散散心，怎么样?"山山说："哪儿散心去？我只想回家。"红梅说："随便到哪儿走走。天要是又下雨了，我们就回来。"山山点头说："也好。"红梅问他道："清凉山我们已经去过了，北山还没有去，我特别想爬一下北山。今日我们去爬一爬，怎么样?"山山说："你看行就行，我去哪儿都一样。"

他们两个出了店家。因为雨停了，外面街道上行人很多。他们顺着巷子一直往北走，不久便到了山脚下。他们一路说话，一路往上爬。北山虽不小，但是坡势较缓，远没有清凉山那么陡峭，因而走起来也不太吃力。他们顺着小道，一路缓缓向上。雨后的北山上一片青色。路两边长着的小草，更加鲜嫩可爱；路两边庄稼地里的庄稼，也是嫩绿葱郁。他们俩一面说话一面走，没走多长时间，就到了山顶。山顶上，一座铁塔高高耸立着。这座铁塔，他们平时在城里远远地看见过。但没想到，它竟然这么高。红梅说："想不到这铁塔竟然这么高。"山山站在下面，一面仰头看，一面说："我觉得它简直比县中学那个教学楼还要高。"红梅听他这么一说，也说："就是，我也有这种感觉。"

他们看完了铁塔，转身又俯瞰县城。站在这儿看县城，又是另一番景致。尤其那条由西往东横穿县城的公路，在这儿看更显得笔直、葱绿。从公路上传来的喇叭声，在雨后的空气中，更让人觉得清脆、嘹亮。两个人站在那儿，一面看着山下的风景，一面又说起高考的事儿来。红梅说："我把每一批志愿都填得满满的。"山山问："你都填了哪些学校?"红梅说："我忘了。总之，都是与会计有关的专业。我姐夫叫我都填会计，说将来毕业了，他们银行里面肯定能要上。"山山听了，啧啧道："好啊。"红梅又跟山山谈起他的志愿来。山山说："我的都是与农业有关的。"这一点红梅早知道。当时他写的时候，红梅还笑过他，说他总脱不掉农民的皮儿。这时，红梅又问："你怎么尽报那样的学校，难不成农民你还没当够?"山山说："我是农民的儿子，我应当学些农业知识。"又问她："怎么，不好吗?"红梅说："当然不是不好，但我不喜欢。"山山说："写是这么写的，但是成绩考不好，填什么都是闲的。"红梅说："成绩没有下来，你怎么会知道自己考得不好呢?"山山说："成绩是没下来，但是，我答的卷子我是知道的。数学和物理的那几道大题，我都错了。我觉得，这两门我平时学得还不错。"红梅安慰他说："本来那一向你家里的事儿多。没关系，这次考得不行，复读一年就好了。"

因为忙于高考，红梅对于山山家里最近半年发生的事儿，还没有仔细问过。她只知道山山的父亲来县上看过病，后来又病故了，至于详细情况，她也不大了解。因而问："你爸到底怎么了，那会儿，医院里看过之后，你不是说比以前好多了吗?"山山叹口气说："好是好些了，只是后来又恶化了。"山山不想把自己家里那些琐琐碎碎的事儿向红梅说。红梅听他说话的口气，觉得这里面一定另有原因。不过，看山山那样子，也没有说出来的意思，所以她说："医生的诊断，有时候也不一定准确。在医院里好好的，到了家里又发生变化也是有的。"

红梅说时，还想起她去医院里看望时的情景。她看见山山父亲的眼睛深陷着，脸色白得像纸一样，看不出一点儿血色。当时她心里想，山山父亲这副样子真吓人。要这样下去的话，恐怕是很危险的。不过，后来山山又说好多了。当时听了这话，她还暗自高兴，认为山山可以一门心思复习功课了。

山山本不想把家里那事儿给红梅说，但红梅一再追问他。他便想：既然她这么关心，说了也无妨，因此说："我爸那病，真让他痛苦。后来饭也吃不下去了，受罪得很。不过，这都不是关键的，关键的是，我哥哥找的那媳妇才叫人烦心。要不是她的话，我爸可能还没有这么快。"红梅以为他嫂子出了别的什么事儿，忙问道："你嫂子怎么了？"山山说："我嫂子倒是没怎么，就是我哥的那个丈母娘。你没见过那个人，她啥事儿都做得出。你知道我哥今年在煤矿上受伤了，她一听说这事儿就把女儿叫走了，一直不让回来。后来，听说又找了婆家嫁人了。我爸一时想不通，一气之下就喝了碱水了。"红梅听了后，哦了一声说："怪不得呢。"因为许多情节，红梅不知道，山山还把哥哥如何受伤，家里如何派人去看望，村里人如何帮忙，他哥如何叫他嫂子，父亲如何亡故的事儿，给红梅一一说了。红梅一面听，一面不住地叹息。

山山今日来这里散心，主要是为照顾红梅的情绪，因为红梅一再叫他，他才出来的。他知道红梅也是好意，想借此机会安慰一下自己，他当然不能辜负红梅的一片好心。但是后来，他又向红梅倾诉了家里的那些事儿。这让她始料未及。不过这样也好，他倾诉了之后，心里倒觉得轻松了一些。这一点，红梅似乎也感觉到了，她也为此感到高兴。不过，她心里想：一个人改变起来，有时候真快。就如山山，在她心目中，他是那么充满朝气，那么有前途，只短短几个月时间，就变得如此低沉。

二十四、山山回家

第二天天晴了，山山一早就出发了。当他回到家里时，太阳已经升得很高了。他家大门开着，但是院子里并没有人。他刚倒了一杯水，坐在屋檐下喝水时，哥哥进来了。哥哥胳膊下夹着一束柴火，说是从地头上捡回来的。山山见了，知道他是去地里干活儿了，因而说："大门开着，我以为你在家里呢。"哥哥说："我到园子里拔了一会儿草。前天的一场雨，把地埂子都冲坏了。柴火也冲得到处都是。这都是从上面的地里冲下来的，我顺便捡拾了来。"山山说："那场雨，县里下得也很大。一路上好多路都被冲开了。"哥哥说："听说还有雨。妈赶着锄田去了。"山山说："我以为割苜蓿去了。"哥哥说："没有。锄胡麻去了。"山山听说母亲锄胡麻去了，而哥哥没有去，心里想：一定是因为他的腿又疼了，才没有去。

虽说夏收还没有开始，但是杨家山人都已经开始忙了。因为苜蓿到了收割的时候了，洋芋地里的杂草也长得很长，胡麻也到了除草的时候了。这几天，杨妈和山兔都很忙。山兔因为几天的劳累，腿又疼起来了。今儿杨妈叫他不要去，在家里歇一歇，自己一个人去了。

一直到大中午的时候，杨妈还没有回家。山兔给牛添完草，又出去了。山牛和山桃也都没有回来，山山想，他们回来了，都要吃饭，因而到厨房里动手去做饭。山山的饭快熟的时候，母亲来了。山山问母亲："妈，都大中午了，还不见你回来?"母亲说："你不知道，那半垧胡麻有多脏，炕头大的一坨子地方，锄下的杂草足足有一筐子。"母亲一面洗手一面问："你什么时候回来的?"山山说："快中午了。"母亲说："我想你这几天要回来。"山山说："要不是天下雨，我昨天就回来了。"母亲说："就是，昨天下雨了。咱们这儿雨也很大。"

说话之间，山山把饭端上炕桌。这时，山牛和山桃也回来了。山山一面叫大家吃饭，一面还问他妈："妈，下午你到哪儿锄去？我也去。"母亲说："地里的活儿，你就不用管了，你忙你的事儿去。"母亲所说的"你的事儿"，当然指的就是看书、写字、做作业的事儿。母亲还说："夏收还没有开始，你先看书写作业，等夏收开始了，你帮帮就行了。"因为往常山山回来时，总有许多作业要做。山山说："我没有什么作业可做。"这个假期，他当然再没有作业做了。高考完的学生，老师是不给布置作业的。

但是母亲不知道，因而说："老师安排的作业你总得完成。"山山笑道："妈，我都毕业了，学校里还安排什么作业？"母亲听了，便说："虽说你毕业了，但作业总是要写的。"山山笑着说："我毕业了，谁还给我布置作业。"母亲说："不做作业，不练习，书上讲的那些知识，怎么能够学会呢。"山山解释说："我高中毕业了，高考都考完了。"母亲说："虽说考完了，但不一定能考上。假如考不上了，也得复读去。"山山说："那是以后的事儿，但是这一次，老师没有布置作业。"母亲听了，便说："那就看你吧。你要是想干的话，帮我把剩下的那几块地里的杂草锄一锄也行。"母亲说着，回头又向山兔道："叫你哥歇一下。你哥这几天在地里锄草，腿又疼了。他的腿是不能累的。"

接下来的几天，山山一直给母亲帮忙。先是锄草，草锄完之后，就割苜蓿。苜蓿还没有割完，有一块地里的扁豆已经黄了，因而母子俩便停止了割苜蓿，跑去拔扁豆了。

这天晚上，山牛和山桃回来说，他们学校里也放假了。杨妈说："放假了好，放假了就帮我们。不过，田禾还没有全黄，所以山牛先把牛赶出去放一放。你哥这几天只给它们添了草，没有把它们赶出去，它们圈在圈里总是叫唤。山桃帮我们拢拢豆子。"

山山家这一年的夏收就这样开始了。杨家山人陆陆续续都进入一年一度的大忙季节里。大家都钻到自家的田地里忙夏收，对于其他的事儿也没有时间去关心。一年一度高考的成绩，在杨家山人的忙忙碌碌中，如期出来了。山山就像自己预先所想的那样，没有考上。而最先知道山山成绩的是红梅。张榜那天，她就在县城里。山山的分数离这一年高考录取的分数线差了两分。不过，这成绩在整个应届生中却不算低，是第三名。他想不通的是自己只差了两分。他根据自己的答题情况，应该差二十分或者三十分。他自语道："怎么就差了两分呢？哪儿就缺了这两分？"不过，山山母亲倒还高兴，母亲说："这不是很好嘛。才差了两分，下一年再一努力，不就够了嘛。"

那几天，整个杨家山周围十里八村的人，都在议论杨山山的高考成绩，都说距离分数线只差了两分，太可惜了。但是，那可是杨家山周围这一带，这多少年最好的应届学生的高考成绩。至于红梅的成绩，他们谁也不知道。直到那一年秋季、快到开学的时候，才有人说起红梅的成绩，说离分数线还差一百多分。整个假期里，大家都没有见过红梅。山山当然也没有看见她。因为她在她姐姐家里复习功课，而山山一直在地头上帮母亲搞夏收。

二十五、大家一起放羊（一）

山山母子几个经过好多天起早贪黑的努力，终于把地里的黄田禾收割完了，剩下那些没有黄的还在地里。母亲对山山说："这一向，你也没少干。现在地里的黄田禾没了，你就在家里好好歇歇。"山山说："开始那几天，我还感到浑身疲乏，干了几天，慢慢也就适应了。黄田没了，可其他活儿还有，歇什么。"山牛听见了说："二哥，那你就替我放放羊。我一个人，又是放牛又是放羊的，有时候，真还忙不过来。"山山说："也行。"

这天早上，山山从弟弟山牛手里接过羊鞭，赶羊出圈了。当他把羊赶到河道里时，四娃和胜胜两个早已经在那儿放着羊。四娃一看见山山，就说："哎，山山。"四娃一副很惊奇的样子，因为他大半年没见山山了，还问他："今日你怎么放来了？"山山笑着说："山牛叫我来放的。你们下来得早？"四娃说："才下来。你来了，我们山上又多了一个放羊的。"山山听他这么说，问道："人多了不好，是不是？"胜胜在一边说："有什么不好的。我们打牌抓屋子经常嫌人少，你来了刚好。"四娃听了，向胜胜说："你不好好放羊，一天从早到晚就记着打牌抓屋子。"胜胜说："你不也一样吗？"

他们两个人互相取笑，说着不走。山山站在一边也笑着，因为他觉得他们说话有意思。山山眼看着前面几只羊走远了，而他们俩还在那儿说着不走，他便提醒道："你看，羊都走了，你们还不走，你们要到哪里放去？"胜胜说："就在这儿放。这么大的山，还怕你的羊没地方放？那你想到哪里去放？"山山说："我也不知道。"四娃说："不知道了就跟我们一块儿放。"山山说："好啊。"四娃对胜胜说："这几天，我们天天在这附近放。今儿我们何不往远处走走，比如到月亮峡那一带看看怎么样？"胜胜听了，也说好。

于是几个人赶了羊，一路浩浩荡荡直奔月亮峡。不一会儿，便到了月亮峡。月亮峡距庄稼田远，而且峡谷里地势平坦，牛羊到这里后，一下子变乖了，都死了吃田禾苗苗的心了，一只一只低下头只顾吃草。山山看了之后，对四娃说：“你说这些家伙怪不怪，一路上乱跑，到这里了，便乖乖的了。”四娃说：“它们不乖，还想干什么？你看，这里两面是悬崖，中间是峡谷，想跑也跑不了。”山山说：“这么看来，我们来对了。”

四娃笑着说：“要说念书写字的事儿，我不懂。要说放羊的事儿，你就问我。”山山听了说：“哪儿还有你不懂的？”胜胜说：“你听他那张嘴，白的能说成黑的，黑的能说成白的。天底下的事儿，好像没有他不知道的。”四娃对山山说：“你不要听他胡说，前两天我们在附近的山里放羊，嗨，真费心。到处是庄稼田，一不小心，那几只馋羊就钻进地里了。还是这地方好，宽宽展展的。”胜胜说：“那儿不宽展，你不也照样玩嘛。”四娃说：“玩是玩，但到底还是有点儿害怕。你忘了，那一天二阎王的脸色，嗨，那才叫害怕呢。我看那架势，他手里的铁锨就要抡下来了。”胜胜说：“抡下来了你就挨了，你的头不是很硬吗？”四娃说：“我挨？你挨才对呢，还叫我挨。叫你操心些，你就是不操心。两张烂牌拿上，叫我这么打，叫我那么打，害得我连羊都顾不上看。不过话说回来，这几天真没有好好玩了。今日山山来了，咱们玩玩。”

胜胜听了后，说：“牌我不打了，再打几把，羊又害人去了。到时候二阎王来了，你又怪我，嫌我连累了你。”四娃说：“今儿你放心，十个二阎王来了，我也不怕。那田禾是他家的，这峡谷可不是他家的。”山山听了，在一边咯咯咯地笑起来。四娃说：“真的，你笑什么？”胜胜指着四娃，给山山说：“那是个驴，你笑他干什么？我们还是先拾柴，柴拾完了再玩也不迟。要不，过一会天就热了也不想拾了。”四娃说：“这样也行，先拾柴。”

于是，四娃拿起了锄头，哼哧哼哧在前面挖，胜胜跟在后面一疙瘩一疙瘩捡拾，山山也帮胜胜拾起来。月亮峡这地方，因为平时人畜来得少，所以不仅草多，柴火也多。不多时候，他们就拾了满满两大背篼。然后，几个人便坐在河边的一块石板上打起牌来。打了十几把，山山没赢几把，四娃说：“秀才打牌，怎么连我们这些放羊娃都不如？”胜胜说：“秀才是秀才，又不是学打牌的秀才。”

他们几个正说着，忽然听到有山歌声从远处传来了。四娃说：“你听，来了。”胜胜头也没抬，一面整理着手上的牌，一面问：“谁来了？”四娃说：“谁？你听歌声就知道了。”实际胜胜早听出那是杏儿的歌声，他便说：“尽想着听人家的歌声。”四娃说：“别假正经了。”他口里说着，头一抬，看见坐在对面的山山，忽然连连说："哦，忘了忘了。"胜胜问他把什么忘了？在一边的山山也问他。四娃对山山说："你媳妇也来了，我怎么在你跟前信口胡说了。"山山这才明白了，他在说什么了。这一点胜胜当然也知道，但他在一边故意问："谁是他媳妇?"四娃看了看胜胜，又看了看山山，然后把嘴凑到他耳边说："杏儿。"山山说："你少胡说。"四娃说："谁胡说了？你忘了，那一年，我们在河滩里一块儿放羊的时候，老于说要把女儿给你做媳妇呢，你还不承认。"胜胜也笑着对山山说："就是。你就爱装糊涂。秀才就是跟我们粗人不一样。"

他们几个人正说着玩笑，有几头牛和驴已经出现在对面山坡上。四娃一看见便说："你看，果然是这两个。"胜胜也说："这两个小蹄子，经常在一块儿。"四娃随口说："你也想到那儿跟她们俩一起放，是不是?"胜胜说："一块儿放就一块儿放，有什么了不起的。只怕你心里不满意。"四娃说："我不是不满意，可是——"他一面说着，一面脸向着山山说："山山，你媳妇长得太好看了。"在一边的胜胜听了，笑道："我早知道你要说什么了。拉倒吧，你看看你那张脸，灶王爷一样，还想得美。快到下面的河水里，好好照照自己。"四娃说："我也不是那个意思。"胜胜问道："那你是什么意思?"四娃说："那我们一块儿放放羊，玩玩总是可以的。"胜胜说："谁说不可以。不过，这也要看杏儿的心情了，她要是不愿意的话，你想也是白想。"四娃故意对山山说："山山，咱们试试，看看怎么样?"山山说："你想怎么着就怎么着，你不要尽把我拉进去。"四娃说："我怕你有意见。你要是同意的话，我就敢试。"山山说："我哪能管得着你的事。"

山山口里这么说，实际他心里也是这么想的。小时候听过的这一句话，他早都忘了。那时候他还小，老于见他长得可爱，学习又好，开玩笑说要把女儿杏儿给他做媳妇。他也不过是一句玩笑话，但是村里跟他一般大的孩子，每每拿这个取笑他。后来杏儿长大了，似乎也有点儿这个意思，路头路尾见了他，脸不觉也红了。自从他进了中学后，他们互相见得少了，那段玩笑渐渐也淡出了他们各自的记忆。

四娃听了，说："喔，这就对了。"他说着，爬上了前面那块大石板，站在上面，两手做成喇叭状，向河对面高声喊起来："放牛放驴的，牛驴吃田禾去了。"

那会儿，杏儿和小花放的牛和驴正在半山坡上吃草，她们俩也正在一边拾柴。这忽然传来的急促的喊叫声，让她们俩着实吃了一惊。小花抬头去看，但见她们俩的牲口都好好地在那儿吃草，于是说："是不是哪儿有牲口害人去了?"

放牧人在山里最怕的，就是这种突然的喊叫声。牲口钻进田禾地里，人人见了都是要喊骂的。杏儿的反应，也是先看看她们的牛驴好着没有，她转过身看了一看，小花的三头牛、小花三叔家的两头牛、她自己的两头驴，都好好地在那儿吃草，她便放心了，于是，重又拿起铲子铲柴火去了。她们刚开始铲柴，那喊叫声又起来了，这一回喊叫的是："杏儿、小花，伙放来。"

一听到喊叫她们的名字，杏儿心里想，一定是有人在捉弄她们。但因为山沟里有回音，她一时听不大清楚这是谁的声音。不过她心里已隐隐想到四娃了，因为四娃最爱捉弄她们。这时候，又听到了同样的喊叫声。这一回她听清楚了，就是四娃，所以，她冷冷地说："又是四娃。"又问小花："你没听出来？"小花说："有点儿像。"杏儿说："阴阳怪气的，不是他是谁。"她这么一说，小花也觉得像是四娃。但是她们都没有理会他，而是继续去铲柴。

过了不大一会儿，四娃和胜胜高一声低一声，说说笑笑过来了。他们的羊群，也到了河滩里了。杏儿看见后，手指着他们，对小花说："你看见没有？"小花说："看到了，真是他们。"杏儿一看见四娃，就想把驴吆到别的地方去放，她知道四娃那小子一见了她，就笑眯眯地盯着她看半天，还要说许多不三不四的话。就为这个，她当面骂过他好多回。可是四娃脸皮厚，他一点儿无所谓，凭她爱怎么骂就怎么骂。小花知道杏儿的意思，她说："四娃就那个样子，爱开玩笑，你也不是不知道，这会子见了他，忽然走了也不好，我们少搭理他就是了。他觉得没意思，放一会儿也就走了。"

那时候，四娃和胜胜已经到跟前了。四娃说："这一向不见你们俩，原来你们在这儿。"杏儿没有理会，倒是小花说："这儿好放，我们就来这儿了。"四娃一面不住地眨巴着眼睛，一面嘻嘻笑着说："哟，你们今儿怎么放了这么多？"小花说："还有我三爸家的两头。他们都到地里去了，叫我带着放放。"小花应付着和四娃说话，杏儿则在旁边一声没有吭。四娃拿眼看了几遍杏儿，杏儿都没有理他。四娃知道她讨厌自己，便故意问："杏儿，你今儿不高兴，是不是？怎么一句话都不说？"杏儿听了，白了他一眼，道："你一直说，我抢不上说么。"四娃说："你是看不起我，才不说话，是不是？"杏儿说："你知道我看不起，就不问了，还问什么？"四娃说："问问还不行？"杏儿听了，还是眼看着别处，一副冷冷的样子。

在一边的小花看见杏儿对四娃的态度，心里有些过意不去。不过，她没有说出来，她和胜胜在一边说话。他们说到胜胜和马家嘴的几个放羊娃“背马”的事儿。“他们都输了，那水平，才叫臭！”胜胜还说，“他们挖黄鼠倒是很利索。”胜胜和小花两个一说到挖黄鼠，四娃也过来搭讪，他道：“马家嘴的那几个，可真能挖黄鼠。几天前，我还和他们一起挖过，我们几个半天时间，挖了十多只，有大的，有小的。那几个手里都很麻利，我们村里没一个比得上的。”胜胜说：“你说得也太玄了，我就不信没一个比得上的。别人比不上，你总能比上嘛。”胜胜这么一说，四娃笑了起来，说：“你都比不上，我怎么能比上呢。”胜胜听了，说：“还是你的水平高。”小花听了，在一边笑道：“你们俩都高。”

四娃听小花这么一说，越发说得多了。接着，四娃还说了他在山里和马家嘴的几个放羊娃打牌的事儿，四娃说：“我以前老以为马家嘴人打牌打得好，嘿，那水平，臭得没手抓。那天我们打了几把，他们输了几把。胜胜，你说是不是？”胜胜在一边点头道：“你这样的人，天下能有几个呢。”四娃说：“你不信？那天你又不是不在。”胜胜笑道：“我不是说你打得好嘛。”四娃听他说话的语气，反驳道：“不信，今儿我们打几把看看。”胜胜应和道：“打就打。”四娃说：“拿牌来，胜胜。”胜胜说：“你舍不得用你的牌，就问我要。我带了，咋呢？”四娃说：“带了就打。今儿说好，下一次打我的，好不好？”小花说：“这儿有，这儿有。”说着，把手伸到衣袋里掏去了。

四娃向她摆手说：“不用了。你叫胜胜拿他的，那个啬皮，小气得很。”四娃一面叫胜胜找牌，一面又说：“得把牛羊往这边拦一拦，拦好了我们再打。要不然，那几只馋嘴子又趁我们玩牌的时候跑远了。”他说着，站起来去看羊。他一站起来，忽然发现山山还没有过来，就“山山、山山”地喊起来，还说：“这个山山，不像县城里见过世面的秀才，叫他媳妇给吓住了。”他话音未落，在一边的几个人都哈哈哈笑起来，小花问：“山山也来了吗？”四娃说：“来了么，你看，还在河对面。”小花说：“他来了，怎么不过来？”四娃指着杏儿说：“害怕他媳妇，不敢来。”杏儿听了，脸唰的一下红了，转过来白了他一眼，骂道：“少胡说。”四娃说：“我哪里胡说了。本来就是嘛。”

他又喊叫：“山山，快点儿过来，我们要打牌了。今儿检验检验你的牌技在城里有没有进步。”他喊了几遍，还是不见山山来。四娃对胜胜说：“胜胜，咱俩请他去。你先过去稳住他，我就来了，来了咱俩请。”胜胜听后便去了。他到了山山跟前，说：“我们几个玩一玩，大家都等着你呢。”但是山山不想去。他知道四娃在场，一定又要胡说的。而他和杏儿的关系，那都是几年前的玩笑。如今时过境迁，他也不想提它，以免浪费杏儿的感情，因而说："今儿我不想玩。"胜胜说："就差一个，你去凑个数儿吧。"

正说着，四娃来了。他一到跟前，二话没说，一把揪住山山的耳朵，就往前走。山山呀呀地叫起来，但四娃不理睬，还是揪住他一个劲儿往前走，嘴里问："去不去？"山山说："我今儿不舒服，真不想玩。"四娃还是那一句："你就说去不去？"山山没办法，只得跟他去了。

还没到她们跟前，四娃就说："杏儿，嘿嘿。你看看，他来不来。"小花在一边笑着说："你那土匪样子，小心人家的耳朵。你没看这儿有人心里有多么疼。"杏儿早红着脸一边笑，一边伸手去打小花，说："别胡说。"小花一面往后躲，一面说："开个玩笑。"四娃说："好好好，我们不胡说了，打牌吧。"胜胜说："打牌。"四娃对他们几个说："都坐下。"说着，自己先坐好了。山山看他坐下了，也就紧挨着他坐下了。小花听四娃吩咐后也过来了，并且抢在杏儿之前把四娃跟前的那个位子占了。因为另一边是山山，在她心里，紧挨着山山的那个位置，当然只有杏儿去坐。小花坐好了，可是杏儿还在那边没过来。她想，杏儿一定是因为山山在才不过来。于是她便"杏儿、杏儿"地叫起来，还说："快来。"四娃也说："快来，再不来，我就来请了。"杏儿看他刚才揪山山那样子，怕再不去，四娃也要动手了，只得过去了。

二十六、大家一起放羊（二）

杏儿本想挨着小花坐下，但胜胜抢先一步在那儿坐下了。这么一来，剩下的空位子只有胜胜和山山之间的那一个了。她本不想坐那儿，但是没有别的位子。因为他们几个故意挤得紧紧的，只给她留了这个位子。杏儿又不好意思坐，她眼看着小花，意思叫小花坐那儿，但小花连忙摆手，笑着说："那儿很好，是给你留的。"杏儿没办法，只得在山山和胜胜中间的那个空隙里坐下来。

杏儿坐下来了，但是那天她一直静不下心来打牌。当然，主要是因为山山在。她不是出牌时候出错了，就是抓牌时候抓多了，有时又抓少了。结果，都是她们那一组输。而在一边的山山也打得没有劲儿。该出分儿的时候他去调主，该调主的时候他又把分儿出下来了。因为他看见，那天杏儿的脸红得实在厉害，是他影响了杏儿的心情，所以他的心情也不大好。

在一边的胜胜，看见山山和杏儿都打得无精打采的，也觉得没意思，便说不想打了。小花说："你们几个咋了？"心里也觉得没趣。只有四娃一个人在那里打得津津有味。在人家还整理牌的时候，他就喊"快出"，大家出完了，正在那儿议论谁的哪一把对了，哪一把又错了时，他已经动手洗牌去了。事实上，他早看出了他们几个的心思，他们就是觉得没意思。但他又这么积极地去打，主要是想引起他们的兴趣。可是不论他怎么努力，其他几个人还是没有精神。他终于忍不住了，便说："哎哎，你们几个今儿怎么了？没精打采的，像三天没吃饭一样。"山山和杏儿都没有言说，小花也没有言说，其实她想玩，但看山山和杏儿都不想玩，她也不想玩了。

四娃看他们几个打牌打得都没有精神，就提出玩"背马"。对于"背马"，小花当然也乐意，胜胜也没有反对。山山看他们几个都同意，他当然也不好反对。虽然杏儿心里也很乐意，但不好说出来，便在一边有一搭没一搭地说："可以。"

于是，大家分头去采摘狗蹄子花。月亮峡这地方有许多野花，有一小朵一小朵开着的紫色的地角花，有喇叭一样长着嘴巴的粉色的股子菀花，有花蕾不大，但看起来黄葱葱、粉嘟嘟的野菊花。此外，还有不少红红的刺玫花，蓝蓝的蔞草花。至于狗蹄子花，那就更多了，满山遍野都是。不多时候，每人手里都摘了满满两把回来了。他们都狗蹲式地坐在先前那块大石板上面，掐叶子的掐叶子，捋秆子的捋秆子，剔花蕾的剔花蕾，忙着去制“马”。小花、四娃、胜胜的动作都很熟练，制得也好，圈得也快。杏儿本来也很快，但是那天不知怎么了她很慢。山山当然就更慢了。他忙忙乱乱制了半天，什么也没有制好。不是掐了“罗王”的头，就是把“秃子”满身的绒绒都剔掉了，制出来的“马”全身光光的，跟“秃子”没什么两样。圈的时候也圈错了，不是把“秃子”圈进“马”圈里，就是把“罗王”圈到“狮子”的圈里了。四娃一看就笑起来：“一看就是秀才，磨磨唧唧的，啥时候能制好?”小花在一边说：“就你能干。人家是读书人，跟你不一样，你天天在月亮峡里练习‘背马’，当然比他快。”因为杏儿在，所以小花有意替山山辩护。

开始时，他们仍用“石头剪子布”寻头家。当胜胜说了开始后，大家便开始出手了。这一次，山山出手快。他都没有考虑，随便就出手了。他出的是“剪刀”。随后出的是小花、胜胜、四娃几个，他们出的碰巧都是“布”。杏儿最后出，出的也是“布”。剪刀剪布，山山赢了。显然，这第一把杏儿出慢了。四娃看出来了，他便在那儿说：“哎，杏儿，你能不能出快点儿，慢吞吞的，这算什么?”胜胜也看出了这一点，不过他看杏儿的那样子，心思不在“背马”上，因而故意对四娃说：“你输了，就说人家出慢了。”四娃说：“不是我说，我们的都出来了半天了，她还在那儿磨叽，你还说她出得快。”杏儿说：“我哪里磨叽了，我从来都是这个样子。”在一边的山山什么都没有说，而小花则对四娃说：“你赖人。”她知道杏儿的心思，当然要为杏儿说话。四娃说：“你们都说我赖人，那就再来一次，看看谁赖谁。”杏儿也知道自己慢了，也就没说什么。四娃朝小花挤了挤眼，便向杏儿说：“你出快了，谁人会说你慢了呢?”随着胜胜一声“一、二、开始——”，大家便都开始出了。这一次，山山还是出得快。他出的也还是“剪刀”。小花和胜胜也快，杏儿这一次，再也不敢那么慢了。而这一次，只有四娃稍显慢些，但不是故意的，他本来要监视别人，才使自己慢了一点儿。胜胜看见了，说：“你尽说别人，你看看自己怎么样。”四娃咧嘴向他道：“我咋了？慢了?”又说：“我的一点儿不慢，我一个堂堂正正的清白人，怎么会干那种事儿呢。”

虽然山山早早地出了，但这一次他还是随手出的，出了个“布”。杏儿也是随手出的，她也出了个“布”。而其他几个都是剪刀。四娃见了，嘿嘿嘿笑起来，道：“到底是两口子，连猜拳也一样。”胜胜也说：“这才叫喜相逢。”只有小花没有说，她向杏儿笑了笑，也向山山、四娃和胜胜笑了笑。山山听四娃这么一说，便说：“别胡说。”大家听了都把目光投向杏儿。杏儿的脸更红了。

让山山感到不愉快的是，出了两次，头家不仅没有决出来，还要他和杏儿决头家，他实在不想再决了。杏儿在一边，不知如何是好。四娃看见，山山和杏儿俩僵僵的在那儿，心里乐得什么似的，直起嗓子喊：“你们俩捣什么鬼？怎么搞了半天，还分不出个公母。再决一次。”杏儿听了，把脸转过去，山山也把脸转到另一边。小花看了之后，说：“山山和杏儿都输了，就让杏儿开始。按理来说，山山是不应该输给我们女孩子的。”四娃说：“你们女孩子咋了？不也长着两只手嘛。”小花说：“是长着两只手，但我们猜拳猜得少。”胜胜也觉察到了这一点，因而附和着小花说：“小花说得有理。就让杏儿先抓。”但杏儿不抓。山山看杏儿不抓，为了不影响大家，只得自己去抓了。他刚把手伸进“河里”去抓时，被四娃一把挡住了，四娃说：“你等等，头家还没有出来呢，你急什么。”胜胜趁杏儿把脸转过去的机会，将四娃的手又扳过来。

于是，山山便开始抓了。山山第一次就抓了两只，这当然是输。下面轮到杏儿了。杏儿也是胡乱抓了一把，扔出去，又胡乱一抓，结果一只都没有抓到。她心里实在乱得很。下面该胜胜了。他抓的时候，坐在一边的四娃急得用手在地上画圈圈，口里还嚷嚷着：“鸡圈圈，狗圈圈，啥时候轮到我跟前……”他又是手画又是口嚷，把胜胜搅得乱了套。因而他抓的时候，眼也没盯住，一抓抓了两只。再下面该小花了。小花一只手伸过去，眼看着“河里”乱哄哄堆着的“马”“罗王”“秃子”等，说：“终于轮到我了。”她抓起一把扔起来，一抓就抓了一只。在一边的四娃口里啧啧道：“你看看，这水平！”小花没有说话，又伸手去抓。这一次抓了一只，不过圈的时候，因四娃一干扰，把“罗王”的头不小心给掐掉了。四娃在一边看见了，拍手道：“好呀，高兴得太早了。”胜胜伸手从旁边拾了一支没剔的，制好了放到里面。轮到四娃了。他从扔起来的那些“罗王”“马”和“秃子”里，仔仔细细盯住了一只，一抓就抓住了，乐得他嘴都合不拢。他圈的时候，也小心圈了进去。接着，他又抓了一把扔起来。不过，这一回抓的时候，他没盯住，抓了两只。其他几个人看见后，都拍手说：“好。”

那天玩了几把，最后一盘算小花赢得最多，杏儿输得最多。输了的要挨批，赢的批输的。四娃笑着说："杏儿，你今儿尽输。是不是想挨批了？"杏儿红着脸没说话。四娃看她没有说话，说："这就更应该挨批了。"胜胜和小花也说："就是。你输了，你就应该挨批。"杏儿急了，说："都是你们几个在捉弄我。"

胜胜看她脸红得像关公的样子，觉得没必要批她了，因而冲着四娃说："算起来，还是你输得多。"四娃说："我哪里输多了？我的'马'还在这儿放着，你数一数。"说着，他把手举过来让他看。胜胜说："我不看，你不要跟人家比，人家一个是秀才，两个是美女，就我们俩是大老粗。在玩'背马'上，我们比他们几个多许多才算赢。你说是不是，小花？"小花也说："是。"胜胜说："连小花都这么说，你还不承认。"四娃说："都是你们几个，合起来作弄我一个人。"胜胜说："别多嘴了，把手伸过来。"小花在一边也笑道："把手伸过来。"四娃听了，把手背伸了出去。小花举起手来，照他的手背正要往下打，四娃便猛地一下把手抽回去了。在一边的胜胜说："你这赖皮，再抽回去了就要罚。"山山也笑着帮起胜胜来。四娃一边央告着说："二哥，三哥，饶我一回吧！"胜胜说："别叫我二哥，我比你小。"山山也说："别叫我三哥，我不是老三。"四娃眼盯着山山，大声道："你和杏儿是两口子！你们输了叫我挨打。你们几个总是合伙儿欺负我。"几个人听了都笑起来。这一回，连杏儿也笑了。尽管四娃求胜胜、求小花，还叫山山给评评理，可是他们几个还是不放过他。四娃的手仍然背到后面不过来，胜胜眼盯着他，连问两声"给不给"，但四娃还是不给。见他还不给，胜胜便站起来从左肩膀上摁住他，山山也站了起来从右肩膀上摁住他。他们两个小伙子，一面一个将四娃的肩膀死死摁住。小花看他们两个将他抓住了，便伸手去打。这一下，四娃的手没地方躲了。

这次小花用的是满把子，她把手举得高高地打下去。她打一下，四娃咧着嘴"哎哟"叫一声，小花再打一下，四娃又咧着嘴"哎哟"叫一声。按规矩是输一次打一下。他输了八次，应当挨八下。但是因为他不住地嚷嚷，胜胜和山山都说："你爱装蒜，就要多打。"四娃转过脸对山山说："山山，你也真狠心，这要是杏儿的话，你也会这么打？"

四娃连着挨了三下，到第四下的时候，他趁胜胜和山山吩咐小花多打的时候，两只胳膊猛地左右两摔，便从胜胜和山山两个的手里挣脱了。挣脱了的四娃，一边死命朝半山腰跑，一边喊："老天爷，救救我。"但是他没跑多远，就被后面紧追上来的胜胜，从后襟上一把给抓住了。随后，山山也跑来了，山山抓住他另一只胳膊，四娃又被他们两个逮来了。他便嗨嗨嗨笑着，转过来向他们求饶说："胜胜哥、山山哥、小花妹妹，这一回，你们就饶了我吧！"胜胜和山山听了都不理，小花还说："你就会来这一套。"四娃嘿嘿地笑着说："下一回，你们输了，我不打你们了，总该行了吧！"胜胜和山山还没有来得及说就被小花堵住了嘴，她说："谁信你的？"四娃说："下一次，我欺负你了，我就是王八，好不好？"

二十七、山山捞石头

这天早上，小花和杏儿赶着牛，吆着驴，下了村子前面的沙石坡。她们刚到河道里，迎面碰上了六顺爷。六顺爷看见她们俩，笑着说："你们俩也来了？"小花说："来了。"小花还问六顺爷为啥这几天不见他，六顺爷说："帮你六奶割了几天田禾。"小花又问："那你的羊呢？"六顺爷说："带给山山了。"小花说："怪不得呢。"六顺爷说："那几天，我很忙，本来想找你们哪一个帮我放放。"在一边的杏儿说："那你为啥不来找？我就是顾不上，巧儿还是能顾上的，她可以帮你放。"六顺爷说："我正要来找，结果山山说他可以放。"小花听六顺爷说到山山，不由得向杏儿脸上看了看，然后笑着说："山山也能顾上？他家里的活儿那么多。"六顺爷说："他家里的活儿是多，不过那两天，他倒是有空儿。"小花听了，说："那家子，今年比不得往年。"六顺爷说："就是。他哥哥身体那个样子，他妈也说腿疼。"小花一面应承着说"是啊"，一面又向杏儿脸上看。

他们几个说话时，听见有人哼着山歌从上河道里下来了。大家一转眼，见是山山。六顺爷笑着说："说曹操，曹操到。你听，这山山还会唱山歌。"小花也笑着说："他唱得还好听。"杏儿在一边笑着没有说话。

山山这半年以来，心里一直闷闷的。放假以后，天天帮母亲收割庄稼，这几天，和大家一起放羊，心情渐渐比以前好多了，有时候还哼哼啦啦唱几句山歌。这天早上，他一个人赶羊下山的时候，不觉又哼起山歌来。他没想到，这一唱竟然被六顺爷、小花、杏儿几个听见了。当时他还有些不好意思，因为杏儿在场。对于杏儿，他本没有什么感觉，但是，从这几天她的样子可以看出，杏儿还记着她父亲以前说的那个玩笑。虽然杏儿看起来，真是一个美人儿。就那两只大大的、看人时扑闪扑闪的眼睛，便足以让人难忘。但是山山还是觉得，自己和杏儿不是同路上的人。所以还不如及早儿断了她的想法，以免浪费她的感情。山山这么一想，便不想去那儿跟他们一块儿放羊了。

他想把羊赶回去，但是六顺爷已经看见了。六顺爷喊道：“山山，来，我们正等你呢。”听到了六顺爷的喊叫，他只得答应着说：“来了。”等他过来后，六顺爷便笑着说：“想不到，你的山歌还唱得好。”山山听了，脸红了。小花笑着说：“你唱得真好听，给我们再唱一个。”山山说：“胡乱哼了几句。”六顺爷说：“你唱得挺好的。要不，给这俩姑娘唱唱，她们都说喜欢听你唱歌。”杏儿听了，把头低了下去。小花在一边笑着说：“好听好听。”六顺爷见他有些不好意思，说：“你唱不唱？你不唱了，我来唱。”小花也知道，山山是因为杏儿在，不好意思了，便对六顺爷说：“六爷给我们唱一个，我们听听。”六顺爷听了，便真的咿咿呀呀唱起来了。他唱道：

小妹妹送情郎啊，送到那大门外。手拉着那个手儿，问郎你多久回来。回不回来？我定会捎上封信儿哪，怎舍得让小妹妹时常挂心怀。

小花一面向杏儿脸上偷着看，一面拍手说好。六顺爷问山山：“我唱得好不好，山山？”山山说：“好。”六顺爷笑着说：“你说好，是不是你也想要个小妹妹了？”在一边的小花，笑着把脸转向杏儿。杏儿见小花在看自己，脸涨得更红了。

因六顺爷早知道有关山山和杏儿的那个玩笑，所以他看了看山山，又看了看杏儿。他见山山一副若无其事的样子，心里想，山山一定是长大了。而杏儿脸上一片红，他知道这姑娘爱害羞，因而没有再耍笑她。他又转了个话题，问山山道：“你们今儿干什么去了？”山山说：“鞋子地里割田禾去了。”六顺爷问：“就那洋麦？”山山说：“就那洋麦。”六顺爷说：“那还不太黄，怎么就收割去了？”山山说：“黄的不多，剜着割去了。要是全黄了，就不好办了。”六顺爷说：“昨日我还见了，真还不太黄，我看再过一两天收割，就差不多了。”山山说：“就是。但是都黄了，一下子又收割不完。”六顺爷说：“早点儿收也好。黄多少收割多少，人也轻松。”

六顺爷和山山的对话，杏儿在一边当然都听见了，但她没有说话。小花看杏儿没有说话，因而她也没有说。六顺爷说：“我们只顾了说话，倒是忘了放羊了。我们到哪儿放去？”小花和杏儿说：“你到哪儿去，我们就到哪儿去。”六顺爷说：“那好，我把你们俩领到很远的地方去，顺便把你俩给卖了。”小花听了，哈哈哈笑起来。六顺爷说："你说行不行？我看这一向这附近天天有人放，也没有什么草了，我们往别的地方走走看。"他们几个都同意。

他们赶着牛驴，吆着羊，沿着河道往前走。山山看前面几只羊跑远了，他便跑到前面押去了，小花和杏儿在靠近山坡的那一面拦着，六顺爷在最后面赶着。他们几个人押的押，拦的拦，赶的赶，一路往前边走。过了河，上了对面的小阴沟，绕过那几溜水平地，便到了石头滩。石头滩这一带，山坡大，草地也大，草也多。六顺爷说："我们就这儿放吧。"小花说："就这儿放。这里宽展，草又多。"六顺爷说："这时候不好放，到处是田禾，一不小心牛羊就钻进田里了。"杏儿说："秋天是好放些。不过七八月云天雾地的，人少了放起来心急。"小花道："就是，我爷爷说了，庄稼都收了，山里就空了。山里空了，五谷粮食也没了，没什么镇邪的了，所以什么鬼怪都出来了。"六顺爷笑着说："你爷爷总是迷信，就会编这些吓人的故事。"杏儿在一边说："不过说来，跟你一块儿放羊，我们心里也踏实。拾柴的时候，还能占你的便宜呢。"六顺爷说："你不也在拾吗？还说占我的便宜。"小花听了，插嘴说："说起拾柴来，虽然那一天我来得迟，但是我的背篼也拾满了。"杏儿说："六爷挖得很快。"六顺爷笑着说："你听这两个姑娘，不说烧香，光说拔胡子。"杏儿和小花都说："我们说的是真的，你挖柴火就是快。"

六顺爷说："好吧，既然你们都这么说了，今儿就还是我挖，你们拾，好不好？"小花高兴地拍着手说："当然好，我还巴不得呢。"六顺爷看看山山，也说："你也背了背篼了？"山山说："我也背了。我妈叫我不要背，我看这几天你们都背着，因而也就背上了。"六顺爷说："好，这才是挖光阴的孩子。既然背上了，给你也装满。杏儿、小花，你们去把牛羊往半山坡上拦一拦，拦好了叫它们吃，我们挖柴，怎么样？"山山说："我去拦。"杏儿本要拦羊去，但因听见山山说要去，她就没有去。倒是在一边的小花，跑去帮山山拦羊、赶牛、吆驴了。六顺爷则在那儿挽起袖子，手拿着镢头哼哧哼哧挖起来了。杏儿在他后边帮着捡拾。等小花和山山把牛羊拦好了回来时，六顺爷已经挖了一大片了。六顺爷见他们俩来了，便说："拦好了就拾。不过今天湿气大，挖起来的柴火土根子也大，你们先让晾一晾，晾干了再拾。"

六顺爷说完后，又在前面一镢头一镢头地挖去了。山山几个只好坐在一边等着。小花和杏儿两个一边看六顺爷挖，一边叽叽咕咕说话。山山见她俩说话，自已不好意思过去插嘴，只好一个人坐在一边的一块石板上，看山坡上的牛羊吃草。

过了两三锅烟的工夫，六顺爷便停下手中的镢头，转过身往后面瞅了瞅，说："我看差不多了。上一次挖的，比这个还少些，我们的背篼都没有装完。"小花和杏儿都说："算啦算啦，多了装不下了。"六顺爷说："算啦就算啦。到时候，真要是不够的话，随便哪里挖几镢头就行了。"六顺爷一面说着，一面回头叫山山："山山，你到石头那儿取我的烟锅、烟袋子去，我抽锅烟。"六顺爷说着，横放下镢头，一屁股坐到把子上。

山山跑去把烟锅烟袋子拿来给了六顺爷，六顺爷便装了一锅，吧嗒吧嗒抽起来。小花和杏儿看六顺爷在一边抽烟，便跑来坐在他那儿，跟他说话。而山山还是坐得很远。六顺爷看见后，故意问："山山，你今天怎么了？坐得远远的，像是跟我们生气了似的，谁得罪你了？"山山听了，笑着说："我想看看牛羊吃草。"小花笑着看看杏儿，又看看山山。六顺爷看了看杏儿，然后一本正经地问小花："小花，是杏儿得罪山山了吗？"小花听了，笑着说："我不知道。"六顺爷说："你不知道，可我知道。你看都这么半天了，我没见他们俩说话。"

听了六顺爷的话，山山仍没有说话。但杏儿却羞得脸又红了。六顺爷见杏儿这样子，也就不再窘她了，他只是抽烟。小花和杏儿在一边，叽叽咕咕不知说什么。只听见小花忽然说："哎，我想起来了。"六顺爷和山山忽然听见小花这么大惊小怪地说话，以为她记起了什么重要事了，也都转过脸来看她。只见她站起来，手指着前面的小河，对杏儿说："我妈天天叫我捡一块，我天天都忘，今儿终于记起来了。"六顺爷听见后，笑问："你记起了什么大事儿了？"小花听六顺爷这么问她，也觉得自己说话有点儿大惊小怪，因而说："真的。我妈要我捡一块石头，她压菜缸，我都忘了。今儿幸亏看见了。"六顺爷说："就这个？"没等小花说话，他又说："不过说来，这儿的石头真好，又圆又光，拿回家里压菜缸很合适。"小花说："就是。"又转过来对杏儿道："走，杏儿，帮我看看去。"她往前面走，杏儿在后面也跟着走了。

河滩里石头很多，但是要找一块好的并不容易。她们俩沿着河边找了一会，还没有找着。看见的都是圆的不太光，光的不太圆，又圆又光的，又太大。小花不满意地说："人人都说这里的石头好，我看，这跟我们村子下面的河里的石头没什么两样。"杏儿说："找这种石头，也得碰。有时候你不想找了，随便见一块都是好的，你想找了，怎么找都找不到一块好的。"她一面说着，一面往前走着看。这时，忽然发现在清亮亮的水里有一块光光的，大小也合适的石头，她说：“你看，那一块怎么样？”小花跑过去，随着她手指的地方看，果然看见一块圆圆的、光光的石头，大小看起来也差不多。小花说：“这一块看起来也还好，可惜在河水当中，不好捞。”杏儿说：“就是。你叫六顺爷帮着捞捞。”小花说：“好主意。”她说着，转过身朝六顺爷喊：“六爷，这水里有一块好石头，你帮我捞捞。”六顺爷说：“捞不上来了就不要捞了。”小花说：“你帮我捞一捞嘛。”六顺爷笑着说：“我不想捞，你知道，我最不爱干这种活儿。”小花和杏儿听了，也都笑起来。

六顺爷转身对坐在一边的山山说：“山山，你去帮着捞一捞。”山山因杏儿在那儿，不想去，便说：“我不知能不能捞出来。”六顺爷说：“你帮着捞一捞。你一个大小伙子，把这点活儿干不成。”他这么一说，山山也只得去了。山山跑下去时，她俩正在水边望着那石头，商量捞的办法。见他来了，杏儿在那儿不知道干什么好。脸也不知道往哪儿看，一只手拿着根干棍棍在水里乱戳。小花倒是说：“哟，你来了。你一个秀才，能捞上来吗？”山山笑着说：“怎么？看不起我。”他说着，两把脱了鞋就往水里钻。小花看见后，忙拦住他说：“不能下去，水很凉，会惊了眼睛的。”山山听了，问：“是不是？”小花说：“就是大中午，这河里的水也不见得有多热。何况这会儿。”

山山看了看那石头，就在靠近悬崖的那一边，又看了看河面，并不宽。虽说不宽，但他还是够不着。他忽然想起来，六顺爷挖柴火用的那镢头，把子长长的，一勾就勾过来了，他便说：“你等等。”山山说着穿了鞋，转身又到六顺爷那儿把那镢头扛了来，然后站在水边，将镢头伸过去，镢头刃子搭到石头上面，一勾就勾过来了。小花看他一下子勾过来了，笑着说：“还是你能干。”她说着，伸手去捞，捞出来一看，果然这块石头又圆又光，大小也合适，是一块很好的压缸的石头。

山山见石头已经勾上来了，便拿了镢头往六顺爷那儿走。这时候杏儿又发现了一块好的，她也想要。小花听了，问：“你为啥刚才不说？让山山一块儿勾过来。”杏儿向她瞥了一眼，没有说话，只是笑了笑。于是，小花又向山山喊：“哎，山山，你怎么就走了？”那会儿山山已经上岸了。山山听见后，便站住了脚，问：“怎么了？”小花说：“你也太那个了。杏儿也想要一块，你不帮着勾一勾，就这么走了？”杏儿白了她一眼，不过并没有说什么。山山听了，心里犹豫起来：

是去还是不去？不去的话，太不给小花面子了；去的话，会不会让杏儿多心了？因而他随口说：“那你没有说呀。”小花说：“还要我说？”山山只得又扛了镢头走来。这一块是紫色的，比刚才那一块的颜色还鲜艳，上面还有一道一道白色的花纹，就是比那一块稍微大一点，不过杏儿说挺好，因为她家的酸菜缸大，压着也合适。

这时，六顺爷在半山腰喊叫开了：“捞上来了没有？捞上来了就往来走，我们得捡着装柴火了。你看，牛羊牲口都往上河道里走了，我们还在这里呢。”小花答应着说：“来了。”

几个人到了六顺爷那儿。杏儿拿着石头心里非常高兴，但是什么也没有说，她怕小花多嘴。小花倒是向六顺爷说：“今儿好，拾了一块好石头。”六顺爷说：“你太贪财了，看见一块石头也不放过。将来过门到婆家了，不知会怎么样挖光阴呢。”小花笑着说：“不过，这石头真好。”六顺爷看杏儿手里也拿着一块，便说：“不是小花说要石头，你怎么也拾了一块？”杏儿说：“我家里也需要，恰好水里又有一块，我看很好就拾上了。”六顺爷说：“这不更好嘛。山山一下子给你们两个都办了好事儿了。山山，是不是？”小花笑了笑，杏儿怕六顺爷笑她，把脸转过去，像没有听见一样。

二十八、山山准备上学去

那一年的暑假终于要结束了。那几天，山山天天计算着开学的日子。虽然这一次高考失败了，但他心里想的，还是上学复读的事儿。回想自己三年前，怀着一腔激情踏进县中学的大门时的情景。那会儿，他是多么踌躇满志。没想到三年之后，竟然是如此的结果。这次考试是失败了，但山山心里并不服气。他想开学了，再到学校好好用用功，争取下一年取得好的成绩。所以那几天，山山一边帮家里人干活儿，一边抽时间订本子，整理以前的笔记和课本。山山还叫山桃给自己洗衣服、缝被子，一切准备好，只待开学了，就回学校去复读。母亲当然也十分愿意，母亲怕山桃洗不净、缝不好，自己还抽空儿给山山缝补被子、褥子，洗床单、被套、枕巾、衣服等。

假期终于结束了。明天就是开学的第一天，山山把所有该准备的都准备好了，就等着第二天出发。为了让山山第二天上学，这一天下午，母亲去胡麻地里收割最后一点儿没有收完的胡麻的时候，还特意叫山山不要去，叫他歇半天。晚上山桃做晚饭也比平时做得早，目的就是为了让二哥早点儿吃完，早点儿歇息，明早一早起来好赶路。晚饭后，山桃还是去洗锅，母亲照例给猪搅食，山兔在他那个屋子里用烫水洗腿伤，山牛仍然给牛添草，山山又去收拾他没有收拾好的东西。

等他们几个把这些做好，准备睡觉的时候，山桃发现给猪搅食的母亲还没有进来。因为第二天要出发，那时候山山已经睡了。他在炕上，听见山桃在院子里问山牛："怎么还不见妈进来?"

山牛说："我刚才给牛添草的时候，见妈还在猪圈门口，看那只母猪吃食呢。也许，那母猪还没有吃完。你知道，前天从集上买来的那只小猪，自己不好好吃，还要搅和母猪吃食。"山桃说："那小猪就是再搅和，到这会儿也该吃完了。"山牛说："我出去看看去。"山牛一边往出去走，一边喊叫："妈——"山牛一连喊了几声，都听不见母亲的回答，倒是村子里的几条狗，听见后汪汪汪地叫起来。

那会儿，杨家山人大多正在家里吃饭。山牛心想：难道，母亲是把猪喂好后，到谁家串门子去了？

山牛这么想着，便顺脚到四娃家里去看。四娃说："没有见啊。"山牛因母亲不在四娃家，转身又走了几家，但都说没见进来的。山牛这才急了，他赶紧跑来告诉山桃。山山在炕上听见后，忙翻身起来，穿了衣服下炕了。于是，兄妹几个便一起去找母亲。四娃、胜胜、二柱，还有村里其他几个，也都跑来帮着去找。大家分头行动，一路往山顶上走，一路往山脚下找。山山和几个人去了山下面。他们摸黑往沙石坡下走，一路走一路找，快到河道里时还不见踪影。四娃说："我想，她不会到这里来的，再说一个给猪喂食的人，怎么会跑到这儿来呢？"胜胜说："那也未必。"

因河道里没有找到，大家一时不知道去哪儿找，便都在那儿站着。有的说沿着河道往下找，有的说沿着河道往上找。这时山桃又给大家说了一遍，她家里新近捉来的那只小猪的特点，说那家伙每到吃食的时候就爱跑，不好好吃。有一回，她看它吃食，眼看老母猪都吃完了，它还在那儿这里闻闻，那里嗅嗅。她急了，用搅食的棍子一赶，它就尾巴一甩，撒腿跑了，一直跑到沙石坡下面的地埂子那儿。幸亏她跑得快，要不然它还会跑更远。山桃说到这里，其他几个也都说，应该在这附近再找找。四娃和胜胜干脆下了那个沟壑，踏着高低不平的石头，高一脚低一脚摸索着找，其他人在后面跟着。

眼尖的山桃，借着灯笼光看见一个人躺在那儿。到跟前一看，果然是母亲。于是大家七手八脚，背的背，扶的扶，将杨妈从那沟壑里一步一步挪出来。这时，有人已经拉了架子车下来了，大家把她放到架子车上，连推带拉送到家里。到了屋子里，在油灯的光下一看，杨妈整个人被泥水糊满了，连脸上都是泥污。大家一看杨妈那样子，再联系到刚才所见情形，都猜想她是因为追赶那小猪才这样的。昨日下了雨，天又黑，路上又滑，杨妈追到这儿时脚下不小心，就滑落到那沟里了。

等六顺爷、发财几个闻讯赶来的时候，大家已经给杨妈洗了手脸，换了衣服。杨妈脸上、手上、身上，都有擦伤的痕迹。问她时，她还迷迷糊糊的。有人说，赶紧往医院里送。这时候杏树湾老伯进来了，他问："怎么好好给猪喂食的人，会跑到那儿去了呢？莫不是有什么事儿？"杏树湾老伯说的"什么事儿"，大家一听就知道，他说的是庙里神灵的事儿。六顺爷和发财听了之后，又摸了一遍她手上的脉，都说脉息倒正常，不大要紧，歇一歇会好的。杏树湾老伯这才说：“如果没有别的事儿的话，那就叫她好好歇一歇。”杏树湾老伯说完后，又转过去，对站在一边的山山嘱咐说：“山山，你改天还是到庙里给爷爷说说，怎么你家里今年接二连三地发生这样的事情。”

虽说杨妈是给小猪喂食的时候，因追小猪而从沟畔上掉下去的。沟畔虽不是很高，没什么大碍，但是杨妈还是迷迷糊糊了一晚上。到第二天早上，杨妈并没有像大家所说的那样就好了，而是跟前一晚上一样，不吃也不喝，迷迷糊糊的，总是很瞌睡的样子。这时候，又有人说赶紧往医院里送，可是拿什么往医院里送呢？父亲住院花的钱一分还没有还，而山兔用两条伤腿换的钱，差不多都还给别人了，还掉别人的之后，剩下的就不多了。紧接着父亲去世了。这么一来，两条腿换来的钱，就全花完了。怎么办呢？山山想：到医院里了，再向红梅张口吧，让她再到她姐姐跟前想想办法。

山山已经做好了往医院里送的准备。恰好，有人看见冯先生从村口过来了。冯先生是要去张家寺的。于是山山赶紧跑到发财家，央发财去请冯先生。他知道在杨家山，跟冯先生能说得来话的只有发财。冯先生到来后，先摸了摸脉，又看了看脸上、手上、身上擦伤的痕迹，还搭了听诊器听了听，最后说：“没必要去医院里。好像庙上有点儿纠缠。”也就是说，杨妈这病与神灵有关。冯先生这一说，再次印证了杏树湾老伯的话。

山山打发走了冯先生，便和山牛、发财几个，拿了香表去了张家寺。他们在神灵跟前，搬起香桌，问神问卦。问的结果，是要山山家里请来阴阳先生，念经还愿，还说是他爸活着的时候许下的愿心。山山弟兄回来后，又是请阴阳，又是支香案。阴阳先生丁丁咣咣三天三夜，该念的经都念了，该还的愿都还了，但是，杨妈还是迷迷糊糊，一口不吃，就喝点儿水。有时候还睁大了眼睛，像是要跟人吵架一样。兄妹几个急得什么似的，山兔一瘸一拐从大门口走出走进，嘴上的血迹渍了一层子。山山几天几夜没合眼，到吃饭的时候，随便喝点儿汤便将饭碗搁下了。山牛和山桃也都像是十天十夜没有休息一样，耷拉着眼，一副有气无力的样子。那一天，山桃忽然也口吐白沫、不省人事了。大家又是一阵惊慌，杏树湾老伯在桌子上又立起了神灵牌位，又是烧香又是磕头，口里不住地祷告神灵保佑。

这一天，大女儿桃桃来了。桃桃一进门，就爸一声妈一声哭喊开了。山兔兄弟几个本来心情不好，因她这一哭闹，屋子里顿时又乱成了一团。那两天除了杏树湾老伯、六顺爷、发财几个天天来看视之外，黑虎、大骡子等男人们也不时过来看望，村里许多女人也都来了，她们帮杨妈做一些家里的活儿，替山桃做饭，喂猪喂鸡狗。

山兔兄妹一家子又是请医生，又是请阴阳，差不多半个月时间过去了，但是杨妈的病似乎一点儿不见好转，山桃也还是病恹恹的一副样子。女婿实实看见丈母娘和妻妹这样子，也是天天脚不离地地跑，到处求医问药。这一天，他跑到附近的一位先生跟前去问病。那先生姓曹，在那一带方圆十里很有名气，一贯以治疗各种怪异之病出名。实实说了他丈母娘和妻妹的病情之后，曹先生便在纸上写了几样药物，叫实实抓了给温服上。不知道是杨妈的病到好的时候了，还是吃了女婿实实抓来的药了。总之，这一天早上，杨妈说想吃东西了。六顺奶赶紧给打了两个鸡蛋，另外还给了一小块刚烙的馍馍。杨妈吃了一个鸡蛋，同时把那一小块馍馍也吃了，还喝了一碗汤。这几天，一直像她妈一样面无表情、不吃也不喝的山桃，也说有些饿，便也喝了半碗汤，吃了一小块馍馍。这给立前站后、守着她们母女俩的亲人以极大的安慰，大家像传播一个极大的喜讯一样，传播着杨妈母女俩病情好转的消息。

杨妈的病虽说有了好转，但是她的身体极度虚弱，下炕之后，还要人来扶。山桃也是很虚弱的。母女俩天天还要吃女婿实实从曹先生那儿抓来的药。因为这多少天的忙乱，实实家地里的活儿又攒了一大堆。收割后的胡麻还有大半没有搬回家。另外，几坨子苦荞、甜荞、黍子，半垧糜，一溜子谷，也都在地里放着。河道里整整两溜子洋芋的秆子干了，也到挖的时候了。那两天天又变了，实实两口子看杨妈好多了，便回去了。这样，山山家里就又剩下他们一家人了。虽说山牛和山桃的学校里早开学了，但是山桃因为有病，去不成学校，山牛因为母亲和妹妹病了，家里活儿多得脱不开身，也没有去学校。而山山因为一家人病的病，伤的伤，小的小，什么事儿都离不开他，更是去不成学校。那时已经是农历九月底了，几乎所有的学校都快到期中考试的时候了。山山和山牛、山桃几个就是想去学校，也已经太迟了。那一天，山山只好把已经捆好的，母亲早先抽时间给自己拆洗好的被子、褥子和枕头，重又解开绳子，放在了炕柜上。山牛也把带给别人的羊又吆回来自己放去了。

二十九、山山进城打工

山山因母亲和妹妹有病，在家里待了整整半个学期。这可急坏了在县城里上学的红梅。虽说红梅这一年的考试以失败告终，但是她姐姐还是像先前一样，供她复读。因为姐夫将她联系到县中学，所以红梅每天去县中学上课。县中学不仅是她心目中最好的学校，也是她心目中最为留恋的地方，这里有山山，有她最喜欢的人。前一次她回家时，还专门去过山山家，问过山山，知道他开学之后就来复读。因而开学第一天，红梅报完到之后，就去山山以前住过的那个店里找山山。但是店家女人说，山山没有来。她以为山山是先去报到，再回店里，因而又跑到学校去找他。可是那一天，一直到天黑，山山并没有出现在县中学的校园里。第二天一整天，红梅也没有见山山。学校的两天报到时间结束了，从第三天开始就正式开课了，但是山山还是没有来。红梅以为是自己弄错了，又一个班级一个班级地去找山山，但是都没有找着。

红梅一直没见到山山。而山山去县城，则是半个学期之后的一天。那时候，山山母亲和妹妹的病好了，地里的活儿也干完了，他心里想，母亲和妹妹生病吃药又花了好多钱，现在哥哥山兔显然不能挣钱了，弟弟山牛还小。一家子，大大小小五口人，开销也不少，可是没有一点儿来钱的门路。身体好，而且靠得住事儿的就只有自己了，自己不想办法，谁想办法。因而那天早上，他便把自己上学时骑的那辆自行车从后窑里搬出来，将母亲精心为他拆洗、缝补好的准备复读时用的铺盖卷儿，又捆起来架在车子的后架上，告别了母亲、哥哥和弟妹，然后推了自行车上路了。

他到达县城的时候，时间还早。菜市场里摆摊的那些人，有的把摊儿才摆出来，行动慢些的，还没有摆出来呢。他到市场门口停了车子，一面四周张望着，一面想自己该到哪儿去挣钱？他把车子停在那儿，是想问问这个市场里面，有没有需要人手的地方，要是需要的话，他可以给他们干活儿，市场里的活儿想必也不少。他想，打打工，挣些钱补贴家用，当然是再好不过的事儿。另外，学学经验，对自己也是有好处的。说不定将来有一天，自己也可以开这么一个铺子。山山站在那儿，看见进进出出的都是人。有步行的，有推车子的，有拉架子车的，还有开三马子的。车多人多，挡得连路都没处走。这时又有一辆三马子冒着黑烟，“突突突”开过来。前面那一辆还在那儿，后面一辆上的人等了好一阵子，还不见他走，他便喊起来了：“你走还是不走?”因山山的车子正停在那儿，他以为那人在喊自己，于是便推了自行车，穿过人群进去了。山山在市场里，一个巷道一个巷道地走着看。这是一个综合性的市场，有卖调料菜蔬的，有卖布料衣服的，有卖五金日化的，拐到南门口那儿，还有收售粮食的。他走了几处，也看见了几家门口贴着招人的小广告，他进去一打问，大多都是一个月七十块钱，只有收售粮食的那一家，给七十五块钱。他想，他一个大小伙子，一个月下来才挣这么一点儿钱，这能做什么？因而就没有去。

山山在这个市场里转了整整一圈子。他从南门口第一家一直看到西门口最后一家，都没有一家合适的。在最后一家店门口，他停了下来，他站着想：这么大的一个县城，就没有自己干的活儿。难道是自己没找着地方？那就到别处再找找。山山这么想着，又往前走。他推着车子，沿着马路一路漫无目的地往前走。这时，他忽然想起了在建筑公司当工人的一个人来。那是他的同学张强的表叔。记得刚来县城时候，他还跟着张强，去过他那儿一回呢。张强说，他考完试的那个假期，在他表叔这儿还挣过一个月的钱。也许这时候，他那儿还有活儿呢。他这么一想，便调转了车头，骑车往那儿走了。

山山往前用劲儿蹬着，刚拐过中学巷，便见一条南北向的马路横在他的面前。他发现，马路上的自行车和学生忽然多起来了。他这才想起来，这是中午放学的时候。于是，他赶紧下了车子，推着车，低着头过了马路。他怕碰见熟悉的同学，也怕碰见熟悉的老师。他知道，中午下班的时间，有的老师会在这条街上走。不过，好在这一股人流和自行车流很快过去了。他终于松了一口气，说道：“总算躲过熟人了。”山山便又一次骑上了车，沿着那条街，往西面走了。

他到达建筑公司门口的时候，工人们也正在下班回家。张强表叔在三楼的一个房间里，他径直去了那儿。那间房子的门半开着，他探头往里面张望，见张强的表叔正在换衣服。一看是他，表叔一时怔住了。因为他一下子记不起这是谁，只感觉眼熟，半天才问道：“你是?”显然，他对于面前这位好像哪儿见过的青年，感到有点儿莫名其妙。等山山说出了张强，以及他和张强一块儿来过这里时，那表叔才从惊讶中回过神来。山山说明了他的来意，那表叔则说："我们这儿倒是需要干活儿的人，但就是，"他说到这儿，便放低了声音给山山说，"你也知道，我也是一个合同工人。我们这单位是县上的单位，我们这里面，如果你不认识人，有时候一个下苦力的活儿也不好揽到手。"山山听了后，也便理解了。

离开了建筑公司，山山便又折回来。他沿着他去的道路往回走，又来到菜市场那一带。那时候正是中午吃饭的时候，街上行人也少。这么大的一个县城，大街小巷都是路，横一条竖一条，但是这时候，山山不知道走哪条路，也不知道去哪儿。他下意识里感觉，沿着来时的路往回走，似乎是比较可靠的。因而，他推着车子继续往前面走。不久，又到了菜市场南口了。他想再到市场里看看，有没有哪家店家需要他干活儿。要进到市场里，必须得穿过南门。他推着车子从门口往里走，见门口聚集着好几个人，他们正围在一起大声议论着什么。山山当然无心去听。那时候，他哪儿有心思听那些人的闲聊呢？但就在这时候，他很清晰地听见其中的一个人说："呀，真厉害！他一年赚的我们这些人得十年时间去挣。你说老张，我们这一年到头黑天白夜的辛苦，到底干了个啥！"那个叫作"老张"的人听了后，也笑着说："人和人是不一样的嘛，人家是什么人，我们是什么人。我们辛辛苦苦一天能吃饱肚子就不错了。哪里指望，像人家这么赚钱。"

山山本对许多人凑到一块儿闲聊没什么兴趣，但是那时，他因听到人家说的是赚钱的事儿，便感兴趣起来。就像饥饿的人，看见人家吃东西时也感兴趣一样。为了弄清楚这个问题，山山假装要休息，把车子停靠在路边一棵柳树下面，坐下来听他们这几个人说话。只听其中的一个人说道："以前，都是城里人挣钱，如今农村人也能挣钱了。想不到一个养鸡的就这么厉害！"只听另一个不相信似的问："这是不是真的？如果真这样的话，我也想到农村去养些鸡，赚他个千儿八百的，何苦在太阳下一天到晚遭这个洋罪。"

另一个说："你不信，是不是？我刚才在报纸上看见的。"他一面说着，一面还指着门口那个报栏说："不信。你自己看去。那报纸上白纸黑字，写得清清楚楚。"

山山听了后，心里忽然一亮，心想：这真是一个很好的事儿。他当时就站起来，来到了大门口的那个玻璃报栏跟前，去看那个人所说的那张报纸。果然里面有一张农民报，报纸上就写着有关致富的事儿。山山一字一句，津津有味地读起来。其中有一则报道，说的就是养鸡致富的新闻。山山站在报栏前，一面看着这些文字，一面又想着刚才那几个人所说的话，他越看眼前越亮；眼前越亮，心里越是激动。

那一刻的山山，像是在沉沉的暗夜里看到了一丝光明一样，心里突然开朗了起来。他想，要说养别的什么稀罕物儿，我们杨家山是办不到的，而要说鸡，我们杨家山有的是。而且，我们杨家山人祖祖辈辈都是养鸡能手。想不到，别人竟然还拿这小玩意儿来致富！他们能，我们为什么就不能呢？我给别人打工，一天到黑也挣不了几个钱，而且还要看人家的眼色，这个活儿不是很好吗？想到这儿，山山便对自己说："我哪里都不去了，我要自己干，我得马上回家。"

三十、谋划鸡场

山山骑车一路往家走，路上盘算着自己回家后如何养鸡的事儿。他心里为这一次进城打工而感到高兴，因为要不是这一次去县里打工，自己还想不到这方面去。至于回去后，如何将这一想法付诸实践，他心里倒是没有底儿。但是，他知道，凡事都不那么容易。不过，有一点他倒是可以肯定。这就是不论前进道路上有多少艰难险阻，他都要干起来。他决心走出一条他父亲、哥哥和村里其他青年人所不曾走过的道路，他要依靠文化和知识，来改变自己的命运，同时，也改变家乡的面貌。他要靠自己的力量，养活自己的母亲，养活受伤了的哥哥，养活还是孩子的弟弟和妹妹，他要勇敢地承担起儿子的责任、弟弟的责任和哥哥的责任。山山越想越感到兴奋，越感到有力量。

傍晚时分，山山到家了。那时，母亲正在炕眼门前添炕。看见他来了，母亲心里嘀咕道：山山今早才走，怎么这么快就来了，难道是找不到活儿？于是，母亲便嗫嚅着问山山："山山，你回来了？"

山山说："我回来了。"山山回答得那么肯定，那么愉快，又那么有底气。

看见山山面带笑容，回答得又那么肯定，母亲心里倒有些意外。因为母亲从他的口气里，并没有察觉出他因找不到活儿而悲伤或者不高兴的神色。母亲听见山山并没有正面回答他为什么回来了，所以还是心存疑问。母亲把一推耙子添坑推到半拉子就停住了手，拿眼看山山。山山似乎也看出了母亲的意思，他便说："今日找了好几个地方，但是并没有合适的活儿可干。"

母亲便说："都到快天寒地冻的时候了，哪儿还有活儿呢！要有，看明年开春了怎么样。"让母亲惊奇的是，山山并没有顺着自己的意思说话，而是饶有兴致地说："活儿倒是有些，但是我并不想干。"山山还是没有正面说明原因。

母亲当然还是认为，人家一定是嫌他书呆子气，看不上他干活儿，所以他才没有去。于是母亲便说："人家看你干得不好，才不要你，是不是？"母亲知道，山山一直在学校里读书。在家里的时候，至多干一干庄稼上的活儿，就那，他也干得不大好。而给城里人打工，那是需要很高的技术的，他一定不会干。

山山说：“也不是这样的。”

山山本来想等母亲把炕添好了到屋里的时候，给她详详细细地说一下他今日的所见和自己的打算，但是母亲却急于了解他为什么没有打上工的原因。山山看母亲如此心急，也理解母亲的心情，于是便将今日打工的经过以及自己的想法，在炕眼门前就给母亲说了起来。母亲一面添炕一面听，当听到山山说要养鸡的时候，母亲便打断了他的话，母亲说：“那怎么行？我们家里养十只八只，都养不好。我去年开春买来了十一只小鸡，到五月的时候就剩下三只了。你三姨跟我差不多同时买了十只，年底的时候就只活了两只公鸡、三只母鸡，其他的都死了，你说你要养那么多的鸡，你就能养活？”

山山说：“妈，你那是老式的养法，那当然养不活的。我看报纸上说的是科学的养鸡法。现在干什么都要靠科学，用新式的办法做。”母亲说：“报纸上说的，那是人家写在上面叫别人看的，那不是真的，你就信了？我们养鸡是实实在在的事儿。你靠着那不实在的说法，来干实在的事儿，怎么行呢？”

山山听母亲的口气，显然是不同意的。山山当下也没有跟她争。他知道母亲是一个大老粗，只知道春种秋收是天经地义的，一锄子一铲子地在地里刨挖是天经地义的。除此之外的一切都是假的，是骗人的。

山山原以为母亲听了自己用新科技致富的事儿，一定会很高兴，一定会支持。没想到他这一想法，首先在母亲跟前碰了钉子。这可如何是好？自己无论干什么事儿，母亲不同意是不行的。当然这并不是说，自己犟不过母亲，但是母亲只要看自己做的事儿是正事儿，从来没有不同意过。想到这儿，山山心里道：过几天再说吧。

山山要养鸡的想法，没有得到母亲的同意，但是村里许多人倒是传开了。不久，还传到了村主任老张的耳朵里。那天，张主任领着驻村干部雷部长专门来山山家里，帮山山科学致富。当他们两个到山山家的大门口时，山山和哥哥山兔正在牛圈里铲牛粪。山山看见张主任领着干部来了，赶紧放下手中的铁锹，将他们领到家里。山山取来了木柴棍儿，要生炉子叫他们喝茶，但是，张主任忙拦住了山山，要他坐下来。山山以为张主任在客气，非要生炉子叫他们喝茶。而张主任过来将他手里的木柴棍儿拿走又放下了，一手在他的肩膀上按他坐下，并介绍说：

"这是乡武装部的雷部长。"又向雷部长说："这就是杨山山。"山山听张主任的口气，好像自己在他们干部圈子里很有名气似的。张主任将他俩分别介绍完之后，便对山山说："听说你要办养鸡场，是不是?"山山笑着说："我倒是有过这个想法。"张主任说："你这个想法很好。今儿我和雷部长来，专门就为这事儿。"一本正经坐着的雷部长听了，也在一边点头。张主任接着还说了，他这一次去乡上开会的情景，他说，这一次全乡干部到乡上开会时，新上任的景乡长再次要求各村支书、村主任要积极引导并扶持村民们致富。尤其要利用新科技发家致富，重点支持种植养殖业的发展。会议快结束的时候，景乡长还要求各支书、主任，一周之后务必将重点扶持的对象名单报到乡上。当时，许多支书、主任都大伤脑筋，都说自己村上没有这样的年轻人。他们还分析说，现在农村的年轻人，宁可出去搬砖运瓦推架子车，也不想这样做。有的甚至说，他们村里连一个有这种想法的人都没有。

说到这儿，张主任十分高兴地说："当时我就想到你了。"没等山山说话，他还说："那时候，只有我们柳河村的领导最高兴。你知道不?"他一面说，一面转眼看雷部长。雷部长插嘴说："你们有杨山山这么优秀的青年，还愁有什么办不成的。"张主任肯定地说："雷部长说对了。当时全场就罗书记和我最高兴。我心里想，这一回我们柳河村要走到其他村的前面了，因为我们有杨山山。"

雷部长听了，一面看着山山，一面道："对，那天那情景，我也记得的。我记得你们俩会后就往乡长的办公室里跑，我知道你们一定有想法了。"张主任笑道："就是。"张主任因而又对山山说："这一次，驻村的雷部长来了之后，我特意将他领来。雷部长对扶持农民科学致富这事儿也很感兴趣。而且，雷部长跟县上相关部门的领导熟，以后你有什么困难可以直接找他。"雷部长在一边应和着说："这个自然。我现在就住咱们柳河村。"雷部长看了看山山，还鼓励他说："好好干，年轻人，有什么困难尽管说。"当下，两位领导还答应给山山提供信息上的支持和贷款上的方便。

张主任和雷部长的到来，使山山重新树立起养鸡致富的信心。母亲原来是不支持山山的，张主任和雷部长来了之后，她也并没有因此改变自己的想法。但是，山山倒是借此反复劝说母亲，母亲看山山是铁了心了，因而她没有再说什么。

第二天，山山拿着雷部长的介绍信，坐车去了地区一家养鸡场。那个鸡场的主人姓曹，人也热情，因为山山是雷部长介绍来的，他对山山的态度也好，不仅详细回答了山山提出的各种问题，还把山山领到他的鸡圈里面看了他养鸡的全过程。最后，当山山走的时候，还说到与他合作的事宜。曹老板也爽快地答应了。曹老板当下还表示，有些问题要是还不清楚的话，必要时还可以亲自跑一趟杨家山。这让山山心里大为感动，心想，自己这回找到救星了。当然，曹老板作为生意人，他的这一举动也不是没有打算的。对他来说，联系的客户越多，也越有好处。山山把他的通讯地址，写给了曹老板，要他在鸡苗来了之后，通知自己。但就在那时候，那老板说了一句话，彻底击碎了山山的养鸡梦。那人问："小杨，你们那地方的道路怎么样？你知道，不论送小鸡还是运饲料，我们用的都是大车。"他这一问，问到关键之处了。但那是山山以前从来没有想过的事情。山山住的地方，山大沟深，不要说走大汽车，连个三马子也走不下。那地方最好、最现代的交通运输工具，便是架子车。就那，还得几个壮实小伙子去拉，要不，也会溜到路旁边的沟渠里的。

山山办鸡场的事儿就这么黄了。那时已经快到年底了，杨家山这一年去外面打工挣钱的人，也都回来了。他们回来时，身上都带着钱。当然，这钱也是有的多，有的少。就是少的那几个，也有七八百块。挣得最好的，还是去了新疆的那几个。他们在那边的砖厂里打工，有的出窑，有的进窑，有的烧窑，有的糊窑门子。砖厂里的活儿是辛苦一些，但是比较自由。什么时候出窑，什么时候进窑；出窑出多少，进窑进多少，都由自己。而且还比较安全，没有煤矿井下那么让人胆战心惊。山兔听了，心里痒痒的，可惜他的伤腿到现在还没有好，时不时还疼。因为没钱去医院，所以当时做手术时给腿里放的钢板，到现在也没有取出来，他现在走起路来一瘸一拐的，很不方便，再不要说去砖厂里面打工了。

到年下了，山山家里借的旧账新账，都到了还的时候了。那几天，几乎每天都有人来他家里要欠账。每次要账的人来了，杨妈只得念一会儿苦，然后给他们说说好话。他们看杨妈也是确实没有办法，便走了。山山看见母亲一副无可奈何的模样，心里当然不是滋味。他想道：别人在砖厂里能挣钱，自己也能挣。养鸡养不成，还不如到砖厂里面挣些钱，把人家的欠款还了再说。

山山打算开年打工的想法，就这么产生了。他想在出发之前见见红梅。实际这半年，他一直想着红梅，就是没机会见她。前几次去县城，他没敢去找。自己推一个破自行车，灰头土脸地去找她，自己都觉得不合适。红梅对自己这么好，自己这身打扮去见她，那是对她的不尊重。再说自己这样子去找她，别人见了会笑话她的。而自己去地区参观养鸡场的那一次，倒是打扮得干干净净的。因而从地区坐车回到县上后，他找过红梅。可是他去学校的时候，正是红梅上课的时间，他等了一会，没等住。后来，他又想，自己现在不是学生了，这么去找她，势必会影响红梅的学习，因而，他没再等红梅，也便回来了。第二次是前不久，他去县城时顺道去的。这一次，他没有去学校而是去了她姐姐家。那时，正是中午时分，他想，红梅一定会回家吃饭的。但是，这一次，他也没有见到红梅，倒是见了她姐姐，那个有名的大美人。她还微笑着打量了他一番，问他在干什么。实际，红梅姐不过是顺便客套了一下。现在的山山干什么，她早从娘家人口里听说过。因为好多次没有见到红梅，他心里怅怅的。好多回，他在睡梦里见到了红梅。昨晚山山躺下不久就恍惚看见了红梅：红梅穿一件大红色风衣，在他前面走，他怎么追也追不上。

他梦见有人告诉他，红梅考上大学了，许多人都去向她祝贺，他当然也去了。别人去了，红梅都把他们请到她家里了。但是他去的时候，红梅却不理他。他心里很受打击，一直站在她家门口没有走。当另一拨人来的时候，他趁他们进去的时候，混进他们中间往里面走。可是当他走到她家大门口时，她家的那只小黄狗汪汪汪地朝他叫起来。他想：这狗今日怎么了，连我都不认识了？他记得自己以前到这儿时，一摆手它就不叫了。今日，他也摆手了，但是它还是叫。其他人都进去了，就他进不去。他朝她家的大门喊“红梅”，喊了几声，都不见红梅出来。眼见这狗跑过来咬他来了，还不见人出来。他急了，顺手拾起一把立在她家门口的铁锹朝它打去。这时，便听见她家的大门咯吱一声开了，从大门里走出来一个人。山山一看，是红梅的嫂子。她笑问道：“噢，是山山？”

她的态度还是那么好，因为红梅一直对山山好，所以她家里其他人都对山山很好。红梅嫂子一面跟山山打招呼，一面叫了一声“小黄”，小黄便不叫了。令山山好笑的是，小黄不仅不叫了，还朝山山吐起舌头，摇起尾巴来。红梅嫂子随后把狗喝进了狗窝，又伸出一只脚抵着狗窝。她没有再说什么，只是盯着山山看——她无须再问什么，她知道，山山就是来找红梅的。她一面在狗窝前拦着狗，一面手指着大门，意思是让他直接进。但山山却说：“我不进去了。”那会儿，山山想把红梅叫出来，跟她私下里问问为什么不让自己进去。她嫂子说：“进去坐一会儿呗。”山山说：“我不进去了。”红梅嫂子听山山说不进去了，她便笑着说：“那好吧，我进去喊红梅。”山山赶紧道：“那就麻烦了。”他说着，往后面的墙根那儿退了退。

不多时候，大门吱一声又开了。山山以为是红梅出来了，忙往前走去。他一面走着，一面还想好了要问她的话。但是出来的不是红梅，还是她嫂子。她说："红梅不在家。"山山听了，心里道：这不是骗我吗。大家都给她祝贺，她怎么能不在家里呢？因而问："她到哪儿去了？"她嫂子说："我也不知道。"

山山知道红梅跟她嫂子总是合不来，因而红梅的事儿，多半她嫂子是不知道的。山山想让她嫂子给红梅捎句话，但是他又想，红梅看不起她嫂子，姑嫂俩气儿不通，自己这一要求，势必会给她带来难处，因而说："好的，知道了，麻烦你了。"她嫂子笑着说："没事儿。以后有时间了来。"山山很感谢地说："好的好的。"

山山说完后，便转身回来了。在回来的路上，山山想，红梅以前对自己那么好，如今怎么这样了？是不是因自己没有考上大学，她不认了？是真的不在家，还是另有原因？为了弄清楚这个，第二天晚上，山山吃完饭后，趁着夜色又去找红梅。这一次他去的时候，出来的还是她嫂子，她嫂子也是听到狗叫之后出来的。她一见又是山山，脸上便露出一副极不好意思的神色，没等山山问，她就说："红梅不在家。"看那样子，"红梅不在家"几个字，在她看来，就是回答山山的一个标准答案。

山山听了以后，也觉得很奇怪：怎么红梅又不在家？这是不是提前准备好的一场戏？红梅不想见他，就说她不在家，并且，红梅把台词已经编好了，到时候派她嫂子出来说一说就行了。山山很沮丧地回来了。他想，红梅一定是不想见自己，才让她嫂子这么说的。这一回，山山猜对了。真正的原因不在她嫂子身上，而是红梅不想见他。这是山山第三次找红梅，又得到"红梅不在家"的回答的时候，他才真正意识到这一点。

山山第三次去红梅家，是在第三天的中午。这一次，他去的时候，出来的是红梅的侄子强强。强强出来一看，是山山，他说："我姑姑不在家。"这让山山太感突兀、愕然。山山想：他怎么就知道我是来找他姑姑的？红梅侄子一说完，就转身进去了。那架势，就像在他后面有一只恶狼正在紧追似的。

山山连续三次都没有见到红梅。这使山山真正意识到：红梅不理自己了！那么，到底是为什么？难道就是因为自己没有考上大学？没有考上大学对她竟然如此重要？她先前对自己充满狂热的恋爱之情，说没就没了？一个接一个的疑问出现在山山心里。他想想世道人心如此冷落，不禁哇哇地哭起来。他这一哭喊被正在外面院子喂猪的母亲听到了，她忙推开门问山山：“山山，你怎么了？”山山被母亲一叫，这才惊醒了。他不觉笑道，自己刚才怎么做了这么一个梦。

第二天，山山真的去她家找红梅了。这一次，山山没见到红梅，不是在梦里，而是在于家庄红梅家的大门口。告诉他红梅不在家的，不是红梅嫂子，也不是红梅侄子，而是她母亲。这多少年对山山很热情的红梅母亲，这时也改变态度了。她冷冷地说：“红梅不在家。”山山再问：“她去哪儿了？”她还是冷冷地说：“不知道。”一步紧邻的村子，山山家的什么事儿红梅妈不知道？实际山山没有复读的时候，红梅一家子早已经注意到红梅和山山的交往了。待到后来，山山去县城里打工，又去地区参观养鸡场的事儿，红梅爸妈也是一本账。他们还特意嘱咐爱红，要她密切观察红梅的动静。不过红梅这姑娘，远没有她爸她妈所担心的那么单纯，那么忠于爱情。她好就好在能见风使舵，她知道，一个一天到晚操心打工或者养鸡的山山，跟一个考试成绩在全县名列前茅的山山是不一样的。在这一点上，她甚至比她的姐姐爱红还成熟。

正月二十晚上的社火，是这一年最后一晚的社火。社火一完，那些打算外出打工的年轻人，也都收拾起行囊准备出发了。山山说好了，也跟他们一块儿去。今年四娃、胜胜、二柱几个，都说要出去打工。四娃说：“我辛辛苦苦一年，又是当牛又是做马，到头来没有保叔在砖厂里一个月的收入多，我一年干了个啥？”胜胜和二柱也说：“待在家里除了白下苦还是白下苦，其他什么也没有。一栓子麦子算什么，能值几个钱？”

山山和四娃、二柱、胜胜几个，都跟着保叔去了砖厂。这家砖厂不大，但也不小，有三十多个人。四娃、二柱、胜胜几个都是干惯活儿的，因而进窑出窑的活儿，他们干起来都很顺手。但是山山干得不那么顺利。进窑、出窑拉车子，他倒是可以，砖窑里红彤彤的火他也不怕。但是除此之外还需要把砖码齐，山山总是码不齐。有几次他码起来的砖墙，差点儿塌掉了，为此，挨了老板不少骂。不过这个不要紧，要紧的是，他因此影响了后面几个人的进度。山山没办法，只得去糊窑门子。糊窑门子是不需要什么技术的活儿，也不大吃力，山山可以干，但就是挣钱不多。

山山一个两膀有力的大小伙子，干着五六十岁的老汉们才干的活儿，不过，他倒是挺满足。因为，他第一次靠自己的劳动挣钱了。山山每天兢兢业业地干着，一干就是好几个月。转眼又到六月了。六月一到，杨家山的田禾也快黄了。这一年，山山家里种的庄稼长势都还好。那时候，山兔的腿还没有好，山牛没有上学，在县城给一户人家养猪。这一天，母亲念叨着对山桃说："你大哥腿疼干不了重活儿，你二哥三哥又都不在，家里的劳力就我们娘儿俩了。"山桃说："我们俩抓紧收割，也能收割完。"实际她心里早想这事儿了。毕竟母亲年纪大了，拿镰刀收割可以，可是收割完了往回来搬运就没有办法了。杨家山这地方，山大沟深的，而且她们家的地大多都在山坡上，往回来搬运是要力气的。自己就是再拼命，也搬运不回来，到时候，还得大哥和母亲出力。大哥的腿没有完全好，母亲又是得过病的人。这几垧地的庄稼，弄不好又给他们添不少病。想到这儿，山桃便偷偷给二哥写了封信，将家里的这一情况告诉他。

三十一、山山夏收时节回来了

山山收到妹妹山桃的来信后，心想，山桃说得有理。自己挣钱重要，但是，母亲和哥哥的身体更重要。于是，他便向老板请了假，回来搞夏收。这一天，山山回来了。不过山山回来时，发现家里的田禾还没有黄。那天，哥哥山兔在收拾木犁、牛轭、筐子、车子等夏收用的农具，正因缺几样农具而发愁。恰好，山山回来了。哥哥说："你来得正好。我们还少几把镰刀、一块磨石、一片铁犁，我正想有人去县城了捎带着买回来。这不，你回来了，你哪天去城里跑一趟。"山山听了，愉快地答应了。不过这也好，山山正想有时间了去县城找红梅。他在新疆时，曾给红梅写过几封信，但都不见回信。他想看看红梅到底咋了，是她转学了，还是自己得罪她了，抑或还有别的什么原因。

第二天，山山一早就出发了。他到达县城的时候，太阳并不高。他一看时间，九点还不到。他想，这时候，红梅高考考完了，一定还在她姐姐家里，因而直奔她姐姐家。到了她姐姐家门口时，大门紧闭着。山山将车子停在一边，上去敲门，敲了好几声，才听见院子里有一个孩子的声音。山山想：那一定是红梅的外甥了。他以前还见过那孩子，年纪不大，个子倒不小。只听那孩子隔着门问："谁呀?"山山说："是我，你小姨在吗?"

山山没有听到他回答的声音，只听到他噔噔噔跑动的声音。过了不多时间，那孩子又在院子里面说话了，他说："她不在。"山山听了，心想高考结束了，难不成红梅已经回老家了？或者，这会儿到哪个同学跟前去了，当然，他还想到，红梅姐姐、红梅嫂子、红梅母亲对他的态度。尤其是她母亲，明显对自己有些冷淡。但他认为，红梅一定是好的。只是自己前几次找她时，她碰巧不在罢了。

因而又说："你就说有个叫杨山山的叔叔在找她。"这时，山山又听到他噔噔的跑动声，过了不多时候，听那孩子又在院子里说："她不在。"山山问他："那她到哪儿去了？什么时候回来?"那孩子又噔噔噔走了，过了不多时候，又在院子里说："不知道。"山山听了之后，哦了一声，从她家的大门口退出来，然后推了自行车走了。

山山很快在县城买了哥哥所说的那些东西，就骑着车子回来了。他一路上心里怅怅的。他越来越觉得，红梅今儿是不想见自己，才打发小外甥在院子里搪塞他。要不，那孩子会说那样的话。难道红梅是不愿意跟自己交往了？对，是这样，一定是这样。要是以前的话，这段时间她看自己不知看了多少遍了。但是，自从去年秋到现在，这大半年没有跟自己来往了。他想，她家跟自己家离得那么近，自己的一举一动，她家里人一定很清楚。估计她是知道自己目前的状况后，就不来往了。

山山越想心情越不好，因而走路也没有精神。平时三个小时的路程，那一天，他整整走了大半天。山山到家时，已经是晚上八点多了。吃过晚饭后，便无精打采地睡去了。第二天早上，哥哥说，他们几家子轮流放的羊，又轮到他家放了。母亲和妹妹山桃则收割那些没有收割完的苜蓿，山山只好替哥哥放羊去了。

晚上，山山赶着羊回到家里时，大门从外面关着。山山念叨着说："难道母亲她们还没有回来？"他知道他下午赶羊出门的时候，母亲和妹妹山桃都去地里了。哥哥说要到地头上，帮母亲把苜蓿垛子摞一摞。大门关着，说明连哥哥也没有回来。

山山开门进去了，不多时候哥哥便从大门外面进来了。他一看见山山在院里，就对山山说："我们梁顶上的洋麦黄了。"山山诧异地问："是不是？"因为母亲昨日还说，那洋麦还得好几天才能黄。哥哥说："三婶说黄了，她还说要是再不抓紧收割的话，连秆子都捉不住了。"山山听了，随口说："怎么黄得那么快？"山山想：三婶的话，有时候也是靠不住的。但她既然这么说了，还是抓紧收割的好。

因为山山要帮母亲去割洋麦，所以山山得把羊带给别人。可是，这时候带羊比不得平时，因为大家都忙了。那么谁人可以帮自己放羊呢？山山一面想着，一面出了大门。山山首先想到的当然是六顺爷。但他家距六顺爷家远一些，而距四娃家近。他想，四娃妹妹四巧说不定可以帮自己放。于是，山山先去了四娃家。到了四娃家大门口时大门开着，但是进到里面时，四巧不在家，只有四娃八十岁的奶奶在。山山问她，她耳朵聋听不见。他便出来了，又顺脚去了胜胜家，他想看看胜胜弟弟跟胜怎么样。结果，跟胜也不在，就喜胜一个人在牛圈门前忙。喜胜说，他哥哥刚才还在这儿，这会儿不知哪里去了，他也说不上。山山又拾步出来，在门口刚巧碰见了跟胜。跟胜听了之后，说：“我明日也要去割洋麦，我家里的，也想带给别人呢。”山山说：“就这么巧。我刚才找四巧，四巧不在。你在，你又顾不上。”跟胜说：“你就不要找四巧了，她明日也忙，她说她的也要给别人带呢。”山山哦了一声，说：“那就算了。”

山山便径直到了六顺爷家，见六顺爷正蹲在屋檐下吧嗒吧嗒抽烟。六顺爷一听山山说要带羊，他便笑着说：“你来得不巧，我明日也要帮你六奶割洋麦。”山山说：“看样子，家家的洋麦都黄了，我找了四巧、跟胜两个，都说明日要割洋麦。”六顺爷说：“就是啊。大家基本上是一块儿种的，也差不多一块儿黄了。”六顺爷一面抽烟，一面给山山说：“要说这几天有时间的人，我知道一个人，你可以去找找。”山山听那口气，知道他说的是杏儿，因而笑了一下，没有说话。六顺爷说：“你不想找，是不是？你不想找她的话，就只有找小花了，可我不知道她有没有空儿。”

六奶在一边说：“小花也没有空儿。刚才，我还见小花妈了。她说她家的苜蓿干了，明日要驮苜蓿去。”山山听了，口里咕哝着说：“这可怎么办呢？”六顺爷听了后，给山山说：“这样吧，你过去看看她，她要是真顾不上了，我帮你放。我家的那一坨子还不太黄，放个一天半天的也不碍事。”山山听了，便连声说好。

从六顺爷家里出来后，山山直奔小花家。小花妈正在大门外套车子，山山一问，果然小花妈说她明日要拉苜蓿。山山听了，也就再没有提给小花带羊的事儿。山山走了一圈，羊还是没有带出去。这让他心里很着急，但无论如何，明日的田禾是要收割的。而六顺爷自山山来了之后，心里一直不放心。他知道，山山这孩子是轻易不给别人张口的。晚饭时，他便过来了。他想看看山山找人找得怎么样了。再忙，羊总是要放的。

六顺爷一出门，迎面碰上了杏儿。他叫住了杏儿，问道：“杏儿，你家的黄田多不多了？”杏儿说：“半山梁有几坨子洋麦，别的还没有黄。”六顺爷又问：“那你明日干什么去？”杏儿以为六顺爷有什么活儿要她干，她便说：“放驴去。怎么啦？”六顺爷说：“这好。我有一个活儿，要你帮帮。不知你肯帮不肯帮。”杏儿笑着问：“什么活儿？”六顺爷说：“你明日把我的羊吆着放放。”杏儿说：“我刚才见望强了，他说你们的羊都给别人带呢。”六顺爷笑了起来，说：“我的羊多，你知道不？”

六顺爷笑着走近她，低声说：“我说的是山山家的。”杏儿原以为是六顺爷家的，还准备答应，结果是山山家的。这让杏儿有些为难了。她知道自己就是想放，山山也不一定肯给。自从山山进了县城上学以来，很少和自己说话。现在，虽然他不再上学了，但是他见了自己，还是跟往常一样，低下头从身边走过去，而且，还表现出很不好意思的样子。她看山山那样子，好像是很怕见到自己。同在山里放羊放牛放驴，他和小花说话，而和自己不说话。不过，这一点她也理解，那都是因为父亲以前说过的那句玩笑话。那时候他们都还小，什么也不知道。可是，这话六顺爷说了，怎么办呢？杏儿一时没了主意。六顺爷似乎看出了这一点，便说：“好吧，我再想办法。”杏儿听六顺爷这么说了，便笑着说：“实在没人放了，你说一声。”

六顺爷顺脚过来，又碰上小花。六顺爷把这事儿又给小花说了一遍。他说了之后，她便说：“真不巧，我们明早要拉苜蓿。要不然，我可以帮着放放的。”六顺爷看她实在忙，也只得说：“我知道，你就忙你的去。”他拾步到了山山家，给山山说：“明儿你还是收割去，我让望强放去。”

第二天一早，望强赶着山山家的羊出门了。当他到河道里的时候，便听见小花家的牛铃声丁零当啷响着从村口下来了。随后，看见小树也从那儿来了。他看见望强后，赶紧说：“望强叔，你怎么走得这么快？我一早就过来找你，你就走了。”望强说：“找我有什么事儿？”小树说：“我是帮山山哥放羊的。”望强说：“你姐不是说你家今日要拉苜蓿，顾不上嘛。现在怎么又顾上了？”小树说：“昨日我妈说，今早要拉苜蓿。结果早上我三爸说他家的豌豆黄了，叫去割豌豆了。这不，我就来放来了。”望强听了后，说：“早知道你来放的话，我就不来了。”

三十二、小花帮助山山

小树帮山山放了两天。山山家里的洋麦终于割完了，山山便又吆了羊放去了。这两天小花家里也没什么要紧的活儿了。因而，她也有时间放牛了。这天早上，山山吆了羊到了河道里时，碰见小花正在河道里放牛。山山很是感谢她弟弟，一见面就说："那两天，幸亏小树帮我放了放，要不然我真没有办法了。我家那一片洋麦全黄了。"小花笑着说："哪儿还有没有办法的事儿。小树不放，你的羊照样不会饿着的。再说六顺爷打发望强给你放去了。"山山说："放是能放，但你也知道，六顺爷连自已家里的也都带给别人了。再说他家的田禾也黄了。"小花说："话是这么说，但到底他还是把望强打发来了。"山山连说感谢。

不过这一回，小花并不是有意替山山想。实际上她想的并没有这么细致，甚至可以说她压根儿没有想到给山山帮忙。这时候的小花跟山山的交往，不过是在杨家山的山坡上一起放过几回牛羊罢了。而跟她在杨家山的山坡上一起放牛羊的男孩子，又何止山山一个呢。那一天早上，她忽然打发小树帮山山放羊，那都是因为六顺爷的面子。六顺爷在前一晚上就问过她，但是她因第二天家里有活儿而没有答应。当第二天她家里没有拉苜蓿时，她便忽然想起了这事儿。也就是说，她叫弟弟小树给山山放羊，实际是在帮六顺爷。这一点，山山当然也知道，他心里明白，自已跟小花的交情，还没有到达小花主动帮助他的那一步。但是尽管如此，山山心里还是很感谢的。山山对于任何一个帮过他的人都是很感谢的，因而他一直说："你们都很好。"

他这里说的"你们"，小花当然理解，指的就是她和六顺爷。不过小花倒是没有说，她帮他是有意还是无意的话。她只顺着山山的思路说："不是我们好。一个村里的，谁还能保证自已不遇到困难。"

山山听小花这么一说，忽然想起来那句俗话：人要知人心，害病遇年成。从父亲生病去世到现在，家里大事儿小事儿遇得不少，但都因遇到好心的邻居和村里人，一次又一次走出了困境。当然，并不是所有的邻居和村里人都那么好心。当他父亲去世时，有些人还是站在一边，冷冷地看着他们母子的笑话。

山山说："话可以这么说，但是人跟人到底不一样。一个村里的人多的是，可是肯帮忙的有时候并不是很多。"山山这一说，当然是有所指的。这一点小花当然不太知道，不过她说："其实有时候不帮也并不是不愿意，而是迫不得已。比如说，自己家里也碰到什么重要事儿了，一时顾不上也是有的。"

说到这儿，小花忽然想起杏儿来，她知道杏儿对山山的情感。那天在月亮峡的峡谷里他们玩牌抓屋子时，山山一直对杏儿不大热情，这让杏儿心里难受了几天。小花明显感到，杏儿对山山是很有感情的。她一直想问问，为什么他对杏儿是那样的态度，可惜一直没有机会问。今儿可好，这儿也没有别人，于是她便问："山山，你怎么对杏儿那样？"

山山一听，知道她说的就是那次放牧打牌的时候，他对杏儿的态度。不过，他故意问："我怎么了？"小花笑着说："还装糊涂。你知道不，人家是多么喜欢你。"山山装作很惊讶的样子说："是不是？"小花说："就是啊，你没看，她一见你，脸红得像关公一样吗？"对于杏儿见了自己时的那副样子，山山当然比谁都清楚，但是他还是笑着说："我怎么没看见。"小花说："别装了。"小花说着向别处看了看，又低声对他说："你知道不，杏儿等你等了好几年，你们家就是不上门。直到你去县里上学之后，她才死了这条心。她知道你学习那么好，将来考上大学当了官，有了好前程，是一定不会要她的，因而便答应别人了。可是，她心里一直放不下你呢。"

山山听了小花这些话之后，心里很是诧异。他一点儿没想到，杏儿还对自己如此深情。自己那几年在县里上学和杏儿见面见得少了，因而关系更疏远了。后来，他听说杏儿找了婆家。因而，他更疏远她了，他不能在她和那男的之间插一杠子。所以他见了杏儿，便有意表现出那种态度。也许这种态度在别人看来，是看不起杏儿的表现。今日，既然小花提到这事儿了，他便借机向小花解释说："你是误会我了，我根本就没有那个意思。"

小花听了，以为山山说的"那个意思"，是指他自己不喜欢杏儿，因而说："杏儿长得那么好看，她差了什么？"山山说："她什么也不差，但是——"说到这儿，山山心里很感内疚，他觉得自己真对不住杏儿的一片好心。不料小花却接着说："但是，你就是看不上她，是不是？"山山说："哪里哪里，我还有什么资格说这样的话?”小花还要取笑他几句，山山却说：“现在说这话也不好，人家已经是有婆家的人了，我们还在这儿说这些。别人听了会笑话的。”小花说：“谁会笑话？本来就是嘛。”

小花这么说，是有根据的。她也听说了山山跟于红梅的关系。于红梅是什么人，她不是不知道。一步临近的村子，谁还不知道她家的事儿。她姐姐于爱红是方圆有名的大美人，要不当年驻队的张主任怎么会看上她。那时的张主任，现在已经是副县长了。于爱红命大福大，也便成了副县长的儿媳妇了。可惜，她找的女婿并不怎么样，五短身材，像个瘪三似的。现在这于红梅也还是一个大美人，看她那样子根本就不像是农民家里出生的。小花想：山山跟她好，也难怪。

想到这儿，小花便笑问：“我问你一句话，你可得说实话哦。”山山说：“什么话?”小花说：“你说说，你到底是看上于红梅了，还是于红梅看上你了?”小花这一问，让山山的脸一下子红了。这是这多少天，让他心里最难受、最苦闷的一件事儿。他自己再不愿意提这事儿，同时也不愿意别人提这事儿。没想到，今儿小花忽然提起这事儿来。因而他撒谎说：“没有的事儿，哪有那事儿。”小花笑着说：“还骗人，谁不知道。”山山说：“真没有这事儿。”小花看他有些不好意思了，也就不打算再窘他，便笑着说：“既然没有了，就不用说了。”

在此之前，关于他和红梅的事儿，他从来没给人说过。可是看小花这样子，大家都是知道的。一个大家都知道的事儿，他又这么瞒哄，尤其对小花这种曾热情帮助过自己的人，更是不应该的，但是他又觉得无从说起。过了好一阵子，他说：“都过去这么长时间了，还提它干什么？我觉得，那时候我真傻。”小花听他这一句，觉得很有些意思在里面。她听他那口气似乎有些感伤的样子，她便问：“你怎么傻了?”山山说：“真的，我真傻。现在想起来人家每一步都是有用意的。我这种人，嗨，就只有受骗的份儿。”

对于山山和红梅的事儿，小花都是从别处听来的，但是今儿山山自己说出来了，这倒让她感到惊奇。于是小花便好奇地问：“你怎么受骗了？还有人能骗得住你?”山山苦笑着说：“我这种老实人，不受骗谁受骗!”山山说着，便将他在县城里上学时候和红梅交往的前前后后，一条一条、详详细细地给小花讲了。小花听了之后，笑着说：“这不很好嘛。人家那么喜欢你，你还嫌什么?”山山说：“嗨，什么喜欢?”他要说还不是因为那时我学习好，觉得我有前途，但他又没有说。过了一会，他又说：“谁叫我家里贫穷呢？我爸要是县上的领导，我要是也当了银行主任，就不愁她不来找我。”小花听了，点了点头。她知道山山说的是什么。

对于红梅姐夫，小花曾是见过的。还记得那一年的正月，正是过年时候，大家都忙着走亲戚。那天她赶着牛到村子前面的河里去饮水，远远地看见有人推着自行车，从上河道里下来了。他的后面还跟一个穿着很讲究的妇人。等她迎到跟前一看，那女的就是红梅的姐姐。前面那个推车子的男人，个子小小的，瘦不兮兮的，她想，那一定是她的男人了。从后面看，那人的个头儿至多就在红梅姐的肩头那儿。

三十三、豌豆好吃

接下来的几天，山山因家里活儿不太忙，继续放羊。不过，他一直没有见小花。不知怎么，他心里有些惶惶不安。这天，山山赶着羊，下了村子到半山腰去放。他在那儿放了不大的一会儿，就听见小花家老黄牛丁零当啷的铃声，从村口那儿响了。他心里想，好几天不见小花了，这不就是她家的牛铃响吗？不知为啥，他听到这个响声后，心里不由得感到一种莫名的兴奋。这段时间跟小花在一起，他觉得自己的心情也好了。她不仅给他说一些村子里的趣闻趣事，而且还帮他撵羊、拾柴，他们合作得十分愉快。

山山刚听到铃声的时候，以为是小花，忙向村口那儿看。但是等那人出了村口，一看，不是小花，而是小树。小树跟在牛后面，手拿着鞭子从那儿下来了。到了河道里，他老远看见了山山，没等山山叫他，他便喊叫起山山来，他喊道："山山哥，来伙放来。"不知为什么，最近山山对这个孩子变得很有好感。于是，他便答应道："这儿草多，你来这儿放。"

小树听了，答应着来了。到了跟前，山山问他："今儿怎么是你？"小树说："我们家里人都割豌豆去了，因而就我放。"山山随口问道："你们家的豌豆还没有割完？"小树说："没割完。不过也不多了。等豌豆割完了，我就能自由几天了。"山山一听就知道小树是在等小花把豌豆割完了来放牛，因而笑着说："你现在不自由，是不是？"

那几天小花也很忙，天天帮她妈割豌豆。那天早上，娘儿俩又早早地去了山顶上的豌豆地里。她们割了整整一上午，但是还没有割完。要是按那个进度的话，还得半天才能割完。结果到了下午，她三婶也来帮着割了割，所以，到大晌午的时候，剩下的那些也都轻轻松松割完了。她们割完了这块地里的，而其他地里的还没有黄，因而只好回家去。几个人从山顶上下来时，小树正在这边山梭上赶小黑牛。他一眼看见母亲和姐姐从那儿来了，便急忙跑过去，问他妈："妈，你们怎么回来了？”余妈说：“割完了不回来，还干什么？”小树一听说是割完了，心里很高兴，便赶紧说：“那我就不放牛了。”余妈说：“不放牛你干什么去？”小树说：“你不是说豌豆割完了，就叫我姐姐放嘛。”余妈说：“豌豆割完了，你姐姐不能休息一下，你就老盯着你姐姐？”小花在一边说：“你看见我闲了，牙齿就疼开了，是不是？今儿豌豆要是割不完，你什么都好好的！”小树不管小花说什么，抱住他妈的胳膊，哼哼唧唧嚷着不放。他妈往前走一步，他垂在衣襟子后面往前挪一步。余妈没办法，只得对小花说：“小花，你就放去吧。我看他不放牛了，就长肥。”小花看他那样子，只得把手里的镰刀递给她妈，拾起了小树扔在一边的鞭子，替他放牛去了。

正在这块地另一边等着赶牛的山山，因好长时间不见小树过来，便自言自语道：“就一头牛，这么长时间还赶不过来？”恰巧这时候，有一只羊正往豌豆束子跟前走，山山便忙喊叫地头那一边的小树，要他赶紧就近赶一赶。可是他喊了几声，都没人应答。这块地很长，中间又有个大转弯，一头儿在山塄的这一边，一头儿在山塄的那一边。因而这一边发生的事儿，那一边是一点儿也看不到的。因山山喊小树喊不过来，自己便跑到那边地头上去赶了。结果，他在那儿看见了小花。山山惊奇地问：“刚才不是小树在放吗，你怎么来了？”小花说：“他看见我闲了，就不放了，跟着我妈回家去了。”

山山问：“你们不是收割豌豆去了吗？”小花说：“是收割豌豆去了。收割完了，就回来了。”山山笑道：“回来了就放牛，是不是？小树前一阵子还说，等你收割完豌豆，他就自由了。这么看来，他真说对了。”小花说：“小树是个懒虫。那么大的人了，就知道玩儿。”

小花说着话，嘴里还鼓鼓囊囊吃着什么。山山看见了，问道：“你嘴里不住地在吃啥，这么忙忙乱乱的？”小花笑着说：“好东西。”说着，伸手从衣兜里掏了半把递给他。山山一看，是几个豌豆角子，便说：“就这个？”小花说：“就这个，你以为什么？”山山说：“都到割的时候了，还能吃？”小花说：“你试试看，不能吃了给我拿来。”

山山剥开一个，抠出几颗豌豆，打进嘴里去嚼。一嚼，味道果然鲜鲜的。山山说：“哎，想不到真可以吃！”小花说：“可以吃。这么好吃的东西，你竟然不知道。”山山说：“我昨日在地边上看见一根嫩秆子，上面的角子也都是嫩嫩的。我顺手摘了一个剥了，打进嘴里去嚼，硬硬的，满口的嗦腥味（生豆味），我赶紧吐了出来。怎么你今日摘的这一个可以吃？”小花说：“你摘的是老的，不是嫩的。老的当然不能吃。”

她说着，走到摆放在地中间的豌豆束子跟前，随便捡了一个推倒了，手从束子下面伸进去，连秆子带角子掏出了一疙瘩，看秆子上面挂着的嫩角子，摘了一个用手剥开来，抠出里面嫩绿的几颗豌豆，嘴一张打进嘴里，咳噌咳噌嚼起来。山山问道：“怎么样？”小花说：“味道还行。”说着，又摘了一个，用手剥开了，说：“给。”山山把手伸过来要接，小花没有给他，而是说：“嘴呢？用嘴吃。”

山山觉得不好意思，硬要用手去接，小花说：“看你手上脏兮兮的，就抓着要吃？”山山听了，笑起来：“你的手难道就干净？”小花说：“我的手不干净，但我没用手直接抓豌豆，亏你还是学生，连卫生都不讲。”山山听了，笑道：“哦，看不出来，你还这么讲究卫生。”山山说着，把嘴凑过去。小花手拿着剥开的豆角，往山山的嘴边送。山山嘴一张，小花便将豆子送进去了。山山因为昨日吃了嗦腥豌豆，还怕有那个味儿，所以他试着慢慢去嚼。小花看见了，说：“那又不是石头，你那么小心，还怕崩了你的牙齿不成。”山山说：“我尝是不是有嗦腥味。”小花说：“就是有嗦腥味，但也不至于崩牙齿啊。”

听小花这么一说，山山便一口咬下去，嚼了起来。一嚼，果然还是鲜的，没有一点儿嗦腥味，就跟角子刚下来那时候一样好吃。山山问：“怎么就你摘的可以吃，我摘的不能吃？”小花说：“这个就不告诉你了，你尽管吃就是了。想不想吃？想吃了，再摘几个？”山山说：“好吃倒是好吃。”小花看他咂嘴砸舌嚼吃的样子，说：“看那馋猫！”说着，一面伸手去摘，一面还说起鲜嫩的原因来。她说：“往年豌豆到收割的时候，都是生的，嗦腥得不能吃。而今年的却不一样，因今年春头上，豌豆苗苗刚出来的时候就来了一场倒春寒，许多苗苗都被冻死了。这嫩嫩的都是后来长出来的，所以还能吃。”山山听了，说：“多可惜！”

捆起来的豌豆捆里，总有一些未熟的嫩豌豆角子。小花在推倒的那一捆子上摘了几把后，便把它塞住立好了，然后又捡了一捆子秆子嫩的放倒了去摘。小花坐在那儿摘，山山坐在小花对面看他摘。就这样，两个人面对面坐着。小花摘一个，给山山给一个，摘一个给一个。她摘的每一个都是新鲜的。山山虽也摘，但他总是盯不住哪个好哪个不好。有几次，他摘的打进嘴里去吃时，总有一股浓浓的嗦腥味。他赶忙啐啐啐地吐出来，连手中的角子都扔掉了。小花说：“别扔，这样的豌豆拿回家炒着吃，脆脆的可好吃了。”山山说：“是不是？怎么不早说？”

小花笑着说："就是，我和杏儿一起放牧时，最爱剥这种角子。"

又说到杏儿了。小花本不想在山山跟前说她，但不小心又提到了她，因而她当时感到有点儿后悔。不过，山山似乎也不大在意，他还笑着说："人家爱吃什么，你怎么知道？"小花说："我当然都知道。你不知道，是不是？"山山说："我可没你那么精。"小花说："不是精不精。我俩天天在一块儿，所以她的有些事儿我是知道的。你不知道，说明你不关心她。"山山说："人家是什么人？人家是有婆家的人。"小花说："这么说来，人家要是没有婆家的话，你还想关心，是不是？"山山红了脸，笑道："我不是这个意思。"小花说："你不是这个意思，那你是什么意思？"山山说："我什么意思都没有。"实际，这一点小花早知道，只不过她是有意跟他开个玩笑。

三十四、杨妈见了杏儿

那一年的夏天，雨很多，三天两头儿下。那天早上，天又滴里搭拉下起来了。雨虽然不是很大，但是还是有一股一股细细的檐水，从屋檐的瓦沟里流下来。山山前一天已经把羊带给了六顺爷，本想今儿去地里帮母亲、哥哥干活儿，但因天下雨了，他只得又把羊吆了回来自己放。因为下雨了，牛圈在圈里不好好吃草，直着脖子一个劲儿哞哞叫，所以山山赶羊的时候，将牛也赶上了。母亲看见山山又是牛又是羊的赶了一大群，便说："山山，今日下雨了，山里湿滑，你可得小心，不要往太陡的地方去。"

母亲拿了根棍子，又说："山坡上很滑，你一个人不好吆，我帮你吆一吆。"

山山在前面赶着牛羊，母亲在后面紧跟着帮他赶。母子俩一个赶，一个押，从村口那儿的沙石坡上下去了。有几只羊已经飞跑下山坡了，而那几头牛还慢腾腾地在后面走。母亲对山山说："山山，你快点儿下去，小心那几只馋羊跑下去，又要钻进河道那儿的田禾地里了。"山山答应着，一手提着鞭子一路往下跑。

因为母子俩说话的声音大，所以在河道下面放牛的小花和杏儿听见了。小花笑着对杏儿说："杏儿，你听，谁来了？"杏儿看了她一眼，然后笑着说："来了就来了。"小花向她看了看，低声说："山山来了，你不高兴？"杏儿又瞪了她一眼，说："别瞎说了！"小花说："开个玩笑。"杏儿说："你能不能说点儿别的？"她一面说，一面往别处望了望，然后对小花说："小花，咱们到别处去放。"小花知道，她是因看见山山的缘故，便说："到哪儿去？到处都这么湿滑。"

正说着，便见山山家的两只羊已经跑下来了。小花一看见它们沿着河边小道一个劲儿往前跑，就知道它们要到前面的燕麦地里去。小花笑着对杏儿说："你看，它们又要害人了。"但杏儿转过身，装作没听见。小花看见杏儿没有理她，心里感觉讪讪的。她本不想动，但看那两只羊快要钻进地里了。下了雨的田禾地，最怕被牛羊牲口踩踏，一踩踏，下一年的庄稼注定是要歉收的。况且，地里面还有燕麦。因而，她起身喝住了它们。当山山跑到河道里时，她已经把它们拦住了。山山看见后，说："我看见它们跑下来了，就赶紧往下来追，想不到叫你给拦住了。"小花说："你这羊就是嘴馋，你没有看，它们刚才往下来跑的那样子，简直像狼一样快。看见燕麦苗苗，命也不顾了。"山山说："多亏你把它们拦住了，不然又要挨一顿骂。上一次也是这两只，我在后面紧追慢赶，它们已经钻进地里了，恰好被二阎王看见了，狠狠地骂了我一顿。"小花说："天下雨了，地里很湿，就是人家不骂，也要小心。羊钻进去吃了田禾是小事，要是踩踏田地就不好了。"

山山下来的时候，早看见杏儿在那边，因而他和小花说话的时候，不由得又往那边望了望。不过，他并没有和她说话，而是继续跟小花说话。他说："我往下来跑的时候，听见了你家的牛铃声，我还以为是小树呢。"小花说："是我。今天下雨了，当然是我放。"山山笑问："小树呢？"小花说："我走的时候，他还在睡懒觉。"山山笑着说："小树福气大啊！不过，他也知道他不放，有你放呢。要是有人帮我放的话，这下雨天湿天滑地的，我也睡懒觉去了。"小花说："你哪里像他。"

正说着，杨妈从村口那儿下来了。小花看见后，笑着问山山："今儿你们娘儿俩放？"山山说："没有。我妈帮我赶一赶。这些牲畜出了圈门，一到山里，快的快，慢的慢，加上地上湿滑，我一个人不好赶。"小花说："就是啊！你放的这牛呀羊呀的太多了，一个人真不好放。"山山说："就这，那两只羊差点儿跑进田里了。"

这时候，山山母亲赶着牛也到河道里了。杨妈刚下来时，就看见杏儿在那儿。自从进入六月以来，因为活儿忙，她一直没有见杏儿了。不知怎么，杨妈总是爱看这个女孩子。也许是受杏儿父亲曾经说的那一句玩笑话的影响吧。那时候在杨妈的心里，杏儿就是最好的儿媳妇。她曾想，就算山山考上大学，当了干部，能找个杏儿这样的女孩子做媳妇，也是很好的。可惜，这事儿永远也没可能了，因为杏儿马上要过门了。虽然如此，但是杨妈还是喜欢见到这女孩子，也喜欢跟她说话儿。因而，见了杏儿后，她向杏儿那边看了又看。但是那一天的杏儿，一直在那边看自家的驴吃草，没有过来。

杨妈瞧了一眼杏儿，然后转过来跟小花说："哟，是小花。你赶牛赶得早。"小花说："也不早，才下来。"杨妈又问："今儿你放？"小花说："我放。前几天，都是小树放的。天下雨了，他就不放了。"杨妈说："小树是不是又懒得不想放？你把他叫上，让他跟你一块儿放，放着放着，他就爱放了。”小花说：“他不想放了，谁人也说不动。我就是叫上，也使不动他。”杨妈说：“他跟你来了，你不让他玩，所以他才不爱来，是不是？”小花说：“谁能管住他呢？有时候我爸我妈说话，他都不听。”杨妈说：“你爸你妈都舍不得说他管他，所以他才不听。”说了一会子小树，杨妈又问小花：“你们家的莜麦割完了没有？”小花说：“就剩下一小坨子了。”杨妈说：“昨天我从山畔上路过的时候，看见余家山山脚下你家那一块地里的也快能割了。”

正说着，六顺爷和三柱赶着羊从上河道里下来了。六顺爷还一路哼着山歌。六顺爷没到他们跟前，杨妈就笑着说：“六爸人没到，歌声就到了。”六顺爷笑道：“我看见你们都来了，就高兴。一高兴就唱起歌来了。”杨妈说：“下雨了，山坡上湿滑，我怕山山一个人吆不住，就帮着给吆吆。”六顺爷说：“今儿雨不大，不过路上倒真滑，我刚才差点儿摔倒了。今年这雨多，说下就下开了。”

六顺爷说着，又转过身对山山说：“山山，前几天把你辛苦了。”杨妈听了，笑着说：“有什么辛苦的。你不也常帮我们吗？天晴了，你要是忙的话，你就忙去，叫山山再放放。”杨妈本想再帮山山往下河道里吆吆，但因六顺爷、三柱、小花几个在，她也就不想再去了，因而说了几句话就走了。

杨妈走后，这里只剩下六顺爷、三柱、小花和山山，而杏儿一直在那边的地边上没有过来。她看见杨妈走了，便“小花，小花”地喊起来。她一个人在那儿，到底还是感到寂寞，她想把小花叫过来跟她一块儿放。因小花正跟六顺爷说话，没有听见她喊。她又喊了两声，小花听见了，小花便问：“咋了？”杏儿说：“过来，这儿来。”小花因这儿说话的人多，不想去，因而问她：“叫我做什么？”杏儿招手说：“你过来，过来了我告诉你。”小花笑着说：“你告诉了我再过来。”杏儿说：“你过来。”

在一边的六顺爷听了，笑着说：“这两个姑娘，还有什么秘密吗？杏儿，你有什么秘密，不想让我们听？”杏儿笑着说：“没什么，我跟小花闹着玩。”六顺爷说：“要玩你就过来，我们大家一块儿玩，你一个人在那儿有什么意思？”杏儿说：“这儿草多，我家的驴吃得正好呢。”杏儿还是没有过来，小花也磨蹭着没过去。六顺爷又给孩子们说笑话。

不知什么时候，雨停了。雨一停，庄稼地里的好多活儿又能干了。杏儿家的驴圈里的驴粪堆了两大堆，她爸因为忙，一直没有顾上苫。雨一停，他便套起了架子车去装粪，还叫杏儿妈去喊叫杏儿，叫她把驴吆回来拉车。杏儿妈到了山畔上，看见杏儿正在河道里，便“杏儿，杏儿”地喊起来。杏儿听见后，便把驴吆回去拉车苫粪去了。

杏儿没走的时候，小花也感到很别扭。她跟杏儿一块儿来的，因山山在，杏儿不过来。但是山山、六顺爷、三柱他们几个在，她想听他们说话。因而杏儿一走，她便感觉自在了。杏儿刚走，三柱妈在山畔上也叫三柱，叫他把羊赶来要趁湿紧场。这样，三柱也走了。

六顺爷见他们俩走了，说：“雨停了，大家都有活儿了。嗨，我这会儿可不想回去。走，山山、小花，我们找个宽展的地方放去。这一向，我干活儿干累了，今儿趁着放羊歇一歇。”山山、小花都说：“可以。”

牛和羊在一块儿了，总是羊快牛慢，走不到一起。走了没多远，小花家的大黑牛便落到后面了，而山山家的几只羊又在前面跑远了。山山看见后，口里骂着，一路跑到前面拦去了。它们一被拦住就站在那儿，不好好吃草了。六顺爷说：“山山，不要押住了，那样它们也不好好吃。你看，前面有田禾地，你到田禾地畔上堵着，叫它们在这儿吃就行了。”山山答应着走了。六顺爷见山山走了，便转过头对小花说：“小花，你也过去帮着看看，他一个人不好堵。我给咱们看着后面的牛。”

小花答应着过去了。小花刚到那儿，便看见前面有两只馋羊贼眉鼠眼地跑上地埂子了。很显然，它们是想趁小花还没到，跑进地里吃田禾去。小花一面喊骂着，一面顺手拾起一颗土疙瘩扔出去。在地埂子下面的山山说：“它们就是嘴馋，一到这里就死命往田里跑。”小花说：“这些田禾地在路边上，本来就显眼。加上里面都是绿油油的苗苗，馋羊见了，哪有不想吃的。”山山低声问：“这是谁家的，恰好就种在这里?”小花低声说：“你丈人家的。”山山听了，知道她说的是杏儿爸，便笑问道：“是不是?在这里种莜麦，就招牛羊。难道他不知道，牛羊最爱吃莜麦吗?”小花说：“他肯定知道，可是，估计也是没办法。一块地里总不能年年种胡麻，也不能年年种洋麦吧！不这样种着倒倒茬，地茬是倒不开的。地茬倒不开，种什么都是要歉收的。”山山道：“噢，是这样。”小花笑着说：“你真是秀才。连这点儿常识都不知道。”

因山山、小花两个，一个在上面那块地的地边上站着，一个在下面那块地的地边上站着，所以这些羊想跑也跑不掉，想吃莜麦也吃不了，只得乖乖地去吃草。

这个山洼不大，所以没多大工夫，羊就从这边吃到那边了。山山笑问："怎么这么快就到头了？"小花说："这地方本身没多大。"眼看羊快吃到边上了，而六顺爷和那几头牛还远远地落在后面，她便站在地边上喊叫："六爷，我们到哪里去放?"因为从这儿往前，有好几条路可以走。

在河道上面的六顺爷，听见了小花的喊叫后，抬头向四面看了看，然后说道："你们看吧。这几天，不知马背山那一带的牛羊多不多，要是想不起别的地方的话，我们还不如去那里看看。"小花说："那我们就去那儿吧。"

三十五、在马背山（一）

听说要到马背山去，小花很乐意，山山也同意，他知道那地方宽展，好放羊。小花说：“前几天，我和杏儿一直想到那儿去放，但我们俩没有去。”山山说：“为啥没有去？是不是又怕鬼了？”他知道，一般的女孩子，都因那儿有鬼的传说，而不敢去。小花笑着说：“就是啊，你不怕鬼？”山山说：“我没有你那么胆小。”小花听了，说：“杏儿也不敢去。”山山随口道：“是不是？”小花说：“就是。”她一面说，一面笑着往山山脸上瞟了一眼，见他并没有什么反应。她转身又往后边看，见六顺爷还在远远的后面，因而便低声说：“山山，你妈见了杏儿，还是那个样儿。”

小花这么一说，山山觉得很奇怪，便问：“我妈怎么啦？”小花说：“我看她见了杏儿，还是那么热情，还不住地看她。”山山说：“我妈就那样。”小花问：“你妈现在一定很后悔吧？”山山笑着说：“不知道。”山山虽然这么说，实际上他心里很清楚，他妈真是很后悔。后悔当时没央人去上她家的门。小花看他笑起来，便说：“别装了，肯定肠子都悔青了。”山山听后，便咯咯地笑起来。小花说：“你们家真有意思。杏儿那么喜欢你，她爸她妈也都看上你，你们就是不上门。”山山说：“那都是什么时候的事了，你还提它。”小花笑着说：“哟，看不出来，你还这么大度。”山山说：“哪有什么大度不大度的。以前是以前，现在是现在。”小花听了，心想，他说的倒是事实。

说话间已到河边了。哗哗的水流漫上了岸边的水草。山山一脚踩到一块石头上，回头给小花说：“小花，我先过去堵，你后面慢慢来。”山山一面说着，一面踩着水中的石头往河那边走了。小花在小河这边，嗷咩咩地叫着吆羊。他们两个在小河两边，一个在那边堵，一个在这边吆。羊在水里咩咩咩叫着，扑腾扑腾地往过去走。不久，便都过河了。河那边也是田禾地，再往前走，到了石头滩那一带，还有更多的田禾地，一溜一溜的水平地里都长着绿油油的庄稼。

山山看羊都过来了，小花也过来了，便依然在前面压阵。他走得快，当他走到石头滩那边时，还不见小花和羊过来，他便站在那边的地头上等着。不一会儿，小花赶着羊过来了。山山问小花说：“我们是等六顺爷来了一块儿走呢，还是我们俩现在就走?”小花笑着说：“等等六顺爷吧。七眼窑那儿有鬼，我们打不过它们。”山山笑着说：“六顺爷来了，就能打过它们?”

他们俩正说时，六顺爷吆着牛从那边过来了。小花看见六顺爷，便笑着问：“六爷，听说七眼窑里面有鬼，到底有没有?”六顺爷听了，笑着说：“有。里面住得满满的。”小花和山山听了，都哈哈哈笑起来。小花看六顺爷说话时哈哈哈笑的样子，便说：“六爷在骗我。”六顺爷说：“你知道我在骗你，你怎么又问我?”小花说：“我妈也说有。她说她一个人不敢去，还叫我跟小树也不要去。”六顺爷说：“那是你妈骗你们俩的。七眼窑离家远，她怕你们走远了，不放心，才这么说，是不是?”小花点头道：“有可能吧。我妈总是很小心的。”六顺爷说：“你妈这么小心，今天我带你去了，你妈知道了，是不是也要怪我?”小花说：“那倒不会。”六顺爷说：“不怪了就好。不怪了我们就看看去，看看到底有没有。”

穿过石头滩，便到了峡口。从峡口去马背山有两条路，一条是沿着月亮峡峡谷往北走，到了洗羊河那儿，在挂着石月亮的那面大石崖下面折过方向往东，过河，上山。上了山之后，往南沿着崖边的草地走一段路就到了。一条是到了峡口之后，从峡口那儿直接下坡，到了峡谷谷底下的河滩，沿着河滩往南走一段儿路，到了三角河口之后抄一条小路上去，就到了。这后一条路比前一条近许多，但是这条路又窄又陡，十分难走。而且路面上的碎石子也很多，脚踩到上面感觉滑滑的，还沙啦沙啦作响。大有一不小心，就会咕噜咕噜滑下去，掉到峡底的感觉。峡底是什么？是长年累月哗啦哗啦流着的河水，和河水中大大小小、横一块竖一块立着的石头。这条小路的侧面，就是传说中闹鬼的七眼窑，所以这条路一般很少有人走。但是，那一天山山和小花都齐声儿说走小路。小花还说：“我们以前放羊的时候也来这里，但是这条路倒是少走，今天走一走，体验体验。”

河滩上乱石林立，乱石间还长着高高低低的灌木。不时有鸟雀从乱石间或从灌木丛里唧唧唧叫着飞出来。据说，灌木丛里还有胳膊一样粗的蛇。传说它们经常在大中午、太阳正红的时候，或是在黄昏、太阳下山之后，蜿蜒出入，专咬过往行人。水边的草丛里，还有跟马勺一样大的癞蛤蟆呱呱呱叫着。人走进草丛里，一不留神，它就爬上脚面，一口咬住了不放。这些都是很可怕的，但山山和小花都说想走走看。

他们顺着河滩，吆着羊，踩着乱石，深一脚浅一脚地往三角河口走。虽然他们早听说这里有咬人的毒蛇，有马勺一样大的癞蛤蟆，但是他们一路过来，并没有看见一条咬人的蛇，也没有见到一只马勺一样大的癞蛤蟆，倒是见了许多花花绿绿的、羽毛很好看的小鸟雀，唧唧唧叫着，在林间扑棱棱地飞。还看见了一只一只的小青蛙，在河边的水草里跳来跳去。这里的牧草也不少，但不知为什么，羊到了这里后也不吃，一只只昂着头，咩咩咩叫着往前走。羊一个劲儿往前走，小花和山山便也跟在它们后面往前走。不多时候，就到了三角河口了。这个三角河口比村子前面的那个三角河口大多了，也险多了。虽说这里也是两条河的交汇之地，但是这两条河比起村子前面的那两条来，河面要宽许多，河水要多许多。两条河在这里交汇后，往下直冲入几丈深的大涧里。激流拍击着下面的岩石，发出轰隆轰隆的巨响。到了轰隆隆响着的瀑水那儿时，小花才松了一口气，她说："总算过来了。经过草丛的时候，我都有些害怕。"山山说："害怕什么？"小花笑问他："你不怕？"山山说："这有什么怕的。"实际到了中间那一段的时候，山山心里也还是有些害怕的。他想，万一有一条毒蛇突然窜出来了怎么办？

他们已经到了马背山的山脚下了，可六顺爷还没来。山山问："六顺爷怎么还没有来？"小花说："牛本身走得慢。不像我们，跟着羊走就快。"山山说："咱们先上去吧。"小花说："等六顺爷过来了再说，要不六顺爷还以为咱们到哪儿去了。"山山看了看她说话的样子，觉得很好笑。他想说一句笑话，但又没有说，因而便说："能到哪儿去？"小花说："哪儿去不了？但是总得让六顺爷看见。"山山本来不想说那句笑话，但是，终于还是忍不住问了一句："你想到哪儿去？"小花看了他一眼，笑了笑，没有回答。

他们一面说一面走，不觉到了那块大石头跟前。山山说："咱们上去看看。"山山说着，手攀着石头爬上去了。小花随后也爬上去了。山山一上去，看见对面的悬崖和七眼窑，似乎比在下面看时更清晰。他对爬上来的小花说："我们天天见七眼窑，只是看了一个大概。到跟前一看，原来是这个样子。"小花一面不住地啧啧称奇，一面故意说："本来就这么个样子，你还要什么样子呢？"山山笑着说："以前见它是小小的，今儿怎么这么大？"小花说："那是因为你站得远，所以看起来小小的。现在到跟前了，看起来就大了。"

小花说着，往石头边上走了走，她想站在边上看看下面是怎样的。小花一到边上，只见石崖下面，一股激流哗啦哗啦往下冲。那阵势，大有连人带石头一下子被卷走的感觉。小花吓得赶紧往后退，她想，再要是不后退，自己眼一花就会掉下去。一掉下去，就会被这个巨流吞掉。山山看她有些害怕，忙伸手拉住了她的衣服襟子，说："怕什么？还远着呢。"

因为后面有山山拉着，小花便又往前挪了一点儿，但是还是害怕。山山说："别怕，这里离深潭还有那么一截子呢。"小花听了后，说："近倒不是很近，可是，看起来还是有些害怕。"山山说："你抓住我，没事儿的。"小花便手抓着山山的袖子，又往前走了走，顺着山山手指的方向看。果然，一面悬崖就横在面前，齐刷刷的，像是谁用铲子铲过一样。传说中的七眼窑，像是七个骷髅的大眼眶镶在半崖上。小花问道："你说，这是不是过去的人有意凿挖开的？你看，一个离一个一样远，一个跟一个又差不多一样高。"山山说："我记得小时候，我爷爷说过，这是上古年间的人为了躲避土匪凿挖开的。"小花问道："这一带有那么多地方，怎么偏偏就在这里凿挖了？"山山说："不知道。有可能这儿好挖吧，要不就因为这里有鬼，他们就挖在这里了。他们想，土匪再厉害，也是怕鬼的。"小花笑着说："土匪要是怕鬼的话，那还叫土匪吗？"山山听后，也笑了。她又问："既然这是人挖开的，怎么这些窑洞看起来这么难看，圆也不圆，扁也不扁？"山山想了想，说："有可能挖开的时间太久了，洞门已经塌得不成样子了，因而圆不圆扁不扁的。"小花说："可是，你看，它们在半崖上，距离下面又这么高，谁人敢上去挖呢？"

正说着，一只鸟从洞穴里面扑棱棱地飞出来了。它的翅膀扇起一股浓烟一样的土尘，小花手捂着脸，忙往山山跟前靠，惊叫："真有鬼。"山山说："是只鸟，你就那么害怕。"实际，他当时心里也有点儿害怕。但是他在小花面前，不能表现得那么胆小。小花因躲得急，连脸都贴到他怀里了。山山身上顿时感觉痒痒的，心里也有些异样。

这时候，听见六顺爷的说话声从上河道里传来了。他说："嗨，我以为你们要从上面绕着走，没想到你们到这儿来了。你们要从这小路爬上去，是不是？"小花听见六顺爷来了，忙往后退了退，说："我们想到跟前看看七眼窑，所以才到这儿来了。"六顺爷笑着说："这有啥看的，不就是七个窟窿吗？"小花说："我在对面山上经常看见它，黑洞洞的，也是不大的七个窟窿。到跟前一看，倒不小。刚才还从里面扑棱棱地飞出来了一只鸟，真吓人。"六顺爷说："你就那么胆小。

我小的时候，经常跟大人们在这里放羊。那时候，我们也听大人说，这洞里面有鬼。但是，我们从来没见过。倒是有野狐和狼。我亲眼见过一只狼，就从前面那个洞里出来了。你爷爷胆大，他还爬上去搜过狼崽子呢。”

小花听了后，呀了一声说：“我爷爷就那么胆大?”六顺爷说：“那有什么。那一天，我们大人小孩四五个呢，有你爷爷，还有你二爷，还有于二头的大伯。我们本来是去找狼的，大家手里都拿着镢头。你爷爷手里拿着最锋利的那把镢头。到了那儿后，我们几个肩扛的肩扛，头顶的头顶，把你爷爷送到洞口。你爷爷一看，嗨，里面黑洞洞的，什么也没有。就看见洞门口，有厚厚的一堆鸟粪，还有一堆乱哄哄的鸟毛。那时候，我们经常能看见黑头长嘴的老鹰，‘哇哇哇’叫着落到这里。原来，这里就是它们的老巢。老鹰叫的声音很大，傍晚的时候，在石头滩都能听见，那叫声阴森森的，让人浑身都起鸡皮疙瘩，那才叫害怕呢。”

这时候，河滩里吃草的羊，有几只已经顺着山洞左边的那条小路，上到马背山上了。六顺爷看见后，对他们说：“羊都上去了，我们还在这里说话，我们也走吧。”山山和小花也说：“走。”六顺爷说：“这儿很陡，牛是上不去的，还是我吆着从那边绕着走，你们俩敢不敢上去?”他们俩都说敢。小花还说：“以前害怕鬼，我不敢走，今天有你在这儿，我不怕了。”六顺爷说：“虽说不怕了，但也得小心，这跟一般的陡坡不一样，这不仅陡，还很窄。路面上是细细的沙子，脚底下一不小心就会滚下来。滚下来了可不好受啊。”山山和小花听了，都笑了起来。

三十六、在马背山（二）

这条路小花虽也走过，但那都是跟别人一块儿走的，她一个人走的次数倒不多。虽说路上已经凿有一些可以踩脚的台阶，但是这些台阶是时断时续的，有的地方有，有的地方没有，而且仅有的那些，大多数没棱没角。在这样陡的地方，有这样的台阶跟没有这样的台阶，没什么两样，因为脚还是没处蹬，手还是没处抓。虽然小道两边的悬崖上，有时候也可以看到一块露出来的石头，但那远的又太远，手也够不着；小的又太小，手也抓不住。这就更要小心了。

山山前面爬，小花后面紧跟着。山山手攀脚蹬，出溜出溜爬上去了。小花起初也跟山山在后面，手攀脚蹬地往上爬。她本来胆子也不小，但对这样陡峭的悬崖还是有些害怕。那天因为有山山在，她并没有害怕，信心十足地往上爬。但是上了不到一半的时候，她心里还是胆怯了。于是，手抓着悬崖上的一块石头，停住了脚。小花这样做，本来想稳稳脚，歇一会儿了再上。无意间，她往下面瞥了瞥。她这一瞥，一下子害怕了。因为她看见自己的脚底下，简直就是一面直立着的悬崖。而她整个人，就像是悬在半空中一样。她不禁倒抽了一口凉气，说道："妈呀，我这哪里是在上山！这简直是在登天梯！"就在那一刻，她心里忽然感觉一阵难受，头也有点儿晕。她赶紧把脸转过来，两眼直盯着脚底下的台阶，头也不敢抬，脚底下好像要出溜出溜滑起来了。于是，她便怯怯地问山山："山山，你在哪儿?"

那会儿，山山早上去了。他正坐在上面的草地上，往下看小花爬台阶。刚开始，他看见小花一步一步往上爬，爬得很吃力，他还想取笑她几句。后来，他看见她停了下来。他便想笑她爬坡不得劲儿，就在这时候，他听见小花声音颤颤地问他。他一听这声音，知道小花一定是害怕了，便忙说："我已经上来了，怎么啦？你不要怕，快上来了。"小花不敢多言，只是说："怎么这么长啊?"山山说："别慌。要不，你等等，我来接你。"

山山说着，便转过身，脚踩着石坡一步一步往下挪。眼看就要到小花跟前了，他屁股坐在陡坡上，一只手抓着地，另一只手伸下去拉小花，说：“小花，把手伸上来，我接你。”

虽然山山距离小花只有那么一点儿路了，小花也看见了山山伸下来的手，但她伸手去接时，还是没有够着。因为她根本就不敢动，山山只得又往下挪。这时，小花的脸快要贴着他的脚了。这一回，山山伸出手，小花伸手一抓便抓住了。山山在上面拉，小花手抓着山山的手往上爬。山山拉的时候，要她不要慌，把他的手抓牢。小花爬的时候，也是一步一挪，很小心地往上爬。

终于上来了。小花舒了一口气，说：“这点儿路看起来不长，走起来怎么这么长!”说着，一面转过身往下面看，一面又说：“哇，好悬啊，这就是刚才我们走的路!”

也许，小花是因为上了陡坡而高兴，一时忘了松开她抓着的山山的手；也许，是她虽然已经上去了，但是心里还是害怕自己会掉下去。总之，好长一会儿，她的手还是拉着山山的手没有放。当然，也是出于安全的考虑，山山也没有放开她的手。在小花俯身看下面的时候，山山还说：“小心。”小花听了，说：“别吓人了。”山山看小花还在往下面张望，问：“看好了没有?”小花听他这么一问，便说：“再看看。看看这让人害怕的地方。”小花说时，把身子探得更前了。小花这么把身子往前一伸，连山山也跟着她，把身子往前一倾。山山赶紧道：“你要干什么?”小花说：“看一看下面。”山山说：“看下面，也得小心啊!”山山说着，便把小花的手抓得更紧了。小花笑着说：“你站稳，别放开，你要是站不稳，还放开了手，那我们就都掉下去了。”山山笑着说：“掉下去就掉下去了，下面还有河，我们跳到河里洗一洗也好啊!”

小花听了，没有说话，倒是拿眼看了看山山，然后说：“别说大话了。”山山向她笑了笑。小花又指着下面的小河说：“我们在下面看时，这条小河宽宽的，到这儿看，竟然是这么窄窄的一溜儿。”山山说：“就是。那都是因为我们站得太高了，所以看起来才这么细这么小。”

山山转过身，说：“我们走吧，待在这里挺危险的。”他说着，把小花的手往回来拉了拉，但是并没有松开自己的手。小花见他拉着自己的手，以为他是想把手抽回去，便一面松开了自己的手，一面笑着说：“就是，这儿挺危险的。”山山看小花往回抽她的手，自己也便松开了。

在他们的身后就是马背山。小花一眼看见宽阔的草地和草地上绿油油的牧草，心里想：马背山这么大，这里的草地这么平坦，这么宽阔，真是一个放羊的好地方。山山说："我们往那儿走走吧。你看，许多羊都在那儿。"小花说："走。"

两个人正往那儿走，但见六顺爷吆着牛从那边过来了。山山对小花低声说："哟，六顺爷从那儿过来了。"小花听了，当然会意。因为那会儿，他们俩离得那么近，他们说话时，小花的身子差不多靠着山山了。小花忙往另一边挪了挪，山山也往另一边挪了挪。六顺爷在那边老远地喊起来，他说："嗨，还是你们年轻人走得快，你们已经到了。"小花和山山听了，笑着说："你也不慢呀。"

不久，六顺爷过来了，他指着面前那几块大石头，说："把这个山叫马背山，你们知道不知道，这是为什么?"他们俩都摇头说不知道。六顺爷说："这块大石头就是马的嘴，你们看，像不像马的嘴?"山山站在一边，看了半天，说："我怎么就看不出来。"站在另一边的小花，拿眼看了看，也看不出来。又往后面退了退，还是看不出来。六顺爷说："这么大的石块，你们到跟前当然看不出来。再往后面退退看。"

小花又往后退了退，还说不像。山山便往后面跑起来，一直跑到差不多到了悬崖畔上时，六顺爷喊道："好了，你就从那儿看。"山山回头一看，笑着说："六爷，这儿看起来，真有点儿像。你看，最前面那块大石头，像马的鼻梁。"六顺爷说："你说对了。这还是因为我们站得近了，所以看着就不怎么像，要是在更远处看，那就更像了。你要是跑到河对面的山上，在石月亮山的山头上，或者在莲花山的山头上看，那简直跟真的一样。你会看见一匹马蜷着腿，将嘴巴搭在前腿上，卧在这里。我们前面的那一块，就是马鼻子。再上面的那一块，就是马的额头。再往后面，渐渐高起来的那些地方，就是马的脊梁。还有，下面一直伸过去伸到悬崖边的那一带，就是马的前胸了。"小花在一边说："这些在远处看起来很像。那天，我们几个在对面山上放牛的时候，杏儿还指着叫我看过。我想，老天爷真能干，竟然能造出如此逼真的一匹马来。"六顺爷笑着说："老天爷就是能干，在老天爷跟前，人最不能干。"

六顺爷说着，在旁边一块大石板上坐了下来，他掏出烟锅子一面抽烟，一面给他俩讲马背山的故事。他说，很早的时候，在一个遥远的村子里，有一个帅气的小伙子和一个漂亮的姑娘。他们两个人相互都很喜欢，但是父母亲不同意。这天晚上，趁着夜幕下来，小伙子骑上他心爱的马，带着那姑娘私奔了。他们跑呀跑呀，跑了几天几夜，来到了这个地方。从此，那小伙子和姑娘在这儿种地放羊，生儿育女，过着快乐的生活。那匹马老死后，两口子很伤心，便把它埋在这里，像祭祀祖先一样祭祀着它。这匹马后来成仙了，变成了这座马背山。山山和小花听了，口里啧啧赞道："想不到这么平常的一座山，还有这么动听的一段故事！"六顺爷笑着说："嗨，谁知道呢。累朝累代的人，都这么说着呢。"

三十七、小花去姐姐家里

这一天晚上，在回家的路上，小花趁六顺爷不在跟前的时候，告诉山山说："山山，明日我不来放牛了。"山山问她："你不来，那你干什么去？"小花说："昨日我姐姐捎来话，叫我帮她干几天活儿。"山山说："你姐姐家里的活儿多吗?"小花说："多倒不是很多。"山山问："那她家里别的人呢?"小花说："别的也没什么人了。我姐夫常年不在家里，就几个孩子。不过，他们也都小，靠不住。"山山听了后，半天没有言语。

因为一起放了几天牧，山山越来越觉得自己离不开小花。当然小花也有这种感觉，只不过她没有说出来。她也发现，山山很喜欢和自己一起放牧。所以她在临走的时候，特意给山山说一声。而山山听到小花说她要离开几天的话后，心里一下子变得凉凉的。过了半晌，他便装出一副很淡然的样子问："你要去几天？"小花说："就一垧半莜麦，连收割带搬运，我想，有三四天就够了。"山山一听说要三四天，心里很是失望，他不禁说："要三四天！"小花听他说话的口气，也知道他的意思，故意问道："怎么，你是不是还嫌少？"山山看她说笑话，也说："就是，还嫌少。怎么不是三四十天呢?"小花听了，笑道："你真心狠。"

过了一会儿，山山又问："你姐姐家的莜麦，要你收割，也要你搬运?"小花说："就是。我姐姐不能干重活儿，就我姐夫一个人，我不搬运谁搬运。"山山想，收割时候，人少了还可以。但是搬运时，人少了就不行。而且他听说李家磨也是一个山大沟深的地方。那样的地方，要搬运一垧半地的莜麦捆子，一个人去怎么行呢？恰好这几天，自己家里也没有什么重活儿，他是可以帮帮她的。山山想到这儿，便说："这样吧，明儿我把我的羊带给六顺爷，我也去帮你收割、搬运，也许会快一些。再说，搬运的活儿，人少了不好干。"

小花笑着说："还是算了吧。你家里的活儿，都够你干的。"山山说："我家里这几天也没什么重活儿了。黄田已经收完了，没黄的还不能收。再说，你帮我帮了那么多，我帮帮你也是应当的。”小花说：“说是这么说，但麦黄六月的，庄稼人总会有活儿干的。”

山山听了，故意问：“我干活儿慢，你看不上，是不是？”小花一听，就知道他是因自己帮他干了活儿，所以才要这么做。于是，故意开玩笑说：“你说得对。但是，”她说到这儿，向四面看了看，然后低声说，“你去了，我姐姐问我你是谁，叫我怎么回答她？”小花这一说，山山当然理解她是怕别人说闲话。但是，他还是装作什么也不知道地说：“你就说是杨家山的杨山山。”小花说：“你不说你是杨家山的杨山山，还怕我姐姐认不出你，是不是？”山山说：“你不是说你不好回答她嘛，你这么回答不就行了吗？”

山山一面说着，一面拿眼看她。小花被山山看得不好意思了，但是她想，他去还是不大合适，因而说：“这样吧，这一回，你就别去了，我一个人去。下一回活儿真要是多，我干不完了就叫你，怎么样？”山山听了，便点头说：“也行。”

第二天早上，小花早早地出发了。李家磨离杨家山虽说不远，但到底还是有一大截子路。小花到李家磨姐姐家门口时，太阳已经很高了。姐姐家的大门开着，小花正要抬步往里面走，听见外甥女娜娜从麦场那边喊着过来了。娜娜一见小花，便说：“姨姨来了。我妈今早还念叨你，想不到你就来了。”小花笑着说：“你妈嫌我来迟了，是不是？”娜娜说：“没有。我妈说，不知道你赶中午能不能来。”小花说：“我早上走得早。”又问：“没割的多不多了？”娜娜说：“还多着呢。昨日下午开始割，才割了半天。”小花说：“还有谁？”娜娜说：“就我爸爸，还有萍萍娘儿俩。”小花听了，道：“噢。”因为她来之前，就猜到可能有萍萍娘儿俩。萍萍家跟姐姐家是邻居，姐姐跟萍萍一家打交道打得多。前一次姐姐种洋芋的时候，也是萍萍娘儿俩帮忙种的。

小桂听见外面有人说话，也迎出来了。见小花来了，她笑着说：“我以为你过一会儿才来呢。”小花说：“妈说，太迟了路上热得很，叫我早点儿走，因而我来得早。”小桂问：“咱家的现在收得怎么样了？”小花说：“有不多的一点儿洋麦了，别的还没有黄。”小桂说：“我本来不想叫你，结果，那一垧一下子都黄了，我急了才带话叫你。你知道，你姐夫手底下慢，一天也割不了多少，所以我又叫了萍萍娘儿俩。”她一面说着，一面叫小花先到厨房里吃点儿馍馍，还有烧好的汤，喝一碗了再去地里。

小花早上走得急，既没顾上吃，也没顾上喝，因而到厨房里吃了点馍馍，又喝了碗汤，就和娜娜一块儿出发了。她们到地头时，姐夫和萍萍娘儿俩正在忙着割。割倒的莜麦捆子，已经铺了半地了。萍萍一看见她，就笑着说：“说曹操，曹操到。娜娜刚才还说你，你就来了。还是你关心你姐姐。”小花笑着说：“也才来。你们都割了这么多了。”萍萍妈说：“我也说多。才这时候，就已经割了这么多。可是，你姐夫还不高兴呢。”一句话，说得小花姐夫也笑起来。小花说：“本来，今年伏倒的田禾也多，不好割。”小花一面说着，一面在萍萍旁边扎了茬子，拿起镰刀噌噌噌割起来。

人多了，一面说话，一面干活，又热闹干活儿又快。萍萍是个话多的姑娘，小花话也不少，萍萍妈话头儿也不短，就小花姐夫在那儿说得少。几个人边说话边割田，到中午休息的时候，已经割了许多了。下午休息完又继续割，到天黑时候，也割了不少。萍萍娘儿俩只帮了一天，第二天，她们便忙自己家里的活儿去了。这样一来，地里就只剩下小花和她姐夫两个人了。外甥女娜娜打打杂，跑到家里给他们取取馍馍，送送水。因小花姐夫手里太慢，小花一天割的，他差不多要三天才能割下来。所以，剩下的那些，他们又花了整整一天才收割完。

收割得还算快，可是往回来搬运就没有那么快了。李家磨这地方跟杨家山一样，也是山大沟深。小花姐夫原想出些工钱，叫几个人往回来拉。可是那时候，大家都很忙。家家都要收割、搬运，你就是出再多的钱也没人来。那天，小花姐夫在村子里叫了一圈子，一个人也没有叫到。因而，只有自己去拉了。小桂家的地距离家里远，路又多是陡坡和转弯，坑坑洼洼的极不好走。因而他们一天下来，只拉了不多的几车。小花和姐夫这么一车一车地拉一垧半地的莜麦，整整拉了两天才拉到麦场上。

夏天的天气很热，那些将要成熟但又没有成熟的田禾，有时候，一夜之间便会成熟。就在小花去李家磨的第二天，山山家的冬麦黄了。山山心里很着急。不过好在那几天，他家倒是没有放羊的事儿了。因而这天早上，天麻麻亮的时候，山山便和母亲、哥哥、山桃几个，出发去地里收割了。因为这一年，山山家的冬麦长势好，秆子又长，穗子又大，所以收割起来并不容易。因母亲想得到更多的柴火，她要大家用手拔，不要用镰刀割。可是哥哥和妹妹则说，用手拔速度太慢不说，两只手也吃不消。跟竹竿子差不多粗的冬麦秆子，拔一把起来，连秆子带根子，还有毛根子以及上面带着的泥土足足有十几斤重。母亲拔了半天，都说胳膊疼，手腕子酸，更不要说其他人了。所以，第二天，山山他们几个改用镰刀收割。哥哥因腿还没有完全恢复，所以他收割的时候不得不弓着腰，像老太太一样跪在地里割。山山和山桃身体都好，理应割起来很快，但是实际上，拿镰刀割田这活儿并不比架牛犁地，或者拉车挑担轻松。而干这活儿，他们一家子谁人也比不上小花。前一次收割洋麦时，小花给他家帮忙收割了半天。小花手拿着镰刀噌噌噌割起来，一人顶他们三四个。小花当时还说，收割冬麦时给她说一声，她还可以来帮着收割。因而这时候，山山想起小花说的话来。小花走的时候，还问过他家冬麦的情况，当他说了还得好几天时，小花说："那好，恰好那时候我就回来了。"可是他们的冬麦黄了，还不见小花回来。因而这一天，一直到晚上快要回家的时候，山山还向堡子山那边张望。他想看看，小花是不是来了。这时候要是小花在的话，他家的冬麦至多一天时间就可以收割完。但是小花一直不见回来。

经过几天紧张的收割，到这一天傍晚的时候，山山家的冬麦终于全部收割完了。虽然母亲和哥哥的身体比不上山山和山桃，但是到底是劳动惯了，他们都没怎么叫辛苦。山桃虽然小，但是她干起活儿来还是很能干的。就山山最狼狈。当最后一捆子冬麦捆起来的时候，他瘫倒在地上，浑身疲乏得连回家的力气都没有了。杨妈看他躺倒在一边，笑着说："你这是在自己家里干活儿，这要是当麦客给别人割麦子的话，人家连饭都不给，再不要说拿工钱了。"山桃也笑着说："二哥就适合放牛放羊。"

三十八、山山等小花

山山家的冬麦收割完后，山山便又放羊去了。不过，他心里还是想着小花。第二天一早，他吆着羊，沿着河道到三角河口那儿时，便停了下来。他让羊在半山坡吃草，自己躺在一块石板上歇息。连续几天的收割，使他浑身困乏。他一躺下来，就迷迷糊糊想睡觉。迷糊中隐约听到从远处传来当啷当啷的牛铃声。尽管河道里水流声很大，但山山还是能听出来，这是小花家的老黄牛的铃声。这当啷当啷的声音听起来那么熟悉，他不由自主地四处张望。小花会在哪里呢？在余家山，还是在月亮峡？他一时还听不出来。因为三角河口这儿，几面是山，中间是峡谷，河水一路流下来，回声太大了。于是，山山站起来，侧耳去听。一阵微风吹过来，他终于听到那当啷当啷的铃声，是从东面的月亮峡传来了。他听了之后很高兴，便忙赶了羊，一路往那边去了。当他到小河对面的水平地的地埂子上的时候，不仅能清晰地听到那铃声，而且还听见小花咿咿呀呀哼唱山歌的声音。他听她唱道：

樱桃儿好吃树难栽，树根里渗出个水来；心儿里有话口难开，少年那问候着你来。白牡丹白着耀人哩，红牡丹红着破哩；阿哥的旁个哩有人哩，没人时我陪着坐哩。

那歌声在清早的峡谷里，听起来脆脆的，像月亮峡里鸟儿的鸣叫一样好听。他想跑过去，跑到小花跟前。但是，他没有那样做。因为当时有好多只羊还在半山坡，而且在山坡下还有许多田禾地。他要是跑过去，这些羊就会钻进田里的。因而，他只好吆着羊，慢慢往前走。不过他走的时候，也哼唱着山歌。他知道，小花要是听见他唱山歌的话，一定会知道是他来了。他一边走一边唱道：

山里的松柏冬夏青，杨柳的叶叶儿夏青；阿妹你比我的家人亲，走到的路儿上打听。川里的麦子浇三水，旱死了山上的豆儿；跟前的阿妹哈看三回，亏死了远路上的那一个。

唱到这儿，他有意停了下来，然后侧着耳朵去听。他想听听那边的小花有什么动静。一听，果然听见刚才小花那脆脆的歌声也停住了。山山心里很高兴，因为他知道，小花也知道自己来了。那会儿，有几只羊已经到了小花那儿的山脚下了。小花也看见了，站在半山腰一面笑着向他招手，一面喊道："山山，过来——"

山山听见了，一面答应着，一面挥动着手中的鞭子。随着鞭子在羊群后面噼里啪啦一阵响，山山的羊群便哗啦哗啦往那边移。山山把羊赶到峡口时，小花已经从半山腰跑下来了。小花见了山山，笑着说："我知道你要来这里，所以，我就在这儿等你。"山山不解地问："你怎么知道我要来这里呢？"小花说："你猜猜。"山山摇摇头，说："我猜不出来。"小花说："早上，我吆着牛从三角河口往下走时，看见你吆着羊从沙石坡上下来了。我怕你知道，连牛铃都卸下来装在背篼里了。我专意没等你，吆着牛一直往前走。过了三角河口后，我往后面看，看见你在河道里站着没有走。我也喝住牛，停下来站着没有走。过了一会儿，我又看见你吆着羊沿着河道下来了，我便也吆了牛往这儿走。走到这里后，我就站在半山腰唱山歌。"山山说："啊，想不到你这么坏，这么会骗我！"

实际上那时候，山山最关心的，是为啥她去了那么多天才回来，于是，他便急切地问："你怎么去了就不来了？"小花说："你不知道，我姐姐家里的活儿很多。我姐姐不能干活儿，我姐夫又是个什么活儿也不会干的人。"山山说："我说呢。那你是什么时候回来的？"小花说："昨晚上。我来时天已经很黑了。"山山说："是吗，你姐姐家的活儿干完了吗？"小花说："干完了。"山山说："你不是说，又要收割，又要往回来拉吗？"小花说："本来我姐夫事先叫了几个村里人，可是到时候，他们都说忙，顾不上来。活儿基本上就是我和我姐夫干的，所以干完就这么迟了。"山山说："人少了，干活儿就是吃力。"小花说："李家磨那地方跟我们杨家山一样，山大沟深的，干什么都很吃力。"

小花这么说着，忽然想起了一件事儿，因而说："我正要告诉你呢，我给你拿了一个好东西。"山山问："什么好东西？"小花说："拿出来你就知道了。"她说着，把手伸进衣袋里，又对山山说："你猜。"山山还是不明白，他随口说：

"杏子。"他记得她曾说过，她姐姐家有一棵杏树上结的杏子很好吃。他想，也许与此有关。小花说着，便把那个东西从衣袋里掏出来，在山山眼前晃了晃，说："你看，就这。"没等他说话，她还问："这个好不好?"

山山一看，是一个手绢，便随口说："就这个？这有啥好的?"小花说："这个还不好，你看看。"山山接过一看，是一块不大的手绢，方方正正的，粉红的颜色看起来很鲜艳，上面还有一朵大大的牡丹花。山山看了看，还用手在上面轻轻地摸，感觉绵绵的，他便说："嗨，还真不错。"小花说："怎么样，还好吧!"这是小花特意送给山山的。记得上次，她去他家割麦子时，看见他用的擦汗的手娟，破旧得连颜色都看不出来了。山山正看时，小花又说："还有呢，你看，这个你肯定喜欢。"小花说着，又伸手从衣兜里掏出一副扑克牌，新崭崭的，连盒子上那个头戴帽子、手拿枪的人的脸也干干净净的。看那样子，这扑克还不曾用过。小花把这个送给他，是因为在山里打牌时，大家都有，就他没有。山山看了之后说："这个好。"小花问："喜欢不喜欢?"山山说："不错不错。都是你姐姐给的?"小花说："就是。我姐姐给的。她还答应给我做一件新衣服呢。"

山山说："你姐姐对你真好。"小花说："也说不上好，但也不坏。再说，我给她干了不少活儿呢。就这一次，都花了我好几天时间。"山山说："不论几天，干完了就好。"小花笑着说："你是不是怪我没有帮你割麦子?"山山说："没有啊。我知道你去了，活儿一定不少。"小花说："你说的话儿，我当然也记着，其实那几天，我心里很着急，可是真没有办法。昨晚我回来时，发现你们的冬麦已经收完了。"山山听了，说："多谢多谢。你有这个心意，我心里就很高兴了。"小花笑着说："我一根都没有割，你还谢什么。"

山山又问："现在你姐姐家的田禾都收割完了?"小花说："莜麦完了。不过，还有洋芋没有锄。过两天，我和我妈还得去锄。"说到这儿，小花又凑到山山跟前，小声说："我姐姐又生了个孩子，正坐月子。所以，她家里的活儿总是很多。"

三十九、酸枣树

小花的姐姐，山山早听说过，知道她是村子里最好看的女孩子中的一个。他还听人说过，说她找对象的时候挑来挑去挑过好多人家。她看上的，她父亲嫌穷，不同意；她父亲同意的，她又看不上。因而一直耽搁到年龄很大的时候，才糊里糊涂嫁人了。而且，那人比她大成十岁。不过，听说那人在煤矿上当工人。山山便问道："听说你姐夫是当工人的，你姐姐家里一定很有钱吧?"小花说："也没什么钱。有几个孩子呢，又要买吃的，又要买烧的。一家几口人花销也不少。"山山问道："还要买烧的?"小花说："买呀。我姐姐家里地少，打的粮食少，秆子也少。那些秆子都不够她家的那一头驴吃，哪里还敢烧着做饭呢。"山山问道："是不是?"小花说："就是。我姐姐家地少，而且离家都很远，不像我们杨家山人种的地，离家都这么近。她家里的地都在山顶上。"山山道："地少了好。地少了人轻松。"小花说："好是好，但就是打的粮食少。所以，我姐夫挣的钱还得买粮食。"

山山原以为她姐姐嫁了工人，一定是很富有的。现在，才知道并不富裕。他心里道，想不到那么好看的一个女人，竟然过的这样的日子。这时候，他忽然想起村里的一些人在说到人的命运的时候，常常就拿她姐姐说事儿。他们说："人的命运是老天爷注定的，像小桂，挑来挑去，最后就嫁了那么一个人。"山山看着手上的牌，笑着说："你姐姐真有意思，给你这玩意儿，你又不是小孩子。"小花说："本来这是娜娜的东西，我看见了要来的。她还问我你拿手绢可以擦汗，你拿牌做什么？我说玩啊。"小花本想说"实际我就是给你要的"，但是她没有说出来，只是看了看山山，笑了笑。又说："我昨晚上拿来的时候，没有让小树看见。他若看见一定会拿走的。"说到这儿，山山便明白了，原来这副牌是小花专为自己要的。山山说："好啊，我们以后就有新牌打了。"小花想说："你以后跟大家一块儿打牌时，就不会因没有牌而被大家笑话了。"但是她也没有说，只是笑了笑。

山山手拿着牌，想给她还回去，但是他又想，他要是还回去的话，小花一定会不高兴的，因而便说："那我装上了。"小花说："给你的，你就装上。"

因为几天不见了，他们到一块儿后，有好多话要说。小花还说了一些她姐姐家的事情。山山一边听她说话，一边摩弄着手上的扑克牌，他忽然记起了一件事儿，便说："哦，我忘了告诉你，昨天，我在月亮峡里放羊，看见石月亮下面那个阴沟里的酸枣子结果了，我摘了好多，我还给你留了些呢。我怕它坏掉，就放在大门外的添炕窑里。我想等你回来了给你吃。今早我进去看时，发现它已经没了。我想，一定是我妈或者山桃把它当成添炕添进炕里了。"小花笑着说："这么说来，酸枣子还是没有了？酸枣子没有了，还来给我理个空头子人情，是不是?"山山说："哪里。我捡的都是最好的，给你留下了。可是你又不在，叫我怎么办呢?"小花笑着说："开个玩笑，你就这么认真。以后有机会了，还可以去摘。"

山山指着石月亮峡说："就在石月亮的那个石崖下面的阴沟里。你忘了，那里有个高台子，高台子上面就有酸枣树。去年，四娃和二柱两个还摘过，给你也给过。不过，他们摘的那个还不红，绿绿的挂在枝上。就那，你也说好吃。"小花说："知道的，就在悬崖下面的那个台子上。那里很危险的。"山山说："昨天，我一个人在那里放的时候，没事儿做，就上去摘了，我摘了许多呢。"小花说："摘了许多，你就一个人偷着吃光了？"山山说："人家挑最好的给你留下了，又见不上你。不过，那里应当还有。走，我们这会儿就去摘。"小花说："算啦算啦，以后再说。你说风，雨就来了。"山山说："现在就看看去。再过几天说不定叫人摘完了。"

他说着，立马跑过去吆羊赶牛了。小花也只得跟了去。两个人吆着羊，赶着牛，一口气儿赶到石月亮下面。他们把牛羊安顿好后，便往那个阴沟里进发。山山前面走，小花后面跟着。两个人沿着阴沟往上爬，爬到半山腰最陡的地方时，山山便指着那个悬崖说："你看，就在悬崖底下那个大石板下面的台子上。"小花一看那悬崖，笔立一般，说："这里这么危险，还是算了。"山山说："我和四娃、二柱几个一起放羊的时候，来过好多回呢。你从下面看起来危险，实际爬上去了，上面倒是平平的很安全。"山山一面把手中的鞭子往小花手里递，一面说："你就这儿等着，我去，一会儿就下来。"

小花没有接他递过来的鞭子，倒是拉住了他的胳膊，说："这么陡的石崖上，摘什么。算啦算啦。"山山说："没事儿。我都摘了好几回了，也好好的。"山山见她不接，便把手中的鞭子往地下一扔，就要走。小花硬拉着他的胳膊，不让去。山山又向她说了半天“很安全”“没事儿”之后，她才松开了手，但一再叮嘱他要小心。山山刚要走，她又说：“那我们一块儿上去。”山山说：“你上去做什么？七眼窑那儿的那一截子小路，把你都吓晕了，这里你敢去？”说着，撂下她，一路往那儿去了。

山山一到灌木丛跟前，便用两手左一把右一把地拨开横横斜斜长着的灌木枝，深一脚浅一脚地走了进去。小花在后面追他，一追两追，他已经到悬崖下面了。小花只得说：“小心灌木丛上的刺扎了手。脚底下注意着，小心下面有蛇。石板那儿要不要我帮忙？”山山听了，头也没回，应承着说：“没事儿的。你就等着，我一会儿就下来了。”

大石板后面是许多大小不一的石块，层层叠叠摞起来。山山手攀着石头，脚蹬着石头，像猴子一样刺溜刺溜爬上去了。小花在下面等着，从他刚上去的时候就问“有没有？没有了就下来”“好了没有”。此后，过一会儿问一次，已经问了好几次了，山山都说没有。因为酸枣树上的酸枣子熟起来也慢，再说昨天他才摘过的。昨晚一晚上，也没有熟几颗，而且都挂在很高的枝干上，也不好摘。低处够得着的，大多都是没有熟好的，颜色也绿绿的，他不想摘。

小花在下面两眼盯着上面的石板，站在那里眼巴巴等着。她还是过一会儿问他“好了没有”，问了好几遍，他都说“快了”。他说“快了”，但是一直不见下来。这一回，当她又问“好了没有”，他还说“快了”时，她心里有些慌了，心想道：这是怎么一回事儿呢？不会是……她正要拨开灌木枝，钻进灌木丛并爬上石板去看看的时候，山山在上面答应着说：“好了。”小花听了后，把迈出去的脚又收了回来，并忙从灌木丛里退了出来。山山说慢也慢，说快很快，刚才说好了，这会儿已经下了高台子，从灌木丛里出来了，站在小花跟前。

小花说：“你在上面干什么？这么长时间，让人等得都心急了。”山山说：“急什么，我说就下来了，就下来了。这不，就下来了么。”说着，他从衣兜里掏出了满满一把，伸手递给了小花。小花一边用手接，一边还说：“不多了，是不是？”山山说：“少倒不是很少，主要是太高了，而且那些枝干细溜溜、软兮兮的，够也够不着，上也不好上去，所以摘起来费劲儿。”小花说：“再不要摘了，多危险啊！你刚才一直不下来，我手里都捏着一把汗。”她说着，伸手从里面捡了一颗最红的，在袖子上擦了擦，递过去叫山山吃。山山说：“我不吃，昨天吃了几颗，到现在牙齿还酸酸的。”

小花见他不吃，就塞进自己嘴里。酸枣这东西，看起来红红的，很好看，实际味道酸酸的。有人爱吃它，实际吃的就是它的酸。小花一塞到嘴里，就呀呀呀地叫起来，酸得牙齿咯当当直打战，但还是说：“好吃。”山山笑着说：“不好吃？不好吃就算了，别吃了。你不要以为那是你家门前的杏子，有那么好吃。”小花说：“我知道。但是我就爱酸酸的这种味道，越酸越有味儿。”

四十、老张上门

经过一个多月的努力，山山家里这一年的主要庄稼，基本上也都收割完了。按照山山以前的想法和他从厂里走的时候给砖厂老板说的话，庄稼一收割完，他就要去砖厂里面干活儿。这一天，趁着哥哥不在，山山对母亲说："妈，现在主要的田禾都收完了，剩下零零星星的那些，我就不等着收了，你和我哥哥，还有山桃几个慢慢收去。"母亲说："那当然很好。只是我们今年新收割的麦子你还一点儿没有尝呢。再有，新洋芋也马上下来了，你不是爱吃洋芋嘛，煮一锅你吃了再走。你这一去又得几个月，到年底了才能回来。"山山说："新麦子就不尝了，反正现在天天吃的是白面，不像过去我们挨饿时候那么馋。但是新洋芋尝尝也好。过会儿，叫山桃去给咱们挖半筐子来，晚上煮了我们吃。"母亲说："这也好。"

娘儿俩正说时，山桃从大门里进来了。母亲便将山山的话告诉给了山桃，山桃说："其实我也想吃了。今儿我在洋芋地边上给猪拔草的时候，顺便刨了一窝，发现里面的颗粒真还不小。"山桃说完，便找了铁锨和筐子出去挖了去。

那一晚上的晚饭就是一家人喜欢吃的煮洋芋。锅里是满满一锅热腾腾的洋芋，另外山桃还削了几个拔来的新萝卜，用浆水拌了，盛了满满一碟子，还有一小盆子用清油辣子拌过的酸菜。母亲几天前腌的韭菜咸菜也能吃了，山桃抄来了一小碟子。一家人正围着炕桌，下菜吃洋芋，忽然听到院子里有人进来的脚步声。当他们还没有听清是谁的脚步声的时候，便有声音传进来说："哟，吃的是洋芋。"

那时候，山桃已经迎出去了，没听清她口里说了什么，只听那人问山桃："你二哥呢?"随后那人进来了。借着油灯的光，山山看出来是村上的张主任。杨妈赶紧让座，山山和哥哥山兔也忙下了炕，叫张主任到炕上坐。张主任这多少年来，来杨家山村的次数也不算少，但是来山山家里的次数并不多，到他家的炕上坐，那简直是稀罕的事儿，或者说，在山山的记忆里是没有的。不过这一晚上，张主任倒没有谦让，他脱了鞋，一边手扶着炕头沿往炕上爬，一边还说："嗨，还有一位呢。”

张主任话音才落，新来的驻村的干部小孙紧跟着也进屋来了。小孙一看，山山一家子都在地下站着，便说：“你们正在吃饭？好，你们吃吧。”山桃早拿过来了两双筷子，将一双用双手递给了张主任，另一双递给了小孙。张主任接了，而小孙没有接，摆着手说：“你们吃。”张主任虽接过了筷子，但又放到炕桌上，说：“你们快吃，我们已经吃过了。新洋芋，真是一顿好饭。”然后又用手示意杨妈、山山他们，叫坐下来继续吃。

因张主任和小孙不吃，杨妈他们便不再谦让了。杨妈想，他们一定是因为洋芋才不吃，因而回头给山桃低声说：“山桃，你就收拾着给做些饭。”杨妈这一句话虽然声音小，但是张主任还是听见了，他忙在炕上摆手说：“不客气了，我们才吃过。”他一面说着，一面往旁边的小孙脸上看了一眼，然后给山山介绍说：“这是新来的驻村的小孙。”小孙向山山点了点头，说：“我才来，所以村里许多人都不认识。”张主任又扫了一眼小孙，小孙见张主任看自己，他便往山山脸上看了看，然后说：“杨山山，我和张主任今晚上来，有一件事儿想跟你商量商量。”

山山一听他们说有事儿要跟自己商量，马上想起上一回，张主任领了雷部长来他家动员他养鸡的事儿。今晚他们来，是不是又是这事儿？山山一时摸不透是怎么回事，只说：“张主任，你们有什么事儿尽管说吧。”张主任微笑着说：“去年，我和雷部长跟你说的养鸡的事儿就那么黄了。不过后来，我也打听了一下，那事情真还不是我们这山沟里就能办得到的。首先我们这地方山大沟深的，交通不便。外面的东西进不来，村里的东西又出不去。”

听到这儿，山山不无遗憾地说：“是啊。当时，我也是很热心这事儿的，可是条件不成也是没有办法的。”看到杨山山对于致富这事儿仍然是满心的兴趣，小孙接着他的话茬，向张主任说：“我说张主任，你要动员全村人，把咱们这儿的条件好好改善一下。首先，得把路好好修修。你看，别的不说，连养几只鸡这么简单的小项目，我们这儿都拿不下来，再不要说什么大的项目了。今天的会议上，你也听了，书记和乡长都是十分重视这事儿的。现在，全乡都行动起来了。”张主任笑着说：“是啊，这个我也正在考虑。”小孙说：“把路的问题一解决，许多事儿就可以办了。可是今日会后，你也听到了许多村主任的抱怨了，他们村子里不要说拿出什么致富的项目，连个对致富项目感兴趣的人都找不出来。我们放着杨山山这么好的人才不好好利用，真是浪费了。你说是不是？”张主任一面听，一面不住地点头说是。

听小孙把话说到这儿，杨山山便知道了，原来他们俩来又是为了致富的事儿。本来，他对于致富的新科技、新项目是很感兴趣的。但是，经过上一次办养鸡场的经历，他深刻体会到，在这偏远山区搞这种事儿，实在有诸多不便，既花时间又费精力，有时候还要受别人的冷嘲热讽。到头来，什么结果也没有。用母亲的话来说，就是还不如出去打几天工的好。不过话说回来，情况真还是这样。在工地上，好好干几个月的活儿，走的时候还多多少少给一些钱。眼下，哥哥因腿伤待在家里，不能出门打工，家里借的旧账还没有还清，母亲身体也不好，山桃还小。这样大的一个家庭，一年开销也不小，尤其到了后半年，几乎天天都要钱。公粮要钱，购粮要钱，土地税要钱，另外，化肥、农药也都是要拿钱来应付的。这其中，还不包括火柴煤油、苏打灰水以及随便的头疼脑热药的零星开销。家里的开销这么多，就只有弟弟山牛一个人在那儿挣。自己虽说对这些致富的事儿有兴趣，也曾想过在农村好好干一番，可是眼下，各方面的条件还不成熟，也只得暂时出去打工。等过上一年两年，哥哥的身体恢复了，家里情况好些了，自己再折腾这些致富项目，压力就没那么大了。

想到这儿，他便说："用新科技发家致富这事儿，我是不反感的。可是——"在乡政府见过世面的小孙，一听山山说出了"可是"二字，便知道他的态度了，因而摊开双手，抢在山山前头说："杨山山，你刚才说的困难，实际我们也知道的。而且在今天下午的村委会议上，张主任也说过。"

小孙一面说着，一面望了望张主任。张主任看了看小孙，便接过他的话茬对山山说："就是，我们大家也都说到你们家的事儿。现在县上的精神，就是要在农村重点扶持一些致富项目，让大家通过这些项目去致富。等这些人富了以后，让他们带动更多的人致富。但是在他们的起步阶段，肯定是有很多困难的。对他们遇到的困难，各级政府是要帮助解决的。我们村里当然也要对这部分人大力扶持，不论政策上，还是资金上都要扶持。你也知道，我们村是小村，穷村，没有资金可用于扶持，但是在贷款方面，我们是可以帮扶的。今晚，我在这儿向你保证，贷款方面，我是可以大力帮助你的。"

张主任说到这儿，向山山脸上看着，正要说自己是新任的村信用社代办的话，结果小孙已经替他说了，小孙说："就是，张主任还是县信用社在我们柳河村的负责人呢，你要贷多少，张主任都可以帮你搞到手。"

在一边的杨妈，先时听见张主任和小孙说项目致富的事儿时，心里就不大愿意。因为上一回，他和雷部长说的养鸡的那事儿，使山山折腾了好一阵子，花了不少时间和钱，最后什么也没有弄成。她本想当时就拒绝，只是还没有说出口。当她听到要给山山贷款时，心里便急了，心想，自己家里借的账到如今还没有还清，现在，又要山山贷款做这坟墓里捉鬼的事儿，这可是万不可以的。到时候亏了，拿什么去还人家？她忙过来说："张主任，你有别的什么下苦的活儿，叫他干干还可以，但是这贷款的事儿，我们可不敢贷了。你知道，我们山兔娶媳妇的时候，就借了好多钱。后来，他爸住院又花了好多钱。眼下还有好多没还，人家三天两头儿上门来催要。这会儿，你又要他贷款，这可不好。到时候叫我们拿什么还人家？"

张主任和小孙听了，都哈哈哈地笑起来。张主任说："你说的话是对的。可是我们给他贷款，并不是叫他乱花，而是叫他发展致富的，你懂不懂？他发展起来了，不就有钱了吗？"杨妈说："我们这穷山沟里能有什么发展？从我嫁到这儿来，干部们年年讲发展，讲了这多少年，到今天还不是靠几垧薄地过日子吗！"张主任说："讲当然是要讲的。但是讲了之后，还要大家去努力。大家不努力，我们再讲也是白讲。"杨妈说："前一次的养鸡，山山不是也养了一阵子吗。结果什么也没有。一分钱不挣不说，还倒贴了不少。实际上，当时你和雷部长说了之后，我心里就不同意。你们走了以后，我还给山山说不要养不要养，可山山又不听。后来，还是跟我说的一样了。"

张主任笑着说："你是因为你儿子倒贴了几块钱，心疼了，是不是？这方面的问题，我们村上也在考虑。以后搞这些事儿，我们会尽量帮扶他的。"杨妈说："我当然不是说倒贴了几个钱，就不让他干。可是他干的那事儿，在我们这地方，本来就不大合适。你就拿养鸡来说，我们家里养三只五只、七只八只，都没吃的。你要他养那么几百只、上千只，吃什么？再说，农村人家家都养鸡，一年三百六十五天，也不可能天天吃鸡蛋。真要是想吃了，自己家里养的那几只，下的蛋足够了。"

在一边的小孙听了，觉得这老婆子是极不情愿的，因而接口说："对，你老人家说得对。"他一句话，稳住了杨妈的情绪，使她再不像先前那么激烈地反对了。然后又说："办养鸡场在我们这儿显然是不行的。你就是明儿把路修通也不行，因为我们这儿没有电。下蛋鸡是需要补充光照时间的，我们没有电，这一点就没有办法办到。但是有一样，我们倒是可以搞一搞的。”小孙说到这儿，向山山脸上看了看，然后说：“养羊。”

“养羊?”山山问道，脸上不觉也显出一丝疑惑的笑意来。他对于这个项目，还是有些好奇的。

“是养羊。”在一边的小孙肯定地说。我在大学里，学的就是畜牧。将来你养羊，要是遇到技术方面的问题的话，我还可以帮你解决。”

不料，在一边听着的杨妈又开口了。杨妈说：“这还要技术？我们杨家山人个个都是养羊的能手。自我嫁到这山沟里来，见这里家家养羊，我们家里也养了几只。但是，并没有见谁家靠这个发家致富的。”

张主任听了杨妈的话以后，插话道：“你说的那是什么养羊，小打小闹的，一家子养两三只、三四只够多了。照现在的价钱，一只羊卖上几十块、上百块钱，就够价了。可是那是赚不了多少钱的。人家小孙说的是办个养羊场，养个七八十、八九十甚至一两百只羊的那一种。你看看那能不能赚钱。”杨妈听了，啊了一声说：“张主任，你也说得太玄乎了。把整个杨家山人的羊全部赶到一块儿，也没有那么多。”

小孙语气十分肯定地说：“就是，我们要养就要养多，要靠养多去赚钱。养少了，拿什么去赚?”没等山山和他母亲再说话，小孙又说：“今天下午，张主任还把我领到你们的月亮峡、马背山、石头滩那一带看了看。据我看，你们有这么大的草场，太好了！这是发展畜牧业的最好条件。这一点，不要说整个柳河村其他几个社都没有，恐怕整个西营乡也少。你们放着这么好的金饭碗不利用，非要千里迢迢跑那么远，去砖厂里黑汗白汗挣几个辛苦钱，你说对不对，杨山山?”

小孙一面说着，一面向正听得入神的杨山山看。

实际小孙刚说到养羊的时候，山山并没有什么兴趣。他自打会拿鞭子起，暑假寒假里就在杨家山周围的山坡上放羊。这多少年，他最熟悉的农活儿就数放羊了。因而，他觉得养羊并不是什么好的致富项目。因为养羊跟养鸡不一样，要天天跟着羊群在山坡上转圈圈，天阴下雨也不得歇息。而且，他觉得这活儿投入的劳力多，收获得少。但当他听了小孙如此这般分析之后，也觉得他说得有道理。不过，他倒是没有表态，而是转向他母亲，他想看看母亲是什么态度。而杨妈还是跟刚才一样，杨妈说：“你说的这些，我都不反对。可是眼下，我们欠人家的旧账也多，家里开销也不小。养羊这活儿就是多能赚钱，三下两下也还是赚不来多少的，等日后情况好些了再说。”

听杨妈这么一说，张主任和小孙心里都凉凉的。这可如何是好？这一次，他们在李乡长跟前，已经表过态了，说柳河村的任务一定能完成。因为他们知道，山山是一个很有致富想法的年轻人。他们也知道，尽管山山暂时也在外面打工，可是从心底里来说，他宁可自己折腾，也不愿意去外面打工。现在看杨妈那样子，山山的思想工作恐怕也不好做，因为张主任早从大骡子跟前了解到，山山这孩子与别的青年还有一点不一样处，就是父母亲要是坚决不愿意的话，他是不会自作主张的。因而要做好山山的思想工作，他妈的思想工作不能不做好。今晚这个问题不解决，山山明早一早就外出打工去了。那样的话，不仅柳河村今年的扶贫致富任务完不成，也会影响到整个西营乡的工作。李乡长已经说了，全乡连一个具有致富思想、想搞项目的苗儿也找不出来。想到这儿，张主任思忖：无论花什么代价，想什么办法，一定要做通山山妈的工作。山山妈的工作做通了，山山的话就好说。再说，从他的脸上，可以看出来，他对此并不反对。

小孙也在一边很着急，他不住地看看张主任，又看看山山。只听张主任笑着对杨妈说：“你们家这几年接二连三遇到的事儿不少，我们村上的几个领导都知道，只是因为我们几个人都忙，没能及时给予你们帮助。这一点，我代表我们村委班子，向你们一家人表示歉意。今后，上面要是有什么救济扶贫之类的东西，我们会首先考虑你们的。”小孙听了张主任这一说，觉得这也是个好主意，于是他也附和着说：“就是，这几年上面每年总会有一些救济扶贫的物资。”

小孙一面摊开双手，一面向杨妈说：“这一点，你可以放心。我这次回到乡上，再向李乡长好好反映一下你家里的情况。我想，李乡长一定会同意的。李乡长那个人，尤其喜欢帮助那些有理想、爱创业的人。要是乡上能把咱们家列入重点扶贫对象的话，又是米面，又是清油，有时还有救济金。这样一年下来少说也能得到一两千的好处。”说到这儿，他又盯着杨山山说：“你说，你这时候去砖厂，到过年时候回来，能挣多少钱？撑死不过千百来块钱。这还要不头痛，不感冒，天天去上班。你说是不是，杨山山？”

小孙说到了高兴处，他连声音都变了。那张黑黑的脸在煤油灯下放着亮光。杨妈平时也是个有主见的人，可是这一晚上，她被这个乡上来的年轻干部说得心里没谱了，一时不知道如何是好。当然，人对金钱总是有好感的，就是一个大门不出，二门不迈的农村女人也不例外。杨妈向来是反对捡拾便宜的，她认为世间就没有便宜可占。可是那一晚上，她也被迷了心窍了。这就是当她听到小孙说，坐在家里就能白拿一两千的时候，她的态度不由自主地有了改变。不过这一晚上，使杨妈改变主意的，更重要的还是对儿子山山的私心。那私心来自于山山曾经说的一句话，那还是山山刚从砖厂里回来的时候说的。那天，他们正在峡畔上的那块地里收割冬麦，天热得难受，她感觉整个大地都在发烫。她看见山山满脸的汗水往下流，便说："山山，天太热了，歇一会儿吧。"

实际这样的天气，她早都习惯了，当时她这话本是心疼儿子的一句话，没想到山山却说了一句让她好长时间都忘不了的话，他说："妈，这算啥。你不知道，砖窑里比这热多了。"虽然在此前，杨妈也知道烧砖的窑里是很热的。但是，当这话出自她儿子山山的口时，她一下子觉得那地方一定是很热很热的。她听了之后，好半天没有说什么。心里想：自己的孩子学习那么好，就因为家里的变故，使他没能进一步上学深造，端个公家的饭碗。她也想，要是能有个什么活儿，只要是不钻那个火炉一样的砖窑就行。如今，张主任和小孙说的这一个，赚钱不赚钱不说，起码不钻火炉子。

在一边的山山，听小孙说了之后，也想试一试，但是，母亲要是不同意的话，他也不好答应。上一次养鸡的事儿，母亲不同意，自己就糊里糊涂干起来了，结果跟母亲预料的一样。这一次，他再要是贸然答应了，结果还这样的话，就更不好给母亲交代了。因为经过好几次的实践，他发现在许多事儿上，母亲说的总是很切合实际，而自己的书生气还是很浓的。所以，一碰上具体的事儿就常常失败了。这时候，他向母亲脸上看了看。他想，母亲一定不会同意的。可是这一次，他发现母亲正拿眼看自己。那眼神，分明不是反对的意思，相反，仿佛在说："你自己看情况吧。"山山看到母亲这种眼神后，便想开口问："妈，你觉得怎么样?"

就在这时候，在一边坐着的张主任便开口了——实际，他从杨妈和山山母子俩的眼神上，早看出了什么。因而，他没等山山和他母亲说话，便说："小杨，你还看什么？你母亲没有说话，不就说明你母亲对你是很支持的吗？我们就这么定了。我今晚上回去了再跟老罗商量一下。"张主任说着，又回头给小孙说："进岩，你明天回到乡上了，再给李乡长好好谈谈，叫他把杨山山家的这事儿记着。"

四十一、养羊场开办起来了

那一晚上，张主任和小孙走的时候，已经是夜里十一点了。第二天早上，山山起来之后，便把母亲昨天一天替他缝好的衣服和山桃给他烙好的两个锅盔，从那个帆布包里掏了出来。吃了些馍馍，又喝了碗开水后，山山便开始收拾羊圈。山山家的羊圈，跟鸡圈不一样，那可是现成的，就在他家大门外的那个院子里。不过，以前养羊少，那羊圈也小。现在扩大一下就行了。山兔说："再扩大，就这么些地方，还不如另外找个大些的地方。"山山说："这地方是现成的。而且，听张主任和小孙说，乡上订好的羊就这几天会到的。羊一到，就得有地方圈，另外找地方，恐怕来不及了。"山兔听了，也只得罢了。山山说："再说马上到冬天了，就是盖也盖不住了。等日后真正养得好了再说。"

山兔当下提了斧头，拿了锯子，出去到羊圈里，按山山说的去修理去了。他首先把以前那个小窗子换了下来。窗子换好后，兄弟俩又一个和泥搬墼子，一个砌墙，在以前那眼装杂衣（牛羊吃的草料）的大窑前又砌了一堵墙，并且跟现在这个羊圈连起来。山兔因曾经跟着党家嘴子的党师傅学过几年木匠活儿，所以，这些拆换、修盖的活儿，进行得还是很顺利。

这一天，就在山山和哥哥山兔还在忙着给新垒起的墙裹泥巴的时候，张主任和小孙又来了。他们两个这一回是专门来检查山山准备的情况的。因为今天早上，乡上又为此召开了会议，李乡长在会上说，有几个乡上的羊已经到了，如果我们乡的养殖户准备好了的话，也要往来送。会议结束后，李乡长还专门找来柳河村的支书、主任，还有驻村干部，当面询问了情况。这不，他们俩从乡上一回来，还没有顾上回家，就直接来找杨山山了。

看到山山兄弟俩正满头大汗地往墙上裹泥巴，张主任和小孙都很高兴。张主任很亲热地说："小杨，我正要看你搞得怎么样了。看样子，差不多快好了。你知道，李乡长对这事儿是十分关心的。我们整个西营乡，就我们村有。"小孙也在一边附和着说："就是。你没看，那几个村支书和村主任都一脸的愁容。"小孙说到这儿，张主任赶紧转过头来看他，小孙这才住嘴了——因为张主任不想让山山兄弟更多地知道，他们是多么需要山山给村上完成任务的事儿。

幸亏那时候，山山忙着裹泥巴，所以张主任和小孙交换眼色的情景，山山并没有看见，他只是一面往墙上裹泥巴，一面笑着说："现在也快好了。"张主任在外面点头，不住地夸山山干得好。之后，他和小孙在羊圈外面又转了转，就羊圈本身的问题，又提了一些建议和意见，然后领着小孙满心欢喜地走了。

就在张主任和小孙走后的第三天午后，山山得到村里的通知，说乡上送的羊今明两天就要到了，要他们准备接应。为了把羊圈修缮得更大更好，山山和哥哥俩在羊圈里又忙了半天。因为张主任还说了，这一次要送来一二十只羊，所以，山山总是担心这羊圈有些小，还把旁边那一眼土窑里的杂物又腾了出来，然后把这土窑又收拾了一遍。等这些收拾好时，已经快中午了。山山怕羊送来了没人接应，饭也没顾上吃就和哥哥急急忙忙跑到曹河村村口，去等乡上送羊的汽车了。结果这一天到天黑的时候，他们也没有等上。第二天，他们又到那儿去等。

这一次，他们是早上就去的，兄弟俩在河边左等右等，直等到下半天的时候，一辆不大的绿皮卡车穿过曹河村子开来了。汽车过了小河滴滴滴叫了两声后，便在这边的河滩上停下来了。没等山山走到跟前，就听见小孙在车上喊叫杨山山。原来小孙也在车上，他是专门来给司机领路并向山山交接乡上送来的羊的。司机早跳下了车，将车厢从后边打开来，然后对站在路边的山山和山兔说："上去赶去。"

山兔因为腿疼，没有上车，山山便去上车。当山山脚踩着车轮，手攀着车厢，从车子侧面往上爬时，在车子下面的山兔已经看到车厢里面的羊了。他一数，六只。这时候，山山上去了，他也发现车上只有六只羊。于是，山山便问站在一边的小孙道："不是说有一二十只吗？"小孙说："就六只。这车是从北岭乡开来的，我在乡政府门前上的车，上车时，车上就这六只。"山山不解地问："这是怎么回事呢？"小孙说："我也不知道。"山山听小孙的口气是不想再作详细解释了。恰好那司机已经在车上嘟嘟嘟地按喇叭了。小孙向山山挥了挥手，便上车了。

六只羊一下车，那汽车就嘟嘟嘟叫着，往来时的路上走去了。小孙再也没有解释，坐到司机旁边的座位上。山山正要向他询问有关羊的事情时，他已经在车窗里向他摆手说再见了。山山看小孙和车走远了，回过头来对哥哥说："也许，别的羊还在后头呢。”山山和哥哥山兔赶着羊往回走。走了不多几步，连山神庙还没有到时，就有一只绵羊走不动了。山山便把鞭子递给了哥哥山兔，自己双手从绵羊的屁股上扶着它慢慢走。山兔赶着其他几只在前面走。到了石堡山的山脚下时，山兔赶着的那几只羊中，又有一只走不动了。山兔忙跑过去扶它，但那羊后腿往一边一蹬跌倒了。山兔看它跌倒了，知道它就是扶起来也走不动，他想去抱起它走，可是自己的腿还没有完全好，这一挣又会疼起来的。在后面的山山看见了，忙说：“哥，你来扶这一只慢慢走，我抱那一只。”

在家里的山桃，早听说今日乡上要送来新品种的羊，心里很是高兴。她早想看看新品种绵羊是什么样子了。终于等到大哥二哥来了。她一看，几乎叫出声来了，她问道：“哥，这就是新品种的绵羊？”山兔说：“就是。”山桃又问：“新品种绵羊就这样？这瘦不拉叽的，连站都站不住。我们能养活吗？”

兄妹几个正看着，母亲从大门里出来了。杨妈一看，也惊问道：“怎么是这样子呢？这恐怕养不活。”母亲一面说，一面看着这几只毛蓬蓬的像是脱毛狼一样的新品种绵羊，心里很是诧异。一阵诧异之后，她心想，几十只羊，也不可能只只都好，一定是有好的，也有不好的。这六只不好，也许，剩下的就一定是好的，好的还没有送来呢。母亲便问：“别的呢？”山山说：“就这几只。”母亲问：“不是说一二十只吗？怎么就六只？”山山说：“送来的时候，就六只。我还问了小孙了，他说他也不知道。”母亲听后，心里便又嘀咕起来。她正狐疑之际，转眼一看，见有两只已经在一边跌倒了，还有两只在打战。她忙说：“你看，那两只已经躺在那儿了，旁边那两只，我看连站也站不稳，你赶紧给搅些面汤叫喝喝。”山山忙答应着去了。

不多时候，山山端了八分满的一脸盆面汤出来了。当山山将脸盆放到羊圈里时，只有两只羊看见后走过来喝了，两只仍然卧在一边不动。他们一个扶一个抱，弄来的那两只，则趴在一边动也没动。山山走过去，把小的那一只抱来，用手将它的嘴按到脸盆跟前时，它才勉强舔了一口。山桃走过去，将另一只也抱过来，抱到脸盆跟前叫它舔。但是它耷拉着脑袋，像得了重病一样，看起来浑身都没有力气。四只羊舔舐了半天，连八分满的一脸盆面汤都没有舔完。这一脸盆面汤，要是放给山山以前养的那些羊的话，两只羊都可以喝完的。

那一晚上，山山很是担心那两只一口也没有舔舐的羊能不能活下来。它们要是活着还好，它们要是刚一进门就死了，不要说发财致富了，连差事都交不起。

这一只羊可死不起。据小孙说，一只差不多要值三百块，是他家现在养的普通羊的三四倍。也就是说，死一只品种绵羊，等于是死了他以前养的三四只羊。因而半夜里，山山便起来了。他穿好衣服，手提灯笼，又去了一趟羊圈。在羊圈里，他借着油灯的光，一只一只查看了一遍。还好，他看的时候，六只羊都是活着的。他和哥哥一路上抱着、扶着回来的那两只和喝面汤时摇摇晃晃、站都站不稳的那两只，鼻孔里也都有气。他摸了摸它们的身上，温温的。不过，他抱来的那一只出的气还是很微弱。因而，他心里还是有些担心。所以，山山查看完，睡了不多时候，就又起来了。这一次他叫醒了哥哥，因为哥哥在这方面比自己有经验。弟兄俩提着灯笼，又去了一趟羊圈。他们发现，抱来的那只羊还是躺倒在那儿。他们怕它被别的羊踩踏，就把它往墙角那儿挪了挪。山兔说，它产下来时间一定不长，看那样子，至多不过一个月。这么小的小羊羔，再加上路途上的颠簸，它是受不了的。它在路上不知道吃喝过没有，但是从昨天山山接手到晚上，山山两次看它，它都一口没吃没喝。第二天天未亮，山山又提了灯笼进羊圈了。这一次，当他进去时，他发现它硬邦邦地躺在当地下，已经死了。山山从那样子断定，他第二趟查看回去不久，它就没气儿了。

老羊倌六顺爷昨晚上就听说山山把品种羊赶来了。因为早已经听说是新品种，六顺爷很感兴趣。这个放了半辈子羊的老羊倌，对羊总有一种特别的喜好。平时在山坡上，看见谁家有一只毛色好、体型大的羊，他总要看一看。这一次，听说乡上扶贫致富的羊是新品种，因而他想看一看这种羊到底长得怎么样。但因昨晚他忙于铲圈，没顾上过来，今早一早就过来了。六顺爷来到山山新盖起来的羊圈门前时，见山山正拖着那只硬邦邦的羊羔往外走，六顺爷不觉惊问道："山山，你这是干什么？"

山山直起了身子，苦笑了一声，没有说话。六顺爷看了看地上那硬邦邦的尸体，问道："死了？"山山点了点头。六顺爷说："昨晚才来，怎么就死了呢？"山山说："谁知道呢。"山山说着，便将昨天和哥哥一块儿去曹河吆羊，一路往来扶，昨晚上给面汤，半夜里起来看了两遍的情况，给六顺爷一一说了。六顺爷听了以后，满脸都是疑惑的神情。

六顺爷看了一眼那死了的羊，便进了羊圈，将剩下的那几只一只一只细细看了一遍。看完之后，他指着靠边的一只大尾巴说："这一只腿子长长的，跟我们的大不一样，其他四只我觉得跟我们这些土种羊没什么两样。"

四十二、山兔打工

因为办养羊场，山山不能出去打工了。那几只羊到来后的几天里，连山兔也不得闲，一天到晚帮山山。他把剩下来的那点儿没有弄好的墙壁收拾好了，又帮山山把旧羊圈修补了一下。把里面的那个小木槽换成了一个大木槽，还把以前那个木栅栏门又加了几根木条，以防止小羊羔钻出来。紧接着，一家人又忙着种冬耕、挖洋芋、碾场。一直忙到九月下旬的时候，这一年的主要农活儿基本都干完了，只剩下修理梯田和打碾杂颗等活儿了，不过，那都是一些不大要紧的活儿。也许是平时干活的时候比较小心，也许是每天坚持用花椒和头发煮成的水擦洗了的缘故，总之，进入后半年以后，山兔感觉自己身体比以前好多了。他想，山山因为羊场不能出去，自己出去打工挣几个月钱，也是很好的。自己的身体现在好了，待在家里也是闲着。因而，这一天，他对母亲说："妈，我想到外面打工去。"

他原以为自己身体康复了，母亲会让自己出去的。没想到母亲并不愿意。母亲说："你的身体还没有彻底好，挣什么钱？"山兔说："现在都好了。你看，这多少天，我什么都干，也都好好的。"母亲说："就是身体好了，也不行。现在马上到冬天了。天寒地冻、水冻草枯的时候，人家出去打工的，也都到回家的时候了，你到哪儿去？等开春了再说。开春了，天也暖了，你出去也方便。"母亲总怕他冻着了，怕他出去受罪。

山兔说："有的活儿，需要天暖的时候干，但是并不是所有的活儿都需要天暖的时候干。天冷了也有天冷时候的活儿，我找这样的活儿干干也是可以的。"母亲说："下苦人的活儿，不是用铁锨铲，就是用镢头挖，再就是搬砖运瓦扎钢筋，这哪一样活儿是天冷时候能干的？"山兔说："妈，你没出过门，你不知道。有些活儿天冷了也能干。"

这时候，山山进来了。山山听了以后，他想：哥哥一定是因为家里开销大，我养羊没办法出去，才要这么做。于是，便在一边说："哥，你就在家里待着，出什么门。再说，你的腿刚刚才见好转，也得小心着。万一出去挣着了，也是不得了的事儿。"山兔说："腿现在好了，我出去小心着就行了。"山山想：哥哥是因那些款没有还清，才坐不住。于是，他劝哥哥说："要去，为啥不早一点儿去？现在都这时候了，还到哪儿去？"

但是，山兔还是要去。他说："那时候，家里有活儿，走了不行。"山山说："张主任和小孙不是说了吗，说今年把我们家列入重点帮扶对象。听说，那是一笔不少的援助呢，我们凑合着过。你等到开年，天气暖和了，再做打算。"山兔说："开年了有开年的事儿，你就是开年了也出不去。眼看这养羊场刚刚办起来，你得看着，我出去。我那时候出去跟这时候出去一样，反正重活儿还是不能干。这会儿去有这会儿去的好处。你知道，这时候许多工地上的人都走了，有时连一个看门的人都找不上，我想出去试试。要是好，过年我就不回来了。我如果能打上，给他好好干，就是过年时候回来，过完年了去，说不定老板也能行呢。现在蹲在家里，过完年了出去，那时候，大家一窝蜂都捅到那儿，也不好找活儿。"

杨妈听了还是不愿意。儿子的腿刚刚好转，别人都到快回来的时候了，他倒是要出去。而且听他那口气，过年的时候也不回来，这怎么行？不论怎么样，过年时候总是要回来的。不要说人，就是一个草木棍儿都是要拿回家的。她说："你想得好。你一个下苦人，拿铁锨镢头干活的人，哪儿有那么轻松的活儿叫你干？再说，大过年的，你还待在那儿不回来。"山兔说："那也未必。这时候活儿是没有多少，但工地上总是要看门的人的。我想，我是受过伤的人，先谋个看门的活儿干，干一段时间后，万一有别的轻活儿了也好找。虽说看门钱没有多少，但是总比闲待在家里要好。"

四十三、红梅过门

山山自从走出县中学的大门后，找过好几回红梅。但是，一直没有见到她。他也写过好几封信，但是每一封信都是石沉大海，再无回音。这让山山很纳闷。他不知道，这到底是怎么了。难道她真的很忙？忙得顾不上见他，或者忙得顾不上回信？也许，这都是有可能的。他知道，红梅她姐把她抓得紧，因而她没有时间做别的事情。他还听说，红梅去年考试也考得不好，这样的话，她姐把她抓得更紧了，甚至不让她跟别的同学来往。山山因一直这么想，也就理解了红梅。他想，等她考试考完了再找她。或者那时候，她会主动来找自己，就像她以前找自己一样。虽然此前，他也听说过有关红梅的传言，尤其红梅和张武兵的传言，但是他一直没有信。他想，红梅的变化也不至于如此之快。

但是那一天，山桃的一句话，使山山彻底改变了这种想法。那天，山桃去七里川集市。她回来后，见到山山的第一句话就是："二哥，我今日在集市上，见到红梅了。"山山一听，也有些愕然。因为他昨晚上在余家山放羊时，还碰见过她母亲。当他问到红梅时，她母亲说，红梅在县上还没有回来。红梅今儿在集市上，难不成今早从县上回来了？山山想，这里面一定有蹊跷。但他故作淡定地随口道："她见了你后，说了些什么？"山桃说："她见了我，什么也没有说。她不仅什么没有说，而且，还像不认识我似的，把眼转过去了。"山山听了后，再没问什么，不过，他心里想：她一定是不想跟山桃说话了。因为以前她见了山桃，比见了她亲妹妹的还亲热，总要拉着她的手问这个问那个。

那天早上，山山像往常一样赶羊出圈了。当他经过村子前面的那棵柳树时，看见红红和村子里几个女孩子穿戴得十分鲜艳，从对面过来了。山山以为她们几个要去赶集，心里想：今儿七里川逢集吗？她们也看见山山了。红红抢先笑着问："你赶羊了？"山山说："赶了。"她们几个相互看了一下，然后笑嘻嘻从他跟前走过。山山不觉又问她们："你们这么早去哪儿？"

另外几个随便应承了一句“串门子去”，就从山山前面走过去了。而红红却故意说：“你猜?”山山说：“我哪里能猜得着。”红红便蹲下身，装作系鞋带，故意拖延着没有走，等她们几个走远了，她便凑过来，压低了声音给山山说：“你的女朋友红梅要过门，我们几个添箱去。”

山山听了之后，“啊”了一声，问她道：“是不是?”红红说：“我还骗你不成。”山山听了，还是不信。他知道，红红有时候就爱开玩笑。再说，自己一点儿也没有听说红梅要过门的消息。因而还站在那儿，望着红红怔怔地站着。就在这时，前面传来了喊叫红红的声音，红红便答应着说：“来了。”

山山看红红走了，便转过身，赶了羊下了沙石坡。当山山把羊赶到村子对面的山坡上时，隐隐听见汽车的喇叭声。那嘟嘟嘟的声音，从堡子山的山顶上一路传来。刚一听到时，他心里想，一定是小孙又来了。上一次，小孙领李乡长来检查他的羊场时，就是从这儿来的。当时，他们的汽车就停在山顶上。今儿他们又来了？可是，他们没有提前通知啊。昨儿，他还在村口见张主任了，如果上面来人，张主任一定会告诉他的。

事后他才知道，这就是接红梅的汽车。而把这一消息告诉给他的是小花。小花还说：“你知道不，红梅嫁的是张武兵，在县上开汽车。”山山说：“不知道。”不过，他对于张武兵这个人倒不陌生。因而故意问：“哪个张武兵？”小花说：“就张家寺的张武兵。”

听小花这么一说，他当然就更清楚了。说来也巧，张武兵还是他初中的同学。他个子大大的，长着一张黑紫色的脸，一说话就能看见满口的黄牙。大家都说，那是他抽烟的结果。因姓张，又抽烟，大家都叫他张大烟。一下课他就往厕所里跑，跑到那儿去抽烟。有好几次，他被班主任抓住了，老师还当着全班同学的面批评他，但是张武兵还是抽烟。他初中没毕业就当了兵，听说在部队里学了开车，至于以后的情况，他就不知道了。不过这时候，汽车司机还是很吃香的。

小花还说：“听说，他们本来准备到腊月结婚。但不知什么原因，忽然就结了。”

山山听了后，好长时间，心里都不平静。他虽然知道，红梅不跟自己好，跟谁人结婚都是一样的。但是，也许是出于私心，他对于红梅的出嫁心里还是耿耿的。因为曾经的那一段经历，他觉得，不管谁娶了红梅，那都是从自己手里夺走的，而且是在自己的眼皮底下夺走的。因为她嫁的不是别人，而是与自己一同上过学的张武兵；她嫁人的地方，不是别处，而是与自己家只隔了一座山梁的张家寺。那一天，整整一天，山山都是无情无绪的，干什么事儿都没有一点儿精神。

红梅出嫁的场面，山山并没有亲见。但据六顺爷说，那场面非常壮观，也非常排场。六顺爷还说，那是他所见过的嫁女儿的场面里最为排场的。当然，六顺爷说的场面大、排场，山山也知道，就是因为有汽车的原因。杨家山这地方山大沟深人也穷，祖祖辈辈接亲用的都是毛驴，再好一些的，就用马。接亲用拖拉机的，也很少听说。至于用大汽车的，不要说见，连听都没有听过。现在，忽然来了这么一个大家伙，不用说，乡邻们都觉得是很稀罕的。因而都说气派、排场、阵势大。那时候，因为还是不太忙的时候，大多数人都在家里，所以大家都看到了。有的人甚至还跑到山顶上，跑到汽车跟前看。整个杨家山人都去了，还有周围几个村子的人也都跑到山顶上看去了。听说，当新娘子红梅到那儿时，看热闹的人把汽车里三层外三层围住了，围得水泄不通。

那一天的场面，山山没有看上，但是红梅三天回门时的情景，他倒是看见了。时间也是在上午。那会儿，他正在余家山的山坡上放羊，便见红梅和张武兵来了。张武兵还是开着汽车，汽车还是从堡子山的后山开过来的。那辆绿皮大汽车嘟嘟嘟叫着一路跑来，后面腾起的尘土遮住了半个天。嘟嘟嘟震天吼叫着的喇叭声，洪响、刺耳，那长长的声音里还带着一种嘶哑。因为杨家山的山梁上再没有汽车可走的路了，所以汽车开到山顶上，只能停下来。汽车停稳后，又听见嘟嘟嘟的喇叭声。那声音还是那么洪亮、刺耳，带着一种嘶哑。接着，便看见红梅下车了，老远地看见她穿着一件大红的风衣。在微微的山风中，那风衣的衣角冉冉飘动着，显得很洒脱、飘逸。张武兵穿一身西服，上身下身是清一色的蓝色。两个人说说笑笑，从山顶上下来了。红梅和张武兵两口子，对于山山来说都是很熟的熟人了。一个是以前的恋人，同时，也在杨家山那一带的山坡上，一块儿放过羊，放过驴，唱过山歌；一个是以前的同学，曾经坐在同一个教室里，读过几年书。

实际上那天山山压根儿没想到，自己会当面见到红梅和张武兵。当汽车从遥远的堡子山后山一路嘟嘟嘟吼叫着往这边跑的时候，他早都看见了。因为是卡车，不是小汽车，所以他以为是孙老罐的儿子来了，孙老罐的儿子就开着这样的一辆卡车。因而，当汽车停稳时他还站在那儿张望。他哪里想到，这就是张武兵和红梅的汽车呢。当车门打开，从车上下来的人是红梅的时候，他这才意识到，这不是孙老罐儿子的车。接着，又看见张武兵从另一边的车门里下来了。在如此突兀又毫无思想准备的情况下，他和红梅、张武兵迎面碰上了。所以，山山想躲也没时间躲了。他只得笑着向他们打招呼。山山虽说不上是自卑，但是心里到底感觉怪怪的。毕竟，时过境迁，他没有当年在县城的中学里当优秀学生时候的那份自信了。山山的心不知道为什么，怦怦怦地跳起来。不过，他看红梅那样子，似乎比自己要镇定许多。或者可以说，红梅根本就没有不镇定的那种感觉，就像吃饱的人根本不知道饥饿是什么滋味一样。只见红梅转过身，向从车上下来的张武兵问道："车上的东西拿完了没有?"张武兵一面用钥匙锁着车门，一面说："都拿了。"红梅说："你再看看。"

山山看见张武兵向自己点了点头，他便也向他点了个头。为了表示礼貌，山山一面叫了声"老同学"，一面还伸出了手——他想跟他握个手，毕竟是老同学，而且好几年没见了。但就在这时候，张武兵转过了脸，因为红梅正问他"那个红袋子拿着没有"。也许是他听见了红梅的问话，才转过了眼，也许是他有意转过了眼，总之，他没有看见山山伸出来的手。山山想，等他再次回过头来的时候，再跟他握手，但是他没有转过身来，他倒是看着红梅高高的鞋跟，对红梅说："小心，这是下坡路。"只听红梅说："这鬼地方，路都不能走。"山山是不可能再跟张武兵握手了，因为他们俩已经往坡下面走了。

那一刻，山山心里的滋味难以用言语表达出来，因为他有太多的感想。一个人的心要变起来还真是快。想当初，他以全乡第一名的成绩考上县中学的时候，杨家山周围十里八村的人，哪一个不说他杨山山有出息。那时候，红梅对他的态度是什么样？今儿，自己是手拿羊鞭，头戴草帽，身穿一身缀满补丁的放羊汉子，红梅对自己的态度又会是怎么样?

四十四、安 慰

那一向山山的情绪很坏，干什么都没有心情。一是因为母亲的情绪影响了他。杏儿过门之后，母亲口里念叨了好几天。杏儿过门，山山本没什么遗憾，但是母亲那神态，让山山看了之后，心里很不是滋味。二是新到的那两只新品种羊死了。虽然只是两只羊，但那可是新品种，而且，是在他的羊场刚刚办起来的时候死的。山山是个讲究唯物的人，但有时候也很迷信。他认为，他的事业才开始，就碰上了这样的事儿，一定不是什么好兆头。今儿，又碰见红梅和张武兵了，这让他心里更为难受。红梅和张武兵，一个是曾经的恋人，一个是曾经一块儿上过学的同学。他们当年都视自己为最有前途的人，都以仰视的目光来看自己。如今，他们都过得比自己好。自己一个放羊汉，一个欠了银行和私人好多钱，一个老大不小连个媳妇也没有的放羊汉，显然跟他们是不能比的。

现实就是这样的。但是羊还得放。山山还是像以前一样，继续着他的放羊汉的生活。这一天，山山赶着羊，从村子前面的沙石坡上下来时又碰上了红红。她正挑着两桶水，一步一踏，晃晃悠悠往上来走。见山山下来了，她便将水桶放在路边一个平地上，滴溜着眼睛问山山："好几天不见你了，你在哪儿放？"山山说："就在这附近放。"山山还问她："也不见你，地里活儿很忙吗？"红红说："忙啊。地里的活儿还多着呢。你家的活儿有人帮忙干，老早就干完了，我家的可没人帮，得自己干，所以还有许多。"山山知道，她说的是小花帮他干活儿的事儿，因而故意说："你干的时候，又不叫我。要是叫了我的话，我也会帮的。"红红说："别说了。只怕我喊你，你也不会来。"山山故意说："以后你有什么活儿了，就喊我一声，我一定会来的。"红红说："去你的。说得好听。"她说着，又瞟了山山一眼，便挑起水桶走了。红红走了几步，又转过身，低声问山山："山山，今儿怎么你一个人？"山山一听，知道她说的什么意思，因而故意装作不解地说："一直就我一个。"红红见周围没人，向山山说："你一天把小花领上，在山坡上放牛羊，可得小心。”山山说：“你胡说。”

山山虽然这么说，但他心里知道，红红的话不是没有根据。因而他又说：“我和她在山坡上放放牛羊，有什么小心的。”红红说：“去你的。谁不知道你跟她在一块儿，就只放个牛羊。”山山见红红这么说，他想：她要是这么想的话，别人说不定也这么想。杨家山这地方的人就这样。什么事儿，只要他们的眼睛里一瞧见，嘴里就说出来了。山山又问道：“怎么，你听到什么了？”红红说：“没有听到什么，但小花是有婆家的人，你也知道。”山山说：“她有婆家与我有什么关系？我们不过是一块儿放放牛，放放羊。一个村里的人，到一块儿放放牛羊，有什么不对的？”红红说：“一块儿放放牛羊，没什么不对，但你也知道。”说到这儿，红红又向四面看了看，然后说：“谁知道你们在山里干什么了。”山山听了，骂道：“我把你掐嘴的。”红红咯咯咯笑着，挑了水桶，一摇一摆地走了。

山山本来很烦闷，听红红这么一说，心里更加烦闷了。现在，他烦闷的不是红红之类的人所说的有关他和小花的传言，而是他自己，他不知道自己怎么就喜欢上小花了。这一点，小花当然也意识到了。也许是哪一个把这话传到她的耳朵里了，也许是她从山山的眼睛里看出来了。总之，她是意识到了。但是，她并没有因山山是一个放羊汉而躲着山山，相反，她更加可怜山山了。

虽然，自从听到红红的话之后，山山有意躲着小花，但是一个村里的人，总是低头不见抬头见的。那天当山山把羊赶到河道里时，还是碰上了小花。那时候，小花在上河道里放牛。他一看见她，便想起红红说的话来。他心里提醒自己说：“可真得小心杨家山人的眼睛、嘴巴。”不过，他又想，还是红红及早给他提了个醒儿。红红这样一说，他也觉得，她说得有道理。他想着红红的话，因而在那儿低头放羊，装作没有看见小花，没有跟她打招呼。但是，小花早看见他了。正当他想把羊赶了折回去的时候，小花在上河道里说话了。小花说：“想不到，今儿天下起雨来了。”山山听见了，知道她在跟自己说话。因为那时候，整个河道里就没有别人。他不得不答应她，他说：“就是。好几天没下雨了，下点儿也好。”小花说：“就是，地里有些干。”

两个人正说着下雨的事儿，六顺爷也从村口下来了。六顺爷见了他们，便说：“我以为我赶得早，原来你们比我还早。你们是不是等不到天亮就下来了？”六顺爷本是一句开玩笑的话，但这在山山来看，好像是有意说的，因而他的脸有些红了。如今的山山，就如惊弓之鸟。他简直不知道自己该怎么做。不过，小花似乎无所谓，她笑着说："我就是等不到天亮。就这，都走迟了。我还在家里磨蹭的时候，小黑牛已经叫了几遍了。我爸就催我。"六顺爷说："你妈没有催你，你爸倒催你。以后你爸催你了，你就说'你催我，你为啥不去放？'"小花笑着说："我妈倒是没有催。"

六顺爷说："以前下雨的时候，山坡上很热闹。四娃、胜胜、二柱几个，又是唱山歌，又是哼小曲，整个山坡上热闹得像是演大戏一样。现在他们都打工去了，就我们几个人，也热闹不起来了。"小花说："四娃他们几个就是爱玩。"六顺爷说："人家现在看不起我们放羊这营生了，随便去哪儿打一天工，都能挣好几块。我们辛辛苦苦忙一年，也挣不了几个钱。"

说到这儿，六顺爷忽又想到山山的羊场来，六顺爷对山山说："山山放羊可跟我不一样。"山山笑着说："都是放羊的，哪儿还有高低。"六顺爷说："我是随便养几只，你是办养羊场的，那怎么能一样呢？山山，你年前挖的那场地那么大，我看养一百只羊都够了。"山山说："场地倒是不小，只是羊还没有那么多。"六顺爷又问："你不是说年后乡上又要送来一批羊吗？啥时候送？"山山说："年前是那么说的，可是到现在还没有来。"六顺爷问："到底来不来了？"山山咕哝着说："不知道。"实际，他心里早预料到可能性不大。因为从那一次检查之后，这多少天，张主任和小孙都没有来过了。

不过，这在六顺爷看来，都没有什么要紧的。羊少了自己可以买，钱少了自己可以挣，年轻人挣钱的机会多的是，但是终身的大事儿，倒是不能耽搁得太长。他认为，山山现在最要紧的事儿，是他的婚姻大事儿。他觉得，山山这孩子有些可惜。他父亲是一个实实在在的人，到头来就落了个那样的下场。他学习那么好，又遇到了那么多的事儿，因而成了一个放羊汉。成了放羊汉不打紧，杨家山人祖祖辈辈都是放羊汉，他们也都照样过着。但是，如今这社会跟以前不一样了。人们的生活比以前好了，女孩子的要求也高了。像山山这样的家庭，孤儿寡母的，找个媳妇也困难。前天，杨妈见他后，又嘱咐他给山山从哪儿打听着找个媳妇。想到这儿，六顺爷又回过头来看山山。但见他身穿蓝布旧上衣，一个袖口上还掉了一块布，前襟上补了好几块补丁，一双布鞋沾满了泥巴。再看看他的脸上，胡子拉碴的，比自己这个上了年纪的老汉还显老。

不知怎么，六顺爷又想起杏儿来。他想，当时山山家里要是抓紧上门的话，也许，这门亲事早成了。可是，他家里没有一点儿动静。现在杏儿过门了，再后悔也是闲后悔。六顺爷看山山在那儿一句话不说，心里不免替他担忧起来。六顺爷便没话找话地说："噢，咱们只顾说话，我竟然忘了抽烟了。"六顺爷说着，装了一锅烟，叭叭叭地抽起来。六顺爷一面抽着烟，一面抬起头来看天。一个雨点子嗒一下，落到了他的脸上，感觉凉飕飕的，他说："雨下大了吗？"小花和山山听了之后，都把脸仰起来去看。

是的，雨比先前大了。但它是从什么时候开始大起来的，他们谁人也没有注意到。六顺爷身上感觉有点儿凉。他看了看他们俩，他们俩脸上也瑟瑟的。六顺爷说："怎么，你们俩也冷了？"

六顺爷说着，但仍一动不动地蹲在那里抽烟。又一个雨星儿落下来，落到他的烟头上，吱一声不见了。雨中的山坡和峡谷显得很宁静。河里咚咚的流水声，听起来似乎更大更响了。面前的草地上是吃草的牛和羊。天上下雨，山坡似乎变得更绿了，羊群也更白了。

雨点儿继续落着，落在草尖上，一颗一颗挂住了，乍一看，像亮晶晶的珍珠，一颗一颗滴溜溜垂着。雨点子落到草帽上，能听到噼里啪啦的声音。小花指着那边的山洞，说："雨下大了，我们过去避一避吧。"六顺爷也说："我们过去避一避。"山山看他们都说去，自己也说："过去避一避。"

山洞在半山腰。六顺爷手握着鞭子把，一瘸一拐在前面走，小花在后面跟着。山山在最后。外面已经很湿了，但是山洞里面干干的。洞壁上，有些地方磨得光溜溜的，而地下是厚厚的一层溏土。溏土上面有人的脚印子，还有磕过的旱烟渣子。天上下雨的时候，经常有放牧人来这里避雨。一进到洞里，六顺爷就说："还是这儿暖和，我才进来，身上就感觉暖暖的。"小花说："我们应当早一点来。这里又避雨又避风。"山山也说："这里既干燥又暖和。"

山洞里面地方不大，窄窄小小的，至多容纳五六个人；也不高，个子小些的还能直起腰，个子大些的，就得低下头。洞里面也是一头高一头低。洞里靠右边，地方大一些，因山山个子大，六顺爷叫山山到那里去。山山说："我在这儿可以，你到那儿去。"山山不去。山山想：那边地方大一些，坐着也舒服，还是让六顺爷坐在那儿。六顺爷看山山不去，自己便顺势到了那里，就着墙根蹲下了。六顺爷这么一坐，山山和小花只有坐到他的左边了。洞的左边更低，个子大一些的只能弓腰，低头猫腰坐到下面。因山山个子比小花高，小花只得把山山让到中间去，她说："我个子小，坐那边。"山山见她坐那边了，他自己只好坐中间。

说来也巧，他们一进来，风刮起来了，雨也下得更大了。只见密密麻麻的雨点子，哗啦哗啦从半空下下来。河面上溅起无数的浪花，那浪花像无数的鱼一样跃过来跃过去。小花指着那些浪花，问："雨这么大了？"六顺爷抬头看了看，说："这就是天有不测风云。"山山看着这突然而来的大雨，不安地说："我们的牛羊在那儿，不知有什么危险。"六顺爷说："要是在别的地方，说不定是有危险的。但这地方比较安全。你们看，前面这个山坡，中间地势高，两边又低，一般的雨水都沿山根流走了。前面那么宽的河道，还怕走不了多少水？"六顺爷又抬头看了看天，笑着说："下不了太多。你们看，西北风下来了。"小花和山山听了，都说："千万少下些。"

刚才六顺爷抽的一锅烟，因为去山洞，抽到半拉子就熄灭了。这会儿，他又装了一锅吧嗒吧嗒抽起来。他一口一口吐出来的旱烟，雾腾腾弥漫了整个山洞。小花呛得喀喀喀地咳起来，她一边用手扇着烟，一边往那边躲，半个身子都斜过去了，连头都靠到后面的洞壁上，蹭得洞壁上的土渣子，刷拉刷拉地往下掉。六顺爷笑着说："小心山洞。"小花手摸着头，笑着说："想不到这山洞的墙这么脆，刚一碰上就掉土渣子。"六顺爷说："你没看洞壁上全是一粒一粒的小石子吗？所以一碰都下来了。"小花看洞壁上都是粗粗的土渣、碎石子，她便笑着说："这不会塌下来吧。"六顺爷笑着说："怎么会塌下来呢？听说民国十八年的大地震，也没有把它震塌。我小的时候它就这样子，到现在还是这个样子，也没见它塌下来。"

没多久，雨小了。从对面山崖上，还传来嗷嘎嘎的鸟叫声。这时候，在这儿听到这种凄厉的叫声，给人一种阴森恐怖的感觉。山山身上起了鸡皮疙瘩，他向六顺爷脸上看了看，又向小花脸上看了看。六顺爷像刚才一样吧嗒吧嗒抽着烟，一脸若无其事的神态。他又偷偷地向小花脸上瞧去，见她似乎正竖起两只耳朵在听。因而山山问："你们听，这是什么声音？"小花也说："我正要说呢，你听，嗷嘎嘎的声音，听起来这么害怕。"六顺爷说："老鹰，是悬崖上老鹰的叫声。"小花说："它的声音，怎么听起来这么害怕？"六顺爷说："这有什么怕的，老鹰的声音就这样。以前这儿有很多老鹰，一天从早到晚都能听到它们的叫声。不过，这多少年来渐渐少了。现在，它差不多都成了稀罕物了。只有在这山崖上才能听到，在别的地方根本听不到了。"

既使六顺爷这么说，但小花还是有些害怕。她不由得向山山这边靠了靠。小花往过来一靠，山山感觉到了，他便往六顺爷这边挪，因为他想给小花让地方。但是，山洞窄小，他再挪地方就那么一点儿，也没处可挪了。他虽然挪了一点儿，但因地方狭窄，他的左胳膊还是挨着小花的右胳膊了。虽说春天的衣服不算十分单薄，但小花的胳膊挨到他的胳膊上时，他还是觉得身上痒酥酥的，有一种说不出的滋味。不过，他却说："哦，我挤着你了。"小花说："没有。"小花说着，便转过眼往他脸上瞥了瞥。小花说话的口气似乎也很镇定，但是她的脸还是禁不住红了。山山也乘机瞥了她一眼，见她的脸上有点儿红，自己的脸不觉也红了。因为他发现，他看她的时候，她也正拿眼看他。

六顺爷在那边抽着烟，眼看着前面说："我小的时候，经常来这里放羊。下雨的时候，我们便跑到这个山洞来避雨。那时候的雨，比现在多多了，三天两头儿下。不过有一年，天可旱了。自从二月上旬下了一场小雨之后，就再也没有下。直到端午节那天，老天爷才下了一场透雨。那天的雨来得非常突然，以至于我们没一点儿准备。早上，还看不出一丝下雨的迹象。因而我们按前一晚上说好的，早早地赶了羊。因为是五月五，我们都准备好了要挖黄鼠。半山腰那一带，黄鼠很多。我们就在那里用镢头挖，用水灌。正当我们忙得满头大汗的时候，天忽然变了。狂风刮起来了，闪电一个接一个，雷声吼得像要连整个山都震塌了。接着，暴雨下来了。那暴雨像是用桶子往下倒一样，我们就往这个山洞里跑。本来，我能一口气儿冲到山洞里，但是我没有这样做。因为我看见贞娃还在离这儿很远的半山腰。"

小花一听六顺爷又说贞娃了，便用胳膊肘子轻轻地碰了碰山山。山山会意，因为贞娃的故事，他以前也听过。他知道，她是六顺爷的心上人。只听六顺爷继续说道："我心里道，刚才明明还看见她往这儿跑。大家都跑来了，她怎么还在那儿呢？我急得什么似的，赶紧转过身，顶着风，冒着雨，直往她跟前跑。我得把她拉回来啊！那时候风急雨大，往半山腰跑，那是非常困难的。但是，就是天上下刀子，我也得往上跑。有好几次，我被狂风夹着的雨点子打得气也喘不过来。那天的风和雨吹打在脸上，就像刀子割一样疼。我知道贞娃平日上山下坡也是很快的。但是那一天，她似乎也被疾风暴雨打蒙了，一直在山腰里打转转。我跑到跟前，一把拉住她就往下跑。可是，贞娃却一点儿也跑不动。我弯下腰说，'来，把你的手给我。'起初她还羞羞答答的不给。你知道，我的性子是很急的，我伸手过去，一把抓住了她的手，一弓腰就把她背起来了。我刚背起贞娃从半山腰往下跑时，觉得身上还轻轻的。也许是雨太大了，也许是风太猛了，我感觉她越来越重。加上山坡上湿滑，有几次我险些儿都摔倒了。等到了山洞里时，我发现我的两只鞋子不见了，一只脚上还红红的。奇怪，哪儿来的红颜色？我低下头一看，原来我的一个脚趾头破了，还滴着鲜血。另一个脚趾头上面的半个指甲不见了。大家都笑我，说我为了贞娃命都不顾了。”

小花想说“六顺爷，你真厉害”，但是没敢说。山山也一句都没有说，只静静听着。他们两个都想知道，贞娃那一天为什么忽然跑不动了，后来，她又是怎么回家的。但是谁都没敢问。小花偷偷地转过脸，瞥了六顺爷一眼，她看见六顺爷眼睛红红的，坐在那儿一口一口干抽烟，她便故意搭讪着说：“六爷，你的烟灭了。”六顺爷啊了一声，说：“今天这天气，嘿，抽烟也抽不成。点着了就灭了，点着了就灭了。”六顺爷说着，又划了根火柴点着了。山山故意提醒他说：“那时候的黄鼠也比现在多。”六顺爷说：“那当然多，比现在多多了，满山满野跑的都是黄鼠。但是黄鼠这种东西怕水，水一灌进洞里，它们就在里面待不住了，一只一只往外跑。那一天又挖又灌，抓住的黄鼠很多，我们每人手里都有四五只。我的最多，我有六只。因为贞娃很喜欢黄鼠，我是留给她的。但是到了山洞里时，她发现她的几只都死了，她当然很伤心。我说，‘这有什么伤心的，不就是几只黄鼠吗？’我说着，便把自己的全给了她。但是她还是很伤心，她说她看见黄鼠死了之后软塌塌的样子，心里觉得可怜。”小花问道：“她要那么多黄鼠干吗？”六顺爷说：“玩么，她就喜欢麻雀呀、燕子呀、黄鼠呀这类小动物。贞娃是个很好看的姑娘，大大的眼睛，长长的眉毛，是我们杨家山周围十里八村最好看的姑娘。有一次，没有旁人的时候，她还对我说她最爱听我唱山歌。我听了以后，心里很高兴。从此以后，我就更喜欢唱山歌了。我天天给她唱山歌，她也很喜欢我。那天在月亮峡的阴沟里，她还悄悄对我说，她愿意嫁给我。但因为我家里穷，她爸妈不同意。后来，她就嫁人了。她出嫁的那一天，你们不知道，我的心里是多么难受。我吃也不想吃，喝也不想喝，整天闷闷的，连话也不想说。过了好长时间以后，我的心情才慢慢好起来了。什么事儿，想通了就好，想通了就没有事儿了。”

四十五、表　白

小花对于山山最近的遭遇，心里也很同情。就在六顺爷安慰山山的时候，她也在一边劝山山，要他看开些，有什么事儿，不要记在心上，一切会慢慢变好的。也许是六顺爷和小花的劝慰，也许是时间渐渐长了的缘故，总之过了些时间，山山的心情慢慢地变好了。在他的努力下，他的羊场也逐步在发展。那几只病恹恹的新品种羊，在他的精心喂养下，也都长大长肥了。张主任答应给他贷的款，也终于下来了一些。山山拿着这钱又买了十几只大绵羊，还买了几只新品种公羊。羊一多，先前那个羊圈显得有些小，因而山山又买了些椽檩，叫了几个帮工，在先前那个羊圈旁边又新修了两大间。扩建后的羊圈比以前大多了，里面也宽敞多了。为了让羊更快地长膘，山山还从外地购来了一批燕麦、红豆草和苜蓿种子。他从新订的几份科技杂志上得知，羊吃了这些牧草更容易上膘。

自从山山办养羊场以来，他得到了许多小花的帮助。先是杂衣、草料方面的帮助，再是山山忙的时候，帮山山放羊。最重要的是，好几次，小花从经济方面也帮山山。当山山的贷款没有下来、但又最需要周转资金的那时候，小花不仅把自己的全部积蓄拿出来，还跑到她姐姐跟前，从她姐姐那儿给山山借了几百块。这让山山心里很是感激。他一直想找个时间当面感谢小花，但是因他和小花的关系，村里已经有人说三说四了，所以，他也不好直接找上门去。小花在许多方面帮助山山，并不是因为她有什么别的意思，而是她觉得山山是一个很实在、又很有想法的年轻人。尤其是，当她看到山山从学校里出来之后，许多人对他的态度跟以前大不一样了。这让她觉得世道人心太冷淡了。因而，她看了之后很同情，并在各方面给予他帮助。小花虽也看出来，山山对自己是很感谢的。而且也感觉到，他在找机会感谢自己。但是，她心里并没有接受他的感谢的想法，甚至可以说，她是在尽量躲避山山的感谢。她想，一个人有了困难帮一帮，是不值得感谢的，谁还能保证自己永远没有困难。当然还有一个原因，就是小花心里知道，自己是有婆家的人。为避免别人说闲话，她不想与山山有过多的来往。山山既想感谢小花，但又不敢找上门去，他也知道，小花已是有婆家的女孩子，跟她来往尤其要注意。但就心里而言，他是很喜欢小花的。无论自己多么克制，感情这东西有时候就难控制。一不留神，它会像野马一样脱缰了。它一脱缰，保不住会发生什么事儿。那天傍晚，他和小花在河道里相见后，便出现了这种情况。当山山赶着羊往回走时，在河道那儿碰上了小花。他看见她正拿着铲子，满头大汗地在路边的埂子上铲柴胡。那时候天也不早了。山山想：这么晚了，她还在这儿铲柴胡？赵家真有福气，找了一个这么勤快的儿媳妇。他心里这么想着，站在那儿看小花。他本想等小花铲完了再去跟她说话，因为那地方在崖边上，他怕自己忽然一说话，惊吓了小花。可是小花早已经看见他了，还老远地跟他打招呼。小花问："你这么早就收圈了？"山山说："不早了。你还不回？"小花说："回啊。这一点铲完了就回。"山山问："这几天，怎么不见你？"小花说："我帮我妈簸粮食，昨天才簸完。"小花一面答应着，一面忙着铲柴胡。因剩下不多的一点儿了，小花想尽快把它铲完，因而铲得非常用劲儿。山山站在一边，一面说话，一面看她呲唧呲唧地铲。那天，他看到的小花的样子，到现在还深深地映在他的脑海里：圆圆的脸庞，略微有点儿丰满的身材。还有，她手握铲子呲唧呲唧铲柴的样子。她整个身体，随着铲子的晃动也在晃动。小花低头弯腰用劲儿时，那一绺刘海垂下来，垂到铲子把子上，飘飘落落的很好看。他站在那儿看了半天，小花因忙于铲柴胡一直没有抬头，仍然一面干活，一面和他说话。多勤劳、多美丽的姑娘啊！这时，他想起在梦里梦见小花的情景来。每一次他从梦里醒来，恨不得跑到小花跟前，向她倾诉心中的感情。但是，他一直未能这样做。他觉得对一个姑娘，尤其对一个真心帮助自己的姑娘，怀有这种想法，更是不应当的。小花是有婆家的姑娘，他怎么能做这样的事儿呢？现在做这种事儿，那是要出事的。为了一个女子而打起来，打得头破血流的事情，他也不是没听过。当然，那也是不道德的。但是这一次，山山终于忍不住想将自己心中的爱向她表达出来。他先用自己手中的鞭子把，在小花飘下来的头发上触了一下。他这一触，小花立马感觉到了，她停住手中的铲子，转眼看他。

虽然小花是已经许了人家的姑娘了，可是，她对于面前这位既帅气又正直的小伙子，也不是没有感情。因而当山山如此公然"调戏"她的时候，她嘴里说了声："讨厌。"不过，小花说这话的时候，把眼又转过去看一丛柴胡去了。她眼看着柴胡，可是她的心却在山山的身上。她感觉山山仍在盯着她。因而，她禁不住又转眼去看山山。她一看，果然看见山山正用一种很异样的眼光在看她。天哪，他的眼神怎么是这样的！这是她第一次看见他这种赤裸裸的、“不怀好意”的眼神。

而山山呢？本是心怀感激要向小花表达自己的一份情谊，一份来自心底的感谢和对自己倾力支持的敬意。没想到，自己竟然把持不住，在她跟前流露出了那种感情。这是他始料不及的，但是它已经流露出来了，现在就是想收回也收不回来了。而那一刻的小花什么都看出来了，她心里暗暗道：山山，你怎么又这样了！

他明知道自己是有婆家的人，他怎么能这样？我现在就是碰上公子王孙，也不能再有变化了。自己不能再给父母亲添乱了。因为姐姐的事儿，这多少年父母亲没少挨骂，说“就他们养了个女儿”，还说“他们的女儿是天仙”。但是对于山山，她并不想立即刺激他，过分难堪他，而是想慢慢让他打消这个念头。她知道，这多少天来，山山因杏儿、红梅以及羊场的事儿，心里一直闷闷的。她要是一下子叫他失望的话，他一定受不了。

小花这么想着，因而笑着说：“你不帮我铲一铲子，尽胡缠和。”但是他像没有听见她说了什么，而是眼盯住了她看。那时候的山山，连他自己也说不清他是怎么了。他看见她月亮一样透亮、清澈的两只眼睛，心里愈发抑制不住自己了。不过，他还是什么也没有说。小花说：“你不帮我铲一铲子，你想干什么？”但是，山山还是没有说话。他仍眼盯着她看，过了好大一会儿，他才说：“我嫉妒你。”小花笑着问：“你嫉妒我什么？”山山说：“你的什么我都嫉妒。”小花知道，他又要说她勤劳，会干活儿，因而说：“我看这几朵柴胡长得大，不铲掉怪可惜的。”山山似乎并没有听见她说的话，而仍是眼盯着她看。最后，他终于无法控制自己，说出了他心中想了好久好久的那句话，他说：“小花，我爱你。”

因为是傍晚，四处又没有人。他想，他说出来了，她要是不高兴、给他给脸色的话，他便赶紧赶上羊，上山回家。以后见了她，躲起来就是了。至于她给他的种种帮助和好处，以后有机会了再报答。她要是高兴的话，那当然更好，因为那些话他不说出来，憋在心里实在难受。

他说这话的时候，是鼓足了劲儿，用了极大的勇气的。当他说出来之后，脑子里还嗡嗡隆隆地响。之后，便没了意识。他一时也记不起自己刚才说了什么。至于下一刻会发生什么事儿，他也没有过多的考虑。那一刻，他什么也没有考虑，他只是在机械地实施着一个酝酿已久的宏伟计划。至于小花怎么对待它，他不清楚，他也不准备弄清楚。

那一刻的小花也被这突如其来的、像巨石一样重的一句话，差点儿砸倒在地。刚开始的时候，她脑子里一片空白，大地似乎在那一刻变得白茫茫一片。她一时呆住了。过了好一阵子，才渐渐有了意识，但不知说什么好。然而，山山似乎豁出去了，他只是眼盯着小花看。他要看她脸上的表情和接下来的表现。他看见她的脸上红红的，就像一颗熟透了的、马上要从树上掉下来的苹果一样。半晌，他听见她说话的声音了，他听她说道："你不要开玩笑了。"山山看她说话了，不用说他心里是多么高兴。他自语道：谢天谢地，她总算没有把我扔到南墙上。他诚恳地说："我没有开玩笑，我说的是真心话。"小花又说了一句："你再不要开这种玩笑了。"山山说："我真没有开玩笑。"小花说："我的情况，你也知道。再说，我爸我妈也不会同意。"山山当然知道她的情况。而且他也知道，自己这么做是不对的，是挑拨婚姻，是夺人之爱，是破坏幸福，于法度和情理上都是要不得的。但是所有这一切，在那时都显得一文不值，苍白无力。

那时候，小花虽然口里这样说，但实际上，她心里极不平静。她真不知道说什么好。只是低着头，拿着铲子在草地上乱铲乱挖，她忘了自己是来铲柴胡的。不过，她这一举动，在山山看来，却是同意的表现。因为那时候的不拒绝，就意味着同意。因而山山说："我都想了好长时间了，但就是不敢跟你说。我今儿终于说出来了。我发誓我没有说假话。"小花顿了顿说："如果你没有说假话的话，那你就在说梦话。"山山问："你为什么这样说?"小花说："我觉得，我俩不合适。"山山问："有什么不合适?"小花说："你知道。"山山说："我觉得，你这是看不起我的话。"小花看他说话时一脸的真诚，便说："你是一个很真诚的人，但是我还是觉得我们俩不合适。一是我父亲一定不会同意的，你知道我已经有了婆家了；二是，我现在的这门亲事我也很情愿。不仅我情愿，我爸我妈也很情愿。"

小花本想从这方面拒绝山山，但是她的话一出，山山就笑了。因为山山知道，她被许给赵家是因为她爸看上了赵家的光景好。老赵在西营的商店里当主任，当了大半辈子。而小花并不情愿，这一点，杨家山人没一个不知道的。老赵的儿子小赵长得一般，个头没个头，模样没模样，脸黑得像包公。乍看起来，不像个小伙子，倒像个小老头。小花看山山不相信自己，就又拿她爸说事儿，她说："你也知道，我爸那人，情愿的时候怎么都行，不情愿的时候，怎么都不行。有时候还会胡来的。要是一喝醉酒，就什么事儿也干得出。再者，我们是同一个村里的，同一个村里的这种事儿你也不是没见过，一家有个鸡毛蒜皮的事儿，另一家就知道了。”

山山听了，说：“你说的这些我都知道。我也知道这样做是不对的。我是被人骗过的，因而我也不想骗人。但是我实在太喜欢你了。”小花说：“那可能是因为我们近来来往得多的缘故，从今以后我们之间来往少些，有可能就会好些。”山山说：“我听出来了，你是看不上我，才不答应。你说的这些我觉得都不是原因，关键是你愿意不愿意。你要是愿意的话，什么都不是事儿；你要是看不上我的话，什么都是原因。”

山山说完后，又眼盯着她看，见她仍低着头，半晌都没有说话，只是用手不住地梳理着她那好看的、疏疏落落的头发。那时候，斜阳的余晖只剩下最后一抹，红彤彤的很耀眼，洒在她的头发上，发着灿灿的光。

四十六、锄　草

这以后，小花远远地见了山山就躲起来了，因而一连好几天，山山都没有见小花。山山每天都在河道里等她，但都等不到她来，山山心里很是怅然。小花那可爱的脸蛋，让人心醉的笑容，还有那双闪烁的眼睛，总在他的脑海里浮现。山山因为思念心切，还常常在梦里梦见小花。

那个夜里，他又梦见了小花，醒来后，心里感到惘惘的，因而，那天上午，他把羊赶到梦见小花的余家山山脚下去放。但是当山山去那儿的时候，并没有看见小花。余家山这一带山不大，山山平时放羊的时候，从山脚到山顶不过十几分钟就爬上去了。天气晴好的时候，站在山这边说话，山对面的人也能听得清清楚楚。那天一直到大晌午的时候，还不见一个人来。

山山心里怅怅的，他让羊在山坡上吃草，自已慢慢在山坡上走。他想爬到山畔上看看周围的景致。也许，是因为小花家的田禾地就在附近的原因，他对于这地方总是带有一种感情。让山山想不到的是，当他到达山畔时，意外地发现小花和她母亲正在她家的那块地里干活儿。好几天不见她了，现在忽然看见，他感到很高兴。他想跑到她跟前，跟她好好说说话，向她道个歉，认个错，解释解释。就说，那一晚上是自己一时糊涂，说了那些不该说的话，以求得她的谅解。但他又不好意思去。首先是她妈也在那儿，他这会儿走过去，该向她说什么？另外，还有一个原因就是，老曹老婆和他的几个女儿也正在旁边一块地里干活儿。他老婆和他那几个闲话跟戏匣子一样多的姑娘一看见他，又不知会怎么取笑他。本来没有的事儿，经她们的嘴一说就有事儿了。而且有鼻子有眼，比真的还真。那样的话，这事儿将会闹得更大，因而，他只得对自己说："还是回去吧，以后有机会了再说。"

山山这么想着，便转过身，准备折回去。但是，当他转身往回走的时候，他的脚又不听使唤了。他是多么想她啊！哪怕站在远处看一看她的背影，听一听她的声音，也是一种享受。那花朵一样好看的笑容，那鸟儿般好听的声音，是多么令他神往，令他陶醉啊！他知道，她不想见他，是因为那一晚上他说的那些话惹她不高兴了。可是，自己也是没有办法呀。为这事，他这多少天，心里一直忐忐忑忑的，很不安。他想，自己如果当面向她解释，说说清楚，他的心里也许会好受些，她也许会改变对自己的看法。他知道她的心底是很善良的。

当时山山心里很矛盾，去还是不去？经过一番思想斗争，最后他还是没有去。因为那会儿他的心怦怦怦跳得很厉害。他知道，他的心跳得这么厉害，他的脸上也一定很红。他这副样子去见小花，不要说自己感到很奇怪，小花也感到奇怪。况且她妈也在场，老曹老婆和他的几个女儿也在那儿。不用说，她们从他这副脸上会看出更多的东西来。那时候，不要说自己难堪得不好收场，就是小花也不好收场。因而，山山最后还是悄悄地从山畔上离去了。那一天时间，也就这样白白地过去了。

第二天，山山没有去放羊，只给羊添了草，便去地里帮母亲干活儿去了。因为母亲说，锄草的活儿很忙，他得帮母亲锄一锄。锄到下半天的时候，母亲叫他回去把羊吆出来去放。他又将羊赶到余家山。这一回，他是从山畔上走去的。快到那儿时，他老远看见小花和她妈在地里锄草。尽管山山很想去地里跟小花说话，但是因为她母亲在，他还是没敢去。一连两天，他路过这儿的时候，都看见小花娘儿俩在地里锄草。

那一年雨水很多，地里的杂草也很多。小花家的地里杂草也很多。所以，小花娘儿俩连二赶三地锄。到第三天下午，山山路过小花家的地头时，发现地里只有小花一个人。山山感到很意外，他以为是自己看错了。他不由得站住了脚，又往那儿看。不错，地里就小花一个人。再往那边看时，见老曹家的地里早不见一个人影儿。再看看四面，整个山湾里，就小花家的地里有人。山山心里暗喜道：今儿可是老天爷赐给我的机会，因为他终于可以跟小花说话了。山山这么想着，便从斜插在半坡的一条小路上走上去，走到这块地的另一头。还好，那时小花正忙着锄草，因而，她根本没有在意周围的事儿，以至于山山从地边悄悄穿过去，快到她跟前时，她还没有觉察到。

山山怕惊着了小花，故意咯咯咯地笑出声来。果然，山山这一笑，小花听见了。等她看见山山站在自己身后时，心里不免嘀咕起来：他怎么又来了？但是，这时候，自己就是想躲，也来不及了。因而，心里想：还是对付着吧，何况，他先前那行为语言，并不是有意害自己。于是，她便嗔怪道："我以为是谁，原来是你。你是什么时候来的？站在这儿怪吓人的。"山山说："我没带枪，没带棍，也不抢你，也不打你，你有什么害怕的？"小花说："你没带枪，也没带棍，但你也不是什么好人。在这一天半日不见人的深山大坡上，人家连看也没看，你就鬼鬼祟祟地来了，你还说我不害怕。"山山听小花如此责怪自己，知道她并没有生自己的气，便忙说："好吧，我承认我吓着你了，以后再不这样了，行不行？"小花说："还有以后？就这，我都不想饶你了。"山山笑着说："那怎么办？总不能叫我提前几天向你说'我要来了'吧！"小花说："去你的，谁要你来！"她一手指着旁边的草堆，"还不把那些草帮我抱过来。"山山说："把草抱过来了就可以原谅我了？"小花瞪了他一眼，说："尽多嘴。为什么这会子来了？"山山把刚才帮他妈锄草的事儿告诉了小花。

小花听了后，说："怪不得呢。那你赶紧放羊去，我自己抱。"山山说："我的羊在山坡上好好吃着呢，我帮帮你。"小花说："不用了，你还是放你的羊去。"山山应承着说："可以。"山山口里说着，便帮小花整理起她的草来。他把小花身后的那些杂草一堆一堆地往地边上抱。等山山抱完所有的草时，小花扎的那一茬子田禾还没有锄到头。山山抬头看了看，天色也不早了，便说："天快黑了，你也锄不完了，明日再锄。"小花说："也行。已经锄了这么几天了，才锄了这么一小块儿。今年的田禾真脏。"小花一面说着，一面站起来收拾回家。

这几天小花回家的时候，总要挑两筐子绿草回家喂牛。筐子是柳条子编的那种大筐子，装这么大的两筐子干柴火，挑起来也不见得轻省，何况是刚从土里拔出来的那种嫩嫩的、湿湿的草。这一天，她仍装了两筐子。山山试着提了提，说："再装些。"小花说："够了，再多了，就挑不起了。"山山说："你既然装就多装些。"但小花还是说算了，因为她知道这湿湿的草是很重的。他见小花不装，自己便走过去又抱了两抱，连塞连捣装进去了。小花在旁边说："够了够了。"山山还是不听，又抱了一抱往里塞。小花说："装这么多，能挑回去吗？"山山说："慢慢挑。"小花用手去提，很重。她说："呀，这么重！你试试。"山山一提就提起来了，说道："这有什么重的？"小花看了，说："你就是嘴犟。"

小花拿过了扁担，山山便伸手从她手里接过来，将铁钩子挂到筐子梁上，一挑就挑起来了。山山挑起来后，故意一摇一晃地走。刚走了几步，他就呀呀地叫起来，直喊："真重。"小花笑道："你不是说轻轻的吗？"山山说："你的意思是太重了，我挑不动，是不是?”小花说：“我早说太重了。”山山在前面一步一摇地走，小花在后面看见他两只脚左一拐，右一拐，摇摇摆摆走的样子，直笑起来，说：“扭得比六顺爷扭秧歌还好看。”山山听了，不禁扑哧一声笑了出来。

山山挑着担子，要是不笑、好好儿走路的话，是可以一直往前走的；要是忽然一笑，便使不上劲儿了，因为那担子实在太重了。因而，他不得不放下担子。小花以为他真的挑不动，便走过去说：“我说很重，你不信。”说着，从山山手里接过了扁担，放到自己肩上，试着去挑。她一挑果然感觉很重，她踉跄着走了两步就走不动了。于是放下担子，说：“重。”山山说：“怎么样？你还嫌我没劲儿。”他说着，伸出了手，说：“把担给我。”小花说：“我天天担着呢，想不到今儿装的这一担这么重。”山山说：“你天天装的那么虚虚的两筐子，那能叫一担吗?”他说着又挑了起来，牙一咬，稳稳当当走起来。

山山挑着担在前面走，小花吆着羊在后面紧紧跟着。到三角河口时，山山终于撑不住了，便放下担子歇去了。小花惊奇地说：“想不到，你现在力气这么大了。”她知道他以前干这些活儿并不得力。山山说：“我天天锻炼，力气不大也不行。”山山歇了歇，又挑起来继续走。快到村口时，小花跑过去，叫山山放下担子，并小声对他说：“马上要进村子了，还是我挑上吧。”山山正要说“我再走几步”，小花又对他轻声说：“你也知道，我们村子里的人。”山山会意，没有跟她再争。但是他随即又想：这一挑两筐子绿草并不轻，叫她挑回去够吃力的。因而低声对小花说：“你前面走，我再等一会儿。我等天黑了，再进村。到时候把担子直接放到你家大门口。”小花说：“还是我挑回去吧，就这么一点儿路了。”山山说：“不行。还是我挑。羊你也不用管了，你就回去。”小花看他执意要挑，也就回去了。

第二天下午，山山仍然帮母亲去锄草。锄了不多时候，全锄完了，因而这一天，没到晌午时候他便回来了。山山一回来，就急匆匆赶了羊，去余家山的山坡上放去了。他想，小花家里的田禾那么脏，锄下的草又那么多，昨日攒下的还没有挑完，今日不知又要攒下多少呢。那么多的草，她一个人又要往地头上抱，又要装起来往回来挑，一定是很吃力的。他要是去帮她锄锄、抱抱，完了又帮她挑挑，她一定会轻松许多。山山这么想着，便又来到余家山。到半山坡时，远远地就看见小花正在地里忙着锄草。小花也早看见了他，因而他还没到小花跟前时，小花就问他：“为什么来得这么早?”山山便将自己家里锄草的情况给她说了一遍，小花听了后，说：“你也太认真了，我一个人慢慢锄，也就锄完了。”山山说：“反正我只是放羊，再也没别的活儿。”两个人一面说着话儿，一面干活儿。小花一铲子一铲子地锄，一根草一根草地拔，山山一小堆一小堆地往地头上抱。晚上走的时候，山山又装了满满两筐子杂草，像昨日一样将它挑回到村口，等到天黑时候，再挑到小花家的大门口。

余妈仍然在娘家照看她父亲。她父亲的病还是像以前一样，不重也不轻。请阴阳先生诵经还愿，敬神捉鬼，也请来医生，吃药打针，但都不大见效。余妈好几天都在娘家，也不知家里的情况怎么样。那天，因老父亲的病终于好些了，小花妈就回来了。她到大门外看见门前堆着很大的一堆杂草，便笑着对小花说：“我说你锄锄就行了，想不到你都挑回来了。”小花说：“我每天晚上回来时，顺便捎一担。虽然说是几筐子杂草值不了什么，但是拿回家里了还是有用的。牛可以吃，羊也可以吃。再说，每天都要拔出来那么多的草，堆放在地头上也不放心。山里牛羊那么多，它们要是跑进地里去，不仅吃了草，连田禾都蹋坏了。”她妈说：“你说得也对，但那到底费劲儿。”小花听了以后，又随便应承了几句。但是有关山山帮她抱草、挑担的话，她一个字儿也没有提。

四十七、带　羊

这一年的秋季雨不算多，但也不算少。八月下旬的那一场雨，下得时间最长，雨量也最多，因而，许多人受灾了。其中受灾最严重的，要数六顺爷了，因为雨把六顺爷家的羊圈给下塌了。羊圈一塌，那几十只羊就没地方圈了。六顺爷没办法，只好让它们站在羊圈前面的那个土墙围成的大场地里。整个场地里又是泥巴，又是浊水，脚伸进去连鞋子带腿都陷进泥水里了。每走一步，脚底下咯哇一响。因那时正是秋季大忙时节，六顺爷想翻修一下，都抽不出时间。可是不翻修的话，几十只羊又没有地方圈。眼看快到冬天了，冬天一来，这个破羊圈漏风漏雪的更不行。老伴儿帮他吆了一次羊，一迭声儿嚷难走。老伴儿当下对他说："你把带来的别人家的羊，给人家吆回去。这样下去，过不了冬天，你就得给人家赔羊。这么几十只羊，你拿啥赔?"

六顺爷本来没打算把别人家的羊给人家吆回去，他想等天气好些了，砍几棵自家庄院后面的白杨树，再叫几个人帮忙把塌了的地方修补修补。但是因老伴儿一再吵嚷，六顺爷只得说："好好好，我这就吆回去。"

六顺爷说完后，便一家一家敲门去说了。他先去的就是离他家最近的小花家。恰好，小花妈正在院子里搅猪食。当六顺爷说明来意并解释了原因之后，她很不情愿地答应了，并在当天晚上让小花把羊吆了回来。羊养多养少都要添草、添水，但是养少了，还有一个不好的地方，就是它们不好好吃也不好好喝。余妈把羊吆回来之后，在家里添草添料圈养了几天。她虽然很操心，但是那几只羊倒是毛色不好了，连走路也比不上以前得劲儿了。恰好，那一天小花舅舅来了，她就把羊带给了娘家。

她娘家虽然也有一圈羊，但是也是羊多圈小，而且侄子放羊不操心，所以，小花家原本肥肥壮壮的那几只羊，没过几个月，明显瘦了下来。羊的毛发倒立起来了，脊梁上瘦骨嶙峋的。余妈离娘家虽说不远，但也不近。要翻一座山，还要过一条河。因而到冬天，背草背料也不方便。所以那一天，当余妈看了山山放的羊之后，便对小花说："小花，你看看，山山放的那羊长得多好。不仅毛色亮，连走路也有劲儿。"小花说："山山放羊很操心。"余妈说："我想把咱家的羊也带给他，不知他行不行？"小花心里虽也知道，山山一定行，但是她支吾着说："不知道。"余妈看见女儿并没有说出行与不行，也便没有说什么。恰好那天下午，她在夹道里碰见了山山，她便将自己的想法说给山山，山山听了之后当然很乐意。

在山山的精心喂养下，过了没多长时间，小花家的那几只羊，一只一只又出落得毛色亮光了，走起路来也噔噔噔地响。余妈很满意，每次碰到山山，总会笑盈盈地跟山山打招呼，还不住地夸赞山山。昨天，她在河道里又碰见了山山，她当下站住了脚，又看了看自己家里的那几只羊。她看见昂着头的红嘴子，高傲地走在前头；慢腾腾的大尾巴羊，一只尾巴甩来甩去地吃草；还有那只骟羊，好家伙，没有多少日子，好像又长高了一截子，一副气宇轩昂的样子。余妈站在一边一面看着，一面啧啧称赞。

冬天马上来了。冬天一来，那些养了羊的人家比别人更多了一项活儿，这就是去把自己家里怀羊羔的母羊接回家里，额外添食加料喂养。因为母羊喂养得好了，生产的时候轻松，产下的羊羔也大且健壮。洋芋疙瘩、苞谷面馍馍、莜面糊糊等，都是很好的饲料。余妈尤其重视这一点。这一天，她对小花说："隔壁你六奶的那几只小羊羔长得一只比一只大，我问你六奶，她说，那都是因为额外添加了面食。"小花问："那我们也添加吗？"

余妈给三只下羔的母羊加面食，是从她看见六顺奶给羊添加面食之后的第二天开始的。那天晚上她在喂完猪之后，就去山山家的羊圈里吆了羊。当小花还在院子里手拿着扫帚扫雪时，便听见咩咩咩的羊叫声传进了大门。随后，几只羊进来了。紧紧跟在后面的余妈也进来了。一进门，余妈就叫小花把笸箩里煮好的洋芋端出来。小花端了出来，余妈便拿起了一个，用手掰开后，扔进檐下的那个石槽里。三只羊看见后，纷纷把嘴伸过来抢着吃。她又掰开一个扔出去，三只羊又把嘴伸过来抢着吃。直到大尾巴羊咩咩咩叫着走开了，余妈才叫小花把笸箩端进厨房去，然后又搅了半脸盆莜面糊糊，倒进石槽里叫它们喝。吃了洋芋的绵羊，见了莜面糊糊，也还是跑过来，咕嘟咕嘟抢着喝。没一会儿，那盆面糊糊就叫它们给抢喝完了。绵羊一喝完，就又在院子里咩咩咩叫着乱跑。余妈这才叫小花赶紧把大门打开，自己又赶了羊，吆到了山山家的羊圈里。

四十八、地　栓

冬季的杨家山人是闲不住的。男的积肥攒粪，准备来年的耕种；女的拾柴铲草，忙得也是脚不离地。那两年，杨家山那一带还兴起了一股捡拾地栓（野生地衣）的风气。干干的地栓拿到集市上出售，能卖不少钱。价好的时候，一斤可以卖到两毛多。小花娘儿俩一有闲时间就提了筐子上山了。她们平常是早上吃完饭了出发，一直捡拾到傍晚了才回来。冬天的杨家山上，山风吹得呼呼呼地响。那几天，天变得十分寒冷，许多人因天冷而不去捡拾了，但是小花娘儿俩还是坚持去。

小花是个胆小的姑娘，自从那天山山向她表白了自己的心迹之后，她一直躲着山山。虽然她心里很喜欢山山，但是她知道，这已经是不可能的事儿了。山山心里虽也知道小花是有婆家的姑娘，自己这么做是不合适的，但他还是抑制不住对小花的喜欢，因而一有时间，还是不忘向她表示自己的这份感情。他越是这样，小花便越注意自己的行为，对于山山的戒备也越是严密。山山在小花母亲看娘家她爹的那几天，帮小花锄了几天草，挑了几挑担子。因那是在山里，小花便跟他来往了几天，但她心里还是很防备山山的。母亲把羊带给山山后，她一直没有到山山家里吆过羊，也没有往山山家里赶过羊。而山山呢，越是追不上小花，越是想追她。

这一天，山山在半路上碰见了小花和她妈。山山看见她们手上提着筐子，知道她娘儿俩又要拾地栓去。也许是因为小花母亲在的缘故，山山见了之后，并没有立即迎上去说话。小花见了山山，故意远远地落在母亲后面。倒是余妈跟他说话了。余妈走到山山跟前，问了问自家的那只怀羊羔的绵羊的情况。前几天不知怎么了，她家这只羊毛瑟瑟的，走路也没有精神。山山说："怕是吃了过期的东西了，比如面食什么的。因而给它喂了药。自从吃了那药之后，这一向好些了。"余妈说："我就怕不管用。这时候的羊最怕这一点。"余妈说着，将胳膊上挎着的筐子又往上面推了推。山山看见后，顺便问道："拾了多少了？"余妈说："也没有多少。"山山说："本来山里现在也不多了。"余妈笑着说："就是不多了。"余妈一面说着，一面从山山跟前走了过去。小花也跟在母亲后面，从山山跟前走了过去。但是她并没有跟山山说话，只是向他笑了笑。

第二天，当山山赶着羊到了月亮峡的峡口的时候，老远看见小花正在月亮峡的阴沟里拾地栓。山山以为小花一定跟她妈在一起，因而他在峡口那儿就将羊喝住了，没有再往前走。就在同时，小花也看见山山了。她因昨天没有跟山山说话而心里不安。因为她觉得，事情不成情谊在。所以今儿看见后，她便叫道："山山。"山山听了以后很是惊讶，心里道：她一直躲着我，今儿怎么突然喊叫起我来了？山山这么想着，便答应道："怎么了？"小花说："你等等，我有话跟你说。"

山山说："好啊。"但他心里还是想：你不是一直躲着我吗，怎么这会儿又有话要说。他这么想着，便在那儿站住了。只见小花走到山山跟前，说："今儿你也来这里了。"山山说："我看这地方草多，就来了。"山山因看到余妈不在，便问："怎么你一个人？"小花说："我妈去我姐姐家了，所以我一个人。"山山笑问道："又串门子去了？"小花说："没有。给我姐姐簸麦子去了。"山山问："今天走的？"小花说："今天走的。"山山咦了一声，说："怪不得呢。"他说着，忽然想起来给小花捡拾地栓的事儿，便给小花说："可好，我正有一件事儿要给你说。"

小花笑问他："有什么事儿？"山山便把自己如何偷偷地为她捡拾地栓，又如何偷偷地放到她家的大门外的那个草窑里的事儿一五一十地说了。小花听了，笑着说："你也可笑，你既然捡拾了就自己留着。这东西又不坏，自己家里可以吃，拿到集市上卖钱也可以。现在这个很贵，集市上一斤能卖好几毛钱呢。"山山说："这个我知道，但我看你们娘儿俩天天这么辛苦地捡拾，真费劲儿。我想，我一天在山里放羊，不捡拾地栓也闲着没事儿做。不如帮你捡拾，能凑多少就凑多少。昨天，你妈不是说了，你们才攒够了两条袖子吗？我当时就没敢说我也替你们捡拾的事儿。现在你把这些拿回去，到时候一起卖了，说不定又能凑够一条袖子呢。"小花听了，笑着说："我妈也是开玩笑，你也信了。我们再困难，也不至于那么困难。"山山说："我知道。但是我愿意帮你。我最艰难的时候，你不也照样帮助我吗。你借我的钱，我现在还不上来，等我的羊卖了以后我就还你。再一个，"山山说到这儿，便又想起他认为自己做得最丑的那事儿来，"那天，我做了那样的事儿，真对不起你，想想都是我的不对。”小花说：“这是哪里的话。我也理解你。不过，我的情况你也了解。因为我姐姐的事儿，我爸妈都没脸见人，这多少年都抬不起头。”山山听了之后，点头说：“这个你不用说，我当然知道。”

没等小花开口，山山又接着说：“自从那天晚上之后，你一直躲着我，我也知道你有你的难处。只是——”山山把话说到口边了，又咽了下去。小花知道他要说什么了，便安慰他说：“没关系。事情归事情，情谊归情谊。我还是会像以前一样待你的，你也不用那么生分。”当然，山山想的，没那么简单。他心里放不下的，是小花这个人，而不是别的什么。所以，听了这话后，他想把自己刚才咽下去的话重新说出来，但转念一想，他说了也是白说。无论怎样，小花都是不会答应的。小花这姑娘他最清楚，她认定了的事儿是再也不会改变的。何况，这不是一般的事儿。而小花呢，她心里虽然对面前这个小伙子有那种意思，但这事儿她确实无能为力。

可是小花是个心软的人，听不得这种真心实意地表达。山山这句话说到她的心坎儿上了，她本想说“一块儿放牛放羊，关系处得好的人，还说这些话”，但是话到嗓子眼里，没有说出来。她低着头一言未发，她实在不知道说什么好。而山山在那儿，还在等她的下一句话。只见她低着头，不住地用脚蹭着脚底下的一块小石头。山山看那样子，心想：她也许被他的真心打动了，因而禁不住走到她跟前。他两眼盯着她，见她的脸红扑扑的，像是熟透了的苹果一样。一阵微风吹过来，将她的一绺刘海吹起来，飘飘忽忽的，随即又落下来，遮住了她的半张脸。他伸出手替她把头发撩起来。他见她还是一言未发地站在那儿，垂着两只手，脚蹭着脚下的那块小石子。他伸出手拉起了她的两只手。那是怎么样的两只手？那是经过冬天凛冽的寒风吹过的手，那手已经变得很粗很粗了。记得那时候，他们一块儿打牌、抓屋子的时候，他还留心过她的手：细嫩白皙，很是好看。他说：“你的手怎么变成这样了？”她还是不说话，眼看着地下，脚蹭着那颗小石子。

山山终于忍不住说：“小花，我有一句话想给你说，不知你听不听？”小花还是站着一言不发。他连问了三次后，小花便开口了，她说：“我不听，你不要说。”山山说：“就这一次，我保证我以后在你跟前再不说这样的话了。”小花说：“还有下一次吗？”她心里想：就这一次，我都不想听。山山看她这样子，说：“我就有那么可恶吗？”小花说：“你真可恶！你害得我这多少天来，心里恍恍惚惚的，干什么都没有劲儿，你还要来害我！”山山说：“那好，我以后再不来害你了，行不行？”

深冬的天似乎变得更短。月亮峡里的天，黑得好像比别处更早。不知什么时候起风了，风顺着峡谷吹下来，呼呼有声。这一天晚上，他们回去得很迟。他们到村子前面的沙石坡时，天已经黑得伸手不见五指了。到了村口他们便分开来，两个人一先一后各自回家了。小花进大门时，见厨房里亮着灯，她知道她妈回来了。她妈正在灶台前烧火做饭。见小花来了，她便咕哝着说：“这丫头，都什么时候了，才回来。”小花听了，知道她妈嫌她来得太迟了。她说是今日碰上了一些好的地栓，坚持把它拾完了，所以才来迟了。余妈说：“再好，天黑了你总得回来呀。你看看，都这时候了。”小花应承道：“以后早点儿回来。”小花这么说着，也没敢看她妈就忙去给猪倒食去了。那会儿，她感觉自己的脸上热辣辣的。幸好，她妈忙着往灶膛里添柴火，也没有看她。

四十九、借　衣

入冬以来，已经下了两场雪。过了没多长时间，天又下雪了。这一场雪是从早上就开始下的，但整个上午下了没多少。晌午过后，忽然起风了。西北风从堡子山的山头上，一路呼呼地叫着刮来了，那风整整刮了大半天。入夜时候风停了，天上开始下起了大雪。

因为是下雪天，杨家山人老早就做饭吃饭，吃完饭，便喂牛喂羊喂鸡喂猪。喂完之后，便钻进被窝暖去了。不过，山山和母亲则不得闲。其实在这样的天气里，他们比平时更忙了。一大圈几十只羊要吃要喝的，那可不是小事儿。尤其在羊圈的保暖上，更是大意不得。虽然羊圈的门窗被堵塞得严严实实，但这样的下雪天，山山还是不放心。晚饭后，他又找了些旧衣服、破棉絮、草帘子，把圈门捂了捂，把窗子又堵了堵。

大雪天，羊不能出圈，只得在圈里吃槽草。这大大小小几十只羊本来吃得多，加之雪天气温低，羊的体内消耗大，因而它们吃得更多了。如果备下的杂衣不够的话，就只有铡麦秆之类的长草给它们吃了。但是大雪封山的时候，铡草也不是一件容易的事儿。因为下雪天，草变柔了，也不好铡。但是，再不好铡，也得想办法把它铡掉。而这一年，山山碰到的困难，不是草柔不好铡，而是他备的草料不足。因为才入冬，山山压根儿就没有想到这么早就下雪。一下雪，大雪封山，道路不通，买下的草料拉不进来。

山山意识到这一点，是在大雪下到第三天晚上的时候。这可急坏了山山母子。不要说大雪天羊是不能出圈的，就是雪停了，也得好几天，雪才能消融。也就是说，这好几天羊还是不能出圈。羊不能出圈，意味着要多消耗好多草料。平时把羊吆到山坡上去放，吃个一天半日也不觉得它们吃得多。但把羊一圈到圈里，忽然发现这一只一只看起来也不是很大的家伙，吃得简直跟一头一头大公牛一样多。几十只羊几十张嘴，每一张嘴都是要拿草料来添啊！山山提一筐子杂衣才到圈门，它们就从栅栏缝里看见了。于是它们一窝蜂似的拥过来，一只只咩咩咩叫着，穿过木栅栏把嘴子伸出来。俗话说，人多力量大。羊多了，力量也不小。一群羊都挤到栅栏门前等草吃，挤得山山连门也打不开。他一面一手提着筐子，一面连骂带喊去推门。他好不容易推开了一个缝，挤进了羊圈，但又被羊群给包围了。它们将嘴伸到筐子里的杂衣上，抢的抢，拱的拱。山山一面手拨着羊，一面喊骂着挤进羊群。费了好大劲儿才挤到墙角边的木槽跟前，把杂衣倒进槽里。它们看着筐子里空了，便不缠山山了，只听见圈里咳噌咳噌的吃草声响成一片。

山山出了圈门把筐子放下，才拿起扫帚要扫雪，便听见母亲在大门外喊："山山，你听，它们咩咩咩地又在叫唤。"山山答应着说："添了不少，怎么又没了?"因而又放下扫帚去看。到门上透过栅栏门一看，木槽里面光光的连片叶子都不剩。他说道："这些家伙，这哪里是在吃，简直就是扫嘛。"山山又提了一筐子倒进去。几十张嘴咳噌咳噌，一会工夫，又吃得连片叶子都不剩了。

这才几天时间，入冬时候备下的那些杂衣眼看要完了。而从别处买的又没有及时地拉进来——山山买的时候，正是场上活儿多的时候。他本想等场上的活儿做完了再去拉，谁知今年的天气会变得这么突然。羊才三天没有出圈，而草料已经下去了一大截子。山山心里十分着急，杨妈早也看出来了。因而这一天，当山山从杂衣窑里又提了一筐子杂衣过来时，正在一边给猪添食的杨妈看见了，便问："山山，你添了几趟了?"山山说："已经四趟了，可是它们还没有吃够。"杨妈说："算啦，别添了，过一会儿了再添。你没看见草窑里的杂衣已经吃下去那么一大截子了。离天晴还早着呢，你这么添下去，这一窑杂衣很快就会添完的，添完了，叫它们吃啥去?"山山听了，觉得母亲说得有理，只得把筐子提回来，放回窑里去。

且说把羊带给山山放的余妈，本想在杂衣刚下来的时候，把豌豆衣、扁豆衣等羊过冬的草料背到山山家，以备大雪封山、羊群不能出门的时候吃。可是因为后季上一直忙，杂衣的事儿就没有顾上做。因而当这场雪落下来时，余妈心里很焦急。她给小花说："这可怎么办呢? 那几天你天天嚷着说，把豌豆衣给山山家里背去，我说还早还早，等把场上的活儿干完了再背。谁知这么大的一场雪就来了，雪把窑门都给堵住了。"小花说："就是，天晴的时候没有背去，天下雪的时候，想背也不好背。"余妈说："这一回，天晴了马上背去。"小花心想，背不背也不在乎这几天，等天晴了再背也行，因而说："好的。"

因为是下雪天，小花除了织毛衣之外也没有别的活儿。她把已经织到半拉子的那件拿过来要织，忽然发现签子让她三妈借走后还没有还来。于是，便出去到她三妈跟前去取签子。当小花拐过柳树那儿时，很清晰地听见山墙里面杨妈跟山山说话的声音。只听杨妈说："这可怎么办呢?"山山说："那就只有在村里想办法了。外面的肯定进不来。"杨妈又问："你看还能吃几天?"山山说："我看至多三天。"小花初听，不知道杨妈娘儿俩"两天""三天"地说什么，她又听了几句，终于听出来他们母子说的是杂衣的事儿，小花想：难不成山山家里没有杂衣了？想到这儿，她便站住了脚。她想去山山家里看看，顺便问问这事儿。虽说那天山山说了那话以后，自己总是躲着山山，但是这么一圈羊，草料杂衣的事儿可不是小事儿。但是，她走了几步后又停住了脚。她想，杨妈也在，我去算什么，还不如先把自己家里要给的先给了，顺便看看情况，再根据情况帮他。

小花又折回来，背了背篼跑进自家的杂衣窖里，装了结结实实一背篼豌豆衣往山山家背去。当小花到山山家门口时，山山家那只小黄狗看见了。它远远地，一面向小花摇头摆尾巴，一面汪汪汪地叫。小花唤了声"不叫了"，它便真的不叫了。它认识小花。小黄狗不仅不再叫了，还耷拉着耳朵，摆着尾巴，立起了两只前脚，向她走过来。小花一边说不要咬我，一边往过走。当小花走过狗窝，到了大门跟前时，见大门从外面关着。小花便把背篼放下来，立到门前的石台子旁边，"杨妈""杨妈"地喊叫起来。喊叫了几声，都没人答应。她想，山山家里人一定是借杂衣去了。

小花又来到羊圈跟前，看见羊圈的门是半开着的，草帘子也半垂着。几只羊看见小花过来了，便把头从栅栏门的门缝里伸出来，朝她咩咩咩地叫起来。小花以为有人在里面，用手揭起了门帘，把头伸进去一看，里面白花花的一片，全是羊。一股热乎乎、膻哄哄的味道直往鼻子里钻。那些羊以为又是添草的来了，一迭声儿叫起来。但里面并没有人。她便又来到羊圈旁边那个装草料杂衣的草料棚外面，把头往里一伸，见里面堆了不大的一堆铡好的碎草，也没有人。小花知道，这以前是他们家的牛草棚。自从山山办了养羊场以后，这里就装豌豆衣、扁豆衣、莜麦衣等草料。旁边还有一个不大的土窖，小花从窖门往里看，也没有人。小花来到背篼跟前，她想把那一背篼豌豆衣背进去倒进那个土窖，然后再回去背。但是她又想，她这么一倒，山山家里的人没有看见，不大好。还不如等他们家的人来了，再倒进里面。她想走，但是豌豆衣放在这里也不行，万一风把背篼吹倒了，杂衣会抖落一地的。

正在这时候，杨三婆从山墙那儿的杏树跟前过来了。杨三婆手里拿着一个包袱，才绕过山墙，就看见小花站在大门前面。她笑着说："哟，是小花。小花，你在这里干啥?"因杨三婆知道山山和小花近来的事儿，所以她见了小花显得格外亲热。小花笑着说："没干啥。我还以为是这家子的人。"杨三婆说："我不是这家子的人，但我也要去这家。怎么，他们家里没有人?"小花说："没人。"杨三婆说道："不知到哪儿去了？前一阵子我来的时候，我嫂子和山山都在。"小花说："不知道。我想把豌豆衣倒了，但不知倒在哪里。"杨三婆听了，笑着问："你是来送豌豆衣的?"小花说："就是。我家的豌豆衣一直没有送过来。今儿有空儿，我就送过来了。"杨三婆说："这么大的地方，你随便倒了就行。"她说着，往旁边那个土窑指了指，说："你看，这个窑这么大，你可以随便倒。"小花心里想，人家家里没有人，我就这么随便倒了，行吗？但是她没有说。杨三婆似乎看出了她的心思，便说："你随便倒了，回头他们人来了，我给说说。"

小花听了后，便笑着去背背篼。杨三婆看见是满满一背篼杂衣，说："啊，这么满的一背篼，你怎么背来的?"小花说："看起来满，背起来倒不重。"杨三婆说："豌豆衣这种东西，装太满了就会溜下来。装这么满，虽说不重，但也不好背。"小花说："我也怕它溜出来，走路很小心。"杨三婆一面把手里的包袱往土窑的窗台上搁，一面说："来，我帮你倒。"小花不让她倒，说："我自己来。"小花伸手去取背篼绳时，杨三婆早已伸手抱起了背篼往窑里走。小花只好在外面等着，等她倒完后，接过了背篼，说了声"麻烦了"，便转过身就走。在一旁站着的杨三婆看见她就要走，赶紧说："小花，过去到我家暖暖了再走。"小花说："不去了，我还有活儿呢。"杨三婆又劝她说："这会儿风又起来了，过去暖暖了再背。几背篼豌豆衣很快就能背来的。"但是，小花还是拒绝了，她想尽快把自己家的豌豆衣背过来，以便让山山少借些别人的。杨三婆看她执意要走，也就不再留了，但心里不住地夸赞她。心想，山山要真能把她娶过来，那才叫有福气。

不久，小花又装了满满一背篼背来了。她连续背了四趟都没有看见山山家的人。当她第五趟来时，听见院子里面山山和他妈说话的声音，只听杨妈问："还多不多了?"山山说："不多了。"杨妈说："就这么几背篼?"山山说："剩下的够他们家的猪吃了。"杨妈呀了一声说："是不是?"山山说："我再到其他几家去看看。"杨妈说："你到哪里去看？有的人家即使有，也不一定借给我们。我知道二阎王家里有，但是刚才我去的时候，两口子都说没有。”山山说：“我们还是问问，如果问了人家，人家不借，我们心里就踏实了。”杨妈又问：“你没有去小花家里吗?”山山说：“我没有去。问什么，不问了，一问，人家还以为我们在催她们，不就那几只羊，能吃多少。”杨妈说：“那好，你到东头那几家再看看，我到西头的几家子再问问。有多少，借多少。等天晴路上能走了，我们就去拉。拉来了，一并还他们。”

杨妈母子说的话，站在外面的小花都听见了。她这才知道，原来刚才他们娘儿俩正在村里向全村人伸手借杂衣。这时候，她听见脚步声，赶紧往大墙侧面躲了躲。只见山山母亲从大门里出来了，背上还背着一个背篼。她出来头也没回，就往山墙那儿走。快出豁口时，偶一转眼，看见小花背着满满一背篼豌豆衣，站在她家的大墙根下，她一时愣住了，指着背篼问：“小花，你这是?”小花说：“杨家妈，我背的豌豆衣。”她怕杨妈又说什么，忙补了一句：“给我家的羊吃的。”杨妈想，现在虽然很需要杂衣，但是小花家里以前背来的杂衣已经很多了，再用不着背了，因而说：“你家去年背来的，还多着呢。”小花说：“以前背的，那是以前的。今年的还没有背来呢。”

杨妈、山山母子本没有打算到她家里借杂衣，更没有想着向她家里要杂衣，因而说：“这孩子，你们家那几只羊能吃多少，你就背了这么一背篼?”杨妈一边说着，一边硬要小花把这一背篼背回去，说：“以前背来的还没有吃完，赶紧背回去。”小花说：“这是我妈叫我背来的，你不要的话，我又得背着走这么一截路，冰天雪地的，路上也不好走。”她显然是不想背回去了。

尽管山山的母亲又说了一遍不要的话，可是小花还是没有背走。她在地上站着，眼看着杨妈，笑着说一定要放下。杨妈看她背着那么高一背篼杂衣，笑盈盈地站在那里，心里也不好意思起来。她便走过去，从背篼后面扶住了，一面往下放，一面说：“多了，多了，你这孩子。”

她们俩正说时，山山从大门里出来了。杨妈忙对山山说：“山山，你帮小花倒倒。”她便借口有别的活儿，知趣地走了。杨妈一走，大门外只剩下山山和小花两个人了。山山想：说曹操，曹操到。前一阵子，还说小花家里的杂衣的事儿，她这会儿就背来了。因而山山向小花脸上看了看。小花看见了，也向他脸上看。她正想问杂衣借够了没有，但一转眼，看见杨妈又从山墙那儿过来了，因而搭讪着说：“呀，今儿天气好冷!”山山说：“刚才还好一些，这会儿又冷了。”小花看他脸上冒着热气，知道他正忙着借杂衣，因而说："你要是忙的话，我来倒。"山山说："我帮你倒，门口杂衣堆得高，进都不好进去。"他一面说着，一面向小花走了过去。

刚才，杨妈叫山山去帮小花倒杂衣，自己背了背篼走了。她走了几步，但心里还是不踏实，她怕小花笑话她。说她一看见自己来了，就走了，好像对她不大热情，有意躲着似的。所以，就又背了背篼，转身回来了。山山看见后，问道："妈，前边怎么已经倒满了？"杨妈把头从门里探进去，看了看，心想：自己才背了那么几背篼，不可能这么多。因此诧异地说："就是。"当然，她是不知道小花已经背了几背篼了。她便给山山说："山山，你等等，我用木叉把它往后面挑一挑。"

杨妈取木叉的时候，小花把头探进去，说："你家这杂衣窑真像个杂衣窑，里面装得倒不少。"山山说："几十只羊呢。这算什么。一个冬天的杂衣多着呢。"小花听了，口里"啧"了一声，说："能吃这么多？"山山听了，本想说："差点儿断顿了。"但他没有说，而是说："你以为呢！"这时，杨妈拿了木叉来了。她走进窑去，把窑门前面那些杂衣往后面挑。这么一挑，前面一下子空了许多，后面便堆得很高。山山爬上去，伸手说："妈，你把背篼送过来。"小花说："我来送。"小花说着，去抱背篼。杨妈看她已经抱起了，便从下面扶住，一直扶到小花走到了堆子前面，然后说："我来送。别放，我来抱。"小花觉得这么抱到底吃力，只得说："好的。"杨妈一接，抱在怀里了，但是她感觉很重，杨妈心里想：这么重，她装了多少？

山山接住背篼，倒了杂衣后，从堆子上面跳下来。他站在下面往上一看，整个墙角后面堆了大大的一堆了，他笑着说："这么一堆又能吃几天了。"他妈说："只小花这一背篼杂衣就添了不少呢。"小花说："就这么一背篼，也没有多少。我们家那几只羊，要吃一个冬天呢。"当然她没有说，她已经背来了几背篼。杨妈听了，笑着说："这孩子！"

他们几个人出了窑，杨妈对小花说："小花，你去屋里暖暖了再走，这一会儿天又变冷了。"小花说："不去了，我回去还有活儿呢。"杨妈说："这么冷的天，你回去干什么？"小花说："要紧的活儿倒没有，但其他活儿总是有的。"杨妈说："不要紧的活儿，改天再干也行。"她一面往外走，一面回头对山山说："山山，你把小花叫进去，到家里去暖一会儿。"这一回她真走了。

小花本想走，但因杨妈已经走出了那个豁口，她便没有立即就走，而是询问起山山家杂衣的情况来。山山见她这么问，也只得实话实说："本来买了许多。只因天下雪，路上不好走，拉不来，所以只得家家去借。"小花听了，问："那你怎么不到我家来借呢？我家今年的杂衣很多。"山山笑着说："准备要来的。"小花怪他道："别说这话了。我看你就是借不上，也不会来的。"山山笑了笑，没有说话。小花说："你看，我一猜就猜中了。我家的麦场上还有许多，都在洋麦秆子下面苫着。等会儿，我全给你背来。"山山说："你再不背了，你爸你妈知道了要骂你的。"小花说："我爸不在家，我妈不会骂的，回头我给她再说说。"

五十、过　年

转眼之间又到了过年的时候了。杨家山人过年，最看重的是初一、初二、初三这三天。这三天期间干什么都有讲究，连走亲戚串门子也不例外。亲戚中除了舅舅、丈人家之外，别的一概都不去。余老二这几年既不去舅舅家，又不去丈人家，他喜欢到处串门子，找人谝闲传，闲传谝完了回来吃饭。小树一天也不进家门，跟着他常玩的那帮孩子，打鼓放炮荡秋千。余妈那几天也给自己放了假，吃完饭，碗一搁，就出去串门子聊天了。只有小花还是忙，外甥的那件毛衣还没有织完，她要趁这几天赶一赶。那毛线还是十一月她去姐姐家时拿来的，放到这会儿都两个月了。毛线刚拿来的时候，她因忙于麦场上的活儿，一直没有织。年前，她妈妈也一直催她，说不抓紧织的话，恐怕到过年的时候还没有织成，那样的话，这活儿就成了隔年活儿了。杨家山人最忌讳这种隔年的活儿，说隔年的活儿对自己不好。不过，小花顾不得这些了。因为年前，老曹已经跟她爸说赵家那边过年的时候，就要来商量办事儿了。小花想，要是赵家商量办事儿的话，她更得把手头这些活计抓紧做了。因而过年这几天，她门子也不串，坐在家里一心织毛衣，晚上还织半晚上。

那天晚上，吃完晚饭，余老二还是去串门子，小树去夹道里打鼓。余妈吃完饭，也不知道到谁家去了。家里就小花一个人。她坐在厨房炕上，正一针一针忙着织，忽然听见院子里有人说话的声音。紧接着厨房的门帘被掀起来，有人进来了。是四娃和山山。四娃看见小花一个人在炕上，便问："人呢?"小花说："我不是人吗?"四娃笑着说："我是说，余家爸呢?"小花说："你就说我爸就行了，还问人呢。你光问人的话，我就是人。"山山见小花一个人，就在一边问："就你一个人?"四娃听了，说："去去去，我在问话。"山山笑着说："我又没挡你问话。"四娃说："你挡倒是没有挡，可是，我就是不想让你说。"山山知道，他在取笑自己，忙说："好好，我不说了。"小花听了，红了脸指着四娃说："你听你那一张嘴!”

四娃说：“我咋了？我再问问，你爸到底哪儿去了？”小花说：“我也不知道。他吃完饭就出去了，你到别处看看去。”四娃说：“我到别处去看的话，还到你家里来干什么？杨家山一二十家子人呢。我挨家挨户一家子一家子找的话，啥时候能找着?”小花说：“我不知道。隔壁红红家里你找了没有？那儿没有的话，你再到六顺爷家里找找，说不定就在那儿呢。”山山说：“六顺爷家里没有，我俩刚从那儿来的。”小花说：“那我就不知道了。”四娃说：“一看你那样子，我就知道你不想给我说。”四娃说着，转身对山山说：“山山，我们走。”山山刚要替小花说她也许真的不知道，四娃便在一边说：“你磨磨唧唧的不想走，是不是?你不想走了我就走。”说着，掀起门帘拾步往出走。山山见他一脚已经迈出去了，便朝炕上的小花使了个眼色，随后跟着出去了。

四娃和山山从小花家里出去后，到了红红家大门口。山山因红红娘儿几个多嘴，不想进去，因而说：“我有点儿口渴，先回去喝点儿水，你进去找找。”四娃一把从他的耳朵上揪住他，说：“走，还由了你。我知道你心里有鬼。”他早知道，红红一家子爱开山山的玩笑。山山被他牢牢揪住，也只得随了他。红红家的大门开着，他们俩便进去了。他们两个本想去上房里，但听见厨房里叽叽喳喳的声音很大。于是，转身又去了厨房。老曹老婆和几个姑娘都在，还有村子里串门子的几个姑娘，她们坐了满满的一炕。一见四娃和山山进来了，老曹老婆赶紧让座，叫他们到炕上来坐坐。四娃说：“不坐了，不坐了，我是找我余二爸的。”老曹老婆笑着说：“我以为你们俩给我拜年来了，原来是来找你余二爸的。找你余二爸，不往地方上走，怎么到我们家里找来了?”

四娃和老曹老婆两个人还在那儿说找余老二的话，一旁的几个姑娘倒是齐刷刷拿眼来看山山，看得山山不好意思了。他知道这几个姑娘眼睛里传递的是什么意思，他一时不知道说什么好。不料，口快的老曹老婆在那儿已经说开了，她说：“你问问山山不就知道了吗?”她话音未落，几个姑娘和地下的四娃都哈哈哈地笑起来。老曹老婆看见几个姑娘都笑了，四娃也笑了，便眼盯着山山，故意问她们：“你们笑什么？山山脸上又没有长角。”山山听了，脸更加红了，指着门口对四娃说：“走吧，这儿没有。”四娃说：“急什么，不就是玩儿的吗？你再等等，我看看曹家嫂子这儿有没有好吃的，吃点儿了再走。”老曹老婆听了，伸手指着四娃说：“我把你这个猴崽子，不叫我一声于家妈，还叫曹家嫂子，曹家嫂子是你叫的？”四娃笑着往后面退了退，说：“又不光是我这么叫，你骂我干吗？走，山山，我们找你丈人走。”他这一句话，说得炕上的老曹老婆和几个姑娘又哈哈哈地笑起来。

出了老曹家，他们本想再到别处去找找。但到了夹道里时，已经听见板胡、二胡、三弦声和咿咿呀呀的社火小曲声从六顺爷家里传来了。四娃说：“我们还找什么，你听，人家已经开始了。”山山也说：“是啊。说不定人家早都到了。”说着，两个人拾步去了六顺爷家。他们到了上屋的窗子前面，透过窗子上的那个小格子往里一看，便见屋子里黑压压挤了一屋子人，而坐在炕沿头上拉二胡的正是余老二。

四娃、山山也掀了门帘进去了，挤着站在门槛边儿上看。只见炕头上为首的余老二正摇头晃脑地拉二胡。紧挨着他的是于二头大伯，他两眼盯着屋顶，手拿着磬儿，正全神贯注地打拍子。在炕角落里坐的是二柱，他一手握着板胡，一手拉着弓，也在那儿专心地拉。在炕后面，最中间紧挨着二柱的是六顺爷。他手打着竹板子正咿咿呀呀唱小曲。山山一听，就听出来他唱的是《花亭相会》，只听他唱道：

> 张梅英待他亲兄弟，送在南学把书攻。高文举读书一更天，梅英打茶润喉咽。高文举读书二更天，梅英磨墨膏笔尖。高文举读书三更天，梅英添油拨灯盏。

山山心里道：又唱的是高文举、张梅英的事儿。他知道，六顺爷最爱唱这一曲。满屋子的人都在听，四娃在这边一边听，一边还小声哼着。山山看见四娃哼了几句便出去了，他也便悄悄出来了。实际上，他从进来的那时候就想出来。只是因四娃在跟前，他不便走——他心里一直惦记着小花。刚才听到小曲里面相会的人，他更想小花了。现在四娃走了，别人也都唱的唱，听的听，没人注意他。这当然是个很好的机会。

自从那天在月亮峡拾了一天地栓之后，他们又好长时间没有在一起了，也没有好好说过话了。进入腊月以来，他因为忙，见小花见得更少。白天他在山里放羊，而小花在家里忙，没机会见面；晚上他有空闲，可小花家里人都在，他想跟她见见面，说说话，也不方便。他刚才和四娃到她家里时，恰好就她一个人。这倒是一个好机会。从她家里出来到这时候，他一直想着她，只是那会儿四娃在跟前，他不好去。现在四娃走了，他趁这个时间悄悄溜走，过去看看她，和她说说话，那是再好不过的事儿了。

山山再次来到她家大门外时，大门还是开着的。他怕有人已经进去了，便站在大门口，侧着耳朵细细地听。听了听，里面静悄悄的，他估计还是小花一个人。因为要是有别人的话，一定会有说话的声音的，要是她母亲在的话，那声音就更大了。她粗声大气的说话声在夹道里都能听见的。当然小树这会儿肯定不在，因为他刚从夹道那儿过来时，还听见他和几个孩子正在场边上的秋千下面说话的声音。于是，山山便轻手轻脚进了大门，几步到厨房门口，掀起了门帘，推开门就往里走。他一推，门吱的响了一声。里面的小花以为是小花猫，在炕上喊骂道："喵喵，又要出去了!"小花家的那只小花猫，平时在被窝里"念经"，晚上这时候常常爱出去到外面走走。这两天，因为外面又是打鼓敲锣，又是放炮燃竹，吓得它不敢出去。也许在屋子里闷了一天了，它这会儿也急了想出去走走。外面的山山听见后，也学着她的口气说："喵喵，喵喵。"小花一听，就听出来不是小花猫的声音，便知道有人来了。她正抬头要看看是谁的时候，便见山山已经站在面前了。小花看见后，嗔怪道："是你。还吓了我一跳。"山山笑着说："是不是？我就不相信你那么胆小?"小花说："你这么轻手轻脚的，倒真让人害怕。再说，你刚来过，我压根儿就没想到你身上。"山山说："我就知道你想不到我身上。"

小花停住了手中的活儿，问："你俩刚才找我爸干什么?"山山说："六顺爷要唱小曲，找他拉二胡呢。"小花说："我还以为有别的什么事儿。你们找着了没有?"山山说："没找着。到老曹家里去找，老曹老婆和那几个多嘴的女儿，还碰了我一鼻子的灰。"小花听了，也知道他说的是什么。这样的话儿，她早已经听过不知多少回了。她要说"那些人把什么说不出来"，但话到嗓子眼儿，还是没有说出来。这时候，山山不知是激动还是身上冷了，站在地下直打战。小花因家里就她一个人，想叫山山赶紧出去，但是又不便说。大正月的，人人都串门子，他一进来就叫出去也不礼貌。小花见他瑟瑟发抖，她想掀起被子叫他上炕来暖暖，但是又没有掀起来。她想，她妈已经出去好长时间了，说不定这会儿会回来。如果回来的话也不好看。她见山山正拿眼看她手上的针、毛线和织好的半截衣服，便说："这是我给我外甥织的毛衣，你看，好不好?"

小花说着，便把已经织了半拉的毛衣连针带线递到山山跟前。山山看她已经递过来了，便拿起来去看。他眼睛在看毛衣，实际心思却在别处。所以毛衣是什么颜色，针脚怎么样，他倒没有在意，只是说："好看好看。"小花早看出了这一点，说："你没有看，就说好？"山山说："我这不是在看吗？"小花说："别那么说了。"小花心里想，这会儿要是有人进来的话，自己该是多么尴尬。于是她又问："你这时候来，是不是有别的什么事儿？"显然，她是不想让山山多待的。山山说："也没什么事儿。"他想说"好多天没有见你，过来看看你"，但是他没有这么说，倒是说："那天，你不是说你要给我松香，我这会儿过来看看。"小花说："噢，就为这个？我记着呢。我爸的我也找了，没找着，不知道放到哪儿了。但我姐姐家里有。前一次，我去我姐姐家的时候，还问过我姐姐。我姐姐说，她放到哪儿了，一时也记不起来，等找着了再给。所以那天我没有拿上。过两天了我还要去，去了再问问。"山山说："急倒是不急。我只是提醒提醒你，我以为你忘了呢。"小花说："没有忘。"山山说："那好，我等着。我那二胡没松香了，一点儿都不响，我早都想拉了。"

山山又问："你啥时候去呢？"小花说："初七。因为初七我姐姐给旋旋请干妈，到时候我也去。"山山说："哦，这么快就要去了？"山山知道，她腊月二十二才回来。小花问："快吗？"山山说："真有点儿快。这才隔了几天，就又要去了。"小花说："我姐姐的孩子小，家里活儿多，我姐夫你也知道，到家里了什么活儿都不会干，我得帮她干活儿。"山山说："你真是好妹妹！"小花说："你姐姐，不也把你家照顾得挺好的吗？"山山说："我觉得你姐姐家的活儿，你都干了一大半了。"小花笑着说："干是干了些，也没那么多。"

说到这儿，小花忽然放低了声音，招手说："哎，你过来！"山山问："咋了？"小花说："你过来，我再量量你。上一次我量的，我心里还是不踏实。"山山从去年就央小花给他织一件毛衣，小花一直没有顾上织，而且连当时量下的尺寸也找不着了。她想，自己快过门了，趁这段时间把山山的毛衣给织了，一面完成山山交给自己的任务，一面也了却自己的一桩心愿。

山山听了后，便往炕头跟前凑。小花掐了半截毛线也往他这边靠，她正拿着毛线，要去量山山的背时，便听见院子里有踢踏踢踏的脚步声。"哟，来人了。"他一面说着，一面赶紧往后退。小花低声说："别管，是我妈。"但是她自己倒是站了起来，装作在箱盖上的那一摞衣服里寻找什么东西。这时候，山山不知道做什么好。赶紧出去吧，一定会迎头碰上余妈，那样倒不好；站在当地吧，屋子里就他们两个人，那样也觉得有些僵。倒是小花面向着门口，大声问道："妈，我爸到哪儿去了，你知道不？山山说我六爷叫他拉二胡呢。"余妈隔着门在外面说："我不知道。"

正当山山不知所措的时候，余妈掀了门帘进来了。余妈一看，是山山站在当地。再看看炕上，只有小花一个人。余妈心里顿时觉得不自在，不过她当时倒是没有说什么。过了片刻，才说："噢，是山山。"没等山山说话，小花在一边又说话了，她说："我六爷打发山山来找我爸，叫他过去拉二胡唱小曲，但就是找不见。"山山也插言道："就是，今晚上唱小曲、拉板胡、弹弦索的都在那里。"余妈听了之后，口里"哦哦"地应承着，但终究不知道说什么好。要他上炕暖暖，他们俩在一个屋子里，说不定已经暖过了；叫他到别处找吧，又怕那样的话说出来，山山脸上拉不下来。那等于是她一来就把山山给撵出去了。幸好那时候，又听见四娃在夹道里"山山""山山"地叫喊，山山便乘机答应着说："哦，来了来了。"山山回头向余妈、小花娘儿俩说"我出去看看"，便掀了门帘出去了。

那两天，因为小花不分昼夜地织，所以初五晚上，快到十二点的时候，毛衣总算织好了。初六早上，小花便早早地出发了。临走的时候，余妈还说："小花，你快点儿来。我要去你大姨家。我都大半年没有去了。"小花说："知道了。无论怎么样，赶上九（初九）晚上，张家寺耍社火的时候，我一定要回来。"余妈说："这丫头，就记着看社火！"

小花到李家磨时，太阳已经很高了。她一到大门口就看见两个外甥在大门外玩儿。他们看见小花来了，都跑过来围着她叫小姨。小花问他们：妈妈在不在家？家里还有什么人？你们吃饭了没有？俩孩子一一说了。小桂听见外面有人说话，也便出来了。一出来，见是小花，她说："我今早还给娜娜说你呢，你就来了。"

那几天，小桂也很忙。刚入冬时候，就买了布和棉花，准备给她和几个孩子一人做一件棉衣。孩子的都做好了，但因为一直忙，自己的那一件还没顾上剪。现在总算有时间了。她想这两天趁过年赶着缝缝，赶正月十五雷神庙唱大戏之前缝好，看戏的时候穿了去看戏。小花本想去了待两天就回来。早一点儿的话，在初七下午，迟一点儿的话，在初八下午，至迟也不能超过初九。因为初九晚上张家寺有社火。虽说是正月里，大家都在过年，但是她姐姐的活儿还是多。不仅要喂牛喂鸡，而且还要喂养年前买的一头小猪。小猪虽很小但价钱很大，因而更得操心。万一冻着了，上百块钱就不见了。拿斤数论价钱的话，它比一头大猪都要值钱。现在，姐姐手头又有做棉衣的活儿，因而比平时还忙。那几天，还零零星星的有亲戚来。来一个，得做饭，再来一个，又得做饭。一天时间这么打搅几下子，就干不了什么活儿了。小花一来，她姐姐就有指靠了。日常的做饭、喂猪、喂鸡、喂牛的活儿，她全都包下来了。做衣服的时候，她还帮着缝一缝，剪一剪。

闲暇时候，日子过得慢。忙的时候，眼睛一眨一天就过去了。小花是早上干粮时候到的，一眨眼这一天便过去了。第二天，是给小外甥旋旋请干妈的日子。他干妈如期到了，大鱼大肉招待完，他干妈便走了。这时，小花也说要走，可是小桂不让走，叫帮帮她了再走。小花不得不留下来帮一帮。小桂活儿多，小花一帮又是两天过去了。小花来的这几天，白天忙一整天，有时候，晚上姐妹俩在油灯下又忙半晚上。眼看初八过去了，初九很快就要到了，但是小桂手上的针线活儿还乱糟糟地铺了一炕。那天到了下半天的时候，小花急得团团转。她知道，山山也一定在等自己。因为她走的时候给他说了，只待两天就回来了。回来了就给他带松香。另外，还要给他织毛衣。转眼年过完了，年一过完地里的农活开始了，这毛衣的活儿就又顾不上了。万一赵家和父亲商量好了，自己过门了，那就更不能给山山织毛衣了。小桂说："你急啥？再帮我两天，这衣服就好了。你去了也是闲坐着。"小花心里急的是山山的事儿，她只得说："我要看社火去。你也知道，上九晚上张家寺的社火有多热闹。"

小桂当然知道张家寺上九晚上的热闹。她没有过门的时候，每到过年，最盼望的就是上九晚上去张家寺看社火。张家寺共有东南西北四个社，大大小小几十个村子。过年的时候，只要拌了社火的，第一个晚上都要到张家寺的天王庙里耍。有的年份社火多，一晚上就有三四家社火来耍；有时候则更多，有五家甚至六家。咚咚咚的锣鼓声，把张家寺快要震翻了。前来看社火的人，像流水一样往张家寺涌。要是步子慢一些，去迟了，连站的地方都没有了。社火从夜幕刚下来的时候开始耍，一直耍到第二天早上。当初十的太阳高高地挂在天上时，他们还在张家寺人的院子里，拉板胡的拉板胡，拉二胡的拉二胡，唱小曲的唱小曲。

小桂说："你就知道张家寺的社火好。你没有看过蒲川人的社火，那才叫热闹呢，比张家寺的还要热闹好几倍。蒲川周围有多少个村子，就有多少家社火。正月十五晚上，一条街上来十几家，那才叫有意思。"当然，小桂说的是实情。关于蒲川耍社火，小花早也听说过，但她没有看过。有一年正月，她来姐姐家，姐姐要领她去看，她因为感冒没去成，说好了以后看。这"以后"又过了好几年，她还是没看到。恰好今年她来了，这也是个机会。可是她跟山山说好了，在姐姐家只待两天，至迟赶初九晚上必须回去。

眼看小花真要走了，小桂怎么劝也劝不住，就发起脾气来，她说："今儿你要走的话，以后就别来了！我知道，你是怕缝衣服，怕麻烦。"小花笑着说："我以后不来了。我就是怕麻烦。"小桂看这一招不管用，又说出那句最让小花受不了的话，她说："我知道我嫁得不好，娘家人都看不起我，连你也看不起我。"小桂这一说，真把小花给镇住了，小花不得不留下来。

却说山山从小花出发的那一天，天天掐指算着小花回来的日子。他盼望着初八，因为初八一到，小花就到了。好不容易等到了初八，那天早上一大早，他没吃一口，就跑到村口，踮起脚跟往沙石坡那儿看。他想看看，小花从沙石坡底下上来了没有。他明知道小花这一天即使来，也不会这么大清早来，但他还是老早去那儿看去了。他站在那儿，左看右看看了好半天，但是并没有看见小花。事实上他心里也知道，小花这会儿不可能来。山山这么想着，便对自己的行为感到好笑。

吃完早饭以后，还没有到赶羊出圈的时候，他就把羊赶出了圈，从村子前面的沙石坡下去，一直到河道里。又从河道一直到三角河口那里。他走一路眼睛不住地看一路。因为他知道小花要是来的话，就从这一条路上来。他还想，如果半路上碰见小花，他一定要给她说说，她刚去李家磨的那天晚上，他在六顺爷家里唱了小曲。而且他唱的时候，是她爸给他拉二胡伴奏的。除此而外，他还要告诉她，前天晚上他在黑乎乎的场边上，听见了红红和其他几个女孩子所说的话。他听见一个说山山唱山歌唱得好，唱小曲也唱得好。另一个说："是呀。那女婿丈人配合得好。"他还要给她说，老曹老婆路上见了他以后又笑他了，就像那天晚上在她家里笑他的一样，等等。总之，只要能够记起来的有关他和小花的笑话、趣话，他都要告诉给小花。

那一天，从早上太阳没有升起来一直到晚上太阳下山，山山的眼睛不住地看着堡子山。他看了一遍又一遍，差点儿把那条路都看穿了，但是并没有看见小花。晚上，他圈羊也圈得很迟。因为他在等小花。他想，要是小花回来的话，他们就可以一起回来。但是那一天，小花没有回来。当他把羊吆上沙石坡，快到村口时，他妈正往下走，她在家里实在等不住了。羊群到门前的那个土豁口时，妹妹山桃也来了。她们问他为什么来得这么迟。他只得说，在山里碰上了一片长草，就让羊多吃了一会儿。杨妈、山桃娘儿俩都说，大过年的，也该早点儿回来。

那一晚上，大家还是在六顺爷家的上房里唱小曲。这一次是大隆的板胡，二柱的三弦子，余老二的二胡。六顺爷坐在炕角边上，手打着磬儿咿咿呀呀地唱。山山也去了，但是他只混在众人当中听。他听了不大一会儿，就没心没绪地回来了。

第二天是上九。正月初七、初八、初九这三天，杨家山人看得也很重要。初七是人日，他们从这一天的阴晴好否，看这一年小孩青年老人的运气的好坏；初八是地日，他们通过这一天的天气，预知今年庄稼的收成情况；初九即上九，这一日张家寺里最热闹。白天有阴阳念经、还愿、发文书，仪式很隆重，晚上耍社火。四个社，几十个村子，凡是有社火的，这一晚上都要到这儿来耍。天黑的时候，庙里庙外挤满了烧香磕头看社火的人，甚至半个河滩里都是人。喧天的锣鼓震得人的耳朵都快要聋了。杨家山人过年最期待的，除了初一、初二、初三这三天“年”之外，便是初九晚上了。一般外出走亲访友的，这一晚上无论如何都是要回来的。山山因想，昨日小花没有来，今儿一定会回来的。因为今儿是上九，今晚上是上九的晚上。上九的晚上要在张家寺看社火，这一点谁都知道。

这一天早上，山山还是早早地起来了。他起来后，先去了村子前面的那棵柳树下看小花从沙石坡那儿上来了没有。他左看右看没有小花的影子，只好回来了。那时候，母亲起来的时间也不长，弟弟山牛和妹妹山桃都还在被窝里睡着呢。早饭熟了之后，他也是胡乱扒拉了一碗，就早早地赶羊出圈了。他走到沙石坡时，就一直往堡子山那边看，到了山里后，更是不住地往那边瞧。但整个白天，他都没有看见小花的影子。这样一直到傍晚、太阳快要落山的时候，还不见小花来。

昨日不见小花来，他心里很是怅惘。而今日是上九。上九的晚上，可不是一般的晚上。所以，今日到这时候，小花还没有来，他心里着实急了。他甚至想到了一些不好的事儿了，比如，她突然头疼感冒了，或者有别的什么病了，因而没有来；又或者，她在回来的路上碰上什么坏人了。从李家磨到杨家山，要翻几座山，过几条河。这段路上有几处地方很荒凉，距离人家又远，有时候，走半天都见不上一个人。在那样的路上走，说不定就会碰上坏人。尤其一个女孩子行走在那样的路上，更有可能碰上坏人——这样的事儿，他以前也不是没听过。如此等等，他还想了许多许多。最后他忽然又想，是不是她从那儿直接去了张家寺？因为从李家磨她姐姐家到杨家山是要经过张家寺的。或许她今晚先不回家，直接到张家寺去看社火，看完了再跟村里人一块儿回来。

想到这儿，他忽然高兴起来。他对于自己的这个想法有十二分的把握。他甚至想，等他到张家寺时，小花已经到那儿了，而且正踮着脚跟在人群里找他呢。山山这么一想，便连饭也不想吃，就想去张家寺。于是他围上了那条新围巾，换上了那件新棉衣，急匆匆地出门了。母亲看见后，从大门里追出来，问："山山，饭都好了，你怎么不吃?"山山说："我早上吃得多，这会儿还饱着呢。"母亲说："你早上吃得再多，到这时候也该吃些了。再说，都放了一天羊了。"山山因急着要走，便说："不吃了。"但是因母亲跟在后面不住地嚷，他不得不回来到厨房里胡乱吃了一碗，把碗搁下就出门了。

那一个晚上，是所有的正月上九晚上，山山去张家寺去得最早的一次。他到山门口时，山门口还没有一个人。进到庙里，里面也悄无声息，除了庙管老汉之外，见不到其他人。那一晚上，天还比较冷，飕飕的风一阵一阵顺着河道吹下来，打在脸上感觉还是很疼的。他站在那儿，用手捂着脸。脸上暖和了，但两只手又冻得发疼，脚也冻得难受。他站在山门口，跺了一会儿脚，但身上还是冷。后来实在受不住了，就跑进庙管老汉的僧房里去了。僧房里到底暖和些，他渐渐感觉身上也暖和了。

山山不住地探头从窗子往外看，但庙院里并没有人进来。他过一会儿把头探出去，看庙院里小花来了没有，过一会儿又探出去看，但是小花还是没有来。后来，山门口终于叽叽喳喳地进来了几个人，可那都是张家寺寺庙周边那几户人家的孩子。他们手拿鞭炮，在戏楼下面放鞭炮玩。又过了好大一会儿，庙院里的人才渐渐多起来了。僧房里也来了许多人。有来取暖的，有来要水喝的，有来抽烟谝闲传的，本来不大的一个屋子挤得满满的。

张家寺的锣鼓也咚咚咚地响起来，庙院里似乎一下子热闹起来了。这时候外面的天色也暗下来了。山山走出了僧房，在人群里钻来钻去找小花。大殿前面、厢房两边、戏楼前后，整个庙院里他都找遍了，但是都没有。他走出山门，在山门前、在寺庙前面的沙滩里、在沙滩下面的小河边，他也都找了，但是都没有。后来，他还过了河滩，来到对面的树林里去找。那会儿月亮已经很高了，枝干疏疏的林子里，月光洒了一林子，不要说一个人，就是一只猫、一只鸡，也能看得清清楚楚。他明知道小花是不会到那里去的，但是他还是跑到那里去找了。因为以前看戏的时候，他曾见小花和村里另外几个姑娘在那里乘凉。但是这时候，这里仍没有小花的踪影。

这个上九晚上，张家寺仍如往年一样热闹。最先到来的一家社火还在庙院里跑马时，第二家也来了。但因院子已被第一家占了，它只好在山门口等。第二家社火还在山门外等时，第三家社火又从赵老五的麦场边上下来了。那一晚上，前前后后来了六家，是这几年上九晚上社火最多的一年。但是，山山没有心思去看。他一心只想着小花。小花来了，他心中最精彩的社火也就来了。因而他一会儿跑出山门，一会儿又跑进山门，为的是在人群里找到小花。可是那一晚上的人实在太多了。当第三家社火到达庙院的时候，整个庙院被挤得水泄不通。

张家寺的社火，耍了整整一晚上。咚咚咚的锣鼓声从这家人家响出去，又响进另一家人家。在每一家的院子里，先是跑马、耍狮子，再是咿咿呀呀唱小曲。手擎着花篮的花旦在场子中间一圈一圈地扭。他们唱得好听，扭得好看，可是山山心里一直都是闷闷的。他跟了一晚上的社火，整整郁闷了一个晚上。连他自己也不知道那晚上他到底看了些什么。这样一直跟到天快亮，村里其他人回家的时候，他也跟着回家了。山山到家后，一头睡下来。第二天到中午的时候，他还睡着。母亲知道他昨晚回来得迟，到放羊的时候，也就没有叫他，而是自己吆了羊放去了。快到晌午时候，母亲放羊回来，还不见山山起来。母亲以为他病了，忙跑到冯先生那儿买了些药，要他吃。

急着回家的小花在姐姐家里帮姐姐缝衣服。这一天下午时分，姐姐的衣服终于缝好了，姐姐便同意小花回去，并且已经说好，第二天天一亮就出发。谁知半夜里，旋旋忽然发烧了。烧得迷迷糊糊的，还不住地说胡话，吓得小桂又是哭又是叫。连隔壁一家子人也都被惊动着跑来了。那老妈子站在炕头前，一手拿着筷子在旋旋头顶上转圈圈，不住地向庙里的神灵祈祷。姐夫也拿了纸钱去十字路口焚烧，祈祷饿鬼野鬼们，再不要纠缠自己的孩子了。如此求神问鬼，折腾了半晚上，孩子还是不见好。第二天天没亮，两口子便抱了孩子到乡上的医院里去了。因姐姐两口子都出门走了，小花只得留在家里，看门做家务，给另外三个孩子做饭。直到第三天下午，小桂两口子才抱着孩子回来了。

小花将两晚上的社火耽搁了，还操了两天两夜的心。不过好在小桂家里安康了。这两天两夜对于在杨家山苦苦等着她的山山来说，熬得何等不容易。可以说，他简直就是得了一场大病。

五十一、说　媒

赵兵拐走邻村姑娘的事儿，是在那天下午就传到杨家山的。而传来这一消息的不是别人，正是老曹。因为那天，老曹正在张家寺给一户人家念经还愿。听到这一消息后，心里最为难受的是余老二。他起初还不相信，以为这绝对是假的。后来，经过多方打听，才发现这事儿是真的，因而也就没话可说了。但他心里还是感到惋惜，因为赵家可不是一般的家庭。自己一向以与赵主任结亲而感到自豪。这事使他在杨家山的地位一下子降低了好大一截。余妈当然也感到脸上无光，自己的女儿没嫁过去就出了这事儿，真丢人。但是，这倒是让小花、山山和山山母亲感到格外高兴，这真是喜从天降。小花恨不得马上嫁给山山，山山也恨不得当日就把小花娶过来。杨妈当下就叫山山提了点心，去园子里老二家，央他到小花家里走一遭，给余老二说一说。可是，余老二哪里能看得起山山呢？他心想：你一个放羊汉，想得也好。不过他没有这么说，他只是说："人家赵家那边还没有上门来说。有一天，万一人家上门来向我要人，叫我怎么办？"

余老二不同意，可是山山和小花之间的来往，倒是比以前更为紧密，也更为大胆了。有时候，山山到小花家里来找小花。有时候，小花也跑到山山家里去找山山。有几次，甚至是晚上很晚的时候，他们还相约见面。山山和小花亲密来往的事儿，很快在村里传开了，而且传得沸沸扬扬。余老二听了很生气，他骂女人没把女儿看好。余妈说："叫我怎么看好？我总不能系根绳子，把她从屁股后面拴住。再说，女儿也不小了。"

她这么一说，男人就更急了，他从老婆子急切的眼神里深知这事儿也不是一般的事儿。大女儿的婚姻不如意，人家把他骂了个狗血喷头，但她还没有把娃生在娘家；小女儿弄不好，还会把娃生下来，那可不是闹着玩的。因而余老二急忙四处打听，给女儿找婆家。昨晚上，杨家又打发发财来说媒。发财人虽年轻，但在村里也算是能说得上话的。当然，余老二还是一口拒绝了。他说："一个村里的这种亲事，我见得也多了，一家子有屁大的一点儿事情，另一家子就知道了。不是你有意见，就是他有意见。到头来，闹得两家子都不得安宁。”

赵兵事件之后，小花家里着实热闹了一向。上门求亲的，差不多要踏断她家的门槛了。余老二也举棋不定。这一天，景长胡的到来，使他终于有了眉目了。景长胡是张主任的妻弟，已经二十八的人了，连个媳妇没找着。这人这几年在省建当工人，家里日子也还好，但他那长相许多人看不上。而他的媒人就是老曹。当然老曹这人，景长胡是不认识的，但是张主任却认识他。老曹的儿子军军因为是第六胎，所以长这么大了，还是一个黑户。他找张主任找了多少趟，都没有结果。这却是个好机会。当张主任向他交代这一任务的时候，他当下答应，尽快把军军的户口办好。老曹一听到这个，岂有不卖力的理由。

因为余老二那几天去外面了，老曹找了几次都没有找着。那天下午，余老二回来了。他一进村就看见山山在麦场里正跟女儿小花说话，余老二看了之后，心里不是滋味。到家后听女人说，老曹找了他三趟。晚上，他便来到老曹家里。老曹见他来了很高兴，便说起景家的好处来，他说：“景家光景也好，景长胡人也精干。现在一个月有几百块的工资。景家以前光景本身就好，这几年，因景长胡能挣钱，所以就更为殷实了。一个四合院里，是松木檩子松木椽，檐礚檐的四大座。摩托三轮电视机，不用说，样样都是齐全的。”余老二听了也很高兴，心想：老曹这人在这些事儿上，还是靠得住的。老曹还说：“景家庄那地方也好。将来小花过门了，别的不说，单就拉车务庄稼这一点也是好的。路是平路，地是平地，拉车也轻松，种地也容易。小花再不用像在我们杨家山这样，肩挑背扛了。”

老曹说的这门亲事，尽管余老二心里乐意，但是小花说什么也不愿意。那一天，当老曹领了景长胡到小花家里来时，小花躲在厨房里，连门都不出来。老曹谎称小花身上不舒服，不便见客人，便把来人打发了。但因为景长胡的事儿又是张主任的事儿，所以老曹还是相当卖力。几天以后，他又将景长胡领来。因为老曹和余老二事先做了准备，所以那天晚上，老曹他们来时，余老二硬逼着女人把小花叫来。两口子加上老曹三个人，前朝比了比后朝，后朝说了说前朝，要小花表态。小花站在桌子旁边，两手摩弄着桌角，自始至终头也没有抬，一句话也没有说。

余老二急得什么似的，但他没有办法。他坐在一边，一口接一口地抽水烟。抽到后来，连烟也忘了装。水烟瓶拿在手里，没装烟，他就一气吸下去，直吸得水烟瓶里面的水咣当当响。那两只牛一样的眼睛，凸出得更加厉害了。余老二眼望着那张炕桌发呆，嘴里半天说不出话来。见女儿这样子，他实在没了办法，对于女儿，他也不敢强逼。大女儿小桂的事儿，在他心里至今还有阴影。到如今，小桂一说起来，满口是怨言。余妈坐在炕沿上也没了言语，只是将手里拿着的那根木柴棍儿，一丝儿一丝儿地掐丝儿。丝儿已经掐了半炕头，她还在那儿掐。

过了一会儿，小花撅着嘴出去了。余老二见女儿出去了，又叫老婆子做主，给小花说说好话，他说："好主儿也不是容易找的。"但余妈说："我不说了。你想怎么说你说去。"两口子一个叫他说说，一个叫她劝劝，但谁都没有去劝说。坐在一边的余老二不住地扑腾腾抽水烟，过了半晌，才黑着脸说："好吧好吧，这一回你们娘儿俩做主，我不参言了。那件事，你就算我余老二放了个屁。"余妈说："你在自已家的炕上，放屁不放屁由你说，也没人知道。你不要等事情有结果了，一口声儿说后悔，你看你这张脸再往哪儿搁，我可不想再叫人骂了。"余老二听了，一口烟吸进去，扑哧一声又吐出来，望着滚滚烟雾，问女人道："那么，你说怎么办好?"余妈说："我不知道。"她显然在向男人说气话。她还说："我说的话，你从来就没当过话。以前，你说山山那孩子好，你看上了。如今，人家找上门来，你又不答应。"男人说："以前是以前，现在是现在。那时候，他还在念书。现在，他是一个放羊娃。你想给你的女儿找一个放羊娃，杨家山周围十里八村还愁找不下一个?"女人说："我们的娃娃，难道是当官的?"

五十二、播　种

时间过得很快，转眼之间又到春耕时候了。那一年，不知怎么了，小花家里遇到了几件麻烦事儿。可以说这是她家最不顺心的一年。

自从小花会干活儿以来，地里的活儿余老二很少过问。哪块地里种什么，什么时候种，需要多少肥料，他不管；种了之后，长得怎么样；长了之后，收成怎么样，他也不管。只是每到耍社火、闹灯节、唱灯戏的时候，他仍然像以前一样，胳膊下夹个二胡，屁股一拍走了。因他这几年都这样，所以余妈、小花娘儿俩也都习惯了。每当开春插犁、夏收秋播的时候，余老二在不在家，余妈、小花娘儿俩都无所谓。小花娘儿俩不指望他干活儿，他也不去帮小花娘儿俩干活儿。而那一年不知怎么了，余老二忽然关心起地里的事儿来。二月二才过，大家都还悠闲自在地吃着节日里炒的豌豆时，他就催着说："赶紧往地里送粪。"具体时间是在那天的早饭之后。余妈刚把饭碗搁到灶台上，给猪搅食去了。小花还在洗锅，余老二在当院喊开了，他喊道："小花，小花？"

小花听见后，提了抹布，答应着从厨房里出来，站在屋檐下问："咋了，爸？"余老二说："我刚才出去的时候，见你曹家妈领着红红、双红几个到地里撒粪去了，我们的粪也得撒撒了。"小花说："我们的粪都没有拉上，你到哪儿去撒呢？"余老二听了，"哦"了一声，念道："拉都没拉。你为啥不早说？这几天我闲着呢，我可以帮你们拉拉。眼看马上要种豆子了，我们的地里连粪土都没有，怎么种呢？"小花说："早说也是闲说，我们种豆子的粪还没有攒够呢，攒够了再拉也不迟。再说，离种豆子少说还要十好几天呢。"余老二问："那已经攒了多少了？"小花说："就大门外的那么一堆儿，我看还不到两车，再要是铲一次牛圈的话，差不多就有三车了。"余老二说："不到两车就不到两车，有多少拉多少，拉到地里先沤着。剩下的，等攒下了再拉。"

这时候，余妈提着猪食桶子从大门外进来了。她听见男人正在说拉粪的事儿，便向他说："暂时不必要。等过几天，攒够了再拉。"可是余老二就是不听，他嘟嘟囔囔地说："你们娘儿俩，干什么就是拖拉，本来今日能干的活儿，非要拖到明天；明日能干的，又要拖到后天。我的意思是，趁这几天我还没有走，把攒下的这几车先拉上。昨天，刘麻子捎来话，说南乡里唱灯戏，还得好几天。因而这几天我有空儿。不趁现在拉上的话，到种的时候，你们娘儿俩又得多费多少劲儿呢。"

尽管小花娘儿俩说了多少"你忙你的去，这个你不要管"的话，但是余老二非要帮小花娘儿俩拉。余妈心里道，既然他存心要帮我们娘儿俩拉，那就拉吧，她只得说："那好吧，你帮我们拉到地里，我们也轻松。到种的时候，直接驾牛插犁就行了，我们娘儿俩也不至于弄得忙忙乱乱的。"余妈一面说，一面又给小花道："小花，抓紧洗锅，洗完了我们去拉粪。"

余妈娘儿俩喂猪的喂猪，洗锅的洗锅，余老二则在院子里开始准备了。他先把架子车轮子从添炕窑里搬出来，又把立在大墙根下的车排架子放下来，然后一个人背到大门外去套；套好了车子后，又四处寻找铁锨；找来铁锨后，还在添炕窑里翻里翻面翻腾着找镢头。等娘儿俩把各自的活儿做完，来到车子跟前时，余老二已经装满了大半车了。余妈、小花拿起放在一边的铁锨抄粪土，每人抄了没几铁锨，那车粪就装满了。

要是平时的话，余老二总要说："满了，满了，小花，过来给咱们拉上。"可是那一天，余老二没有这么说，他把铁锨倒插到车上的粪堆里，一言不发地钻到车把中间，解下拉绳挂到肩上，手抓住两个车把子，拉起来就走。余妈、小花娘儿俩一个在车子的左边，一个在车子的右边，扶着车子也跟着走起来了。

已经到二月了，从节气上来说到春天了，天气也该暖和了。可是杨家山那一带并不像春天的样子。山里不仅没有春暖花开、暖意融融，而且地面上还结着一层薄薄的冻皮。向阳处的冻皮消融得还快些，向阴处的冻皮还好好儿在那儿放着。这时候，走在这样的路上，脚底下得十分小心。一不留神，脚底下便会刺溜刺溜滑起来。脚底下一滑，整个人便会人仰马翻。余老二那天为了拉车，专门穿了一双塑料底子的鞋。因为那双鞋子轻巧，穿着干活也便捷。车子过了门前的山墙，绕过柳树，刚要下坡的时候，余老二脚底下刺溜打了个滑。随后，听见他"哎哟"叫了一声。跟在车子两边的小花娘儿俩听见后，才要说"冻皮上滑，你要小心些"时，余老二已经躺倒在路中间了。余妈赶紧跑到前面，从车把子上将车搡住了，小花从车的另一边绕过去，扶起躺在地上的她爸。

余老二开年以来第一次干活，就滑倒在有冻皮的路上。余老二拉的架子车里面装了满满一车子粪土，该有多重呀！而且看那样子，一个车轮子从他的脚面上碾压了过去。不过他的脚伤并没有想象中的那么重，因而也算是不幸中的有幸了。

在闻讯赶来的村民的帮助下，余老二被抬进了上房。他平时也是个硬气人，可那一天的脚伤使他疼得有些扛不住了，因而，躺在炕角那儿一声接一声地叫唤。小花赶忙跑去叫来了冯先生。冯先生看了之后，说骨头并没有什么大碍，只是脚把骨那儿扭得太厉害了。冯先生还给打了针、吃了药，并开了几味中药，叫研成细末敷到上面。他还嘱咐余老二少活动，晚上临睡前用头发和花椒浸泡过的开水多擦洗几次。尽管余妈、小花娘儿俩照顾得很仔细，但余老二的脚伤恢复得还是很慢，直到四月十五天王庙里唱大戏的时候，他才能拄着拐杖，一步一跛地去戏场里看戏。

余妈一直是个很健康的人。这多少年，她连个感冒也不得。可是那一年，余妈却病了。而且，病得还不轻。余妈的这场病来得太突然，事前连一点儿预兆都没有。具体的日子，小花到现在都记得清清楚楚，那就是农历六月初四的下午。此前几天里，娘儿俩一直赶着锄洋芋地里的杂草。到那一天，几亩地的洋芋快要锄完了。据小花估算，再有一天时间，就可以全部锄完。所以，这一天干活儿干到中午时，娘儿俩还是没有回家，就在地里凑合着吃了点馍馍，吃完了继续干。因为这样的话，赶天黑之前就能锄完。

晌午时候，娘儿俩都感到有些累，因而到地头上去歇。歇过晌午，娘儿俩又开始锄。才锄了几锄头，余妈就叫唤肚子疼。开始的时候，她还以为是刚才喝了几口凉开水，一时觉得不舒服——这种情况以前也是有的。所以这一天，她也当成往常的那种情况，没把它当回事儿。手里仍然拿着锄头，挣扎着继续锄。可是，她越来越感觉到这一次的疼法跟以前的不一样，肚子里疼得像是谁在用刀子割。她疼得实在受不了了，便索性跑到地边上，蹲在堆起来的杂草堆上歇息去了。她觉得这样稍微好受一些。余妈蹲在那儿，两手抱着肚子“哎哟”“哎哟”地呻唤。小花看她妈妈抱着肚子不住地呻唤，也感觉妈妈这次疼，跟以前不一样。因而她说：“妈，你回去吧。你回去了喝点儿盐水，在热炕上焐一焐，就会好些。”余妈说：“不用了，只是肚子疼有什么呢，蹲一会儿就会好的。”小花说：“可是，你已经蹲了这么一会儿了，还不见好。” 余妈说：“再蹲一会儿就好了，我们俩锄总比你一个人快。”小花说：“现在就剩下这么一点儿了，我抓紧锄，到天黑时候我能把它锄完的。”

不管小花说什么，余妈还是不回去，坚持着蹲在那儿，说蹲一会儿就不疼了，等不疼了再帮小花锄。小花说：“也许，刚才你多喝了几口凉开水，肚子突然就疼起来了。”余妈说：“凉开水我天天喝，肚子也好好的。怎么单单就今天疼呢?”小花说：“那是因为今天天太热了。天太热了，你喝了凉的，一热一凉，肚子就疼起来了。”余妈听了以后，没有说话。

余妈蹲在那儿，撩起了衣服襟子，用手在肚子上来回搓。小花在那儿继续锄草。她虽在那儿锄，但心里还是不放心，因而不时拿眼去看。过了不多一会儿，等她再一次回过头来时，见她妈妈平躺在那儿。她这才意识到，她妈妈得的不是一般的小病。小花急忙撂下手中的锄头，跑过来架起母亲，连拖带背往回跑。余妈到了家里后，又是喝盐水，又是热炕上暖。但是她的肚子疼，一点儿也没有减轻。余老二忙跑去请冯先生，前村跑后村找个半天都没有找着。余老二又去找张先生，那天张先生也不在。余老二只得翻山过河，跑到二十里以外的黄家窑去请黄先生。到太阳落山的时候，黄先生来了。但黄先生对于余妈的肚子疼，治起来好像也不大在行。他在余妈手上摸了半天，似乎也没有摸出什么来。仍然又是打针又是吃药，治疗了大半夜。黄先生这一治疗，让余妈以前在被窝里可以躺着的人，这时候连躺也躺不住了。她缩作一团，面色如死人一般。小花看见母亲这样了，吓得在炕头前哭叫起来。众乡邻都说赶紧往医院送。余老二忙叫了于二头的三马子，小花便和山山跳上三马子，把余妈连夜送往县上的医院。余妈一到医院，就挂了瓶子。

余妈在医院里一住就是二十多天。天天打针输液吃片剂，另外还抓了中药熬汤喝。刚开始那两天，是小花在医院里伺候。找大夫，寻护士，取药熬汤，打水买饭，扶着她妈上厕所，小花照顾得很周到。女孩子家本来心细，再加上小花是个既心细又体贴的姑娘，所以她照顾得又仔细又周到。医院这边有小花，余老二什么都不用操心。可是小花一走，家里的摊场还大着呢。猪鸡狗儿要喂养，几头牛要吃草喝水。小树从学里来也要吃饭，早上上学时候还要背馍馍。要是只有几头牛，余老二一点儿都不怕，不过就是添草饮水那点事儿，他从能记起事儿来，干的就是这种活儿。就是加上两头猪，大大小小六只鸡，还有那条小狗，他也可以凑合着应付。到时候，挖两马勺窖里的胡麻衣，再挖两碗柜里的麦麸和麸皮，倒进石槽里，加水搅和搅和，叫它们吃就行了。即使它们都是小花喂养惯了的，很挑食，但饿极了照样还是会吃的。最让他头疼的，是他们父子俩中午和晚上的两顿饭。余老二从小什么活儿都干，像挑担送粪、割麦碾场、放牛放羊的活儿，天天不离手。就是手拿打狗棍，走村串户要饭吃的活儿，他小时候也干过。唯有做饭这活儿，他不会干。虽然小时候母亲去世早，但是母亲去世不久，后妈就娶进门了，饭有后妈做。长大后，娶了媳妇有媳妇做。小花靠住事儿以后，烙馍馍、煮洋芋、擀饽饽，都由小花干。现在忽然叫他围着锅台转圈圈，他实在干不了。因而余老二勉强支撑了两天，到第三天就再也撑不住了。所以第四天天没有亮，他就出发去了县城，赶到医院里，换回了小花。

这里不说余老二在医院里，一趟一趟取药熬汤，买饭打水，伺候女人住院养病的辛苦，且说小花到了家里之后，一切进行得也并不顺利。如果单是喂养猪狗小鸡的活儿，不用说小花是一把好手。就算加上给几头牛的喂草、饮水、铲圈的活儿，她也干得来。可眼下，正是豌豆泛黄、扁豆叶子开始发干的时候，杨家山人基本上家家已经开始收割了，小花家里的也到收割的时候了。而且跟往年不同的是，今年小花家里这两样种得都不少，仅豌豆就有两垧。另外，还有将近一垧多扁豆。这些田禾，不要说小花一个人，就是小花一家子三个劳力一起上，也得收割好几天才能收割完。

那天，当小花回到家里时，已经是傍晚时分了。第二天早上，小花起得很早。她一起来，就急忙喂猪喂狗喂鸡又喂牛。等这些做完时，天也快亮了，夹道里已经能听见人走动的声音了。小花既没顾上吃，也没顾上喝，提了镰刀和磨石出发了。从那天开始，小花便进入了这一年紧张的夏收期。

五十三、收　割

一进麦六月，整个杨家山就没有一个闲人了。大人们起鸡叫睡半夜，从早忙到晚。活儿吃紧的时候，饭也顾不上吃，水也顾不上喝，疯了似的抢着收，生怕有一穗田禾没收来，叫雷雨给冲走，或叫冰雹给砸到地里。就是小孩子，也有小孩子的活儿。能帮父母放牛放羊的，就帮父母放牛放羊；不会放牛放羊的，便来到地头上，给大人们提水送干粮，或者掐了苦苦菜喂猪，或者把掉在地里的麦穗子，一穗一穗拾了装进背篼里，回去给鸡吃。

小花手里是很麻利的，但是她一个人，即使再麻利，一天也收割不了多少。恰好第二天，小树的学校放假了。小树回来了，但他也只能帮着打打下手，收割田禾的活儿，他还是干不了。杨家山人平日也是肯帮忙的，再说小花家平时跟人来往得不错，因而她家里今年遇到这事儿，大家也没有不帮的理。可是，这首先要人家自己能顾得过来。因为这是麦六月，是虎口夺食的时节。而且那一年，因前一季太阳晒得厉害，快到田黄的时候，又下了几场雨。所以，家家地里的豌豆、扁豆几乎一夜之间都变得黄灿灿的。这使得这一年的杨家山人，比哪一年都忙。大家都说今年的庄稼不仅黄得快，而且还难收割。天旱的一年，庄稼就这样。豌豆才见变颜色，秆子就已经捉不住了；扁豆用手一碰，杂衣就一个劲儿往下掉。这样的庄稼，如不抓紧去收，就收不回来了。那一年山山家里的豌豆和扁豆，黄得也很早，差不多跟小花家的是同一时间。

小花家的田禾黄了，山山一家人当然也都看见了。那天晚上吃饭的时候，山山又说到这事儿了。杨妈听了之后没有说什么，但她知道山山的意思。过了好大一会儿，她才说了句：“可怜这家人！”山桃听了之后，知道母亲的心思是什么。山桃当然也想帮小花。但是，自己家里的也都黄了。再说，她们用得着这样做吗？人家余老二对待山山就那么个样儿，以前也没少帮忙，到头来还不是跟不帮的一个样。山桃当下把自己的想法给母亲说了，母亲说：“你看你，话怎么能这么说？

人家现在是在住院，三灾八难的，怎么能不帮呢?”事实上，杨妈不过是口里说说，其实她心里想的跟山桃的一样。杨妈说归说，想归想，可是她对于小花还是有私心的。所以第二天早上，杨妈母女俩还是跑进小花家的地里，帮小花收割去了。

自从小花家里遇到这事儿后，山山一直很着急。这两天她家的豌豆黄了，他更是着急。在小花还没有着手收割豌豆的时候，他已经帮小花将她家山顶上的那一块地的收掉了。他是一面放羊，一面帮她收割的。这一天，当母亲和山桃来的时候，他和小花差不多已经割了好大一片了。因为地里一下子多了两个人，所以不到干粮时候，这一块地里的豌豆都被割完了。割完之后，他们又到下一坨子里面去割了。小花笑着说："看这样子，我们也用不了多长时间，就能把黄了的这些全部割完。"

余老二两口子在医院里，急得什么似的。余妈一天到晚念叨着，祈求老天爷开恩，不要下冰雹，不要下暴雨，好让小花把庄稼顺顺利利收割完。终于熬到了出院。余妈一脚跨出医院的大门，恨不得长了翅膀，飞到自家的地里去收割。她想，自己家里只有小花一个人收割，小树又靠不住事儿，所以庄稼一定还没有收割完。时间一过，没有收割完的田禾就全变黑了。自家的庄稼也许已经变黑了。向来不急不躁的余老二，这时也着急起来。这是一家四口人一年的口粮啊!

但是，当两口子爬上喇嘛山的山梁时，一个一个傻眼了。因为他们从山梁上清清楚楚地看见自家那几块地里的田禾一根都不剩了。余妈有些不相信自己的眼睛，余老二也觉得不可思议。两口子不禁一口声儿说："这到底是怎么回事呢?难道小花收得这么快?"余妈当时激动得禁不住掉下泪来了。余老二也长舒了一声，说："感谢老天爷，我家的田禾全收完了。"

当余老二两口子到了自家大门口时，眼前的景象使他们一下子明白了。那时，山山正拉着一车洋麦从村口过来了。小树跟在车子左边，小花帮山山扶着车把子。余妈看见山山满头大汗的样子，不知道说什么好，只是站在一边，不住地笑着点头。车子从余妈身边走过时，车子后边腾起的一团一团的土尘，在半空里翻滚。余老二看那情形，知道这一车一定装了不少麦子，因为一般的一车庄稼是翻腾不起这么大的尘土的。滚滚的尘土罩住了整个车子后边，也罩住了余妈的脸。当然，也罩住了余老二的脸。他们俩赶紧往旁边躲了躲。

车子终于过去了。余妈发现这腾起的土尘还在半空中翻滚，因为这尘土太浓了，整个杨家山村子的夹道都被它遮住了。土尘落满了余妈的脸。她赶紧用手去抹脸上的土尘，土尘抹下来了，她的脸不觉也红了。她的脸一红，心里也觉得难受起来。她心里道：我在医院里住院治病，男人也不在家，我家的田禾不仅一根没有落草，而且都快搬运到场上了，难为山山这孩子了！站在路边的余老二，当然也看见了这一幕。他看见了拉车子的山山，看见了跟在车子两边的自已的两个孩子：小花、小树。因而，脸上堆满了笑。当山山走过时，他语气极为亲热地叫了一声："山山。"山山拉着车，一面走，一面向他点了点头。余老二本要说一句"山山，把这一车卸了，就歇一会儿吧！歇一会儿了再拉"，但他没有说出来。因为他正要说的时候，山山拉的车子已经让过他了。那么多的田禾捆子摞在车子上，高得跟小山一样，而且速度也快，几乎是从那边一路冲过来的，它是有惯性的。那时候，虽然山山也想停下来向余老二两口子问候一声，但是车子太重了，他停不下来。

五十四、好心的六顺爷

余妈的身体在慢慢恢复，到了十一月下旬，她自已也感觉好多了，因而，想干什么活儿就去干什么活儿了。对此，余老二没说什么，他认为，病是人得的，病好了，要做什么就可以做什么了。不过，小花还是不让她妈干，她害怕她劳累了，病又复发了。因为大夫说了，这种病最怕劳累，所以，她一再劝她妈少干些活儿，多歇一会儿，她说："妈，你还是小心些，重活儿你别干，有我呢。你要干，就干些轻省些的。"余妈口里说"好"，但心里还是不以为然，碰见重活儿了照样去干。而小花总是不让干，一看见就说："你放着，我干。"小花说的次数多了，她也不得不在女儿面前表现表现。但小花不在的时候，她还是什么都干。那天早上，小花苫粪去了，猪在猪圈里哼哼叫着，她就给猪搅食，搅完了食，看见筛子里没有洋芋了，就又去洋芋窖里掏洋芋了。

余妈掏了洋芋，提着往回走，刚拐过杏树，迎面碰上了山山的母亲。杨妈正挑着两个桶子去河里挑水。余妈还没有说话，杨妈已经开口了，她说："他余家妈，你现在好多了？"余妈说："好多了，只是干重活儿还是比不上以前。干上一会儿，感觉身子还是有点儿困。"杨妈说："这是自然的。前几天，我得了感冒，到现在都感觉乏乏的。你得了那么重的病，还能不困吗？不过，看脸色倒是比以前好多了。"

杨妈说着，忽然记起了麦麸的事儿，她说道："他余家妈，你这是怎么了？我正要找着问你哩。那天，小花又一口气背来了那么一大袋子麦麸，你们背那么多干啥？"余妈笑着说："嗨，多什么，就这，你们吃亏着呢！我们那么大的几只羊让山山放着，赖着是一个村里的，连个钢镚儿都没有给。"

杨妈说："不是我说，那实在是多了。我给山山笑着说，'你余家妈叫小花背来的这些麦麸，够她们家那头大年猪吃几个月的了。'"余妈说："看你说的，那有多少呢！再说，我们今年种的麦子也多。"杨妈说："我也知道，你们两口子今年先后害病，庄农也没见多少。哪天有时间了，叫山山把我们家的麦子给你们背两袋子你们吃去，反正我们也多着呢。”

杨妈这么说，当然她心里也想给。但小花妈的心里却没那么想，其实她早都不敢要了。她让小花背麦麸，是因为她听说山山家最近又添了许多羊，羊一多，需要的草料就更多了。还有一个原因，就是想报答山山一家人的好心。尽管俩孩子还是像以前一样好，但是她男人的想法，她不是不知道。好几次，她对男人说：“我们两个今年又是伤又是病的，多亏山山一家帮我们收割搬运，还帮我们犁地、打碾场，连牛也是山山帮我们放的。都说人要知人心，害病经年成。看这样子，这一家人的心肠都是很好的。”她说了之后，她男人也说：“山山那孩子，真还不错。山山一家人都是好人。”但是，他丝毫没有提及山山和小花的事儿。她男人她也是知道的，是只认光景只认钱的那种人。后来有一次，她把这话又念叨了一遍，他听了以后，在一边冷冷地说：“人家帮的忙，我们当然不能忘。有机会了好好帮帮人家。”这话的意思很明显，就是还不同意俩孩子的事儿。她知道，虽然他对山山不反感，但就是嫌山山是一个庄稼人。她也劝过好几回，她说：“我们的孩子也是庄稼人。再说，山山那孩子，人也实在，肯想办法。眼看他养的羊比以前多多了，而且也养得好。”但他还是不听。因而，她对山山一家人感到很愧疚。所以现在杨妈说这话时，她心里感到一阵难受，连说：“不用了，不用了。”杨妈似乎并没有想那么多，她只是说：“我们今年的庄农还行，虽算不上丰收，但是样样长得也平顺。我给山山说了，我说等我把麦子簸好了，给你们背两袋子净麦，还有苦荞和甜荞，都背上些你们吃去。再说，苦甜荞你刚害过病的人吃了也好。”

山山和小花的关系，六顺爷一直冷眼看着，他也很想跟山山谈谈，提醒提醒山山，该出手的时候不能犹豫。那天早上吃完饭后，六顺爷像往常一样，赶羊出圈了。他从场边那儿过来时，见山山正在羊圈门口，他便问：“山山，今日哪儿去放？走，我们一块儿放去。”山山答应着说：“好的。你先走，我过一会儿就下来了。”

六顺爷答应了一声，便从村子前面的沙石坡下去了。他在河道里等山山，等了半天，还不见山山来，因而心里想：这孩子，不知又干啥去了，刚才说好的，怎么还不见来呢？六顺爷一面走，一面等。到了大石头滩时，还不见山山来。于是，他便喝住了羊，叫它们在这儿吃草，自己蹲到石头滩的那块大石板下面，一面抽烟，一面等山山。六顺爷才抽了几口，忽然听见有人喊叫山山的声音。他站起来一看，远远地看见山山赶着羊从三角河口那儿来了。同时，他还看见后面有人在跑。六顺爷从那淡红色的衣服上看出来，那就是小花。

过了不多时候，山山到了石头滩。六顺爷看见后，老远笑着说："我以为你今天不来了呢。"山山说："来呢，怎么不来呢。"六顺爷说："那我怎么就等不住呢？你看，日头都升到半天了。"六顺爷当然知道，他是因等小花才来得迟，因而这么故意问他。山山说："我感觉我也抓得紧，但又迟了。"他并没有说等小花的事儿。六顺爷因而顺口说："是不是又等小花了？"山山听了，笑起来。六顺爷说："小花怎么就那么磨叽。把羊圈在家里，不往出来吆？"山山说："谁知道呢？她说她家里忙，所以来迟了。"山山一面说着，一面从衣袋里掏出一把豌豆递给六顺爷，说："豌豆。"六顺爷说："大清早的哪儿的豌豆？"山山一面吃着，一面笑着说："我妈炒的。"六顺爷知道他妈很少炒豌豆。他的豌豆大半都是小花给的，便故意问："你妈怎么今日记起来给你炒豌豆了？"山山听了，嘻嘻嘻笑起来。六顺爷说："这孩子，又哄我了。"山山笑着实话实说道："是小花给的。"六顺爷笑着说："我就知道不是你妈炒的，是小花给你的。我吃了，你吃什么？"山山说："给我们俩的，她给的时候就说叫我们俩吃去。"六顺爷听了，嘿嘿嘿笑起来。山山也知道，六顺爷笑的意思。因而，他也跟着笑起来。六顺爷说："我知道，小花那姑娘是一定能想到我的。不过你也知道，我这牙齿是吃不动的。"六顺爷说着，张开了嘴叫山山看，还说："你看，后面两个牙齿又松了。"山山说："她这个豌豆不硬，在水里泡过的，软软的，你可以吃。"六顺爷说："再软，也是豌豆。"六顺爷不要，但是山山非要给，并且说："挺软的，你尝一颗就知道了。"

六顺爷只得伸手接了，说："少给点，有几颗就行了。有几颗，够我吃一整天的了。"山山说："这可是很软的。"说着，又掏了一把，一面往六顺爷的手里塞，一面还说："这是小花专门拿来给我们俩吃的。"六顺爷听了以后，笑问道："是不是？"山山说："就是。小花说，她妈昨天炒了好几碗呢。还说，她爸要是看见了，一定要骂的。她说她爸总是反对她们炒豌豆的。"六顺爷听了，说："小花娘儿俩嘴都馋。"

六顺爷一面吃着豌豆，一面乘机凑到山山跟前，低声问山山："山山，你跟小花的事儿怎么样了？"山山听了，说："谁知道呢？"山山说这话当然不是故意。因为这事儿连他自己也说不清。他虽然知道，小花一心向着自己，她妈现在也是很支持他和小花的。六顺爷说：“可得抓紧啊！”这样的话，六顺爷在他跟前已经不止一次说过了，他又说：“小花家里今年遇到事儿后，你们一家子帮了很大的忙。”六顺爷说到这儿，又往山山跟前凑了凑，说：“你六奶说，她前天跟小花妈闲聊时，明显感觉到小花妈对你很有好感。所以，你们要趁这个机会托个人，再好好说说。事情嘛，总会变化的。”山山听了，点了点头。

山山晚上回去后，把六顺爷的话给母亲又说了一遍。杨妈心里早已经很着急了，但就是不知道怎么做。听山山这么一说，她心里更为着急起来。于是晚饭后，她便和山山一起又到了六顺爷家里。六顺爷便将自己的想法，向杨妈娘儿俩又说了一遍，然后又将自己的一些具体打算，也如此这般地给杨妈母子做了交代。

五十五、成　功

杨家山一年一度的灯戏又要开演了。那几天，六顺爷很忙。他照例还是挨家挨户收钱、收面、收鸡蛋，又抽空儿跑集市，买香买纸买用物。这一年，唱戏的地点就选在小花家。因为小花爸和小花妈先后扭脚生病住医院，都亏了神灵的保佑，最后恢复了健康。正当他女人病重住院的时候，余老二还拿了香表，亲自跑到庙里，跪在神灵跟前许了愿心，说只要神灵老人家保佑女人的病好了，叫他做什么都可以。末了，还许了愿心说，今年唱戏时候，给神灵好好表现。杨家山这一年选的戏班子，当然还是刘麻子的。一来，杨家山这几年一直用的是他的戏班子，他也唱得认真；二来，也是照顾余老二。余老二在刘麻子的戏班里拉二胡已经拉了几年了，自己村里唱戏不用他们的，他也太没面子了。当然，还有一点，就是为山山的事儿。六顺爷也把这事儿向园子里老二和发财几个偷偷地说了。他们都知道，余老二那人就好这一套。有几个跟他能说来话的人，把他捧捧，说说他的好，他就高兴，一高兴，什么事儿就好办。

唱戏的日子就在初二晚上。晚饭才过，锵锵的锣鼓声就响起来了。因为是第一个晚上，全村大大小小的人差不多都来了，站了大半院子。杨妈和山山母子俩早早地去那儿帮忙了，山山还在戏场里跑前跑后地伺候戏班子。他哪儿需要哪儿上，厨房里缺水了，他去挑水，灶跟前没柴了，他去揽柴。可以说那几天，所有打杂的活儿他都包下了。戏照例唱了三个晚上。第三天晚上是最后一晚上，前来看戏的人也多。七点半开的戏，快到十二点的时候才结束。戏一结束，小花娘儿俩给戏班子做的夜餐也上来了。那晚的夜餐比较丰盛，有面有菜也有肉，盛了满满几大盆子。端上来后，大家便开始用餐。因为时间已到了午夜，加上天气冷，大家吃得也不少。两大盘子鸡肉，吃得就只剩下几只鸡爪子。园子里老二看大家都在擦手，便说："鸡爪子还没有吃完呢，怎么就擦起手来了？"大家都说："吃好了。"园子里老二还在让："多吃多吃。"但还是没人吃了。他又问："你们没人吃了？没人吃了我就吃。”大家笑着说：“就是给你留的。”

饭吃过之后就喝酒。照例还是六顺爷说了几句客气话，说完后，他便以头人的身份向众位敬酒。他先向五位唱戏的敬，然后又向各位在场的乡邻敬。六顺爷敬完之后，园子里老二和发财也都敬了一轮。酒敬完了就打关。因头人六顺爷不会划拳，园子里老二便替他划拳。他从刘麻子开始，他一面说：“来，刘亲家。”一面伸出了手。

夜餐刚开始的时候，大家还谦谦让让的。到后来，不知是酒香还是小花娘儿俩做的饭菜可口，大家都放开了吃，放开了喝。当六顺爷把第三瓶酒打开的时候，园子里他二爸似乎有些等不及了，两手擎着一只杯子，递到六顺爷跟前，意思是叫六顺爷给他斟满，还笑着说：“今儿酒香，今儿这菜做得也好吃。这么好吃的菜，不知是谁做的？”六顺爷故意在一边附和着说：“就小花娘儿俩。怎么啦？”园子里老二说：“我就问问。我说这么好吃，原来是小花娘儿俩做的，这娘儿俩的手艺真是越来越好了。”众人听了，也都说：“这菜好吃。”余老二听了，当然很高兴。他便端起一杯酒，当着大家的面，再次感谢说：“我余老二两口子，今年大半年又是伤又是病的，多亏神灵爷爷的保佑，也靠了各位乡邻的帮助，成十垧地的庄稼，一根也没有落下，全都收回来了。这里，我想借这个机会向各位再敬一杯。”

实际那时候，六顺爷正在等机会。余老二这么一说，等于是把机会送来了。六顺爷便也端起了一杯酒，接着余老二的话茬子说：“我赞成他余家哥的话，我也想借此机会，请大家多喝几杯。再者，他余家哥刚才也说了，他家今年真是靠了众乡邻了。既然他余家哥把话说到这儿了，我顺便再补充一句。”他一面看了看大家，一面又把眼转向余老二，开口说：“我说话比较粗，你不要介意。”余老二说：“您老给我帮了不少忙，我打心里都感激您。您尽管说，我有错就改。”六顺爷则直言道：“要我说一句实话，你家今年遇到的事儿，也不是小事儿。我们庄户人家，害病住医院就算得上是很大很大的事儿了。虽然那时候，杨家山的众乡邻也给你帮过不少忙，但要我说，帮忙最大的莫过于山山一家子了。山山不用说，早晚都来帮。我们知道，他自己家里的活儿也不少，还有那么一大圈羊。山山妈的身体，你也知道的，两个关节老疼。在这种情况下，他们一家子给小花帮忙干活儿。从收割到搬运，从搬运到打碾，从打碾到归仓，哪一项不是他们一家子来帮着干的？后来，连你家的牛，山山也包了，一天到晚带着放。雷声轰轰的时候，他们放着自己家的黄田禾没有管，都跑到你家的地里来了。那一阵子，你们两口子想必在医院里，心里也是很着急的。正因如此，我想说说，关于山山和小花俩的事儿。这两个孩子的事儿，在杨家山谁都是看得见的。他余家哥，向人向不过理，我看，俩孩子的事儿，你也得好好考虑考虑了。”

六顺爷一口气说了这么一大堆话，在场的人，谁人也没有想到。六顺爷的话像是倒核桃一样倒出来，差点儿刹不住了。刚开始，余老二以为头人要补充一些社事上的事儿。因为社上的事儿今年轮到他管了，但他因脚才好，那一向又忙于唱戏，便推给了六顺爷。六顺爷当时二话没说，一口答应了。正因为如此，开头的时候，他还竖着耳朵听。等听到后来，六顺爷说起山山一家子的功劳来。这时候，他心里便知道六顺爷要说什么了。但是那会儿，人多嘴杂，而且还有外村人，他想插一句也不便插。当他听到六顺爷说要他考虑考虑时，他心里一下子觉得很为难了，他不知道怎么回答他好。要说的话儿当然早在肚子里放着，但是在那个场合是不便说出来的。两个孩子关系好，这是谁人也知道的；再者，自己家里今年出了这许多事儿后，人家一家子不顾一切地顾他一家子，自己这会儿再要说出个“不同意”，大家看着也不好看。因听六顺爷的话，他手里端着的那一杯酒，一直端着没有喝。等六顺爷把话说完时，他才把酒放到炕桌上。他睁着一双眼睛去看大家，见众人眼睛齐刷刷地在看他；他拿眼又看六顺爷，只见六顺爷的一双眼睛也炯炯地盯着他。很显然，这一双双眼睛正在等他的一句话。余老二看了之后顿了顿，然后说：“六爸说得也对，我一直这么想着呢。但就不知道这俩孩子的大相（属相）搁（配）不搁。要是大相搁的话，那还好；要是大相不搁的话，六爸，这个就有些难了。大相这东西灵不灵，谁人也说不清。但你也知道，我们杨家山人就讲究这个。”

让六顺爷想不到的是，余老二从大相上驳回了他。这个对于说了几十年媒的六顺爷来说，当然不是什么问题。他虽然心里清楚山山和小花的属相、生辰，但还是装作一脸的糊涂，因而故意道：“山山的属相，我倒有一本账，因为他跟我的望强是同一年生的，生辰只差了五天。但小花是属啥的？我倒还记不得了。”余老二听了，在一边说：“小花么，大倒是不大。属狗的，七月十二的生辰，也好记。”六顺爷听了，当即伸出手，掐着指头算起来。一算，笑着说道：“你看，我就说这俩孩子有夫妻相，果然有夫妻相。”他说着，把手伸出去，伸给余老二和众人看，并说：“他们俩不仅大相合，连八字合得也是很好的。”坐在一边的园子里老二早也在那儿掐着指头算，因而，没等六顺爷的手收回去，他把他的手也伸出来，说："女大两，银钱淌。这不是很好嘛。"发财没等园子里老二说完，也在一边附和道："实际依我看，这俩孩子，不仅模样儿长得都好，而且性格儿也都好。"

众人听了，也都说："这就更好了。"正在炕桌后面坐着的刘麻子，自从得了六顺爷的耳语后，早也准备好了要说的话了。就在众人的附和声后，他便把早准备好的那句话，不失时机地抛了出来，他说："千里姻缘一线牵。婚姻这东西，有时候就说不上，说远也远，几千里的婚姻也是有的；有时候倒是很近的，就在家门口。我见过的就有好几个呢。"

园子里他二爸又接着说："况且，山山家的光景也是很好的。要我说，包产到户这多少年，杨家山真正发家致富的就数他家了。那几年，我们大家都死守两亩薄地的时候，杨老大已经一张弓背上，到处擀毡挣钱了。后来他虽然走了，但山山又从学校里回来了。他刚回来的时候，大家都骂他书呆子，瞎折腾。如今，你看看他圈里那一圈羊，大大小小六七十只。过去张家寺的大地主张老爷家里才有多少只？要知道，我们这是偏远山区，山大沟深的，有这样光景的人家并不多。"

余老二听了，既没有评说山山家的光景好不好，也没有纠缠山山和小花属相八字合不合，而是道："这个我以前还不知道。但既然相合，六爸也说了，园子里他二爸也说了，刘师傅也说了，我当然都没有意见。但不知小花和她妈是怎么想的？大家也知道，如今的事儿，跟我们以前的不一样。我们那会儿，媒人说什么就是什么，父母亲说什么就是什么，没有我们的事情。"

刘麻子在炕角那儿，早从余老二的脸上看出了他的心思：不愿意。因而便趁着余老二把皮球踢到老婆女儿那边，忙道："对对对，他余家爸说得有道理，我完全赞成。给女儿找婆家，大人当然是要同意的。但是，说到底，是要娃娃自己同意。多好的亲事，娃娃不同意了，大人再说好也是白说。现在是新社会，早不兴包办那一套了。我是一个外村人，咱们村里的事儿，我也不太了解。但你们说的山山要是杨老大的儿子的话，我可多多少少有些发言权。这多少年，我唱戏走过的地方也不算太多，但也不算太少。庄户人家，像他这样的家庭，我见过的真还不太多。就是在咱们杨家山，这几年我来时，经常住在他家里。山山那孩子我也了解，是很不错的一个青年。"

刘麻子说到这儿，眼又看着余老二，说："老弟，这样吧，如果你真有这个意思的话，我也多一句嘴。"余老二看他盯着自己，也只得点头说："你说吧。没啥。"刘麻子说："好好，既然老弟有这话，你给我的面子也很多了。"他又向椅子上坐着的六顺爷说："六爸，我一个晚辈坐在炕上使唤你不对，但是这事儿我必须得麻烦你。麻烦你出去把小花娘儿俩喊喊，咱们当面问问。小花娘儿俩真要是不同意，我们在座的就算刚才喝酒喝多了，没事儿干，聊了一会儿天；小花娘儿俩要是有口气，我们何不撮合撮合。俗话说，成人一好，胜造七级浮屠。"

在椅子上坐着的六顺爷听了，笑道："没看出来，你做事儿还真急。我原先以为，你只会唱戏喝酒混饭吃。既然你说了，我不能不遵命啊！"六顺爷说着，忙从椅子上起来，掀了门帘出去了。一时，只听见小花娘儿俩在屋檐下面说话。小花妈说："六爸，我不去，我去有什么用呢？孩子的事儿，孩子去就行了，她说什么就什么，我怎么都行。"小花也笑着说："六爷，我也不去。"又听见六顺爷说："人家一炕的人都在等你们娘儿俩，去不去，在这儿说了不算，要说就要说到桌面上。"

六顺爷连推带搡，把小花娘儿俩推进来。一看她们娘儿俩从门口进来了，园子里老二指着她们娘儿俩，对刘麻子说："刘师傅，你说今晚这饭菜做得好吃，你看看，这就是会做饭的那娘儿俩。"刘麻子从炕角那儿坐起身来，说："这个不用你说，我早知道。旁人家的饭，我也吃过不少，但今晚这么好吃的饭菜，吃得真不多。小花，你们娘儿俩怎么就这么会做饭呢？"余妈一看满屋子的人在看自己，脸都红了。她一手捂着嘴，眼向着园子里老二，怪他道："园子里他二爸，坐在那儿没说的就说这些。"小花在一边眼向着炕上的刘麻子说："刘家爸，你觉得香了就多吃些。"六顺爷、园子里老二、发财几个都接口道："刘师傅，你看一看，这就是你老弟的女儿小花。"刘麻子说："我天天给我老弟说，我说你是一个福蛋蛋，有那么好的一个女人，养了那么心疼的几个孩子，老天爷最爱你。"一句话，说得大家又笑了起来。刘麻子又说："言归正传。趁今晚上，喝酒喝得香，吃饭吃得好，我问问小花妈，也问问小花。你们说说，你们娘儿俩到底觉得山山怎么样？今晚这儿都是咱们自己人，没什么顾忌的。咱们的话也是哪儿说了哪儿了，我们一是一，二是二，成就成，不成就不成。"他说完之后，眼盯着余妈，说道："弟媳妇先说。"

余妈听到这儿，倒是把手从嘴上取下来了，眼看着小花，说："这个我不会说。但一定要我说的话，我还是那句话，由她自己。她觉得行，我也行；她觉得不行，我也不强求。”刘麻子顺水推舟，问小花道：“小花，你说，你觉得山山怎么样?”小花两手拉着她妈的一个胳膊，头靠在她妈的后背上，硬是不说话，只是笑。刘麻子说：“你笑什么，看不上，是不是?”小花还只是笑，不说话。刘麻子又说：“我看小花光笑不说话，一定是看不上山山。看不上了，你就说话，这没什么强迫的。我又不是你的媒人，也不是你的公公，你也用不着害羞。”园子里他二爸在一边说：“就是。这么大的孩子了，还害羞什么？你不说话，把你妈一味地拽着，是不是你想叫你妈替你说?”他又向余妈说：“小花害羞得不说。他余家妈，我看就依你刚才说的那话吧!”说完，又向小花说：“你说呢，小花?”这一次小花说话了，她红着脸，说：“我不知道。”发财笑着说：“你不知道，我可知道。一看你鼻子上酸兮兮的样子，我就知道，不是那意思还会是什么意思呢。你说我说的对不对，小花?”小花还是说：“我不知道。”刘麻子顺手端起了前面的一杯酒，说：“好好好，不知道就不知道。那我再说一句，小花，你把我这一杯酒替我喝了，这个你知道不?”小花笑道：“这个我知道。”刘麻子说：“知道了就好，来，喝了。”小花从她妈后边走过来，双手接了酒杯子，送到嘴唇边，脖子一昂，一杯酒下肚了。众人看了，都笑道：“喝得好，喝得好。”小花把杯子又双手递给了刘麻子。那一刻，小花脸上绽放出的笑容，是此前多少年从来没有见过的，那是充满着幸福的笑容，是世上最最灿烂的笑容。

五十六、憧　憬

余老二答应把小花嫁给山山的消息像长了翅膀一样，第二天天没亮就传遍了整个杨家山。许多人听了，都感到高兴。山山一家子更是高兴得难以述说。几年的梦想马上要变成现实了，山山的心里甭提有多么兴奋。因而那几天，他在山里放羊的时候，常常会情不自禁地唱山歌。那天，他在月亮峡的峡谷里又唱起了山歌，他唱的是《唐王的公主走口外》，他唱道：

> 唐王的公主走口外，要看个日月的镜哩；你把小阿哥甭见外，要看你心上的病哩。圆不过月亮方不过斗，十三省好不过兰州；甜不过冰糖辣不过酒，好不过连心的朋友。刺哇骡子驾车哩，架啥里，倒把个车踢烂哩；维哈个花儿好宽心哩，宽啥哩，倒把个心牵烂哩。

他一面唱着山歌，一面想道：世间的事儿，真真让人捉摸不定。有时候，看来已经成功了的事儿，哗啦一下失败了；有时候，看来毫无希望的事儿，又哗啦一下成功了。也许，这也是天意。他和小花的事儿就是这样的。是的，小花确实是一个好姑娘。她心地善良，会体贴人，又麻利又能干。在料理家务上，她更是一把好手。这一切对他来说，当然也是很好的事儿了。

山山因而又想到自己的养殖场来。经过这两年的努力，他的羊场还是取得了不少的成绩。大大小小七十多只羊，无论如何也不算少。这些羊中又有三十多只绵羊。今年少说也能产下二十多只小羊羔。当然，他的理想远不至此。他的理想是不仅仅做一个杨家山的养殖能手，还要做一个全乡的，甚至全县的养殖能手。无论从哪一方面看，小花对他来说都会如虎添翼。他甚至想结婚之后，家里有小花看管喂养，自己可以从从容容跑市场。他准备再去一趟山东，到他信上联系过的那几个养殖基地，再好好看看，取取经。

时间在一天天过去。山山和小花两家子也都在忙着为两个孩子的婚礼做准备。因为杨家最近又买了几只种公羊，还把先前那羊圈做了修缮，所以在办事儿时，经济上还是有些困难。可好，已经在内蒙古包头做了上门女婿的哥哥山兔听到消息后，给山山寄来了一笔款子。在县上打工的山牛也帮了二哥不少。他挑肥大的羊又卖了几只，所以，娶亲用的钱基本上解决了。现在就一门心思，准备办事儿。

山山家里，母子几个都很忙，余妈也不闲着。她主要是想给小花做几件像样的嫁妆。有几件她自己做，还有几件托给小花舅妈做，因为她有缝纫机，针线活儿也好。但是，过了快一个月了，还没有做好。余妈想，小花结婚的时间快到了，她做的几件怎么还没有做好？这让她心里着急起来。

这一天，天下起雪来，余妈便对小花说："小花，今儿天下雪了，我想趁这机会，到你舅舅家里去一趟。一来，我去看看你舅舅。前一次我去时，他叫胃疼，我看好了没有。二来，再看看你舅妈给你做的嫁妆做好了没有。眼见快到日子了，要是没有做好的话，我再催催她。"小花听了，道："这个也好。"

余妈去了小花舅舅家。余妈已经去了几天了，还没有回来，可是牛草不多了。小花想铡，但是她一个人又铡不成。要是以往的话，她可以偷偷地叫山山来帮一下，可是现在却不好意思叫了。她知道这几天山山也很忙。因为马上到结婚的时间了，他家里也有许多事儿要做，因而她不想打搅他。于是，小花便去叫她三妈帮忙。可是她三妈得了重感冒，睡在炕上铡不成。她从她三妈家里出来，想到六顺爷家里看看六顺爷或者六奶能不能帮忙铡铡。这时候，她正碰上山山。因而，这事儿还是叫山山给知道了。晚上点灯时候，山山过来了。山山来的时候，小花早在草窑里等着他。山山一来，两个人便一个压草一个铡。小花跪在铡墩跟前，一束一束地往铡口下面压，山山两腿叉在小花眼前，手提着铡把子，一铡子一铡子往下铡。随着山山的铡刀刺啦啦往下铡，碎草便从铡刀的一侧哗啦哗啦往出来撒。铡了一会儿，山山看铡刀一侧的草已经堆成了大大的一堆，便说："你等等，让我往那边挑一挑。"山山说着，便拿起木叉去挑。小花没事儿，顺势坐在旁边那堆没铡的草上看山山挑草。

山山终于把碎草全挑过去了，然后往墙角那儿去放木叉，一转眼，看见小花正在拿眼看自己。山山在摇曳的油灯下，看见她满脸红扑扑的，额头上似乎闪着几粒亮晶晶的汗粒。他有些心疼了，一面说"你就这么热"，一面将手往她的额头上伸，他想摸一粒汗蒸子叫她看。不料小花却往后一躲。小花一面躲一面说：

"你要干啥?"她这么一说，山山觉得自己的举动有些冒失，因而便说："吓死你了！我又不吃你。"小花说："谁说你吃我。"山山说："你看你额头上的汗。"山山一面说着，一面用手在自己的额头上比画着。小花伸手去摸，一摸果然有许多汗蒸子。小花说："干活儿出汗，这有什么惊奇?"实际他看见小花那红扑扑的脸蛋后，心里禁不住还是想摸摸她。没想到，小花躲起来不让摸。只听小花还说："动手动脚的，我就看不起这种人。"山山一听她说"这种人"，当时，他没有说什么，过了片刻之后，才说："你高尚!"小花说："不是我高尚。再过不到一个月，我们就要办事儿了。事儿一办，就什么也好说。就这点儿时间了，你就这样。"

第二天，天终于放晴了。余妈也从娘家回来了。余妈来时把小花舅妈给小花做的两件衣服也带来了。娘儿俩在厨房里看着试了半天，都说做得好。余妈还说："你舅妈的手艺就是好，等小树找了媳妇了，也叫你舅妈给做一件。"小花听了笑着说："妈说的。小树还小，找媳妇还早着呢!"余妈笑道："早什么，快得很。记得你姐姐过门的那情景，好像就是昨天发生的。想不到，现在你也要过门了。这才有几年？况且，小树比你小了也没有几岁。"余妈说到这儿，心里不免产生了一种感伤情绪，眼角禁不住湿了。小花看见了，忙安慰她说："妈说得也是。"

余妈说："你过门了，别的我不操心，只是家里孩子就小树一个了。这几年因为有你，他在家里什么活儿都不干，因而把他也惯懒了，到现在，什么也不会干。过几年，我和你爸都老了，干也干不动了。到那时候，家里干什么活儿，都是他一个人。"小花说："妈，这个你就不必操心了。我虽然过门了，也不过是从这个门出去，没走几步，又从那个门进去。就这么一点儿路，又不远。小树不会干的活儿，我照样可以干。再说，山山心眼儿也不坏，他也不会反对的。"余妈说："干倒是可以干，但到底是过门了，有些事儿也由不得你自己了。"小花说："说是这么说的，但我还是要帮的。就这么一个弟弟，怎么都得好好待他。"小花这么说着，心里也不免有些伤感。她想她过门了，家里就剩下她爸她妈她弟三个人了，弟弟又什么都不会干，她爸又三天两头不在家；来了，又不好好帮妈妈干活儿。妈妈的病虽说已经好了，但是也不能累着了。想到这儿，她不觉眼角也湿了。幸亏母亲转身出去了，没有看见。所以，她想趁自己还在娘家的这些天，好好帮妈妈干干家里的活儿。

首先，得帮妈妈把明年开春种地用的粪土往地里拉拉。这是最吃力的活儿。

三头牛，两头猪，还有十只鸡，攒了这几个月的粪土都还堆在牛圈那儿。要把这些都运送到地头上，得好好拉几天。因而第二天早上，吃完早饭后，小花就驾起了牛，套起了车。小花装了满满一车粪土后，娘儿俩一个拉车一个牵牛，往地头上拉去了。

余老二又唱戏去了。他已经走了有十天了，还没有回来。那一天，他忽然回来了。他回来的时候，小花和她妈已经拉了两车了。他一看见小花娘儿俩正在牛圈门前抄粪，便问道："还早着呢，你们娘儿俩就开始拉了?"小花妈说："现在不拉，等什么时候拉?"男人说："到开春了再说，就这么几车粪土，还怕拉不上吗?"女人说："拉是可以拉上，但就怕到时候连你的人影儿也见不上。"余老二听了，笑着说："就你干得多，我余老二是白吃饭的。已经拉了多少了?"小花说："拉了没多少。"余老二说："这有多少呢?"女人说："你要多少呢? 就那么三头牛，两头猪，十只鸡，能攒多少?"余老二说："少了就少上些，庄稼长得好不好，有时候也并不在这上头。"

余妈说："你就会说这样的话。少上些，到时候庄稼歉收了，你吃什么?"男人听她口气不对了，也便赔笑道："我也不是不想多上，可是我们粪土少，你总不能偷人家的去吧!"女人说："谁要你去偷! 你一天东一趟西一趟地跑，不说多铲一担添炕，或跑到山里多拾拾，尽胡说!"

五十七、婚礼如期举行

转眼到腊月了。腊月一到，时间就过得更快了，杨家山人也更忙了。杀猪，下粉，磨面，样样活儿都得抓紧时间干。一不留神，就到腊月三十了。山山家今年因为要办喜事儿，所以比谁家都忙。杀猪要杀两头，一头留着自己过年，一头留着办事儿。擦的洋芋粉也多，尿素袋子里装了满满两袋子，少说也有两百斤。磨面当然也要多磨。因为活儿多，杨妈和山桃一时忙不过来，杨妈又叫了桃桃来帮忙。可好，那天，山兔领着媳妇和两岁的女儿莹莹来了，第二天弟弟山牛也来了。山牛来的时候，也领了个姑娘，说是他的女朋友。杨妈当然很高兴。因而，老人家跑得更勤了。他们一来，就又多了几个帮手。那时，山山家里还有好多活儿也都没有做。首先是新房子还没有完全布置好。因小花说喜欢有一个壁橱，一个顶棚。于是，山兔和山牛又叫了刚从外面打工回来的于二头和胜胜两个，几个人拿了锯子、凿子、斧头，丁丁咣咣打起壁橱、顶棚来。其次，是家具。衣柜还没有刨光，写字台还没有上油漆。昨天，李师傅又跑去叫来了一个徒弟。师徒几个白天加紧赶制，晚上吃完饭后，还点起了灯，在灯下丁零哐啷做了半晚上。

眼看到了腊月三十了。三十日一到，山山家的事儿实际就到了。因为日子是正月初四。说是初四，实际跟腊月三十日没什么两样。因为初一初二初三这三天过年，什么事儿也办不成。不要说是做衣柜、写字台这类大活儿，就是买双筷子买张纸也不方便。如今虽说商店的经营比以前灵活了，但这几天大过年的，跑到商店里买这些东西，人家也会笑话的。因而，所有该准备的东西在年关之前都要准备齐全。山山本是个麻利人，加上母亲、妹妹山桃做事儿也利索，哥哥山兔两口子和弟弟山牛还有他的女朋友，也是哪儿需要帮哪儿。因而，办喜事需要的主要东西在腊月三十那天都准备好了。

正当山山一家子准备山山和小花的婚礼的时候，腊月三十早上来的两个人，让他们一家子大吃一惊。在杨家山，腊月三十上门的人，除了邻里之外，再就是同族同宗、准备上坟烧纸钱的人。但是这一天，来的这两位，既不是邻里也不是同族同宗、上坟烧纸钱的，而是张主任。另外，还有一个年轻人，山山不认识。张主任介绍说，这是乡信用社新来的会计小崔。那天，张主任是拿着催款的单子前来找山山催款的。他一进门就说："杨山山，你的贷款到还的时候了。"山山一听，一下子怔住了，心里想：贷款的时候，不是说是三年的期限吗？要是三年的话，时间还长着呢。他是按照这个时间做准备的。于是，他便把这话说给了张主任。张主任则说："这是新规定。当时是当时，现在是现在。"山山看张主任那沉沉的脸色，是没有商量的余地的。不过，山山很快明白了，这一定是因为小花。可是，这是一笔不小的钱啊。现在，就是去借也不好借。腊月三十大除夕，谁愿意把钱借出去。杨家山人是有讲究的，这一天往外借钱，这一年都是要出财的。怎么办呢？

山山迫不得已地又说："以前不是说是三年时间吗？如果三年的话，时间还早啊。"张主任似乎有些不耐烦了，他说："这是上面的通知。这儿还有文件呢。"张主任说着，将手里提着的那个黑皮包打开，从里面取出一沓文件，当着山山的面在那儿翻着找。山山知道，他是要找文件给他说事儿了，便说："文件你也不用找了。"

这时候到哪儿去借？平时借钱都不容易，年关下，借钱就更难了。山山虽说养羊养得好，但是，他是按照自己既定的计划借钱还钱的。最近的一切，都是以结婚办事儿为中心展开的。因而，该卖的羊已经卖了，该借的钱已经借了，该收的钱也已经收了。那些没卖没借没收的，山山都有自己的打算。老张这么一来，山山原有的计划就全都打乱了。山山和母亲分头去了几个地方，但都没有借到一分钱。山山没办法，只得喊来羊贩子白脸大张。白脸大张一看，山山是因催款而卖羊，所以先前价值三百的，现在只给一百五，先前价值四百的，只给两百。卖出了三十二只后，那些款才还清了。

转眼到了初三。那天一早，六顺爷早早地来了。六顺爷是这场事儿的大总管。因而大到接亲、迎风、待客这样的大事儿，小到一瓶酒、一包烟这样的小事儿，他都得亲自过问。另外，像挑水的是谁，烧火的是谁，哪张桌子上待客的是哪个人，端盘子的是哪个人，等等，也都得他去一一安排。

六顺爷来了不久，其他人陆陆续续也都到了。上屋里已经坐了满满的一屋子，有几个来得迟的，只好站在当地下，还有几个在门外头屋檐下站着。六顺爷喊了一声，说："站在外面的，都进来挤一挤，外面听不见。"于是，外面的几个也都挤着进来了。看大家都进来了，六顺爷便敲了敲炕桌，开始布置任务了，他说："鉴于人多活儿杂，这一次，我先叫二柱列了个单子。"六顺爷一面说着，一面叫二柱将预先列好的单子拿出来念。二柱一个一个去念，念完后六顺爷问道："各位听清了没有？"大家都说："听清了。"六顺爷接着说："听清了就好。自己是干什么的，可得记好。等明儿客人来了，要你们干活儿的时候，找这个说我不知道，找那个说我不知道，我可不客气了。虽说是山山的事情，但客人招待不周，他们出去了骂的是整个杨家山人。真到那一步，看你们的脸往哪儿搁。"大家听了，笑起来。六顺爷说："你们还笑？这场事儿不是小事儿。不信，你们到厨房里、到屋檐下、到上房后面的那个屋子里看看去。看看蒸下的那几大笸箩馒头，切下的那几大笸箩菜，还有满满几大笸箩猪肉、鸡肉。看完了，你们就知道了。我们杨家山这多少年，大大小小的事情也过（办）了不少，但像山山家里这么过事情（办喜事）的，我还是头一回见。所以，大家要齐心协力，劲往一处使，等事情过完了，山山自有说法的。"一句话说得大家又笑了起来。

六顺爷话刚完，院子里就有人喊："饭好了。"这是山山家给帮忙的各位乡亲的饭。于是，大家就吃饭。吃完饭后，各就各位，各自干各自的活儿。搭棚子的，找绳子椽子搭棚子去了；烧火的，找土找墼子裹灶台去了；挑水端盘子保管烟酒的，也都各自去找自己用的水桶盘子箱子了。山山家里有的，就地取材就地找，没有的，各人跑到村子里家家户户自己找着借。缺什么借什么。那一天的活儿，就搭棚子的最吃力，不仅用料多，需要的人手也多，而且，还得几个有力气的人干。因而，这一项活儿就由四娃、二柱的弟弟三柱、于二头、胜胜几个干活有劲儿、块头又大的去干。不过，他们几个倒乐得去干这一项活儿。

且说那天早上，刘麻子和他戏班里的几个，相约来到了张家寺，到天王庙里去烧香。烧完香以后，其他几个都说要回去，还说等到明儿了，再到余老二家里给小花添箱。刘麻子听了之后说："这么远的，回去干什么？还不如跟我一块儿去余老二家。"但其他几个却说："我们去了不大好，大过年的。况且，我们又不是什么正经亲戚。你去就没什么说的，因为你是小花的媒人，无论如何你今儿赶晚要到山山家里去。你明儿早上从刘家岔往来赶太迟了。"刘麻子说："我也是这么想的。走走走，跟我一块儿走。现在的人，谁还管那个。人家大年初一也照样走朋串友，走正经亲戚的有多少。按你们这么说的话，我也不能去了。"他们几个也不耐劝，刘麻子这么一说，也都说行。于是，几个人便跟了刘麻子翻过山，来到了余老二家。

那会儿，余老二正在上房里闷闷地睡着。余老二这几天心情一直不好。今日一早出门，看见山山家人出人进、热热闹闹的样子，他的心情变得更加不好。本来他早上也想到天王庙里去烧香，可走到半路上又转身回来了。一回来就躺在炕上，中午连小树端来的饭也没有吃。余妈知道他的心思：他对小花的亲事很后悔，想反悔但又说不出口。此前，好几次他在她跟前说过这样的话，都叫她给骂回去了，她说："你是不是男人？你当时干啥着呢？你前口里姓张，后口里姓王。喝点儿酒，就什么也信口说出来了。一说出来就又后悔了。你就是失了江山，这会子也不能说这样的话了。"

她这么一说，男人便也没的说了，只睁着眼睛来瞪她。当小树第三次把端去的饭又端回来后，余妈便借口到上房里去取东西，到了他跟前，低声骂他说："你起来，好不好！晴天大白日的，睡在炕上，你这算什么？"余老二还是头也不抬。女人说了几遍，他都没理，还是头扁扁地睡在炕上。当刘麻子他们从天王庙来到他家里时，他还在炕上睡着。他们几个都笑着说："你高兴得坐也坐不住，就睡下了。"余老二见他们几个来了，不得不挣扎着起来。

因有客人来了，厨房里又做了饭。余老二本不想吃，但因有客人在，也不得不陪着吃。饭后，小树还拿出了一瓶酒，打开来叫大家喝。余老二本不想喝，但因客人在，他不得不陪客人喝一点儿。于是，大家你一杯我一杯地喝起酒来。

那时已经是下午时分。山山家的院子里，仍然很热闹。大家出出进进，各干各的事。到了下半天的时候，所有要干的活儿基本都进入尾声了。就剩下搭棚子的活儿，还有几处没有彻底完成。四娃、胜胜、三柱、于二头几个都说有点儿累，嚷着向总管六顺爷要纸烟抽。四娃说："六爷，我们几个最辛苦，你还不多给我们几个发纸烟；你不多发纸烟，只怕今晚上，这棚子还搭不住呢。"六顺爷看了，说："纸烟我可以向东家要，只是这棚子搭不住，我可不饶你们。你白天搭不住了就下夜搭，哪怕搭到明日天亮，也要搭住。"于二头听了，一面向六顺爷伸手，一面说："搭到天亮就搭到天亮，谁怕谁。但我们有几点要求，你可得满足。一是你要陪我们搭，二是要多发烟。还有一点，就是要有酒喝。"六顺爷手指着他说："我把你这个猴崽子，老记着抽烟喝酒。"六顺爷说着，一面从烟盒里拿烟，一面向正从大门外进来的山山说："山山，明儿了你给小花说说，叫她给于二头好好点支烟，你就说这个棚子是他搭起来的。”在一边的四娃、胜胜、三柱也争着说：“六爷，还有我们仨呢。”众人听了，都笑说：“这是应当的。”有的还说：“最好把你那几根汗毛也燎一燎。”于二头听了，笑着说：“汗毛我们几个都有，燎一燎也好。”四娃说：“你要燎汗毛？小心小花把你的嘴掐了。”于二头说：“小花有那么厉害？我才不怕呢。”说着，又向一边站着看热闹的人挤眼睛，做鬼脸。

那天，山山家里人很多，村里几乎所有的孩子也都来了。他们在院里院外打打闹闹、追追赶赶、嘻嘻哈哈地玩儿。其中有一个小孩，许多人不认识，也跟着在那儿玩儿。因为大家都不认识，有人忽然问：“这是谁家的孩子，怎么不认识？”他这么一问，倒是引起了大家的注意，于是大家都往那个小孩子脸上看。于二头也往他脸上看，之后拍手问：“谁家的孩子，这么心疼？过来，让我心疼心疼，亲个嘴，好不好？”那孩子小，看见于二头五大三粗，嘴上叼着烟，眼睛大一阵小一阵盯着他看，他便有点儿心怯了，在那儿怔怔地站着。于二头又拍了拍手，变了脸，大声道：“听见没有？过来让我心疼心疼，亲个嘴。”说着，又把眼睛睁得圆圆地看他。小孩子一看心里更害怕了，嘴也撇起来了，无助地向四面看。他刚把脸转过去，就看见山山从大墙那边过来了。一看见山山，小孩一下子觉得有靠山了，便赶着往山山跟前跑。他一面跑，一面还哇啦啦地哭。有人说：“这家伙，还认人！”有人又问：“这是谁家的孩子？”因为大家知道，山山家里没有小孩，山山姐姐的几个孩子，他们都认识。就桃桃那个最小的，这几天他们也都熟悉了。六顺爷见了，骂于二头说：“我把你狗吃的！你声音小点儿，小心把娃娃吓着了。”六顺爷骂完于二头，又向众人说：“不认识吗？这是小桂的孩子。”于二头听了，哈哈哈笑起来，道：“怪不得呢。”他一面笑着，一面对山山说：“山山，你赶紧把你外甥领走，影响我们连活儿也不能干。”他说着，两手伸出来，不住地在眼前乱拨，像是在往外拨一件什么东西。

那孩子一跑到山山跟前，哇啦哇啦哭得更凶了。山山顺手抱到怀里，哄着说：“不哭了，不哭了。那个叔叔是个好人，不要怕。”山山一面哄他，一面还用手揩他脸上的泪。小孩子听了，似乎也不怎么害怕了，因而也不哭了。他把脸不由得又转过来，往于二头脸上看。他转过脸看时，于二头正皱着眉，噘着嘴，做着可怕的鬼脸。这让他又吓得转过脸，哽咽地抽起来。山山说：“别哭了，那个叔叔是好叔叔，不打你的。”他听了便停了哭，不过脸再也不敢转了，嚷着说：“我要回去，我要找妈妈去。”山山听了，说：“好的好的。你回去找你妈妈去。你等等啊，我叫你舅舅把你领回去。”山山一面对小孩说，一面“小树小树”地喊叫起来——这孩子是小树领来的。小树领来后，便丢下了他，不知又跟谁到哪儿玩去了。山山喊了两遍，都不见小树来，他只得自己抱回去。

山山抱着孩子，一面跟他说话，一面往小花家里走。那时候天色晚了。他早知道小花家里今天来人了，就是他丈人戏班里的那几个。前一阵子，他去六顺爷家里取碟子时，还听见了丈人家里三三五五划拳喝酒的声音。当山山到小花家大门口时，先前划拳的声音听不见了，倒是隐隐听到有人抽抽噎噎的哭泣声。山山在这个时候，听到这样的声音，心里便咯噔一下紧张起来了。他心里道：大过年的，这是谁呢？他站在大墙根下，侧着耳朵去听。那声音断断续续，似乎还说着什么，像是丈人余老二的声音。山山想：明儿就要过事情了。在这个时候，他这么伤心地哭又为什么呢？是不是出了什么事儿了？他转念一想：这不可能。要是有什么事儿的话，小花一定会打发小树，或者自己偷偷跑来告诉他的。那么，为的是什么呢？是不是小花要过门了，他很留恋，因而就伤起心来了？在杨家山，女儿过门时候，出现这种情况是很正常的。

在山山怀里的小孩子听见有人哭的声音，也吓得直往山山胳膊弯里钻。山山悄声说：“别怕，不要紧。”那孩子听了，蜷得更紧了，把头埋进山山的胳膊下面，一点儿声音都没了。山山又往大门那儿走了走，站在门口那儿的墙根下去听。他想听听，里面到底说着什么。这里虽然紧挨着大门，大门也是半开着的，但是到底距离上房远。因为是冬天，上房门窗也是闭着的，所以里面的声音只能断断续续听到一些。有些声音嗡嗡隆隆的，听不大清晰，偶尔有几句声音大一些的，才能听清楚。他听得最清楚的一句是：“我怎么就瞎了眼了，把一个花一样的女儿，就给了一个放羊娃。”之后，又听见里面许多人说话的声音，好像是有人在劝说这什么。就在这时候，他听到了砸盘子、碟子的声音和女人哭叫的声音。听那声音，似乎还不止一个人在哭。

听到这儿，山山忽然明白了许多：这多少天来，他丈人远远地见了他，就像老鼠躲猫似的躲起来。原先，山山还以为丈人怕见他。因为几个月之前，丈人是一点儿都不同意将小花嫁给他的。后来，忽然又同意了。因而，丈人在心理上觉得对不住他，很感惭愧，所以，见了他才这么躲躲闪闪的。想不到，他竟然是这么想的！

那一刻，山山想冲进去看看里面到底发生了什么。他想，小花一定是因受了委屈，而在那儿哭泣。她母亲也一定因为姑娘受了委屈哭泣，也在一边陪她哭泣。但是他没有动，仍然静静地站在那儿听着。他不知道，他冲进去了该说什么。他知道，余老二是不喜欢自己的。就为了自己，小花这段时间没少受委屈。他这时候就是冲了进去，也是一点儿解决不了问题的。女儿是余老二的女儿，尽管自己喜欢她，自己也曾不止一次地向她保证过，自己就是花什么代价，也要让她幸福，但是自己是个养羊汉，一个还负着债的养羊汉。一个负着债的养羊汉，跟一个有稳定收入的工人显然是没办法比的。所以自己说的那些话，在实现之前，都只是一句空话。小花如此执着地爱着自己，嫁给我，万一将来我的誓言落空了，这不坑了她吗？

这时候，那孩子在山山怀里蜷着，身上有些发抖。也许，他有些害怕了。山山想，该把他送到家里去。但是，他怎么进去呢？

正在山山不知所措之时，忽然听见咣当一声，好像有人开门的声音。山山怕有人出来看见自己，便赶紧往后面退了退，退到大墙角根那儿。山山是退过去了，但是里面并不见人出来。他又转眼向大门那边看，只见小花家大门口挂着的那个红灯笼，还在那儿幽幽地发着光。这时候起风了，风飕飕地吹打在脸上，浑身一阵寒意。那只红灯笼下面吊着的穗子，也在风中飘着，似乎瑟瑟有声。

五十八、六顺爷的梦

一心装着小花的山山，那一刻他的心里就如刀割一样难受。是的，小花因为自己才受了这么大的委屈。这位可怜的人实在太痴心了。自己有什么呢？只不过是一个放羊汉，一个穷放羊汉。是的，我不能为了自己的幸福而损害这位可怜人的幸福。她要是嫁给一个有钱人，一个家庭背景更好，更有地位的人会更好。像她这样可爱的、善良的姑娘，应该有一个更加美好的未来，自己这么一个穷汉子是不配娶她的。

山山于第二天，出发去了上海。他临走的时候，本想给六顺爷说说，但是，当他走到六顺爷家的大门口时，又没有勇气进去。他进去了给六顺爷说些什么呢？他知道，六顺爷是最看不起这种性格懦弱的人的。

不辞而别的山山走了之后，六顺爷时常记起他。这期间，山山给母亲写信的时候，也常常在信里问候六顺爷。他给母亲寄钱的时候，也常常给六顺爷寄点儿钱。刚去的那几年，过年的时候，他也常常回来。后来，便是几年回来一次。现在，距离他前一次回家又是几年了，六顺爷不知道他下一次回来还得几年，因而不时地想起他。也许，是六顺爷年纪大了。年纪大了的老人就这样，常常记起以前的事儿来。六顺爷还常常在夜里梦见山山。昨晚上，六顺爷又梦见山山了。梦里的情境是那么真切，那么有意思，连时间、地点、参与的人物都那么具体。具体的时间，是二十五年以后。这时，山山已经是一家建筑公司的经理了。

这一天，山山和母亲要回老家了。山山虽然很忙，但是这一次，他不能不回。因为今年是父亲三十周年祭。父亲走了已经三十年了，因而，他得回去给老人家磕个头，烧个纸。

因母亲晕飞机，这一次他是开车回来的。从上海到老家，路途遥远，所以，车是由山山和他的司机小刘两个人轮换着开的。他们是五月初二早上出发的。路上走走停停，初四下午才到家。他们到家时，山兔两口子也都来了。杨妈的俩女儿和俩女婿也来了。山牛两口子因为离家近，来得就更早。山牛媳妇以为婆婆又晕车了，早围着围裙，问婆婆想吃什么她去做。但是，这一次山山母亲一路倒精神，将近八十岁的人了，一路车子奔波，似乎没什么影响。她笑着说："今儿还好，也不累。歇一会儿了，我给咱们做一顿家乡饭咱们吃。"两个儿媳妇听了都说好。

母亲说："我给咱们做个莜面拌汤吃吃。我在上海的时候，最想吃老家的莜面拌汤。"

不多时候，母亲的饭做好了。洋芋切得大大的，拌汤疙瘩拌得匀匀的，酸菜调得也合适，大家吃了都说好吃。连吃不惯浆水饭的小刘，吃了也说好。

初六这天，就是烧纸祭祀的日子。这次烧纸，虽然准备得充分，亲戚们来了不少。在老家的那些乡邻们，也都来了。不过，因相当一部分外出打工去了，许多应该来的没有来，所以总体来说，人不是很多。这么一来，山山准备的那些吃的喝的都剩下了。事情完了后，他便把剩下的东西分开来，和山牛一块儿挨家挨户分送给了乡邻。

烧纸的事儿才处理完，媳妇高蕊已经在电话里催山山了。说公司里有些事儿她拿不准，要山山快点儿回来。山山原来准备在家里多待两天，媳妇电话里这么一说，他只能少待两天了。这一天，他领着母亲，去看望了他的舅舅和四个姨姨。晚上回来时，天将近黑了。他原来还准备把老家那几个一块儿放牛放羊玩耍过的，也顺便看看，跟他们聊聊。这么一来，他也就顾不上看了，只能等下一次来了再说。他催母亲把东西收拾好，明儿就启程。

正当山山和母亲把什么都收拾好，准备明儿早上出发时，胜胜打来电话。胜胜在电话里骂山山说："你来了也不说一声。"山山说："我原来准备要来看你们几个的，结果，因那边有事儿，顾不上了，所以，只能以后再说了。"胜胜说："什么顾不上了，还不是挣了大钱了，不认我们了！"山山连忙解释说："真有事儿。"但他还是不信。山山笑着说："连你也这样说我。"山山听他如此说，也只得推迟行程了。

第二天早饭后，山山就和小刘向县城进发。他们到达县城的时候，是上午八点钟刚过。当他们的车子开到差不多快到胜胜干活的那家工地时，胜胜的电话又来了。胜胜说，他本来请了假要陪山山，可今儿有领导检查，老板要让他上班，因而抽不开身。这样，山山只能等他了。

山山本没有打算去找同学，但因为等胜胜没事儿做，又没有地方去，所以，他便想起张江来。他想到他那儿，纯属计划外的事。他这样做，一面是等胜胜他们，一面也是想跟他聊聊。张江是他高中时的同学，是他目前联系的唯一一位高中同学。张江是县城人，高中毕业后没考上大学。那时候，他父亲开着一个杂货铺子，山山跟他还去过几回他家。他家的铺子小小的，里面货物倒是不少。张江毕业后，便从父亲手里接过小卖铺。

山山到他的铺子里时，铺子里就张江一个人，坐在货架下面的一张椅子上看手机。张江见是山山，很感意外，一面问他什么时候来的，一面赶紧给他和小刘去倒茶。老同学两年不见了，见了当然很亲热。于是，两个人便坐在那儿聊起来。小刘看他们俩聊天，自己坐在那儿没意思，便出去到街上转去了。

山山端起了茶，一面喝一面和他闲聊。他们两个人正聊着，忽然听见外面声音很大，是一个男人的声音。只听那人连问了两声："这是谁的？"

他们俩虽然在聊天，但山山对于外面的话听得清清楚楚。不过他并没有理会，因为他知道，这地方的事儿肯定与自己没关系。但是，张江听到后却出去看去了。他一出去，随即又转身进来了，他问山山道："老同学，这是你的豪车嘛？" 山山以为他在开玩笑，便笑着说："什么豪车？不就一辆车子吗。"张江笑着说："我知道一定是你的，我们这地方哪儿有这么高级的车。"山山说："你尽会开玩笑。"张江说："没有啊。不过，你也真会停车，刚好停在这儿，把人家的路给挡住了。"山山听了一面问"是不是"，一面起身出去看去了。一看，果然是自己的车挡住了人家的路。张江指着后面说："这后面是人家的库房，李师傅要卸货，你把车挪一下。"山山说："好的。"他一面说着，一面掏了手机给小刘打电话。这时，那人又在车里喊："喂，师傅，能不能快点儿。"他显然有些不耐烦了。山山站在门口，很抱歉地说："不好意思，我没带钥匙，带钥匙的人出去了，我马上联系他。"那人又说了一遍："我要卸货。"

正说着，小刘来了。山山叫他赶紧把车挪过去。山山站在门口看小刘把车子开过去后，便又跟了张江转身往铺子里走。他前脚迈了进去，后脚正要往进走，便见一个女人从旁边那个门里出来了，一出来就问："李师傅，你清点了没有？"山山乍一听，感觉这声音怎么这么熟悉，他不由得转眼看了她一眼。但见这女人一头短短的秀发，看起来很显精神；身上一件白底蓝花的长裙，再衬以脚上那双擦得锃亮的白色高跟鞋，整个人看起来既得体又大方。在这样的小县城里，打扮如此得体、又如此有风韵的女人实在少见。他想：这小县城也有打扮这么得体又这么好看的女人。

对于女性，山山向来是个不怎么好奇的人，但是那一天，不知怎么了，他对这个声音听来很熟悉的女人还是有点儿好奇。山山扫了一眼她后，便转身往进来走。就在那一刹那，那女人似乎也意识到有人在看她，她也转过了眼。因她又一转眼，他不得不回敬她一眼了。礼尚往来的道理也许就是这样。但见她长着一张圆圆的脸，白皙细嫩的皮肤。看那样子，她年龄至多有三十岁光景。山山想：这可能是这儿的老板娘了。

山山这么想着，便也转身进来了。张江指着桌子上那杯茶，对山山说："喝茶喝茶，待会儿我老婆来了，叫她看门，我带你到家里去。家里有好茶，我请你尝一下我的好茶。"山山说："你真阔气。这已经很好了，家里还有好的。"张江说："姑娘从深圳带来的。"山山笑着说："你姑娘真孝敬你。"张江说："什么孝敬。去年一年就给我挣了这么一罐茶叶。"山山说："不至于吧。"张江说："有什么不至于的。她开春走的时候，路费是我掏的；年底回来后，除了还我给她的路费之外，就给了这一罐茶叶。你能不说她一年就挣了这一罐子茶叶吗？"

山山跟他说话，但心里还是想着刚才那女人。这女人的声音怎么这么熟悉？而且怎么这么像小花。该不会是小花吧？这时候，又听见那女人在外面"李师傅""李师傅"地喊着。他听了以后，心里不免想：这么润润的、脆脆的声音不是小花，会是谁呢？此时，在他的耳畔响起当年小花那润润的、脆脆的声音来。他一面应承着张江，一面又探身出去。他想再看一看那女人，看看她到底是不是小花。但当他探身出去时，那女人已经不见了。

张江见他探身出去了，随即又转身进来了，笑着说："怎么，刚出来就想老婆了，连小县城的'黑牡丹'也能看上？"山山笑着说："跟你一样！"实际张江怎么样，他也说不上。不过，上学时候的他，倒还不是这样。山山又说："我是看看，小刘出去这么一会儿了，怎么还不回来。就停个车，能要这么长时间。"张江说："你放心，这是小县城。就这么大的一点儿地方，他不会走丢的。"山山说："想不到，我们这县城，这多少年发展这么快。楼房这么多，许多地方我都不认识了。"张江说："就是，咱们这儿这几年发展得还是挺快的。不过，我们这县城里这几年，倒是从乡里来的人把生意做大了。你刚才看见的那一个女人，在我们这县城里就属她生意做得好，这几年挣了不少钱。"山山说道："是不是？还真看不出来。”但他心里想的，还是她是不是小花。张江说：“就是挣了不少钱。这人说不定你还认识呢，她也是你们西营人。”山山越来越觉得，这人他真还认识，但是他还是说：“不知道，我们西营人很多。再说，我这多少年一直在外，老家人基本上联系得很少。”张江笑着说：“大老板、有钱人都这样。”山山又问道：“你说的这个女人，你知道不知道她叫什么名字?”张江说：“全城人都知道的，叫余小花。”山山听了，心里不禁道：“难不成就是那小花?”

因张江的回答正应了他当时的猜想，所以，他说话的口气禁不住显得非常惊讶。张江似乎也看出了这一点，他想，看他这口气，他一定是认识的，便问：“怎么，这人你也认识?”山山笑着说：“认识。”他心里道：何止是认识。不过，他口里说得倒是很轻松。这多少年他一直没有见过小花，不过听说她嫁得也好。想不到她的生意做得也这么好。

接下来，他们没有再提小花，而是又说了些别的话。

过了一会儿，张江的老婆来了。张江就让她看铺子，自己领着山山到他家里去了。好几年不见了，他家里变化也不小。先前的四合院由他哥哥一家子住，自己在老宅子的对面新盖了一院子。靠北边是大门，南边空着，东西两边都有房子。这些房子多半也都半旧不新了。山山一一开门看了。其他几间屋子里全堆着杂物，只有西边那间房子装饰了一下，地也打扫得干净。看样子他们平时就住在这里。

说话之间，张江又上了茶。他指着杯子说：“这就是我的好茶，你尝尝，看能不能比上你们大老板的。”山山笑了笑，坐下来呷了一口，果然味道不错。这时，张江也坐了下来。他们俩坐在沙发上，一面品尝着茶，一面又叙起以前的同学和上学时候的一些事儿来。张江还把他们当年照的几张老照片，拿出来看。他指着照片上的人，给山山一一说了他所知道的他们的情况。他说：“陆晓蓝在县中学当老师，宋鹏在县医院当医生，赵武义在北山派出所。不过，他们我都很少见。”

这几个都是他们当年班里的好学生。只听张江又说：“现在看起来，我们班这几个考上大学的混得都比不上你，你的钱最多。”山山笑着说：“人家有没有钱，你也不知道。再说，我也没什么钱。”张江说：“你也太谦虚了。”他一面说着，一面还对照着照片说：“你看看，人有钱了还年轻。现在看来，别的都老了，就你还是那样子，一点儿不显老。”

他们俩正说着，山山的手机响了。一看是胜胜的。胜胜说，他这会儿有时间了，问山山在哪儿，要他快点儿过来。山山一看时间，才十一点刚过，就问他：“你不是说到中午了吗？怎么这会儿就有时间了？”胜胜说：“检查的又说不来了，所以这会儿我就来了。你在哪儿？快点儿来。”张江本来要山山中午在他家里吃饭，但因胜胜催得急，他只得让山山回去。山山告辞了张江，匆匆赶到胜胜那儿。原来，胜胜已经联系好了那几个在县城里打工的，说好了中午一块儿吃饭。他还说还有几个也想来，但就是人在乡里，并问他怎么办。山山说：“如果他们想来，那我们就去接。还有几个？”胜胜说：“五个。”山山说：“五个，我这车里还坐不下。”他赶紧打电话给小刘，叫他出去找着租一辆车。小刘很快租了一辆，并打发走了。

山山、小刘、胜胜几个到订好的酒店里去了。他们刚到大厅，胜胜的电话又响起来了。胜胜在后面接电话，山山便和小刘去了那间大包间。他们刚坐下，胜胜随后便进来了，还念叨着说：“你的活儿永远干不完。”山山问：“咋了？”胜胜说：“没啥。”山山问：“是不是哪一个又有事儿，顾不上来了？”胜胜说：“四娃么，还有谁。刚才说马上来了，这会儿又说五六点钟才能来。”山山说：“五六点了就五六点。有什么呢。二柱呢？”胜胜说：“二柱过一会儿就来了。现在，只剩下小花了。”

山山一听说是小花，心里咯噔一下，不由得紧张起来。他努力镇定了一下自己，问道：“是不是？”胜胜说：“就是的。”山山虽然很镇定，但是胜胜听他那口气，还是有些怪怪的，因而问：“别的都请了，难道就不请她？”山山说：“我不是那个意思。”

实际他说的真还有那个意思。他这一次来，主要是给父亲烧纸祭祀。因为公司里事儿多，高蕊在电话里一再催，所以聚会的事儿他根本没有想。而跟小花一块儿吃饭的事儿，他更没有想。但因胜胜提出来了，他也不能不接招。要不然胜胜又会来个“当了大老板了，连人都不认了”。

只听见胜胜说：“那会儿，小花的电话通着，但没人接。”山山在一边听了，没有言说，但他心里却想：今早我还见小花了呢。这时候，一个服务员进来问他们喝什么茶。山山问胜胜道：“你要什么？”胜胜才要说话，他的电话又响了，胜胜拿起电话，笑着大声说：“你们有钱人就是忙。我打了多少遍，你都不接。”电话那边传来了润润的、脆脆的声音：“那会儿我正开车呢。”胜胜问：“你开车？你开车到哪里去了，我正要叫你吃饭呢？”电话那边说：“吃什么饭，我都到兰州了。”胜胜听完后，“啊”了一声说：“怎么就这么凑巧？”这时电话里又传来：“怎么凑巧了？”胜胜说：“你猜猜，这会儿谁在这儿？”没等对方回话，他又说：“告诉你，就是他要请我们大家吃饭的。”胜胜说着，一举手，把电话举到山山跟前，山山因早听出了那是小花的声音，赶紧往后一躲，便躲过去了。胜胜只得又说：“是山山。他就在我跟前。”这时，便听见电话那边的声音小了。山山因躲到了一边，所以她说了什么，山山没有听见，只听胜胜在一边应承着说：“好的好的。知道了。”

挂断电话，胜胜告诉山山，说：“小花说了，她尽量往回赶。她能赶回来的话，就来了，如果赶不回来的话，叫我替她把账结了。”山山随口道：“是不是？”胜胜说：“小花两口子，都挺能干的，生意做得很大。我们那时候一块儿长大的，就你们俩最有出息。”山山没接他的话茬，而是指着面前的茶，说：“喝茶。”他一面说着，一面回头叫小刘把车上的烟酒搬下来。他为今天的聚会，刚才特意打发小刘买下的，还说：“今日非灌醉几个不成。”胜胜说：“怕什么，奉陪到底。不过，我有个要求，就是拳上见，谁输谁喝。”山山说：“这个自然。”

两个人正说着喝酒的事儿，胜胜的电话又响起来了，是二柱打来的，二柱说：“红梅的电话，没人接，怎么办？”胜胜问道：“怎么会没人接呢？”二柱说：“我都打了二三十遍了，都没人接。”胜胜又在给他出主意。山山在一边什么也没有说。山山早听说，红梅过得不大好。但详细情况他并不了解。当胜胜给二柱安排完之后，山山在一边说：“也许，她正有什么事儿，顾不上呢。”胜胜说：“我哪里知道你这么匆忙。”山山说：“这一次，我本来没有打算跟大家聚。早知道这样的话，我昨天就下来了。我以为就我们几个。”胜胜听那口气，以为他不想请她，因而问：“是不是你挣了大钱了，把以前的情人也不认了？”山山说：“少瞎说。”

这里，胜胜翻出了红梅的电话，自己给她打起来。他一打就打通了。红梅听出来胜胜的声音后，以为又是张武兵出什么事儿了。张武兵经常在外面喝酒，一喝就醉，一醉胆子也大了，什么话也敢说，什么人也敢惹。有时候，三言两语还跟人打起来了，一打架，就有人给她打电话。因而，一听到胜胜的电话，她的心又提起来了，她怯怯地问：“什么事？”当听了胜胜说要请她吃饭时，她感到很诧异，说：“好端端的，吃什么饭？”胜胜说：“是好饭，要不，怎么请你来吃呢！”红梅听了后，说：“我还忙着呢。”胜胜说：“就你忙，我们都没事儿干。”只听红梅还在电话里说：“真忙着呢。”胜胜问：“你忙什么，我帮你干？”红梅说：

"给驴割草。"

挂断了电话，胜胜问山山道："她在家里给驴割草，怎么办?"胜胜的意思当然很清楚：就她一个人了，再雇一辆车划不来，山山有车，叫他亲自跑一趟。山山似乎看出了他的心思，便说："需要的话，我们去一趟。"他口里这么说，实际他心里也还是愿意的。这多少年了，他还常常想起她。他当时似乎没有很爽快地答应，只因他怕自己一口答应了，胜胜对他有什么看法。他怕胜胜说："这家伙，有家有室的，还记着当年的情人。"但他又没有拒绝他。实际他本身没打算拒绝他。假如他这么违心地说一声，胜胜也一定会对他有看法的，又会说他赚了大钱了，就什么人也不认了。红梅的家里，胜胜是知道的。上一回，张武兵在工地上干活儿，因忘戴安全帽，而被楼上掉下来的一块木板子砸伤了。几个工友把他送到医院里后，便给家属打电话。因当时红梅的电话也打不通，胜胜便和另外一个工友到她家里去叫她。

小刘开着车出了县城，一路往北飞驰而去。胜胜和山山都在后排坐着。胜胜对那次去红梅家的事儿还记忆犹新。于是，他便把那一次张武兵在工地上如何砸伤，如何送医的事儿给山山说了一遍。他说："红梅这多少年，窝囊事儿一件接一件。先是张武兵从车队下岗了。下岗之后，起初自己买了辆车搞运输，后来连车也赔进去了。前年，女儿外面打工时，跟一个南方的小伙子走了。两口子一分钱的彩礼也没有得上。儿子不听话，初中没毕业就辍学去外面打工去了。打工打了几年，每年回来都是两手空空。过完年，到走的时候，还向红梅要路费。"

山山听着，一句话也没有说。胜胜终于说完了，他见山山不说话，自己便也不说了。胜胜不说，山山还是一句不说，倒是他的心里一波一波地起了许多波澜。当年和红梅交往的那些日子，交往的那些事儿，一件一件过电影似的在脑海里出现了。他头靠在座椅背上回忆着。忽然，车子颠簸了一下，他从沉思中惊醒过来。他眼向车窗外一看，车子已经到了弯曲的盘山公路上了。车路两边是一株株白杨，那白杨见了他们，如同哨兵似的急匆匆往后退去。他索性开了窗子，拿眼不住地看窗外的风景。崎岖的山路，郁葱的白杨，起伏的山峦，多么熟悉的家乡啊！记得上中学那时候，星期六下午回家就走这条路。那时候，这还是一条沙石路。当大班车嘟嘟嘟叫着一路跑过来时，刮起的土尘罩住了半个山梁，也迷糊了他的双眼。那一年正月初五，正当杨家山人都还沉浸在过年的热闹气氛之中时，他一个人离开了杨家山。那天早上，他就是从这条路上走的。他背着一个布袋，布袋里装着几个馒头，冒着严寒一步一步地步行到县城，在县城搭上了去省城的班车，在省城坐上了开往上海的列车。如今，这条公路已经不再是沙路了。许多地段还整修过，而且路面也都硬化了。不过，有的地方弯子还是很急，路也不是很宽，但比起那时要好走许多。

车子走完公路后，便拐进了乡村小路。有一段乡间山路曲曲折折的，弯子很急，路也很窄。小刘放慢了速度，很谨慎地驾驶着。走了大约十几分钟，在一个山回路转处，胜胜通过车窗，指着半山坡的一个村子，说："那就是张家寺。"他像一个导游似的给山山介绍着这个地方。山山点了点头。他何尝不知道这地方叫张家寺呢。当年，就是这地方的张武兵，娶走了曾经爱过自己，自己也爱过的红梅。车子转了两个弯子后，胜胜又透过车窗，指着靠山坳的那一家，说："那就是红梅家。"

车子终于到了。他们把车停在村口一个麦场上，然后下了车。几个人沿着小路，深一脚浅一脚地步行到了她家门口。

到了大门口时，见大门从外面锁着。胜胜便打起高声，"红梅""红梅"地叫起来。不知谁家的狗，听见喊叫声后汪汪汪地叫起来。胜胜跺了跺脚，那狗就不叫了。村子里很静，也不见一个人影。山山在一边笑着说："你这么叫，她都不见来，说明她既不在家里，也不在这附近。"胜胜又打电话给她，但这时电话里传出"您拨的电话已关机"的声音。小刘说："人家是大人，你这么叫，村里就是听见的人，说不定也不知道你叫的是谁呢。你喊叫她孩子的名字，知道的人说不定会告诉我们。"胜胜说："也是。"他知道她有两个孩子，但他们叫什么名字他倒是忘了。于是他又打电话问小花。小花说，他儿子叫大勇，你就叫勇娃。

于是，胜胜站在场边上，又"勇娃""勇娃"地叫起来。他这一喊叫，果然管用。从前面一户人家的大门里出来了一位老人，问他叫勇娃干什么。胜胜说了之后，那老人说："哟，是勇娃舅舅村里人。"老人一面说着，一面还把他们几个往家里让，说："这是我的大儿子家，勇娃是我的孙子。"说到红梅，他说："刚才还在这儿，这会儿不知道到哪儿去了。你们先到屋里坐着等等，等一会儿就会回来的。"胜胜向山山脸上看，意思是去还是不去。山山说："不去了。今日天气好，咱们山坡上走走，等等看。"胜胜只得向老人说："不去了。"

正说着，一位女人过来了，这老人问了之后，那女人说："到梁顶上的苜蓿地里拴驴去了。"她还指着那地方叫他们看："你们往半山腰走走，就可以看见。"

胜胜看山山和小刘都穿着皮鞋，说：“你俩穿的皮鞋，在山坡上走也不方便，还是我上去叫去。”实际山山是可以走的，但他怕自己去了不大好。他从这情景看到了许多许多。他想他要是去了，她见了一定会很尴尬。因而山山就没有去，和小刘在场边上的一颗碌碡上坐下等着。胜胜一个人去了。

这梁顶从这里看起来也不远，但走起来倒不近，因为前面的这条沟壑很深。先下坡，再上坡，那都是弯弯曲曲的小路。当胜胜到那儿时，都有些气喘吁吁了。果然，看见红梅在那儿。他说：“我哪里找都找不见你，打电话你又关机了。原来你在这儿。”红梅见他竟然找来了，心想一定不是吃饭的事儿。她理所当然地就往坏处想：是不是娘家父亲有什么事儿了。父亲一直是高血压，或者，张武兵又出了什么事儿了？不过，后来，看胜胜笑着跟她说话的样子，她心里倒不怎么紧张了，因而问：“你这么大老远的，来干什么？”

胜胜说：“我这么大老远的，就不能来了。”红梅说：“来是可以来。”但她心里还是想：这么远的，专门上门来找，一定不是吃饭的事儿。胜胜说：“请你吃饭还请不来。”红梅说：“一顿饭，你这么老远的来，有这个必要？”胜胜说：“有啊，怎么没有。”红梅说：“你不要吓我了。”胜胜说：“谁吓你。”他一面说着，一面拿眼看她。意思是，我是不会吓唬你的。他正想告诉她，是山山请她，给她一个惊喜。乍一看她，但见那乱蓬蓬的头发，好像好几天没有梳了；淡灰色的旧上衣上，沾了许多葛蓬草；蓝色的裤子上，也是斑斑点点的，不知渍上的是饭粒，还是别的什么脏东西。两只脚斜插在一双黑色的、但又磨破了鞋帮的皮鞋里，一只鞋的跟子也有点儿破。再看看她拿着铲子的那两只手，粗得像松树皮一样。他便问道：“你在这儿干什么？”红梅说：“我家的驴这几天有病了，也不好好吃草，我把它牵到这儿，让吃点儿绿草。兽医站的马二胖子给它打针吃药治了好几天，都不见效，黄草一口都不吃。”说着，还指着前面的毛驴叫他看。

胜胜能够看出来，她对这头驴是相当负责任的。他也看出来，红梅这样子，就是自己跑来当面请，她也不一定会去。况且，今日还有山山呢。因而他想，算了吧，别告诉她了，随便说个谎，拉倒吧。但是他又想，自己已经来了，山山也这么大老远的来了，所以无论她去不去，他还是得把山山的心意传达给她。因而，他实话实说道：“我是真来请你的。”

胜胜说着，便蹲下来蹲到一块草地上，把山山如何从上海来，如何在万豪酒店置席，如何请大家的话，给她一一说了。她先前以为胜胜在说假话，等知道他说的是实话后，也便低下了头，半晌说："我就不去了，你们去吃吧。山山这么大老远来了，你们就陪他好好坐坐。"胜胜说："这个自然。可是，山山也是真心实意来请你的，你好歹走走，也不枉费他一片心意。"他说着，还手指着对面麦场，给她说："山山的车，还在你们的麦场那儿停着呢，他正在那儿等你。其他人估计都到酒店里了，就差你一个人。你去了，我们大家一起坐坐，完了，我叫他用车把你送来，行不行？"红梅听了以后，还是说："算了吧，我不去了，你们陪他坐坐，好好聊聊。"当然，她早也听说过山山在上海过得很好。

胜胜看她很为难的样子，以为她怕张武兵知道了有什么想法，因而又说："张武兵我已经替山山请了，这个你不用担心。"红梅说："他去不去与我没关系，我只是说我自己。"最后，她还说："马二胖子已经说好了，过一会儿就要来，我还得把驴吆回去。"胜胜还在一边劝她："吃完饭回来了，我帮你去打针。"但她已经转过身，往毛驴跟前走了。胜胜再喊她时，她连头也不回了。

那一天，红梅到底还是没有去。胜胜、山山他们几个只得回去。他们匆匆折回县城时，已经是下午四点多了。他们到酒店里时，除了小花、红梅两个之外，其他该到的人都到了。胜胜叫服务员赶紧上菜。今儿这饭菜是这个酒店里面最好的，是胜胜替小花点的；烟酒是小刘从车的后备仓里拿出来的。酒是茅台酒，烟是中华烟。这烟酒跟山山给父亲烧纸祭祀时候用的一模一样。

宴席从下午五点开始，一直到晚上十点钟才散。吃完饭后，有几个说不放心家里，要回去的，山山叫小刘找了车，把他们连夜送回去。四娃说家里有事儿，也坐了这趟车回去了。山山在酒店门口，一一送走了他们。那几个在城里打工的连酒店也不回了，都说要到工地上的工棚里去睡。山山早叫小刘订好了房间，硬是把他们留下了。小刘给每人发了根烟，还说歌厅也已经订好了，想唱歌的进去唱歌，再玩一会儿。可他们几个都说不去了，说早上干了半天的活，腰酸腿酸的，唱什么歌。

山山有意订了一间大房间，他要和四娃、二柱、胜胜几个再一块儿聊聊。没想到，四娃提前走了。二柱和胜胜因为喝酒喝多了，所以把他们安顿到房子里，他们头一挨到枕头上，便听见呼呼呼的呼噜声。他知道，胜胜今天下午是请了假专门来陪自己的。二柱也耽搁了多半天。明天早上他们都还要上班，因而他再也没有打扰他们，让他们好好睡觉。

山山又订了一间房子。他到了那房子里，胡乱冲了一个澡，便躺下了。可是，他躺在床上久久不能入睡。他想着今天聚会的一些情景，尤其吃饭的时候，大家吃喝的样子和说的话。他们都说，这是他们第一次抽这么好的烟，第一次喝这么好的酒。可以看出来，他们都吃得香，喝得好。这一点，让他心里高兴。当然，他又想起了小时候，他们一块儿玩的那些日子和做过的那些事儿。还有，他们一起唱过的那些山歌。最后，他还想起了六顺爷，想起六顺爷教给他的山歌。六顺爷教他的第一首山歌，他至今还记得清清楚楚。那首山歌叫《土溜溜的蚂蚱》，歌词是：

土溜溜的那个蚂蚱呀，满呀满地爬。举起那个镢头呀，来把洋芋刨。

一镢头那个下去，翻过来瞧一瞧。哎哟这么大的个儿，哎哟你说妙不妙。

如今，歌在，人却不在了。六顺爷也于半年前去世了。这次回家，他去看望六奶时，六奶说："你六爷临走的时候，还念叨着你呢。他说他很想念你。他还问你什么时候回来呢。"

山山当时听了之后，半天没有说话，心里怅怅的。事实上他也是很想念六顺爷的，睡梦里都见到了他多少回。本来他想，这次回来了看看六顺爷，并和他一块儿放放羊，听听他唱山歌。谁知，老人家竟然走了。那天，他从六奶那儿回来后，整个下午心里都很难过。所以，当母亲的饭熟了之后，他也没有吃，就跑到六顺爷的坟上去了。他跪在六顺爷的坟前，给老人家响响地磕了几个头，烧了好多好多纸钱。他希望老人家拿着这些钱，到集市上多买几斤旱烟，多买几斤茶叶，再买几瓶好点儿的酒。他知道六顺爷平时非常节俭，舍不得买酒喝，只有过年时候，才买点儿散酒喝一喝，喝完了，便趁着酒兴儿唱山歌，扭秧歌，哼小曲。烧完纸钱后，他还在六顺爷的坟边上坐了好长时间。才几个月的新坟，野草已经长满了大半个坟头。他从那一丛一丛挤挤挨挨的、高高直直的根茎看出来，这坟上的草一定是有意长得那么繁茂。据说，好人死了以后就这样，坟头上的草长得茂密繁盛。

山山在那儿坐了好一会儿，然后站起身，缓缓地离开了。那时候天色还早，他一个人拾步下了村子前面的沙石坡，顺脚上了莲花嘴子山。站在山顶上，他极目四望。但见初夏的山坡沟壑，上上下下，远远近近，山静草绿，只是眼里看不见一头吃草的牛或一只吃草的羊，耳朵里也听不到一声山歌。他在那儿站了好半天，心里空空落落的颇感怅然。随后，山山拾步下了山坡，到了河道里。他沿着河道一路往前，一直到大石头滩，到月亮峡，到马背山，又到七眼窑，到所有他当年放牛放羊唱山歌的那些地方。山野依旧，草地依旧。山野里、草地上的草似乎比以前多多了，也长多了，一大丛一大丛长满了山坡，不过都成片成片荒芜着。看样子，这些地方好久没有牧过牛羊了。

山山沿着山坡一路往下走。不久，来到山下的河沿上。他站在河沿上向四面看，但见小河里的水比以前少多了。有的地段基本上看不见水流了，裸露在外的砂石地干干的。当然，谈不上有水流的声响了。他沿着河道往下走，一直走到他记忆中水最深的洗羊河口那儿。他想看看，那一段河面现在是什么样子。等他到了之后，他发现这一段的河床跟别处没什么两样。砂石裸露在外面，只有不多的三两处坑洼里有点儿水，像眼泪一样。看起来浑浊不堪，没有一点儿生气。

那个下午，他尽力寻找着梦里的山坡、梦里的小河、梦里的山歌，但是他一无所获。他这多少年在外面打拼，常常想起这山坡、这小河、这山歌。这一次，他重新来到这片土地上，就是为了寻找当年的梦想的。尽管他寻遍了山坡、小河、峡谷，寻遍了所有他当年放牛、放羊、唱山歌的地方，但是，他什么也没有找到。山里很静，峡谷里很静，小河边也很静，而且很异样。那清静、异样的感觉，仿佛是来到了另一个世界，一个他以前从来没有来过，也从来没见过的世界。

不知什么时候，屋子里亮了。难道天已经亮了？这几天，他一直没睡好。前几天，为了给父亲准备烧纸，他忙得没有休息好；大前天晚上，在家里，一家人坐在炕上，说东道西拉家常，又是好长时间，一直到鸡叫二遍的时候才睡下；前天晚上，又因为聚会的事儿，半晚上没睡；昨晚上，又没有好好睡。

山山念叨着说：“天怎么这么快就亮了。”然后用被子捂住了头，他想再躺一会儿。恍惚间，他来到了一个地方。那地方青草如茵，流水叮咚，他禁不住又唱起山歌来。他唱的是《清水漫了个花园地》，他唱道：

清水漫了个花园地，牡丹的叶子是紫的；白日晚上心牵的你，睡梦里没忘下你的。

六顺爷听见山山在唱歌，心里诧异道：山山这孩子，好长时间不见了，难不成他回来了？自从山山走后，他也很少唱山歌了。这大山里，这多少年就再也没有听过这嘹亮的山歌声了。现在，忽然听到这好听的山歌，而且是山山唱的山歌，六顺爷不禁高兴起来，于是他便也应着山山的拍子，唱起来，他唱道：

大墙根里的白牡丹，叶叶儿好像个串莲；日里想着吃不下饭，一晚只想你着梦见。

六顺爷才一出口，就被睡在一边的老伴儿狠狠地推了一把，还问他：“你怎么啦，是不是又魇住了?”